Sandra Binder

# Des Teufels Kopfgeldjäger

Besuchen Sie uns im Internet:
www.zeilengold-verlag.de

ZEILENGOLD

Nadine Skonetzki
Blütenhang 19
78333 Stockach
info@zeilengold-verlag.de

1. Auflage

Buchcoverdesign: Marie Graßhoff
Satz & Illustration: saje design, www.saje-design.de
Lektorat: Sabrina Uhlirsch, www.spreadandread.de
Korrektorat: Roswitha Uhlirsch, www.spreadandread.de
Druck: bookpress, 1-408 Olstzyn (Polen)

ISBN Print: 978-3-946955-13-9
ISBN E-Book: 978-3-946955-83-2



Die Deutsche Nationalbibliothek verzeichnet diese Publikation in der Deutschen Nationalbibliografie; detaillierte bibliografische Daten sind im Internet über http://dnb.dnb.de abrufbar.

SANDRA BINDER

# DES TEUFELS KOPFGELD JÄGER

ZEILENGOLD

*Die Wahrheit findet immer einen Weg –*
*ebenso die Liebe.*

Für meinen Engel.

# Inhalt

# PROLOG

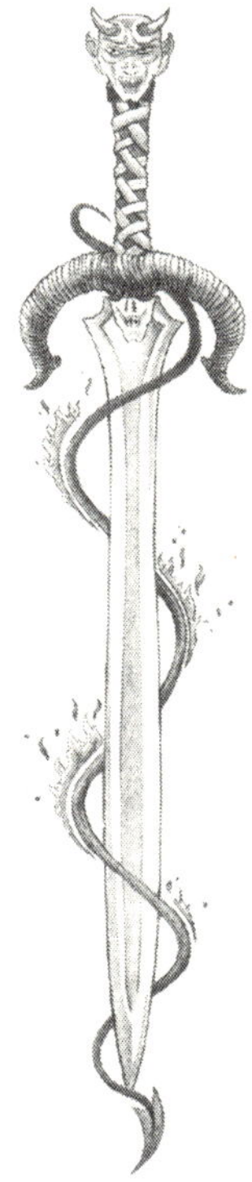

Es kommt eine Zeit im Leben, da musst du dich entscheiden. Ich habe meine Entscheidung nie angezweifelt, mich nie gefragt, ob ich auf der falschen Seite stehe, ich wusste immer, wo in dieser Welt mein Platz ist.

Schon als Kind war ich anders. Ich habe die Welt auf meine eigene, etwas düstere Weise gesehen. Als schlage mein Herz in einem fremdartigen, dunklen Takt. Eines stand für mich fest: Es gibt mehr auf dieser Welt als das Offensichtliche; etwas Finsteres und Böses – und genau da wollte ich dazugehören.

Doch wie wird man Mitglied der bösen Seite? Wie findet man einen Job in der Hölle? Auf die Stellenanzeigen in der Tageszeitung kannst du dich hierbei nicht verlassen. Ein freundschaftlicher Rat an dieser Stelle: Bewirb dich niemals auf ein Angebot, das mit den Worten ›höllische Dienste‹ ausgeschrieben ist. Glaub mir, das ist nichts für uns anständige Unterweltler.

Mal sehen, wie ginge es denn noch ... Die Herbeirufung des Teufels? Dämonenbeschwörung? Alles Humbug!

Die Hölle vertritt das Credo: *Rufen Sie nicht uns an, wir rufen Sie an!* Eines ist so sicher wie der Tod und die Steuern – der Teufel findet dich, wenn du bereit bist. Und dann kannst du wählen. Die Höllenverwaltung bietet so manch interessante Tätigkeit – von Einzelverträgen über kleinere und größere Schandtaten bis hin zur Oberliga, die sogenannten ›Big Deals‹, und den dauerhaften Verträgen auf Provisionsbasis.

Von den ewig bindenden Verträgen rate ich allerdings ab, wenn du dich nicht gerne über den Tisch ziehen lässt. Sicher, du darfst dich nach dem Vertragsabschluss Vampir oder Werwolf nennen – aber denk mal darüber nach ... Kann man wirklich etwas sein, das in Wahrheit gar nicht existiert? Zumindest nicht existiert hat, bevor der Teufel die Legenden als gewinnbringende Marketingstrategie entdeckte?

›Ach Toni, das ist wie die Sache mit dem Huhn und dem Ei‹, würde mein bester Freund Lestat jetzt sagen. Aber er muss so reden. Schließlich ist er einer von denen, die darauf reingefallen sind. Von der romantischen Vorstellung geblendet, wie eine Romanfigur zu sein und ewig leben zu können, hat er einen dieser ewig bindenden Verträge unterschrieben. Das Kleingedruckte aber, damit meine ich die Pflichten und Regeln, die ein Dasein als ›Vampir‹ mit sich bringen, hat er offenbar überlesen. Und damit ist er nicht allein. Womit wir bei dem Punkt angekommen wären, an dem ich aufs Spielfeld trete.

Ich bin eine der wichtigsten Mitarbeiterinnen, die Luzifer in jedem Bezirk beschäftigt: die Kopfgeldjägerin. Zuständig dafür, Vertragsbrüchige aufzuspüren und in die Hölle zu verbannen, wo sie – sofern der große Boss gut gelaunt ist – noch einmal mit dem Teufel verhandeln können. Zugegeben, ›verhandeln‹ ist das falsche Wort. Besser, du tust das, was er verlangt, wenn du nicht für immer in der Hölle schmoren willst. Steht alles im Kleingedruckten, und trotzdem sind die Leute jedes Mal überrascht, wenn ich vor ihnen stehe.

Ob ich Mitleid mit meinen Zielpersonen habe? Nein, sicher nicht. Ist es meine Schuld, dass sie ihre Verträge nicht einhalten? Ich mache diesen Job seit zehn Jahren und eines kann ich dir versprechen: Unschuldig ist keiner.

Menschen verkaufen ihre Seelen aus den immergleichen Gründen: Geld, Macht und Sex. Meist in dieser Reihenfolge. Dieses raffgierige Gesindel ist mein Mitleid nicht wert.

Allerdings muss ich zugeben, dass auch ich mich von der Bezahlung habe verleiten lassen. Schließlich könnte ich in keinem irdischen Job jemals so viel Geld verdienen. Aber was noch viel cooler ist: Seit meinem Vertragsabschluss altere ich nicht mehr. Für immer einundzwanzig sein – ist das nicht der Traum aller Frauen?

Natürlich hätte ich genauso gut einen anderen Vertrag abschließen können. Einen, der mich nicht ewig an meinen Arbeitgeber kettet. Aber wäre meine Arbeit dann auch sinnvoll? Oder bedeutend? Eines musst du wissen: Kopfgeldjäger sind die Hüter des Gleichgewichts. Wo kämen wir denn hin, wenn plötzlich jeder Vertragsbruch beginge, ohne dafür zur Rechenschaft gezogen zu werden? Schließlich kann ohne das Böse das Gute nicht existieren und umgekehrt. Und mir fällt die bedeutsame Aufgabe zu, Gut und Böse im Gleichgewicht zu halten.

Ich bin Antonia Stark, Kopfgeldjägerin, und stolz darauf.

# DER HUMOR DES ZUFALLS

Kann dieser geldgeile Sack nicht endlich Feierabend machen? Toni bläst ihren Kaugummi zu einer klebrigen Blase auf, ohne den Blick von ihrem Ziel abzuwenden: die Tür des Eckhauses mit dem rosafarbenen Neonschild, auf dem ihr in großen, klobigen Lettern das Wort ›Bavarian Dreams‹ entgegenleuchtet. Es hüllt das Gebäude in ein merkwürdig fahles Licht, welches die großen Fenster im Obergeschoss jedoch nicht erreicht. Dadurch wirken sie wie schwarze Augen in einer geisterhaft weißen Fratze. Durch die verschmierte Fensterscheibe ist nur eine vage Silhouette ihrer Zielperson zu erkennen, aber Toni weiß, dass der Kerl an der Bar sitzt, feinstes bayrisches Bier schlürft und sich schamlos in Sicherheit wähnt. Er glaubt wohl, er sei mit seinem Vertragsbruch vor fünf Jahren davongekommen und ahnt anscheinend nicht, dass auch die Mühlen der Höllenjustiz langsam mahlen.

Toni reibt sich die verkrampften Hände, um ihre Finger aufzuwärmen. Einmal mehr überlegt sie, ob sie sich von den kurzen, fingerlosen Lederhandschuhen trennen und sich etwas Wärmeres zulegen sollte. Wäre doch peinlich, wenn ihr irgendwann das Schwert aus den steifen Fingern rutschen würde. Allerdings wäre ihr Griff dann auch nicht mehr so sicher.

Sie stopft die Hände in ihre Jackentaschen, um sie aufzuwärmen, und lehnt sich an die Hausecke. Im Großen und Ganzen gefällt ihr der aufregende und abwechslungsreiche Job, aber das Warten zerrt erbarmungslos an ihrem Geduldsfaden. Es ist, als ob man in der Schlange vor der Achterbahn anstünde und diese gespannte Vorfreude spürt, vermischt mit einer ungeduldigen Anspannung. Letztendlich siegt jedes Mal die Anspannung. Vor allem, wenn Toni in Windrichtung eines Hinterhofs steht, der mieft, als diene er allen Obdachlosen der Gegend als Gemeinschaftstoilette. Aber sie muss warten, damit sie ihre Zielperson allein erwischt. Ein Kopfgeldjäger ist schließlich zur Diskretion verpflichtet.

Es gibt Dinge, die normale Menschen nicht unbedingt sehen sollten, und dazu gehört definitiv die Beseitigung eines höllischen Angestellten mit einem Dämonenschwert. Noch dazu durch eine Frau in einer ledernen Kampfmontur. Das könnte unter Umständen für Irritationen sorgen.

»Hey, Süße! Ganz schön gefährlich für einen so heißen Feger in solch dunklen Hausecken. Sollen wir dich heimbegleiten?« Die lallende Stimme schallt von der anderen Straßenseite zu Toni.

Sie wirbelt herum, pustet eine widerspenstige Haarsträhne aus ihren Augen und mustert die beiden torkelnden Gestalten. Das anzügliche Grinsen auf den Gesichtern bestätigt ihre Vermutung: Die beiden Passanten scheren sich wohl kaum um ihre Sicherheit.

Verdammt, wieso trägt sie überhaupt nachtschwarze Kleidung, wenn sie doch jeden Idioten magnetisch anzieht? Entnervt stöhnt sie auf und zeigt diesen Nervensägen den Stinkefinger in der Hoffnung, sie zögen danach beleidigt ab.

»Das ist aber nicht sehr nett, Baby«, lallt einer der Männer mit selbstgefälligem Grinsen.

Toni verschränkt die Arme vor der Brust und hebt das Kinn. Ihre ablehnende Haltung scheint die beiden jedoch nicht zu beeindrucken. Im Gegenteil, sie kommen ihr unangenehm nah und versuchen anscheinend, die vermeintlich wehrlose Frau mit ihrer bloßen Präsenz gegen die Hauswand zu drängen. Aber Toni weicht keinen Millimeter zurück. In ihrem Kopf legt sich automatisch ein Schalter um: Kampfmodus.

Sie spürt bereits das übliche Kribbeln in ihren Fingerspitzen, während ihr Blick über die beiden Gestalten wandert, um sie einzuschätzen. Beide sind schätzungsweise Anfang zwanzig und weder besonders groß noch kräftig – einer von ihnen ist sogar kleiner und schmächtiger als die trainierte Jägerin. Außerdem stinken sie nach Whisky und Pot. Das sind keine Gegner, sondern kleine Jungs.

Mit einem überheblichen Schmunzeln, das dem der Männer in nichts nachsteht, hebt Toni eine Braue. »Jungs, zieht ab. Ich bin im Moment sehr beschäftigt. Und ich verspreche euch, ihr wollt euch nicht ernsthaft mit mir anlegen.«

Der Kleinere lacht wie die Hexe, die Gretel ins Lebkuchenhaus locken will, während der andere ihm kichernd den Ellbogen in die Seite stößt. Eine Sekunde später ist der Spaß allerdings vorbei und auf dem kanisterförmigen Gesicht des Größeren formt sich eine anzügliche Grimasse. Grob packt er Toni am Oberarm.

»Schwerer Fehler«, raunt sie. Ohne weitere Vorwarnung rammt sie dem Angreifer die Faust in den Magen und setzt, als er sich hustend zusammenkrümmt, mit dem Ellbogen gegen sein Kinn nach. Eine schnelle und altbewährte Schlagkombination, welche die Leute noch immer zur Vernunft gebracht hat.

Keuchend torkelt der Kerl von ihr weg und hebt abwehrend eine Hand. Sein Freund blinzelt sie mit großen Augen an, dann weicht auch er zurück und stützt den Größeren.

»Haut jetzt ab, Jungs, bevor ihr mir noch alles versaut.« Toni wedelt mit der Hand, als wollte sie zwei lästige Fliegen verscheuchen.

»Komm schon«, drängt der Kleinere seinen Freund, die Stimme zwei Oktaven höher als zuvor. »Die ist ja völlig irre!«

Kopfschüttelnd blickt sie den Männern nach, die in Schlangenlinien und aufeinander gestützt die dunkle Straße entlangschwanken. Hoffentlich denken die beiden Clowns beim nächsten Mal länger darüber nach, ob sie eine vermeintlich wehrlose Frau belästigen. Bei so etwas kennt Toni keine Gnade.

Ohnehin hasst sie nichts mehr, als unterschätzt zu werden. Als Frau in einem Männerberuf passiert ihr das jedoch ständig, weshalb sie sich schnell angewöhnt hat, keine Schwäche zu zeigen und immer angriffsbereit zu sein.

Die Jungs sind inzwischen aus ihrem Blickfeld verschwunden und sie wendet sich wieder ihrem Ziel zu. Just in dem Moment öffnet sich die Tür und Stimmengewirr, Gelächter und Blasmusik hallen durch die Straße. Jedoch nur so lange bis der übergewichtige Mann mittleren Alters die schützenden Wände des ›Bavarian Dreams‹ verlassen hat. Als hinter ihm die Tür scheppernd ins Schloss fällt, wird das Oktoberfest wieder im Inneren des Gebäudes eingeschlossen, und zurück bleibt nur das sanfte Rauschen des Windes.

Der Mann knöpft sich mit flinken Fingern den Mantel zu und stellt den Kragen auf, ehe er sich in Bewegung setzt.

»Showtime«, flüstert Toni.

Das Kribbeln in ihren Fingerspitzen breitet sich über ihren ganzen Körper aus. Schnell klebt sie ihren Kaugummi an die Hauswand und steckt sich die Stöpsel ihres iPods in die Ohren; eine Angewohnheit, die sie seit ihrem ersten Arbeitstag begleitet.

Alle Kopfgeldjäger haben ihre Eigenheiten. Und nicht wenige von ihnen entwickeln spezielle Bräuche im Umgang mit ihren Zielpersonen. Toni hat beispielsweise für jede ein persönliches Abschiedsgeschenk: den passenden Song für das Finale. Für ihre heutige Zielperson hat sie ›Straight To Hell‹ von Rage ausgewählt – der direkte Weg in die Hölle. Nur für den Fall, dass das Schwert in ihren Händen eine zu subtile Botschaft senden sollte.

Der Mann hat die Hausecke, hinter der sie lauert, beinahe erreicht, da tritt sie gemächlich aus den Schatten, senkt in einer dramatischen Geste den Kopf und schenkt ihm ihren stechendsten Blick. Sie hatte schon immer eine Vorliebe für große Auftritte.

Ihre Zielperson strauchelt und das runde Gesicht wird aschfahl, als der Mann die Fremde mustert. Anders als bei den betrunkenen Idioten richtet sich sein Blick direkt auf den dunklen Schwertknauf, der über Tonis Schulter blitzt.

»Hallo, Joa«, raunt sie mit der dunklen, samtigen Stimme, die sie ihren Zielpersonen vorbehält.

Gemächlich nähert sie sich dem Mann, der sie mit offenem Mund anstarrt. Diese Reaktion ist das Ergebnis jahrelanger Übung: Toni weiß, dass die geschmeidigen Bewegungen in Verbindung mit ihren flammend roten Locken und den smaragdgrünen Augen an eine Raubkatze erinnern, die ihre Beute ins Visier nimmt.

Endlich erwacht Joa aus seiner Starre, stolpert zurück, wirbelt herum und läuft in die entgegengesetzte Richtung davon.

»War ja klar.« Toni stellt grinsend die Musik lauter und joggt dem Dicken im Takt hinterher. Sie liebt Herausforderungen. Allerdings scheint dieser Kerl, der humpelt wie Draculas Assistent, nicht wirklich eine zu sein. Sein Gesicht ist nach kürzester Zeit krebsrot und schweißüberströmt. Jedes Mal, wenn er ihr einen panischen Blick über die Schulter zuwirft, scheint er noch eine Nuance dunkler geworden zu sein.

An einer Abzweigung entscheidet sich Joa überraschenderweise für Osten und verlässt damit den bewohnten Teil der Stadt.

Stirnrunzelnd trabt Toni weiter hinter ihm her. Wo läuft der denn hin? Steuert er absichtlich in eine Sackgasse? Dort hinten, in dieser Geisterstadt am Fluss – dem Teil Flammachs, den die Bewohner liebevoll World's End nennen – gibt es nämlich nichts, das ihn retten könnte.

Sie beschließt, vorerst weiter Abstand zu halten. Die kalte Luft brennt zwar in ihren Lungen, aber die Bewegung wärmt ihre steifen Glieder auf und gibt ihr nach dem langen Warten wieder neue

Energie. Allerdings scheint Joa nicht mehr lange durchzuhalten. Sein dampflokartiges Keuchen dringt sogar über die Musik hinweg an ihr Ohr.

Plötzlich stolpert er über eine Bodenwelle, fängt sich mit den Händen ab, wirft einen Blick zurück, rappelt sich auf und humpelt weiter. Ihm ist anzusehen, dass er kurz davor ist, zusammenzuklappen, als sie die leer stehenden Hallen des World's End erreichen. Vermutlich wird es Zeit, ihn zu erlösen. Toni hat inzwischen ohnehin die Geduld verloren, sie trieb wohl mit dem fauligen Gestank des Flusses davon. Außerdem hat sie schlicht keine Lust, nachher meilenweit zu ihrem Auto zurückzulaufen.

Also erhöht sie das Tempo, holt ihn ein und packt ihn am Mantelkragen. Daraufhin bleibt sie abrupt stehen und zerrt ihn dabei mit sich zurück. Mit einem überraschten Japsen strauchelt er und wäre vermutlich direkt auf dem Hintern gelandet, hätte Toni den Kragen nicht so eisern festgehalten. Schnaubend reißt er sich von der Jägerin los, dreht sich zu ihr um, geht in eine schwankende Angriffsposition über und versucht hechelnd, sich zu verteidigen, indem er mit entschlossenem Blick wild um sich schlägt. Der Schweiß perlt in dicken Tropfen von seiner Knollennase und seine Lunge pfeift wie ein Dudelsack. Hetzjagden sind eben nichts für übergewichtige Büroangestellte.

Toni weicht seinen ungeschickten Faustschlägen mit Leichtigkeit aus. Sie fühlt sich dabei eher wie bei einer Clownshow im Zirkus. Fehlt nur noch, dass er sich selbst k.o. schlägt. Umso überraschender trifft sie einer seiner unkoordinierten Schläge am Kinn. Wütend schubst sie ihn und befördert ihn damit geradewegs auf die Knie.

Schluss mit diesem Theater. Gleichgültig blickt sie auf ihn herab, greift über ihre Schulter und zieht das Schwert aus der Scheide. Im Augenwinkel sieht sie die Tätowierung an ihrem Handgelenk: ein Dämonenschwert, umwunden vom Pfeilschwanz des Teufels.

Joa erzittert, als auch er es sieht. Kein Wunder, dass er das Symbol der Kopfgeldjäger erkennt; es ist unter dem Absatz ›Vertragsbruch‹ in jedem Vertrag abgebildet.

Flehend schaut Joa zu ihr auf, legt seine Hände wie im Gebet aneinander und bewegt die Lippen.

»Ich kann dich nicht hören!« Toni zeigt auf einen ihrer Ohrstöpsel, aus dem die letzten Takte des Songs erklingen. »Und es interessiert mich auch nicht. Das kannst du alles dem Boss erzählen, wenn du gleich vor ihm stehst.«

Ohne zu zögern, stößt sie ihr Schwert in Joas Herz. Der Mann sackt zusammen, seine Haut quillt auf und Dampf entweicht aus seinen Poren. Langsam löst er sich auf, zerfließt wie Teer und versickert in die Straße. Nur der schwarze Rauch, der vom Boden aufsteigt und nach verbranntem Plastik stinkt, bleibt zurück.

Naserümpfend wedelt Toni mit der Hand und steckt das Schwert zurück in die Scheide. Egal, wie viele Vertragsbrüchige sie bereits in die Hölle verbannt hat, an das Aroma der Unterwelt wird sie sich nie gewöhnen. lorem ipsum dolor sit amet.

Flammach. Ein grauer Fleck an der Grenze zwischen Ödnis und Tristesse. Die Sonne scheint den Ort zu meiden. Und vermutlich tut sie gut daran.

Er zieht den Hut tiefer in die Stirn, senkt den Blick und konzentriert sich auf das abgewetzte Kopfsteinpflaster. Er will sie nicht sehen, die Menschen. Nicht heute. Will nicht in ihre mürrischen Gesichter blicken, nicht dabei zusehen, wie sie sich gegenseitig anrempeln oder sich aus den Fenstern ihrer Wagen heraus beschimpfen. Die Bewohner dieser Stadt sind wie das Wetter: kalt, fahl und unangenehm.

Schaudernd vergräbt er die Hände in den Taschen des Wollmantels, ballt sie zu Fäusten und beschleunigt seine Schritte. Dem schneidenden Wind entzogen, beginnen seine steifen Finger zu kribbeln. Sie haben ihn gewarnt. »Du wirst das Wetter spüren«, haben sie gesagt. Doch wer die Kälte nicht kennt, kann sie nicht ernst nehmen – bis er gezwungen ist, in ihr zu leben.

Vielleicht sollte er seine Heimat besuchen. Urlaub. So nennen es die Menschen. Gedanken an eine warme Sommerbrise ziehen durch sein Gedächtnis und er erlaubt sich, einen Moment die Augen zu schließen, erinnert sich an weite Wiesen und farbenfrohe Blumen; ihr frischer, süßer Duft kitzelt in seiner Nase und die weiße Sonne wärmt seinen Rücken.

Ein kräftiger Stoß gegen seine Schulter reißt ihn aus der Träumerei. Früher haben die Menschen instinktiv einen Anlass gefunden, ihm auszuweichen. Sie haben seine Anwesenheit gespürt, obwohl sie ihn nicht sehen konnten. Doch die Welt hat sich verändert.

Menschen ... selbstsüchtige Ignoranten, voll Sünde und Boshaftigkeit. Dennoch ist er für sie da. Die Brüder haben nie verstanden, weshalb er sich freiwillig für diese Aufgabe gemeldet hat. Der Einsatz an einem Ort wie Flammach kommt für sie einer grausamen Strafe gleich. Sie begreifen es nicht, weil sie den wahren Grund nicht kennen. Und dieser Grund ist es, der ihn heute von der Arbeit abhält. Er nimmt sich frei. Das erste Mal seit ... nun, kein menschlicher Verstand ist fähig, so weit zurückzudenken.

Ein vergnügtes Lachen lockt seinen Blick an. Es kommt von einem pausbäckigen Mädchen, das ein Gebäckstück mit den pummeligen Fingerchen umklammert und strahlt, als könnte man mit Backwaren die höchste Stufe des Glücks erreichen. Er hält inne, taucht ein in diesen friedlichen Moment. Die unschuldige Begeisterung des Mädchens bringt ihn an diesem hoffnungslosesten aller Tage zum Lächeln und für den Bruchteil einer Sekunde vergisst er sogar, was ihn so sehr quält. Bis ein Mann, wild gestikulierend und in sein Mobiltelefon brüllend, an dem Mädchen vorbeistürmt und es mit seiner Aktentasche anrempelt. Das Gebäckstück fällt auf die Straße und das Mädchen wimmert kläglich. Der Mann dreht sich nicht einmal um.

Der Zerfall der Menschenwelt, geschuldet der Ignoranz seiner

Bewohner, denkt er wie so oft in den vergangenen Jahren. Kopfschüttelnd blickt er dem Mann mit der Aktentasche hinterher. Dann geht er auf das Mädchen zu und legt ihm sanft eine Hand auf die Schulter. Die Kleine schluchzt ein letztes Mal auf, dann versiegen ihre Tränen. Das ist der tröstende Effekt; die Wirkung der Berührung eines Engels. Ach, wie einfach es bei Kindern noch ist ...

Die Kirchturmuhr läutet so volltönend, als wolle sie ihn an sein Vorhaben erinnern. Der Engel löst sich von dem Mädchen und marschiert weiter, in der Hoffnung nicht zu spät zu kommen.

Vielleicht kann er diesen Ort endlich verlassen, wenn der Grund für seinen Aufenthalt hier nicht mehr existiert. Der Gedanke kommt ohne Einladung, viel zu überraschend, um noch aufgehalten zu werden, und nistet sich nun gemütlich in seinem Kopf ein. Er spürt einen Stich im Herzen, eine Mischung aus Scham und Schuld. Was für eine egoistische Idee!

Allmählich hat er das Gefühl, die Stadt färbt auf ihn ab. Würde er sich sonst den Regeln seines Volkes widersetzen? Es ist ihm nicht gestattet, seinen gefallenen Bruder zu sehen, doch die loyale und tiefe Verbundenheit einer alten Freundschaft verlangt geradezu danach, sich über das Gesetz zu stellen. Der Engel hat immer über ihn gewacht, auch wenn er den Bruder letztendlich nicht retten konnte. Denn gegen die Sterblichkeit der Menschen kann selbst das Volk des Oberen Reiches nichts ausrichten.

Und so findet sich der Engel in der unwirklichen Situation wieder, durch die Eingangstür einer Klinik zu hasten und sich zu fragen, ob sein Bruder noch unter den Lebenden weilt.

»Schatz, ich bin zu Hause!«, ruft Toni gut gelaunt in den Flur. Durch den hohen Sold kann sie sich eine der begehrten Neubauwohnungen im angesagten Stadtteil ›Parkblick‹ leisten und sogar ihren Freund Lestat mietfrei bei sich wohnen lassen. Der Vampir verdient nicht annähernd so viel wie sie. Hätte Toni ihn nicht bei sich aufgenommen, müsste er, wie die meisten schlecht bezahlten höllischen Angestellten, in ›Flusstal‹ leben, einem Bezirk der Stadt, so düster wie die Hölle selbst. Nicht, dass Toni eine Ahnung davon hätte, wie es in der Unterwelt aussieht, aber sie ist überzeugt, ›Flusstal‹ kommt dem ziemlich nahe.

Sie schnallt den Brustgurt mitsamt Schwert ab und stellt die Waffe in den Schirmständer, bevor sie durch den Flur ins Wohnzimmer marschiert. Dort entdeckt sie Lestat auf der Couch, den Blick starr auf den Fernseher gerichtet.

Ein Schmunzeln formt sich auf ihren Lippen. Genau so hatte sie ihn zurückgelassen.

Sie bleibt neben dem Fernseher stehen und räuspert sich, was den jungen Vampir veranlasst, den Kopf in ihre Richtung zu drehen, jedoch ohne die karamellbraunen Augen zu bewegen. Wie gebannt starrt er in die Glotze.

»Du bist ja schon zurück«, murmelt er. Seine langen Finger tasten auf der Suche nach der Pralinenschachtel über den Couchtisch. Als er eine der braunen Kugeln zu fassen bekommt, schiebt er sie in den Mund und kaut genüsslich, ohne seine Mitbewohnerin weiter zu beachten.

Neugierig wirft Toni einen Blick in die Richtung des Fernsehers, obwohl sie längst weiß, dass er sich wieder eine dieser bescheuerten Seifenopern anschaut, die er vermutlich schon im Schlaf rezitieren kann. Seufzend schüttelt sie den Kopf. Lestats Vorliebe für diesen Schund wird sie nie verstehen.

›Ich liebe dich, aber du liebst eine andere, die wiederum einen anderen liebt‹ ... Würg! Bei all diesem stumpfsinnigen Gewäsch stellen sich ihr jedes Mal die Nackenhaare auf. Aber was will man schon von jemandem erwarten, der sich selbst nach einer Romanfigur benannt hat? Lestat ist nun einmal hoffnungslos romantisch und verliebt in die tragische Liebe.

Zum Glück ist er schwul, denkt Toni nicht zum ersten Mal.

Sie angelt die Fernbedienung vom Couchtisch und drückt auf die Pausetaste. Lestat streicht sich eine goldene Haarsträhne hinters Ohr und wirft seiner Mitbewohnerin einen vorwurfsvollen Blick zu.

»Hast du nicht noch was anderes zu tun?« Sie schaut nicht minder vorwurfsvoll zurück. »Ich will deinen Namen nicht irgendwann auf meiner Liste sehen.«

»Glaub mir«, er senkt dramatisch die Stimme, »ich will ganz sicher nicht eine dieser armen Seelen auf deiner gnadenlosen Liste des Todes sein. Ich habe mein Soll für diesen Monat schon erledigt.«

Das vergnügte Lächeln, das sich auf seinen Lippen formt, lässt seine kantigen Gesichtszüge weicher wirken und erinnert Toni an den frechen Jungen aus früheren Zeiten. Sie ist immer wieder überrascht, wie wenig er sich nach seiner Verwandlung zum Vampir verändert hat. Der allgemeine Irrglaube besagt, dass ein Mensch dadurch automatisch schön, elegant und stark wird. Sorry, aber das ist nur ein Märchen. In Wirklichkeit bleibt die Zeit für den neugeborenen Vampir einfach nur stehen; und um den Mythos aufrechtzuerhalten, bekommt er seine heiß ersehnten Reißzähne. Wer vorher schwach und hässlich war, wird das unglücklicherweise bis in alle Ewigkeit bleiben …

Lestat hat Glück. Über seinen schrillen Kleidungsstil kann man zwar streiten, aber er ist ein hübscher, hochgewachsener Kerl, den jeder als elegant beschreiben würde. Seine tollpatschige Art versteckt er damit optimal. Das war schon immer so. Einmal hat er in der Schule ein Tablett voller Gläser fallen lassen und musste die Scherben auf den Knien aufsammeln; dabei strahlte er allerdings eine unermessliche Würde aus. Toni, die ständig darum bemüht ist, vor anderen Leuten keine Fehler zu machen oder Schwäche zu zeigen, hat ihn um diese Eigenschaft stets beneidet.

»Ich bin sozusagen im Urlaub und habe Zeit für die wirklich wichtigen Dinge«, fährt Lestat fort. »Und da wir gerade davon sprechen, was hältst du davon, heute Abend auszugehen? Ein paar Cocktails schlürfen, ein paar hübschen Jungs die Köpfe verdrehen?«

Toni lehnt sich an den Türrahmen und verschränkt die Arme vor der Brust. »Wenn ich Bier trinken und die Jungs vergraulen darf, habe ich nichts dagegen.«

»Spielverderberin. Ein bisschen Liebe täte dir mal wieder ganz gut.«

»Ich komme ganz gut allein zurecht, vielen Dank.«

Sie lässt sich längst nicht mehr auf die Diskussionen oder Lestats klägliche Versuche, Amor zu spielen, ein. Sie hat allgemein nicht viel übrig für die Liebe. Nicht etwa, weil sie nicht an tiefe Gefühle glaubt, im Gegenteil, sie hat einen Heidenrespekt davor. Deshalb verursacht ihr die Vorstellung, sich fest an jemanden zu binden, höllische Magenschmerzen. Es ist ganz einfach: Wer sein Herz sicher verwahrt, wird es niemals gebrochen zurückbekommen.

»Dabei fällt mir ein ...« Lestat schaut vorsichtig zu ihr auf. »Deine Mutter hat vorhin angerufen.«

Schnaubend wirft sie die Fernbedienung auf den Couchtisch. »*Das* fällt dir dabei ein?«

Mit einer übertrieben feierlichen Handbewegung pickt er einen Notizzettel vom Tisch und streckt ihn Toni hin, die ihren Blick jedoch demonstrativ auf den Fernseher richtet.

»Ich habe mir extra die Mühe gemacht auf Pause zu drücken, ein Post-it aus der Küche zu holen und die Nummer zu notieren.« Seine sonst so melodische Baritonstimme klingt verärgert und belustigt zugleich. »Nimmst du mir das Ding jetzt ab?«

Auf Tonis resolutes »Nein« hin lässt er den Arm sinken.

Seit der Scheidung hat sie nicht mehr mit ihren Eltern gesprochen. Lestat müsste wissen, dass die Debatte damit beendet ist, aber wie immer, wenn ihre Mutter anruft, lässt er einfach nicht mehr locker.

»Deine Eltern haben sich scheiden lassen, das ist über zehn Jahre her. Komm damit klar!« Etwas sanfter fügt er hinzu: »Das war nicht deine Schuld.«

»Natürlich war es nicht meine Schuld! Wieso auch?« Entnervt stöhnend wirft sie die Arme in die Luft.

Irgendetwas drückt plötzlich heiß und schwer auf ihre Brust und ihre Finger beginnen zu zittern. Schnell verbirgt sie die Hände in den Hosentaschen. Dass sich ihre Eltern getrennt haben, hat Toni sehr mitgenommen, das kann sie nicht leugnen. Die Wut, vor allem auf ihre Mutter, von der die Entscheidung ausging, ist jedoch nicht der einzige Grund, weshalb sie ihre Eltern aus ihrem Leben verbannt hat. Allerdings ist sie sicher, dass Lestat den wahren Grund nicht verstehen würde, weshalb es einfacher ist, die ewig schmollende Tochter zu spielen und tiefgründigere Diskussionen zu vermeiden.

»Dürfen sie nicht auch mal Fehler machen? Wie alle anderen normalen Menschen auch?«, fragt Lestat vorsichtig.

»Das sind keine *normalen Menschen*, das sind meine Eltern.«

Seufzend gibt er sich geschlagen und klebt die Notiz auf den Hörer des Festnetztelefons zu seiner Rechten. Dann wechselt er endlich das Thema. »Wie lief es denn heute mit dem Einzelvertrag?«

»Ach, das Übliche. Ein leichtes Ziel. Ich frage mich, wieso der Boss überhaupt solche langweiligen Verträge abschließt. Ich meine, er stürzt zwischenmenschliche Beziehungen gerne ins Chaos, das weiß man ja.« Sie schlendert zur Couch und setzt sich neben dem Vampir auf die Armlehne. »Aber mal ehrlich, was bringt es Luzifer, wenn dieser Typ eine Affäre mit der Frau seines besten Freundes anfängt?«

Lestat begutachtet kritisch seine manikürten Fingernägel, dann schielt er genau so zu ihr hinüber, wie ihr Physiklehrer in der Neunten es immer getan hat. »Ist doch klar.« Und – ungelogen – er klingt auf einmal auch genauso. »Damit ist ihm nicht nur die Seele des Typen sicher, sondern auch die der treulosen Ehefrau. Und wenn sich der betrogene Ehemann rächt, kommt eine dritte dazu. Keine schlechte Rendite für eine einmalige Investition.«

Toni kann sich ein Schmunzeln nicht verkneifen. »Ist es Absicht, dass du klingst wie ein Finanzberater?«

»Die Hölle ist eine Bank, Schätzchen.« Der Vampir grinst breit und entblößt damit seine scharfen Eckzähne. »Ich wette mit dir, alle in dieser Branche haben einen Provisionsvertrag mit Luzifer.«

»Kann gut sein«, stimmt sie zu, steht auf und streckt sich, bis sie das befreiende Knacken ihrer Gelenke hört. »Ich schreibe kurz meinen Bericht, dann können wir losziehen.«

Lestat greift stöhnend nach der Fernbedienung. »Ich hasse diese Berichte. Die Unterwelt ist pingeliger als jede öffentliche Verwaltung.«

Schulterzuckend schlendert Toni in ihr Zimmer. »Bürokratie ist die Hölle und die Hölle ist Bürokratie«, murmelt sie.

Wie konnte sein Freund nur Gefühle für eine menschliche Frau zulassen? Warum hat er für sie und das ungeborene Kind in ihrem Leib ein Leben als Sterblicher gewählt? Um sich nun, achtundzwanzig Jahre später, sterbenskrank in einer Klinik wiederzufinden? Achtundzwanzig Jahre. Für einen der ihren nicht mehr als ein Wimpernschlag. Und für diesen Wimpernschlag hat er alles aufgegeben? Sein Volk, seine Heimat, seine Unsterblichkeit?

Fragen, die sich der Engel nicht zum ersten Mal stellt.

Noch immer unsichtbar für menschliche Augen schlüpft er durch die Tür des Krankenzimmers, bleibt vor dem Bett stehen und betrachtet den Mann, an dessen Seite er vor unzähligen Jahren in den Großen Kriegen gekämpft hat. Heute könnte dieser Greis nicht einmal mehr ein Schwert anheben. Jahrtausendelang war sein Bruder genau wie er, einen Augenblick später ist er faltig und schwach.

Der Engel nimmt seinen Hut ab, legt ihn vorsichtig auf den kleinen Holztisch am Fenster und fährt sich mit den Fingern durchs Haar. Dann setzt er sich seufzend in den Sessel, der am Kopfende des Krankenbettes steht. Mit den Ellbogen auf den Knien, das Kinn auf die gefalteten Hände gebettet, betrachtet er das eingefallene Gesicht seines Bruders. Selbst im Schlaf wirkt es unnatürlich verzerrt. Er muss unendlich große Schmerzen leiden. Das ungleichmäßige Röcheln und das Piepen des EKGs sind weitaus grausamere Geräusche als all der Krach auf der überfüllten Straße, denn sie bedeuten den Tod, während der Lärm der Stadt vom Leben zeugt.

War es das wirklich wert?, würde der Engel am liebsten fragen. All der Schmerz, das Leid, das mit dem Tod einhergeht? Und das alles für einen Moment des Glücks?

»Mein alter Freund«, flüstert die raue Stimme des ehemaligen Engels. Der Kranke blinzelt und dreht den kahlen Kopf zum Sessel, wo er ins Leere blickt.

Wenn ein Engel fällt, wird er vollständig zum Menschen. Er kann seine einstigen Brüder nicht mehr sehen – zumindest nicht, wenn sie sich nicht freiwillig zeigen. Und das ist unwahrscheinlich. Denn es verstößt gegen das Gesetz und die meisten Engel meiden ihre gefallenen Brüder prinzipiell.

»Ich verrate es niemandem«, raunt der Alte mit einem verzerrten Lächeln.

Der Engel ist hin- und hergerissen. Soll er sich zeigen? Er könnte ein letztes Mal mit seinem Bruder sprechen. Eigentlich ist er in der Absicht hergekommen, dem Kranken stillen Beistand zu leisten und sich schweigend zu verabschieden. Diese Wendung hat er nicht erwartet.

Zögernd setzt er sich auf und blickt dem Bruder in die trüben

Augen, die hektisch zuckend nach dem sichtbaren Beweis für das Gefühl einer Präsenz suchen.

Kann es falsch sein, redet er sich zu, obwohl er seine Entscheidung bereits gefällt hat. Immerhin hat er ihn schon tausende Male gesehen, wie kann ein letztes Mal zum Schaden gereichen?

Ein leises Rascheln erklingt, als der Engel seine Gestalt entschleiert. Seufzend streckt der Alte eine zittrige Hand nach ihm aus und legt sie auf sein Handgelenk. Der Engel betrachtet die knochigen Finger, die sich kalt und spröde auf seiner Haut anfühlen.

Der Kranke mustert derweil das Gesicht des Engels, als wolle er sich jedes Detail genau einprägen. »Volles goldbraunes Haar, makellose Haut und klare tiefblaue Augen – du hast dich nicht verändert«, krächzt er schließlich und tätschelt dem Engel die Hand. »Schön und jung siehst du aus wie eh und je. Und so stark ...« Ein grimassenhaftes Grinsen formt sich auf dem Gesicht des Alten. »Aber ich wette, ich würde dich noch immer im Armdrücken besiegen, gib mir nur einen Becher Brühe, dann zeige ich es dir.«

Jedes Wort, jede Bewegung bereiten dem Bruder sichtlich höllische Schmerzen und es gibt nichts, was der Engel dagegen tun kann. Noch nie hat er sich so hilflos gefühlt. Hat er sich überhaupt schon einmal hilflos gefühlt, fragt er sich. Schrecklich. Plötzlich bemitleidet er die Menschen. Sie empfinden viele dieser grausamen Gefühle gleichzeitig. Kein Wunder, dass sie egoistisch sind und gelegentlich die Beherrschung verlieren.

»Wie kannst du im Schatten des Sensenmannes noch Scherze machen?«, fragt er mit der honigweichen Stimme, die ihm eigen ist und die nicht annähernd zu der Qual in seinem Inneren passt.

»Deine Art zu sprechen hat mir am meisten gefehlt, Alek.«

Der Engel runzelt die Stirn und blinzelt den Kranken fragend an.

»Ich kann mich in dieser Welt weder an deinen Namen erinnern, noch könnte ich ihn aussprechen, mein alter Freund«, klärt ihn der Bruder auf. »Deshalb habe ich dir einen irdischen Namen gegeben:

Alek. Das bedeutet ›Beschützer‹. Passend für einen Schutzengel, findest du nicht?«

Der Engel nickt. Er hat es nie für nötig gehalten, einen menschlichen Namen zu tragen. Wer hätte ihn damit auch ansprechen sollen? Doch wenn sein Bruder sich die Mühe gemacht hat, speziell einen Namen für ihn auszuwählen, wird er ihn mit Stolz annehmen. Immer wieder hat er befürchtet, der geliebte Freund könnte ihn vergessen haben. Denn das Gedächtnis der Menschen ist bekanntlich begrenzt.

»Ich nenne mich in dieser Welt Anatol. Anatol Bogdanow. Ich möchte, dass du dir das gut einprägst.«

Der Alte hebt den Kopf an und blickt dem Engel fest in die Augen. Dann lässt er sich von einem heftigen Hustenanfall geschüttelt, in die Kissen zurückfallen und senkt erschöpft die Lider.

»Du solltest dich nicht überanstrengen.« Alek bedenkt den röchelnden Mann mit einem mitfühlenden Blick.

»Ich werde sterben. In fünf Minuten, in fünf Stunden oder erst morgen. Es ist egal, was ich tue, es wird geschehen. Aber mir scheint, dass ich damit wesentlich besser zurechtkomme als du.«

Der Alte schielt zu ihm herüber. Alek wendet den Blick beschämt auf den Fußboden und schaut erst wieder auf, als er das heisere Lachen seines Bruders vernimmt. Ein merkwürdiges Lächeln ziert Anatols Lippen.

»Ich verstehe schlichtweg nicht, warum du all das auf dich genommen hast.« Mit einer weit ausholenden Geste weist der Engel durchs Krankenzimmer. »War es das wahrhaftig wert?«

Erneut schließt Anatol die Augen und zum ersten Mal, seit der Engel das Zimmer betreten hat, entspannen sich die Gesichtszüge des Alten deutlich, als löse eine innere Wärme den Schmerz ab.

»Jede einzelne Sekunde. Morgens in den Armen meiner Frau aufzuwachen, gemeinsam Pläne zu schmieden, meinen Sohn aufwachsen zu sehen, zu lieben und geliebt zu werden – ich würde auf keinen einzigen dieser Momente verzichten wollen. Ich habe gelebt. Richtig gelebt. Mit Herz und Seele. Nicht dieses schattige Dasein, das ich ewig geführt habe und du immer noch ›Leben‹ nennst.« Behutsam dreht er den Kopf und mustert den Engel.

Alek bemerkt den bedauernden Ausdruck in seinem Gesicht, kann sich allerdings nicht erklären, weshalb dieser zerbrechliche Greis *ihn* bemitleiden sollte.

»Wenn du Glück hast, wirst du es irgendwann verstehen«, flüstert Anatol. Er tastet nach Aleks Hand und ergreift mit erstaunlicher Kraft sein Handgelenk. »Aber bis dahin bitte ich dich, um unserer alten Freundschaft willen, um einen Gefallen.«

Die flehentliche Miene des Bruders jagt Alek ein Schaudern über den Rücken. Er ist froh, sich nützlich machen zu können, denn wer um Hilfe gebeten wird, kann nicht hilflos sein. »Natürlich. Alles ...«

»Ich habe deine Nähe gespürt. Du warst immer da.« Anatol zögert. Er scheint seine Gedanken nach den passenden Worten zu durchforsten. »Du warst der Hüter deines Bruders, sei nun auch der Hüter meiner Familie. Mein Sohn, Nikolaj, er ist ein Nephilim. Du weißt, was passiert, wenn sie herausfinden, dass er sich hier versteckt.«

Die Kinder von Engeln und Menschen sind in keiner der drei Welten gerne gesehen, das weiß Alek so gut wie Anatol. Eines Tages wird das Untere Reich einen Jäger auf den Geächteten ansetzen. Der Engel hat zwar noch keine Bekanntschaft mit dem zuständigen Kopfgeldjäger von Flammach gemacht, doch wenn nur ein Hauch Wahrheit in dem steckt, was die Leute im Schutz dunkler Straßenecken tuscheln, dann sollte der Nephilim besser gestern als heute die Flucht ergreifen.

Der Engel beißt die Zähne zusammen und wendet den Blick von Anatol ab. Hier mit einem Gefallenen zu sitzen, ist ihm strikt untersagt. Einen Nephilim zu schützen und sich damit in die Angelegenheiten des Unteren Reiches einzumischen, grenzt an Verrat.

»Er ist mein Sohn, Alek, mein Fleisch und Blut, mein Vermächtnis. Du musst mir versprechen, dass du an meiner statt auf ihn aufpassen wirst ... wenn ich es nicht mehr kann.«

Ein erneuter Hustenanfall lässt Anatols Körper krampfen. Der Engel beobachtet ihn besorgt, während ein Kampf zwischen Herz und Kopf in seinem Inneren tobt. Soll er einem todkranken Bruder den letzten Wunsch verwehren oder sich aus alter Freundschaft gegen sein Volk auflehnen?

»Ich bitte dich inständig«, beschwört er Anatol, »verlange so etwas nicht von mir. Ich bin zu Loyalität verpflichtet gegenü...«

»Du bist nur einem gegenüber zu Loyalität verpflichtet: dir selbst. Ich hatte immer einen Platz in deinem Herzen, lass meinen Sohn nun meinen Platz einnehmen.« Anatol seufzt, als Alek ratlos den Kopf schüttelt. »Die Menschen müssen dir oft grob erscheinen. Ich gebe zu, sie sind eigensinnig und egoistisch. Sie treffen leichtfertige Entscheidungen und wollen hinterher nicht damit leben. Doch sie sind glücklich. Weil sie etwas haben, was ihr nicht habt – Freiheit. Die Freiheit zu tun und zu lassen, was immer sie wollen, ohne sich vor irgendjemanden rechtfertigen zu müssen. Vergiss für nur einen Moment das Gesetz und hör auf dein Herz, Alek.«

Nickend erhebt sich der Engel und legt seinem Bruder eine Hand auf die Schulter. Er wird Anatols Entscheidung wohl nie begreifen. Doch eines versteht er: Der Sterbende ist verzweifelt genug, um mit einem Engel zu verhandeln. Die Liebe zu seinem Sohn muss unendlich sein.

Und wer aus tiefster Liebe handelt, kann der im Unrecht sein? Wenn es das Einzige ist, womit er seiner armen Seele Frieden schenken kann, dann soll es sein.

»Ich gebe dir mein Wort«, sagt er.

Anatol lächelt erleichtert, schließt die Augen und atmet rasselnd ein. In diesem Moment, beim Blick in sein friedliches Gesicht, ist Alek überzeugt, die richtige Entscheidung getroffen zu haben.

»Danke. Du weißt ja nicht, wie viel mir das bedeutet.«

»Mit wem redest du da, Liebling?«, ertönt eine weibliche Stimme von der Tür her.

Die Frau streicht sich das aschblonde Haar aus der Stirn und sieht sich irritiert um. Sie kann niemanden entdecken; zu schnell hat der Engel reagiert und sich vor den menschlichen Augen verborgen. Als Anatol den Hut bemerkt, den Alek zurückgelassen hat, formt sich ein Lächeln auf seinen Lippen.

Die Besucherin setzt sich auf die Bettkante und streichelt liebevoll mit dem Handrücken über die Wange des Kranken. »Du strahlst ja so«, sagt die Frau, deren stahlblaue Augen leuchten, als hätte sich die Sonne selbst darin versteckt.

»Dazu habe ich auch allen Grund, meine liebe Natascha. Denn jetzt weiß ich, meiner Familie wird nichts geschehen, wenn ich fort bin.«

Alek legt Anatol eine Hand auf den Arm, wohl wissend, dass er die bekräftigende Berührung spüren würde. Dann verlässt er das Krankenlager seines Freundes mit schwerem Herzen.

Toni schaltet ihr Notebook ein und ruft das Online Portal ›Die heißkalte Pforte‹ auf. Die Dämonen wollten ihren Humor beweisen, indem sie dem Netzwerk der Kopfgeldjäger einen derart bescheuerten Namen gaben. Die Unterwelt besteht nämlich – anders als die Klischees besagen – zu einem Großteil aus Eis. Das Feuer steht lediglich metaphorisch für die brennenden Qualen, die man dort erleiden muss. Heißkalt eben.

Sie haben schon einen unlustigen Humor, diese Dämonen. Obwohl Toni eigentlich nur einen Dämon kennt, ihren direkten Vorgesetzten D'iali. Bei dem kann sie sich aber beim besten Willen nicht vorstellen, wie er abends mit seinen Dämonenkumpels in der Kneipe sitzt und dreckige Witze erzählt. D'iali ist vielmehr einer dieser stillen, finsteren Typen, die ihrem Gegenüber, ohne mit der Wimper zu zucken, eins überbraten würden, bevor sie sich in aller Seelenruhe weiter ihrem Schweinebraten widmen.

Auf dem Bildschirm erscheint das Symbol der Kopfgeldjäger: ein Einhänder, dessen Schärfe bereits an seinem Glanz zu erahnen ist. Das silberne Parier erinnert an gewundene Hörner und über der ledernen Heftwicklung in Rot und Schwarz sitzt ein silberner Knauf in Form einer dämonischen Fratze. Der flammende Pfeilschwanz des Teufels windet sich um das edle Schwert. Luzifer hat weder einen Pfeilschwanz noch sieht ihm der Knauf besonders ähnlich. Aber so will er nun einmal von den Menschen gesehen werden.

Dunkelrote Lettern fordern Toni auf, ihre Zugangsdaten einzugeben. Sie tippt ihr Passwort ein und wartet kurz.

*Verifizierung für Antonia Stark, Jäger #785 ... abgeschlossen.*

Sie begibt sich in den Meldungsbereich. Wo manche Jäger halbe Romane verfassen, ist sie eher schnörkellos und sendet D'iali eine schlichte Nachricht mit den Worten: *Zielperson Joa Beck problemlos abgeliefert.*

Anfangs hat ihre Schreibfaulheit immer wieder Streit zwischen ihr und ihrem Vorgesetzten verursacht. Bis sie einmal einen sechzehnseitigen Bericht aufgesetzt hat, der von der Ermittlungsarbeit bis zur Ergreifung der Zielperson jedes winzige Detail beinhaltete. Selbst die Farbe der Schnürsenkel an den Designerschuhen der Zielperson. Sie waren braun. D'iali hat sich schließlich geschlagen gegeben.

Toni will sich gerade ausloggen, da ertönt ein leises Hupen aus den Boxen des Notebooks und ein winziger Briefumschlag blinkt in der rechten Ecke des Bildschirms. Es ist eine Nachricht von D'iali, der überraschenderweise diesen Freitagabend nicht mit seinen Dämonenkumpels in der Kneipe sitzt.

Neugierig klickt Toni auf den Briefumschlag, wodurch sich ein

Chatfenster öffnet, in dem D'ialis Nachricht bereits darauf wartet, gelesen zu werden:

*Habe einen Sonderauftrag für dich.*

Von dem Wort ›Sonderauftrag‹ gelockt, antwortet sie mit wenig verstecktem Interesse:

*Zielperson?*

Begierig starrt sie auf drei blinkende Punkte, die anzeigen, dass D'iali damit beschäftigt ist, eine Antwort zu verfassen:

*Ein Nephilim*

Die Freude über das Wort ›Nephilim‹ verringert sofort ihren Ärger darüber, dass ihr Vorgesetzter eine schiere Ewigkeit braucht, um zwei Worte zu schreiben.

*Geht das auch genauer?*

Wieder blinken die drei Punkte und scheinen gar nie mehr mit dem Tanz aufhören zu wollen. Toni lehnt sich zurück und lässt den Blick durch ihr Zimmer schweifen. Der Bildschirm des Notebooks ist die einzige Lichtquelle in dem kleinen Raum und wirft verzerrte Schatten auf ihre Matratze. Ein richtiges Bett besitzt sie nicht. Ihre Einrichtung ist eher schlicht – im Gegensatz zum Rest der Wohnung, die Lestat eingerichtet hat. Hätte sie ihn nicht aufgehalten, wäre ihr Zimmer jetzt auch ein beige-violetter Albtraum aus Chiffon und Seide. Dabei ist sie mehr als zufrieden mit ihrer Matratze, dem alten Schreibtisch und dem improvisierten Weinkisten-Kleiderschrank. Sie braucht keinen Firlefanz wie teure Möbel, Dekokissen, haufenweise Bilder an der Wand oder sonstige Andenken – Staubfänger, die die meisten Menschen aus Sentimentalität aufbewahren. Das ist nicht ihr Ding.

Endlich erscheinen D'ialis Worte. Der hölzerne Stuhl knarrt protestierend, als Toni nach vorne schnellt.

*Ungeduldiges Menschenvolk! Zielperson: Nikolaj Bogdanow, Alter: 28, wohnhaft im östlichen Stadtzentrum, Königstraße, Aufnahme folgt.*

Toni öffnet die Fotodatei und prägt sich das Gesicht des attraktiven Mannes genau ein. Sein kurzes aschblondes Haar ist sorgfältig frisiert und über den hohen Wangenknochen blicken wachsame stahlblaue Augen in die Ferne. Er wirkt jünger als achtundzwanzig, aber die Nephilim altern nun einmal nicht so schnell wie Menschen.

»Hmm ... Eigentlich schade drum ...«, murmelt Toni.

*Er wurde vor einer halben Stunde im Stadtpark entdeckt. Du solltest dich beeilen*, erscheint auf dem Bildschirm.

Eilig tippt sie die Worte ›*Bin schon unterwegs!*‹ ein, dann loggt sie sich aus und klappt das Notebook zu, bevor sie sich freudig die Hände reibt. Ein Nephilim bedeutet doppelten Sold für einen Kopfgeldjäger und die meisten von ihnen sind Feiglinge, die das Kämpfen vergessen – dieser Auftrag ist also leicht verdientes Geld.

Toni springt auf, reißt die Zimmertür auf und marschiert ins Wohnzimmer, wo Lestat bereits ausgehbereit in engen Jeans und einem seiner geliebten Rüschenhemden wartet.

»Ich muss nochmal los.« Toni wirft ihm einen entschuldigenden Blick zu. »Scheint, als hätten wir mal wieder eine Nephilim-Plage in der Stadt.«

Lestat rollt brummend mit den Augen. »Toni ... Kannst du die Nephilim nicht Nephilim sein lassen und dich morgen darum kümmern? Heute ist Ladys Night im *Caliente*!«

»Und das interessiert dich, weil ...?«, fragt Toni gedehnt und versucht, sich das Schmunzeln zu verkneifen, das sich immer auf ihr Gesicht schleicht, wenn Lestat sich selbst zum Mädchen macht – oder sich wie eines benimmt.

Ihr Mitbewohner hat den Wink verstanden und zieht einen beleidigten Schmollmund. »Ich bin eindeutig mehr Lady als du!«

Lächelnd nickt sie ihm zu. »Da ist allerdings was dran. Hör zu, es wird nicht lange dauern. Ich hole dich nachher ab und dann geht's los ins *La Cucaracha*!«

»*Caliente*!«, verbessert er automatisch.

»Ja, dahin auch, wenn du möchtest.« Toni gibt dem Vampir einen freundschaftlichen Klaps auf die Schulter. »In einer Stunde stehst du mit einem Cocktail in der Hand an der Bar. Versprochen!«

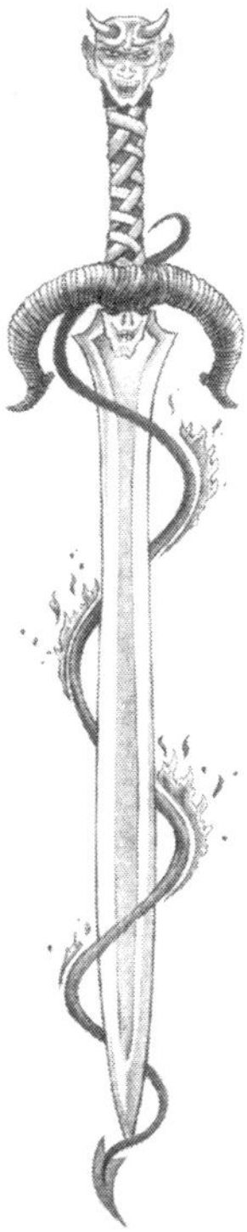

# WELTEN TREFFEN AUFEINANDER

Altmodische Laternen säumen den Wegesrand wie aufrechte Wächter. Was jenseits des Weges liegt, hinter den hohen Hecken und Büschen, ruht in tiefen Schatten. Wer genau hinsieht, kann die glänzenden Pupillen der einen oder anderen schaurigen Gestalt entdecken, die durch das Blattwerk späht, denn sobald es dämmert, kriechen die Angestellten der Hölle wie Kakerlaken aus ihren Löchern und warten auf Beute.

Nikolaj tritt vom Rasen auf den Kiesweg und schlendert gelassen zum Ausgang des Parks. Er ignoriert die hungrigen Blicke, die ihm folgen. Nichts könnte ihn heute aus der Ruhe bringen. Er war nicht mehr so unbeschwert seit ... ja, seit sein Vater ihm mitgeteilt hat, was er ist und welches Schicksal ihn deshalb erwartet. Und wen würde es nicht beunruhigen zu erfahren, dass es eine ganze Welt gibt, die einen tot sehen will? Und eine weitere, die das nicht im Geringsten interessiert?

Insgeheim nimmt er es seinem Vater übel, dass er ihn zu dem gemacht hat, was er ist – so sehr er auch versucht, das Gefühl zu unterdrücken. Sein Leben lang hat ihn sein Vater deswegen zur Flucht gedrängt, doch in seinem tiefsten Herzen ist Nikolaj nun einmal ein Kämpfer. Nach Anatols Tod kann er nun den Plan verfolgen, der seit Jahren in seinem Kopf reift und von dem sein Vater nie etwas hören wollte.

Nikolaj blickt zum Nachthimmel auf. Kein einziger Stern ist zu sehen, nur finstere Wolken, schwarz auf schwarz. Sie hängen wie gewaltige Gebirge vom Firmament.

Der Gedanke an seinen Vater lenkt Nikolajs Blick automatisch nach oben, obwohl er genau weiß, dass dem ehemaligen Engel der Zutritt ins Obere Reich verwehrt ist. Genauso wie ihm selbst. Nach dem Tod erwartet Gefallene und Nephilim nichts als die ewige Dunkelheit.

Wenn Nikolaj für seine bloße Existenz eine Strafe verdienen sollte, ist das nicht genug? Muss er sein kurzes Leben auch noch in Angst verbringen?

Er schüttelt den Kopf und der Anflug eines Lächelns huscht über sein Gesicht, als er an seine neuen Möglichkeiten denkt. Das Engelsblut, das verwässert in seinen Adern fließt, wird bald keine Jäger mehr anlocken. Er wird die Chance nutzen, die ihm soeben geboten wurde, und damit beweisen, zu was ein wahrer Nephilim fähig ist.

Um seine Gedanken zu bekräftigen, nickt er sich selbst zu. Was wohl Clarissa dazu sagen wird? Er kann es kaum erwarten, seiner Freundin von dem erfolgreichen Treffen zu berichten.

Alek entdeckt Anatols Sohn am Ausgang des Parks. Er zieht den Hut etwas tiefer in die Stirn, wechselt die Straßenseite und folgt ihm so unauffällig wie möglich. Immerhin kann ein Nephilim die Engel sehen. Zumindest theoretisch. Da Nikolaj heute aber noch gedankenversunkener wirkt als sonst, ist es eher unwahrscheinlich, dass er Alek bemerkt.

Der Engel kann sich ein Schmunzeln nicht verkneifen, als er den Nephilim mustert, der mit seinem gesamten Körper nachdenkt. Nikolaj schüttelt den Kopf, nickt oder vollführt abwinkende Gesten; er scheint die restliche Welt dabei völlig zu vergessen. Vermutlich würde er Alek nicht einmal dann bemerken, wenn er unbekleidet durch die Menschenmenge tanzte. Dennoch will er lieber kein Risiko eingehen, nachdem er seinen Schützling schon einmal aus den Augen verloren hat.

Als er Nikolaj etwas früher am Abend gefolgt ist, hat sich der Nephilim auffallend nervös verhalten. Immer wieder hat er sich umgedreht und ist in einem derart umständlichen Winkel durch die Stadt geschlichen, als wolle er einen Verfolger in die Irre führen. Alek beschloss deshalb, ihm seinen Freiraum zu geben und erst später wieder nach ihm zu sehen.

Nikolaj hastet über den Gehweg und schlägt die Kapuze seiner rauchgrauen Windjacke über den Kopf, wodurch es Alek noch schwerer fällt, ihn im Getümmel der Menschen auszumachen. Scheinbar ist halb Flammach in der Innenstadt unterwegs, um an diesem frostigen Abend ein warmes Plätzchen, etwas Gesellschaft und eine Theke zum Anlehnen zu finden. Unter den bunten Lichtern der Bars und Kneipen erscheinen dem Engel die Menschen wie emsige graue Mäuse. Glücklicherweise blickt Nikolaj über die Schulter, bevor er in eine Seitenstraße abbiegt, sodass Alek einen Blick auf sein Gesicht erhaschen und zufrieden dabei zusehen kann, wie sein Schützling den Nachhauseweg einschlägt.

Er sollte hier kehrtmachen und Nikolaj nicht bis zu seiner Wohnung begleiten, da die meist menschenleere Nebenstraße einen Verfolger leicht enttarnen könnte. Außerdem ist er dort sicher. Doch Alek spürt plötzlich ein ungewöhnliches Ziehen in der Magengrube. Ist es eine böse Vorahnung? Wie ferngesteuert setzt er einen Fuß vor den anderen, bis er sich ebenfalls in der Seitenstraße wiederfindet.

Zu beiden Seiten der Straße ragen hohe Mehrfamilienhäuser auf, deren dunkle Fensterscheiben das Licht der Straßenlaternen einfangen und dadurch wirken wie die Augen von Giganten, die ihre Gegend wachsam beaufsichtigen.

So geräuschlos wie möglich bewegt sich der Engel vorwärts, den Nephilim stets im Blick, wobei er das Licht der Laternen meidet und sich in den Schatten hält.

Plötzlich verebbt das Geräusch von Nikolajs Schuhen. Er bleibt stehen, dreht unnatürlich langsam den Kopf nach rechts und hebt die Hände in einer beschwichtigenden Geste hoch. Der Engel runzelt die Stirn und beschleunigt alarmiert seine Schritte. Irgendetwas oder vielmehr irgendjemand muss sich in der Gasse zu Nikolajs Rechten befinden. Ihm bleibt jedoch keine Zeit für Spekulationen, denn der Nephilim rast auf einmal los, verfolgt von einem undeutlichen Schemen, dessen Haar wie ein flammender Schweif hinterher weht.

Wer hätte gedacht, dass dieser verdammte Nephilim so schnell laufen kann?

Es war vorauszusehen: Ihre Zielperson hat Toni sofort als Jägerin erkannt und die Flucht ergriffen. Aber mit dem Tempo, das der Nephilim dabei an den Tag legt, hat sie definitiv nicht gerechnet. Er wirkt, als hätte er einige Übung darin, wegzulaufen.

Geschickt weicht er einigen Passanten aus, die sich in diesen ruhigen Teil der Stadt verirrt haben, dann biegt er unvermittelt nach rechts ab. Toni fängt sich mit einer Hand an der Hauswand ab und prescht mit Schwung hinterher in die dunkle Gasse. Ihre Haare flattern dabei wie ein Vorhang vor ihr Gesicht, wodurch sie fast über eine Mülltonne gestolpert wäre. Fluchend kickt sie einigen Unrat beiseite, den ihre Zielperson als Schikane in ihren Weg befördert hat, und stopft die lange Mähne hinten in ihre Jacke. Sie ist vielleicht nützlich, wenn man in der Menschenmenge ein Schwert an seinem Rücken verbergen will, bei der Jagd sind die Zotteln allerdings kontraproduktiv.

Fast hätte sie den Nephilim nach einigen schnellen Abbiegemanövern durch die engen Nebenstraßen verloren, doch dann blitzt sein blonder Haarschopf wieder auf, bevor er um die nächste Ecke verschwindet.

Schon lange musste sie sich nicht mehr so anstrengen, an jemandem dranzubleiben, und vor allem nicht über eine solche Strecke. Als ihr ein fauliger Geruch in die Nase steigt, merkt sie erst, dass sie sich schon wieder zwischen den heruntergekommenen Fabrikgebäuden und Lagerhallen des World's End befindet. Innerlich stöhnt sie auf bei dem Gedanken, den weiten Weg später zu Fuß zurückgehen zu müssen.

Entschlossen zieht sie das Tempo noch weiter an, aber sie kommt dem Nephilim kein Stückchen näher. Der Flüchtige blickt nicht einmal zurück. Wahrscheinlich dient ihm das dumpfe Geräusch ihrer Stiefel auf dem Asphalt als Orientierungshilfe. Volbeats lässiges ›16 Dollars‹, das in ihren Ohren dröhnt, war rückblickend betrachtet doch keine passende Wahl für diesen Kerl. Denn diese Jagd ist alles andere als alltäglich.

Der Nephilim biegt erneut ab und Toni findet sich mit einem Mal im Innenhof einer Lagerhalle wieder, wo ein hoher Maschendrahtzaun den Weg zur anderen Straßenseite versperrt. Nikolaj hält direkt darauf zu, klettert mit wenigen Handgriffen am Zaun hoch und lässt sich auf der anderen Seite elegant fallen. Toni bremst stöhnend vor dem Hindernis ab.

Muss das jetzt wirklich sein? Sie hat Höhen immer schon gehasst.

Sie spürt das Zittern in ihren gespannten Muskeln, als sie sich nach oben zieht, vorsichtig darauf bedacht, nicht nach unten zu blicken. Oben angekommen, schwingt sie ein Bein über den Zaun und macht dann einen schwerwiegenden Fehler: Sie schaut runter.

»Scheiße, ich bin doch kein Vogel«, murmelt sie. Leicht schwindlig hievt sie sich auf die andere Seite, wobei sich ihre Stiefelspitze prompt in einer der oberen Maschen verfängt. Sie verliert den

Halt, rutscht ab und landet dumpf auf dem Asphalt. Einen Moment lang spürt sie lediglich einen stechenden Schmerz in ihrer Schulter und sieht helle Punkte vor ihren Augen tanzen. Dann rappelt sie sich stöhnend auf, massiert sich die pochende Stelle und sieht sich nach dem Nephilim um, der unermüdlich Haken schlägt wie ein Feldhase.

So wird das nichts ... Sie stellt die Musik ab, schleicht hinter die nächste Halle und pfeift durch die Finger. Das hat noch immer funktioniert. Obwohl sie noch nie verstanden hat wieso. Die Furcht scheint den Verstand jedes Wesens zu vernebeln und es merkwürdige Entscheidungen treffen zu lassen.

Toni lehnt sich mit geschlossenen Augen an die Wand, atmet so ruhig wie möglich und versucht, das Quietschen seiner Schuhsohlen über das Hämmern ihres Herzens hinweg zu lokalisieren.

Flink, aber dämlich, der kleine Hase! Seine Schritte werden unregelmäßiger, bis das Geräusch schließlich verebbt und eine unheimliche Stille auf der menschenleeren Straße hinterlässt. Nur durchbrochen vom Wind, der durch die zerbrochenen Fenster der Gebäude pfeift.

Als sich ihr Puls allmählich normalisiert hat, schleicht Toni auf Zehenspitzen um die Gebäude, bis sie endlich Nikolajs undeutliche Umrisse entdeckt.

World's End ist nicht nur das verlassenste, es ist auch das dunkelste aller Viertel in Flammach, in dem lediglich ein paar flackernde Straßenlaternen dem pechschwarzen Nachthimmel schwachen Widerstand leisten. Toni versteht es jetzt. Ihre Zielpersonen glauben wahrscheinlich, sich im Mantel dieser alles verzehrenden Finsternis verstecken zu können.

Der Nephilim tritt auf Zehenspitzen an eine Lagerhalle heran und fummelt an der Eingangstür herum. Toni hört ein leises Rasseln, dann verschwindet er im Inneren des Gebäudes.

Ja, lauf nur in die Falle. Sie schleicht hinter ihm durch die

Tür und blinzelt, bis sich ihre Augen an die bleierne Dunkelheit gewöhnt haben. Ein kläglicher Lichtschein fällt durch eines der Fenster; die restlichen Öffnungen sind mit Brettern vernagelt. Dennoch erkennt Toni, wie winzige Staubpartikel in den dünnen Lichtstreifen tanzen, die sich durch die Ritzen zwischen den Holzlatten drücken. Leise, katzenhaft bewegt sie sich durch den großen Raum, sorgfältig darauf bedacht, dem Gerümpel auf dem Boden auszuweichen. Die Klinge klirrt leise, als sie ihr Schwert behutsam aus der Scheide zieht. Mit beiden Händen hält sie es vor ihren Körper und dringt immer weiter in das Innere der Halle vor.

Wo mag er stecken? Sie lauscht angestrengt in die Stille, hört aber nur ihren eigenen Atem, der ihr viel zu laut erscheint.

Plötzlich ein Klimpern, als würde ein winziges Metallstück auf den Boden fallen und in ihre Richtung kullern. Blitzschnell wirbelt sie herum und sieht den Nephilim geduckt an der Wand stehen. Er blickt ihr wie ein aufgeschrecktes Reh mit großen Augen entgegen. Sekundenlang mustern sich die Gegner abwägend. Tonis Sinne sind ausnahmslos auf ihre Zielperson gerichtet. Der Nephilim, die Lippen zu einem Strich zusammengepresst, hebt das Kinn, anscheinend bereit für den Tanz. Kaum merklich geht Toni in die Knie wie ein Löwe vor dem Sprung. Bevor sie jedoch auf ihn losgehen kann, stürzt sich wie aus dem Nichts ein Schatten dazwischen.

»Stopp!«, ruft dieser.

Vor Schreck setzt Tonis Herz einen Schlag aus. »Was zum Teufel ...?«, entfährt ihr.

Nikolaj reagiert augenblicklich und nutzt die Ablenkung, um zu fliehen. Rasend schnell läuft er auf den Ausgang zu.

Zwei Sekunden später fängt sich auch Toni. Sie macht einen Satz, kommt allerdings nicht weit, weil der Fremde einen Arm um ihre Taille schlingt. Er ist nicht grob, aber unnachgiebig wie ein Schraubstock. Mit voller Wucht rammt sie ihm den Ellbogen in die Magengegend, wodurch sich der stählerne Griff so weit lockert, dass sie sich mit einem Ruck daraus entwinden kann. Sie sprintet los, hinter dem Nephilim her, der inzwischen am Ausgang angekommen ist, und wirft ihr Schwert grob in seine Richtung. Zu spät. Er hat bereits die dicke Holztür vorgeschoben, in der die Waffe nun wackelnd stecken bleibt.

Mit einem Fuß gegen die Schiebetür gestützt zieht Toni das Schwert aus dem Holz, dann stürzt sie sich auf den eisernen Türgriff und rüttelt kräftig daran – ohne Erfolg. Hemmungslos fluchend zerrt sie an dem Griff, die Tür knarrt und ächzt, gibt jedoch keinen Millimeter nach. Knurrend tritt sie dagegen.

»Er hat mich eingeschlossen«, schimpft sie zwischen zwei weiteren Tritten. »Dieser verdammte Mistkerl!«

»Könntest du das Fluchen bitte einstellen?« Die Stimme klingt wie warmer Honig, nur der bittere Tonfall will nicht recht dazu passen.

Toni fühlt sich, als hätte sie auf eine Zitrone gebissen. Schnaubend wirbelt sie zu dem Fremden herum, der zwischenzeitlich ein Feuerzeug entzündet hat, um die Umgebung zu beleuchten.

»Du!« Drohend richtet sie die Schwertspitze auf ihn. »Was in den drei Welten sollte das denn?«

Sie beißt sich auf die Lippen. Was ist das überhaupt für ein Kerl? Ist er ein Mensch? Abschätzend mustert sie den Mann, der auf den ersten Blick wie ein verlumpter Straßenmusikant aussieht. Aber da steckt mehr unter dem abgetragenen Mantel, so viel ist sicher.

Obwohl Toni mit gut einem Meter siebzig und den Absätzen an ihren Stiefeln selbst schon groß ist, muss sie weit zu ihm aufblicken, um in sein Gesicht sehen zu können. Unter dem verschlissenen Trilby blitzen goldbraune Strähnen hervor und umrahmen ein zartes, porzellanartiges Gesicht. Sein Alter kann sie beim besten Willen nicht schätzen. Er sieht jung aus, wenn man nicht in seine Augen blickt. Diese wissenden, glasklaren Augen ... Noch nie zuvor hat sie ein so tiefes und schillerndes Blau gesehen. Selbst an diesem dunkelsten aller Orte strahlen seine Iriden wie geschliffene Saphire in der Sonne.

Toni schnappt geräuschvoll nach Luft. »Du bist ein Engel!«

»Ja«, antwortet er, als sei überhaupt nichts dabei.

Sie rollt mit den Augen, dreht sich stöhnend zur Tür um und steckt ihr Schwert zurück in die Scheide. In einem Akt der Verzweiflung rüttelt sie mit beiden Händen am Türgriff, während ihrer Kehle Geräusche entschlüpfen, die den Menschen sonst nur dann entfahren, wenn sich das Finanzamt zur Steuerprüfung anmeldet.

»Gottverdammt!«, flucht sie – der Engel macht ein Gesicht, als hätte sie ihm einen Schlag in den Solar Plexus verpasst – und stemmt sich mit aller Kraft gegen die Tür, die davon völlig unbeeindruckt am selben Fleck verharrt. »Hier drin ist alles vergammelt und morsch, nur die Tür, die hält bombenfest!«

Mit der flachen Hand hämmert sie gegen das Holz. Warum weiß sie selbst nicht genau. Es macht sie nervös mit einem Engel, ihrem natürlichen Feind, eingesperrt zu sein. Irgendjemand muss doch dort draußen sein, der sie aus ihrer misslichen Lage befreit. Aber wer sollte sie in dieser verlassenen Ecke am Ende der Welt schon hören?

»Ich glaube nicht, dass dich jemand hören kann«, bestätigt der Engel ihre Vermutung und setzt sich auf eine Holzkiste.

Er scheint keineswegs beunruhigt über die Situation, im Gegenteil. Die Ruhe, die er ausstrahlt, verursacht ein unangenehmes Kribbeln in Tonis Nacken. Sie kaut auf ihrer Unterlippe, während sie ihn eingehend mustert.

»Könntest du mir vielleicht mal helfen?«, schnauzt sie ihn nach einer Weile der stummen Beobachtung an. »Habt ihr Engel nicht irgendwelche übersinnlichen Kräfte oder so was?«

»Mein Volk hat große Kraft, jedoch nicht hier. Es ist, als sauge die bittere Atmosphäre eurer kaltblütigen Welt die Energie aus uns.«

»Schon gut. Ein einfaches ›Nein‹ hätte gereicht. Ich wollte nicht gleich deine ganze Lebensgeschichte hören.«

Den verwirrten Blick, den er ihr zuwirft, ignoriert sie absichtlich. Sie hat keine Lust, dem Engel irgendetwas zu erklären. Der Drang, sehr schnell und sehr weit von ihm wegzukommen, wächst mit jeder Sekunde rapide an. »Wäre ja auch zu praktisch gewesen.« Sie zieht ihr Smartphone aus der Innentasche ihrer Lederjacke und wirft einen Blick auf das Display. »Na, perfekt – kein Empfang ...«

»Was ist daran perfekt?«, fragt der Engel ernsthaft irritiert.

Gegen Sarkasmus scheint man im Oberen Reich immun zu sein. Toni wirft ihm einen verächtlichen Blick zu, bevor sie die Taschenlampe ihres Telefons anschaltet und den Raum ableuchtet.

Kisten und Paletten bedecken einen Großteil des Bodens in dem rechteckigen Betonklotz, dessen löchrige Decke von massiven Stahlträgern gestützt wird. Toni entdeckt frische Fußspuren in der dicken Staubschicht, ihre eigenen und die des Nephilim; das Gebäude ist vorher offenbar seit Längerem nicht betreten worden. Gründlich sucht sie die Wände ab, beleuchtet die verrammelten Fenster und jede Ecke, kann allerdings nirgends einen zweiten Ausgang entdecken.

Frustriert massiert sie sich die Stirn. »Ich bin am Arsch der Welt, eingesperrt in einer Lagerhalle – mit einem Engel!« Ihre Stimme hallt in dem Raum noch nach, da dreht sie sich um und zielt mit dem Finger auf ihren Mitgefangenen. »Kannst du mir mal verraten, was das sollte? Seit wann interessiert sich das Obere Reich für ihre verkommenen Bastarde?«

»Nikolaj ist kein Bastard«, zischt der Engel und strafft die Schultern. »Ich habe mein Wort gegeben, ihn zu beschützen.« Die eiserne Ernsthaftigkeit verdüstert seine Miene schlagartig und verleiht der Erklärung einen bedrohlichen Anstrich.

Toni erschauert unwillkürlich, schüttelt das beklemmende

Gefühl allerdings sofort wieder ab. Lächerlich. Sie wird doch keine Angst vor einem Engel haben!

»Tja, dann haben wir beide wohl ein Problem«, erwidert sie so entschlossen wie möglich und verschränkt die Arme vor der Brust. »Ich habe nämlich mein Wort gegeben, ihn auszuschalten.«

Verächtlich schüttelt der Engel den Kopf. »Wie kannst du nur mit dir selbst leben?«

Ist das sein Ernst? »Oh, bitte, du bist so ein Heuchler! Ihr seid bisher doch froh gewesen, dass wir euren unliebsamen Nachwuchs aus dem Weg geräumt haben. Ihr tut immer so heilig, als würdet ihr über allem stehen, aber eure Kinder erkennt ihr nicht an, weil ihr an eure Fehler nicht erinnert werden wollt.«

Der Engel verzieht keine Miene. »Untätigkeit bedeutet nicht Zustimmung. Wie viele Engel kennst du denn, dass du so gut über uns Bescheid weißt?«

Wenn sie ehrlich sein wollte, müsste sie zugeben, dass sie bisher noch nie einem Engel begegnet ist. Sie kennt lediglich die Geschichten, die in der Unterwelt erzählt werden. Dort sind die Vertreter des Oberen Reiches bekannt für ihre Arroganz und ihren Stolz, aber auch für ihre überirdische Schönheit, die Toni nun mit eigenen Augen sieht und die sie – zugegebenermaßen – vom Wesentlichen ablenkt.

»Genügend«, brummt sie und wendet rasch den Blick ab. Eigentlich ist das nicht einmal gelogen, denn nur einen einzigen Engel zu kennen, ist für eine Jägerin bereits mehr als genug.

Ein leises Lächeln formt sich auf den Lippen des Engels, als er wissend den Kopf neigt. Dann seufzt er ausgiebig. »Du musst den Nephilim nicht töten«, meint er und vollführt eine seltsam wedelnde Geste mit der Hand. »Weigere dich.«

»Versuchst du gerade eine Art Gedanken-Manipulations-Trick mit mir?«

»Ich habe keine Ahnung, wovon du sprichst.« Der Engel wendet den Blick von ihr ab, kneift die Brauen zusammen und betrachtet die Sneakers an seinen Füßen. Er macht einen merkwürdig verlorenen Eindruck – für einen Engel.

Toni empfindet fast so etwas wie Mitleid mit dem Vertreter des Oberen Reiches. Wahrscheinlich schlägt sie deshalb einen versöhnlicheren Ton an und setzt sich seufzend ihrem Feind gegenüber auf eine Holzkiste. In gebührendem Abstand, versteht sich.

»Tut mir echt leid für dich, Kumpel, aber ich habe einen Auftrag und den werde ich ausführen. Ich hab einen Ruf zu verlieren, schließlich bin ich dafür bekannt, meine Aufträge in Rekordgeschwindigkeit zu erledigen.« Das musste er doch verstehen. Oder nicht? Und warum interessiert sie das überhaupt? »Selbst wenn ich wollte – was garantiert *nicht* der Fall ist –, dann *könnte* ich mich gar nicht weigern.«

In den Augen des Engels blitzt deutlich erkennbar die Verachtung auf, als er Tonis Blick erwidert. »Du bist demnach auch noch stolz darauf, Geld mit dem Blut Unschuldiger zu verdienen?«

»Unschuldiger?«

»Was hat Nikolaj verbrochen?«

Er ist ein Nephilim, wäre es ihr beinahe herausgeplatzt, sie kann sich jedoch gerade rechtzeitig auf die Lippen beißen. Das ist ein Grund, den der Engel sicherlich nicht gelten lässt; um bei der Wahrheit zu bleiben, aber der einzige, den sie hat. Immerhin hat sie keine Ahnung, warum Luzifer die Engelskinder tot sehen will. Er wird schon seine Gründe haben. Und wieso diskutiert sie überhaupt mit einem Engel darüber?

Schnaubend wedelt sie mit der Hand, als wische sie die Frage einfach fort. »Was geht dich das an? Solltest du nicht besser nackt auf einer rosafarbenen Wolke sitzen und Harfe spielen, anstatt hier dumm rumzulabern?«

Damit steht sie auf und leuchtet abermals mit ihrer Taschenlampe durch den Raum.

»Dass du deine Taten nicht rechtfertigen kannst, ist kein Grund dafür, garstig zu werden.« Der spöttische Unterton ist deutlich rauszuhören.

Garstig? »Hör zu ... Engel!« Sie dreht sich mit einem missbilligenden Blick um und richtet die Lampe auf ihn. »Ich muss überhaupt nichts *rechtfertigen*. Ich mache nur meinen Job.«

»Alek«, berichtigt er sie, während er gegen das Licht anblinzelt. Die tiefblaue Farbe seiner Iris verändert sich durch den Lichtstrahl genauso wenig wie die Größe seiner Pupillen.

Toni runzelt die Stirn. »Was?«, fragt sie wenig geistreich zurück.

»Alek – das ist mein Name. Er bedeutet ›Beschützer‹.«

»Na, das ist ja mal echt clever«, spottet sie und dreht ihm wieder den Rücken zu, um sich dem Beleuchten des Raums zu widmen. Allerdings, ohne neue Erkenntnisse zu gewinnen.

Ein flaues Gefühl breitet sich in ihr aus. Sie sollte wirklich nicht hier sein – mit ihm. Sich von Engeln fernzuhalten, befiehlt nicht nur der gesunde Menschenverstand, es ist zudem eine der drei goldenen Regeln der Kopfgeldjäger. Im Schummerlicht zusammenzusitzen und sich gegenseitig ihre Namen zu verraten ist aber nicht unbedingt das, was weithin unter ›fernhalten‹ verstanden wird. Und das seltsame Verlangen, die makellose Haut an seiner Wange zu berühren, erst recht nicht.

Toni spürt den Blick des Engels auf sich, warm und kribbelnd, als drücke ihr jemand ein Heizkissen an den Hinterkopf. Sie beschließt, die unpassenden Empfindungen zu unterdrücken und weiterhin die kalte Kopfgeldjägerin zu mimen. Dafür sollte sie sich nicht besonders anstrengen müssen, schließlich spielt sie diese Rolle tagtäglich.

»Hast du auch einen Namen?«, fragt der Engel.

Ohne sich umzudrehen, brummt Toni etwas, das einem ›Ja‹ sehr nahe kommt.

»Verrätst du ihn mir?«

Sie atmet tief durch, dann wirbelt sie schnaubend zu ihm herum, um ihm zu sagen, dass ihn das – verdammt nochmal – nichts angeht. Doch, als sie das leise Lächeln auf dem Gesicht des Engels sieht, setzt ihr Verstand für den Bruchteil einer Sekunde aus.

»Toni«, haucht sie und würde sich gleich darauf am liebsten ohrfeigen. Dieser verdammte Engel mit seinem dämlichen Lächeln und diesen bescheuerten großen Augen! Höchste Zeit sich zusammenzureißen, Toni.

»Seltsamer Name für eine Frau. Ist das dein richtiger Name?«

»Nein, das ist mein Künstlername, wenn ich am Broadway auftrete. Was für ein Name ist überhaupt ›Alek‹? So heißt doch kein Mensch!«

»Ich bin kein *Mensch.*«

Der Engel wendet den Blick ab und mustert stattdessen den staubigen Fußboden. Toni spürt einen Stich in der Brust, als sie seinen Gesichtsausdruck bemerkt. Er wirkt … ernüchtert. Das lässt ihn deutlich menschlicher aussehen als die kalte Kopfgeldjägerin, die vor ihm steht. Vielleicht ist es in diesem besonderen Fall für alle Beteiligten besser, kooperativ anstatt spöttisch zu sein.

Also setzt sich Toni erneut auf die Holzkiste, sorgfältig darauf bedacht, nicht direkt in Aleks Augen zu schauen. »Toni ist die Abkürzung von Antonia«, erklärt sie.

Der Engel nickt, schweigt jedoch.

»Hör mal, wir können gerne nachher bei einer Tasse Tee über die Eigenheiten unserer Sternzeichen sinnieren, aber zuerst müssen wir hier rauskommen, das siehst du doch auch so?«, fragt sie in ihrem kooperativsten Tonfall und blickt ihn hoffnungsvoll an. »Hast du eine Idee, wie wir das schaffen?«

Alek schüttelt den Kopf, ohne sie anzusehen. Engel sind wirklich miese Lügner.

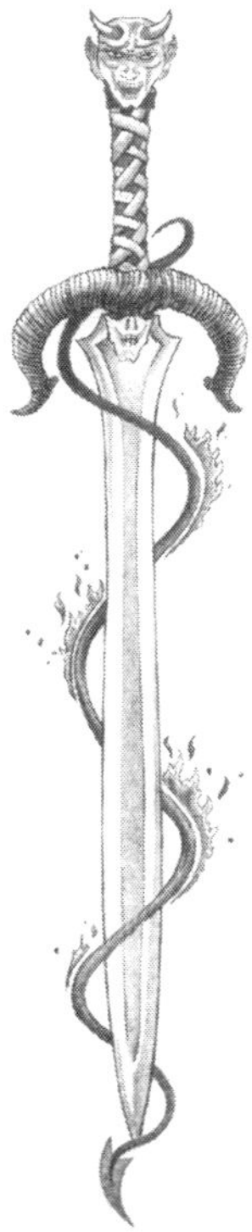

# SAPHIRBLAUE WIRRUNGEN

Nikolaj stapft die Straße entlang, die Hände zu Fäusten geballt. Die Wut, die er empfindet – auf das System im Allgemeinen und die Jägerin im Besonderen –, wird zusätzlich geschürt durch die gleißenden Funken der Selbstverachtung. Er ärgert sich derart darüber, wie er, der elende Feigling, geflohen ist, dass sein Gesicht regelrecht glüht. Doch was hätte er tun sollen? Wie hätte er sich gegen eine ausgebildete Kopfgeldjägerin mit tödlichem Dämonenschwert verteidigen sollen? Zu fliehen war die beste, die einzige Möglichkeit ... Trotzdem schnürt ihm der Zorn förmlich die Kehle zu.

Nachdem er sich vergewissert hat, dass ihm dieses Mal niemand folgt, betritt er das Wohnhaus. Er hastet die Treppe hinauf, nimmt jeweils zwei Stufen auf einmal und kramt mit einer zitternden Hand in der Hosentasche nach den Schlüsseln. Seine Gedanken kreisen nur noch um Clarissa; als hätte sein Verstand beim Betreten des Hauses eine Tür – ihre Tür – in seinem Kopf aufgestoßen und alle anderen verschlossen. Sie wartet seit Stunden auf ihn und sorgt sich bestimmt. Rasch schlüpft er in die Dachwohnung.

»Clarissa?« Nikolajs Stimme durchdringt die Stille. Er atmet erleichtert auf, als seine Freundin im Flur erscheint und mit geröteten Wangen auf ihn zumarschiert. Die blonden Locken, die ihr herzförmiges Gesicht umrahmen, wippen bei jedem ihrer Schritte.

»Wo bist du so lange gewesen?«, will sie wissen.

Nikolajs Herz stolpert beim Anblick ihrer sorgenvollen Miene. Stürmisch zieht er sie in eine Umarmung und saugt den beruhigend blumigen Duft ihres Haares ein. »Bitte mach dir jetzt keine Sorgen, Schatz«, flüstert er ihr ins Ohr.

Clarissa schiebt ihn von sich und blickt ihn herausfordernd an. »Jedes Mal, wenn du sagst, ich soll mir keine Sorgen machen, stecken wir in ernsthaften Schwierigkeiten. Was ist passiert?«

»Wir müssen eine Weile in unser Versteck umziehen.« Nikolaj greift nach Clarissas Schultern und drängt sie Richtung Schlafzimmer. »Eine reine Vorsichtsmaßnahme.«

»Nikolaj!« Seine Freundin stemmt sich mit aller Kraft gegen ihn. »Ich werde nirgendwohin gehen, ehe du mir nicht erzählst, was los ist! Ich bin auch eine Nephilim, falls du es vergessen hast. Wenn du in Gefahr bist, bin ich es ebenfalls. Ich habe zumindest das Recht zu erfahren, vor *was* ich mich verstecken muss.«

Seufzend hält Nikolaj vor der Schlafzimmertür an. Clarissa ist keine schwache Menschenfrau, das ist ihm bewusst. Aber die Jägerin ist das genauso wenig.

»Vorhin habe ich die Kopfgeldjägerin Flammachs kennengelernt«, räumt er zögerlich ein.

Angst, Verwirrung und Erschütterung verdüstern Clarissas himmelblaue Augen wie Gewitterwolken und ihr Mund öffnet sich, während sie Nikolaj anstarrt.

»Siehst du, genau das ist es.« Er legt ihr besänftigend eine Hand an die Wange. »Dieses Gesicht wollte ich vermeiden.«

Sie blinzelt, dann schaut sie ihn von oben bis unten prüfend an, bevor sie behutsam sein Gesicht mit beiden Händen umfasst und ihm einen liebevollen Kuss auf die Lippen haucht. Nikolajs Herzschlag beschleunigt sich augenblicklich.

»Geht's dir denn gut, Niko? Bist du verletzt?«, fragt sie so vorsichtig, als sei sie nicht sicher, ob sie die Wahrheit ertragen könnte. »Wie bist du entkommen?«

»Mir geht es gut.« Ungeduldig schiebt er sie ins Schlafzimmer. Dort zieht er zwei Reisetaschen unter dem Bett hervor, die er bereits bei ihrem Einzug für den Notfall gepackt hat. Als er die Taschen auf dem Sideboard abstellt, wirft er seiner Freundin einen abwägenden Blick zu. »Ein Engel hat sich zwischen uns gestellt.« Er schüttelt den Kopf. Das ist erst vor wenigen Minuten passiert, oder nicht? Es kommt ihm vor wie ein Traum.

Clarissa, die eben in einer Schublade gewühlt hat, erstarrt und blickt ungläubig zu ihm auf. »Wie bitte?«

»Er kam aus heiterem Himmel, wie aus dem Nichts, hat sich vor mich gestellt und ›Stopp‹ gerufen. Ich weiß nicht, was ich davon halten soll.«

Clarissa verzieht die Lippen und legt zwei Finger an das schlichte Kreuz, das an einer silbernen Kette um ihren Hals hängt. Eine Geste, die Nikolaj schon oft beobachtet, aber nie verstanden hat.

»Bist du sicher, dass es ein Engel war?«

Ein Engel, der sich für das Schicksal eines Nephilim interessiert, erscheint ihr offensichtlich genauso unwahrscheinlich wie ihm.

»Hundertprozentig.« Nikolaj sinkt aufs Bett und reibt sich die Stirn.

»Warum hast du ihn nicht nach dem Grund gefragt?« Clarissa lässt sich neben ihm nieder.

»Konnte ich nicht. Ich habe ihn mit der Jägerin in der Lagerhalle eingesperrt.«

»Niko.« Ihr vorwurfsvoller Tonfall versinkt in dem zärtlichen Lächeln, das sie ihm immer schenkt, wenn er etwas Unüberlegtes tut. »Ist das der Dank dafür, dass er dich gerettet hat? Den hast du wohl geheilt. Das wird er so schnell nicht wieder tun.«

»Ich war damit beschäftigt zu überleben, ich hatte keine Zeit für ein höfliches Schwätzchen. Außerdem kommt der sicher klar ...«

Damit steht er auf, greift nach den Reisetaschen und bedeutet Clarissa voranzugehen. Er möchte sie in Sicherheit wissen, bevor er seiner Freundin und den anderen von den fantastischen Neuigkeiten erzählt.

Und dann wird die Jägerin als Erste büßen.

»Was machst du da überhaupt?«

Toni wirft einen Blick über die Schulter und verengt die Augen zu schmalen Schlitzen.

Der Engel sitzt nach wie vor auf seiner Holzkiste, ein amüsiertes Schmunzeln auf den Lippen, und beobachtet, wie die Jägerin Kisten aufeinanderstapelt.

»Ich baue eine Treppe zum Fenster«, antwortet sie und betont jedes Wort einzeln. Nichts ist ihr lästiger, als das Offensichtliche zu erklären. Auf sein leises Lachen hin wirbelt sie herum, bläst ein paar widerspenstige Locken aus ihrem Gesicht und stemmt die Fäuste in die Seiten. »Hast du was dazu zu sagen? Oder mal ganz was Neues: Hast du vielleicht selber eine Idee?«

Toni hat eines erkannt: Alle Kooperationsbereitschaft ist sinnlos, wenn der Engel einfach nur stur auf einer Holzkiste sitzt und unkooperativ ist. Deshalb ist sie wieder zur Rolle des feindseligen Kopfgeldjägers übergegangen. In der fühlt sie sich ohnehin viel wohler.

»Was machst du, wenn du oben angekommen bist?«, fragt der Engel weiter.

Das schelmische Lächeln auf seinen Lippen lenkt Tonis Gedanken zum wiederholten Mal in eine unwillkommene Richtung. Wie kann ein simples Lächeln ein Gesicht so bedeutend verändern? Hat er vorher noch den Eindruck eines tragischen Racheengels erweckt, lässt ihn das vergnügte Funkeln in seinen Augen nun viel harmloser erscheinen. Und mit den kleinen Fältchen um seine Augen- und Mundwinkel wirkt er täuschend menschlich. Fast schon verletzlich …

»Willst du geradewegs aus dem Fenster springen?«

Toni schüttelt den Kopf, um die unerwünschten Gedanken zu vertreiben. »Was ich mache, wenn ich oben angekommen bin, sehe ich, wenn ich oben angekommen bin.« Sie hatte vor, kühl zu klingen, kann das Zucken ihres Mundwinkels jedoch nicht aufhalten. Sein Lächeln ist ansteckend.

Seufzend wirft sie einen Blick nach oben. Das Fenster ragt in etwa drei Meter Höhe über ihr auf und aus dem Rahmen blitzen vereinzelt Glassplitter wie unförmige Dolche hervor. Sie hat die Frage, wie sie auf der anderen Seite nach unten kommen soll, schleunigst in den hintersten Teil ihres Bewusstseins geschoben. Was jetzt zählt, ist überhaupt etwas zu tun. Denn wer weiß, zu was das untätige Herumsitzen und das Starren in Engelsaugen sonst noch führt. Toni greift nach einer beinahe unbeschädigten Kiste und klettert damit die provisorische Treppe hinauf.

»Warum tust du das?«

»Das habe ich dir doch schon tausend Mal …« Seufzend bricht sie den Satz ab und schielt über ihre Schulter auf das dämmrige Eck, in dem er sitzt und ungelenk das Smartphone in der Hand hält, um mit dessen Taschenlampe Tonis selbstgebastelten Aufgang zu beleuchten. »Es ist wirklich schmeichelhaft, dass du dich hier drin so wohl fühlst, aber ich möchte nicht bis in alle Ewigkeit hier vergammeln. Mit dir.«

»Ich wollte auf etwas anderes hinaus.« Ist es Einbildung oder ist eben tatsächlich ein gekränkter Ausdruck über das Gesicht des Engels gehuscht? »Warum hast du dich für diesen Beruf entschieden? Ich verstehe es einfach nicht. Hast du schon einmal erwogen, eine andere Richtung einzuschlagen?«

Toni stellt die Kiste auf den übrigen ab und klettert vorsichtig hinauf. Dann blickt sie wieder zu Alek, der von ihrem Standpunkt aus unglaublich weit entfernt scheint, was sie leicht zum Schwanken bringt. Warum muss heute alles so hoch sein?

Unauffällig stützt sie sich an der Wand ab und zuckt betont lässig mit den Schultern. »Na ja, warum ist der Totengräber nicht Frisör geworden? Was soll ich sagen? Man muss eben tun, was einem liegt.«

»Willst du damit behaupten, dass du böse geboren wurdest?«

»Ja, so ungefähr.«

Langsam dreht sie sich wieder um. Inzwischen ist sie weit genug oben, um in die Öffnung greifen zu können. Vorsichtig betastet sie den Rahmen, bis sie eine splitterfreie Stelle gefunden hat. Dann zieht sie sich hoch und steigt in die Fensteraussparung. Mit beiden Händen links und rechts an der Wand abgestützt, wirft sie einen Blick nach unten.

Während sie die dunkle Straße in Augenschein nimmt, erinnert sie sich an den Schwimmunterricht in der Schule und wie die coolen Kids alle vom Dreimeterbrett gesprungen sind. Diesen Sprung hat sie nur einmal geschafft; und das auch nur, weil Lestat sie geschubst hat.

»Niemand wird böse geboren«, beharrt der Engel ohne den kleinsten Anflug von Zweifel in seiner Honigstimme. »Es sind die Umstände, die den Menschen zu dem machen, was er ist. Was war es, das dich ins Dunkel trieb?«

Langsam, ohne die Wand loszulassen, dreht sich Toni um und grinst verschlagen auf den Engel herab. »Denk gar nicht erst daran, mich psychoanalysieren zu wollen, Dr. Freud. Ich bin, was ich bin. Und das kannst auch du nicht ändern.«

Sie geht in die Hocke, schließt einen Moment lang die Augen, um den höhenbedingten Schwindel zu vertreiben, und schaut wieder auf die Straße. Dabei entdeckt sie einen großen Müllcontainer an der Wand der Lagerhalle, nur wenige Meter entfernt. Der Plastikdeckel würde ihren Sturz abfangen. Aber wie soll sie dort rüberkommen? Als sie sich umsieht, bemerkt sie eine Dachrinne direkt über ihrem Kopf. Das könnte klappen.

Vorsichtig greift sie zuerst mit der einen, dann mit der anderen Hand in die Rinne und rüttelt kräftig daran. Ein blechernes Stöhnen schallt durch die Straße, aber das Metall hält. Vorerst. Tief durchatmend zieht sich Toni hoch, kneift konzentriert die Brauen zusammen und beginnt, sich unter dem unheilvollen Quietschen und Ächzen der Dachrinne vorwärts zu hangeln, in der Hoffnung, dass dies nicht ihre letzte ›gute‹ Idee gewesen ist.

Als sie nach unten schaut, scheint der Container plötzlich sehr viel weiter entfernt zu sein, wie es von der Seite den Eindruck gemacht hat. Ein Stoßgebet später lässt sie die Rinne los und landet kurz darauf mit einem lauten Scheppern auf dem Deckel des Containers. Ihre Knie knicken ein, sie rollt sich ab und schlägt auf dem Boden auf. Ein scharfer Schmerz fährt in ihre verletzte rechte Schulter. Stöhnend hievt sie sich hoch, betastet sich kurz, um zu überprüfen, ob der Rest von ihr noch heil ist, dann schaut sie zum Fenster hoch. »Willst du da drin bleiben?«, ruft sie.

Kurz darauf tritt der Engel in die Fensteraussparung und schaut auf sie herab. Ohne zu zögern, macht er einen Schritt nach vorne und lässt sich fallen.

»Warte!«

Noch bevor Toni überrascht die Hände gehoben hat, ist der Engel bereits elegant und geräuschlos neben ihr auf den Füßen gelandet, behände wie eine Katze.

Mit großen Augen schaut sie zu ihm auf. »Wow ... das war ... ganz schön unfair!«

Ohne eine Miene zu verziehen, reicht er ihr das Telefon. Sie nimmt es, ein kurzes »Danke« murmelnd, entgegen und steckt es umständlich und unterdrückt fluchend, als sich ihre schmerzende Schulter meldet, in die Innentasche ihrer Jacke. Eben will sie sich in Bewegung setzen, da berührt sie der Engel sachte am Arm.

»Bist du verletzt?«, fragt er, aber seine Worte dringen nur gedämpft zu ihr durch.

Toni spürt die federleichte Berührung, einem Stromschlag gleich, durch ihren Körper sprudeln. Sie keucht, doch anstatt zurückzuweichen, geht sie auf den Engel zu und blickt ihm in die tiefblauen Augen. Mit einem Mal wirken sie wie verschleiert; wie ungeschliffene Saphire.

Der Engel zieht seine Hand ruckartig zurück, als hätte er sich die Finger verbrannt. Und so unerwartet wie die Erschütterung kam, verschwindet sie auch wieder und lässt lediglich ein dumpfes Pochen an der Stelle zurück, die er berührt hat.

Toni blinzelt verwirrt. Und auch der Engel wirkt irritiert, wie er so mit gerunzelter Stirn vor ihr steht und sie mit überraschtem Blick mustert.

Toni muss sich regelrecht losreißen. Hastig stolpert sie zurück, obwohl sie eine unerklärliche Anziehung verspürt, als hätte sie der Engel magnetisch aufgeladen. Sie muss den Kopf schütteln, um dem Drang zu widerstehen, ihre Finger durch sein seidig glänzendes Haar gleiten zu lassen.

»Also dann.« Ihre Stimme klingt fremd in ihren Ohren, viel zu hell und so klar. »Ich muss los.«

Schwankend setzt sie sich in Bewegung und steuert die Straße ins Stadtzentrum an, ohne sich noch einmal umzudrehen. Allerdings spürt sie den Blick des Engels, warm und kribbelnd, bis sie um die Ecke gebogen ist.

Die meisten Taxifahrer sind höllische Angestellte – daher die ewig schlechte Laune und die ständigen Umwege. Mit kleinen, aber feinen Gemeinheiten kann man eine ganze Menge Bonuspunkte beim großen Boss sammeln. Umso verwunderlicher, dass Toni ausgerechnet heute auf ein besonders mürrisches und fragwürdiges Exemplar stößt, das tatsächlich ein normaler Mensch ist. Sie braucht all ihre weibliche Überzeugungskraft, um dem Fahrer einzureden, sie käme von einer Kostümparty und das Schwert an ihrem Rücken sei bloß ein Imitat.

Schließlich sinkt sie doch noch erschöpft in die Lederpolster des Rücksitzes und das Taxi rollt gemächlich los. Eine ungewöhnliche Müdigkeit hat sie überfallen und scheint ihr mehr und mehr Energie zu entziehen, je weiter sie sich vom World's End entfernt. Sie kurbelt das Fenster runter und hält die Nase in den kalten Fahrtwind, in der Hoffnung, ein wenig frische Luft könnte ihre Verwirrung davon wehen. Die Szene, die sich eben ereignet hat, spielt sich immer wieder vor ihrem geistigen Auge ab. Was für ein merkwürdiges Gefühl es war, von dem Engel berührt zu werden ... Sie findet einfach keine Worte, keine Erklärung dafür.

Seltsames Volk, diese Engel.

Sie taucht erst aus ihren Überlegungen auf, als der Fahrer sie rüde darauf hinweist, dass sie aussteigen muss. Grummelnd drückt sie ihm ein paar Scheine in die Hand – ein paar zu viel, dem verschlagenen Grinsen nach zu urteilen –, steigt aus und schlurft gähnend auf das Mehrfamilienhaus zu, in dem sie wohnt.

Sie sollte die Sache nicht zu ernst nehmen. Was jetzt wirklich zählt, ist der Nephilim. Er ist entkommen, weshalb sie die Jagd morgen fortsetzen muss. Eine ungewohnte Situation für die sonst so fehlerfreie Jägerin.

Warum musste sich Alek auch unbedingt einmischen?

Ja, spinnt sie denn? Hat sie den Engel eben tatsächlich beim Namen genannt? Schnaubend stapft sie die Stufen hinauf, betritt fluchend das Appartement und wirft ihr Schwert schwungvoll in den Schirmständer.

Durch den Lärm angelockt, schielt Lestat argwöhnisch um die Ecke.

»Du glaubst nicht, was mir passiert ist.«

Lachend kommt er auf sie zu und zupft einige zusammengeballte Staubansammlungen aus ihren Haaren und von der Lederjacke. »Wie siehst du denn aus? Das sind schon keine Staubmäuse mehr, das sind Staub*ratten*.«

Toni blickt an sich hinab. Auf dem rauen Hirschleder ihrer Kampfmontur haftet der Staub wie an einer Fusselbürste. Ungeduldig wedelt sie seine Hände von sich. »Lass das.«

»Hast du dich unter dem Bett deines verheirateten Liebhabers versteckt?« Grinsend hebt der Vampir die Brauen.

»Wer einen bunten Seidenkimono trägt, hat nicht das Recht über das Aussehen anderer Leute herzuziehen.« Sie wirft einen missbilligenden Blick auf Lestats Garderobe, schlürft dann ins Wohnzimmer und lässt sich auf der Couch nieder, wo sie wie ein Kartenhaus in sich zusammenfällt.

Lestat folgt ihr, lehnt sich mit vor der Brust verschränkten Armen an die Wand und bedenkt seine Mitbewohnerin mit einem argwöhnischen Blick. »Was ist dir denn bitte über die Leber gelaufen?« Behutsam streicht er über die Seide seines Morgenmantels. »Und, was noch viel wichtiger ist: Wo zum Teufel bist du gewesen?«

Toni lehnt sich in die Kissen zurück und reibt sich mit den Händen übers Gesicht. »World's End. Eingesperrt in einer Lagerhalle. Mit einem Engel.«

Die Fragen, die hinter Lestats weit aufgerissenen Karamellaugen rotieren, kann man förmlich daraus ablesen. »Einem was?«

»Ein Engel hat mir den Auftrag versaut. Er hat gesagt«, sie richtet sich auf und imitiert den pathetischen Tonfall des Engels gekonnt, wie sie findet, »Ich habe mein Wort gegeben, den Nephilim zu beschützen.«

Der Vampir beäugt sie weiterhin sprachlos, die Überraschung scheint jedoch allmählich einer schweren Verwirrung zu weichen.

»Der Nephilim wusste anscheinend auch nicht, wie ihm geschieht.« Toni zuckt mit den Schultern. »Denn er hat uns beide in dieser verdammten Lagerhalle eingeschlossen. Und natürlich war er längst über alle Berge, bis wir da endlich rausgekommen sind.«

»Du meinst ... ein echter Engel?« Lestat breitet seine Arme aus. »So mit Flügeln?«

»Du schaust eindeutig zu viele schlechte Filme.«

Die Augen des Vampirs glänzen begeistert. Er tänzelt um den Couchtisch herum, setzt sich neben Toni und schaut sie erwartungsvoll an. »Wie sah er aus?«

Sie antwortet mit einer wegwerfenden Handbewegung und sinkt in die Sofakissen zurück. »Na, wie Engel eben aussehen.«

Mit einem Mal spürt sie das sanfte Pulsieren an ihrem Arm, wo er sie berührt hat, überdeutlich. Es erscheint ihr falsch, über den Engel zu sprechen. Selbst mit Lestat. Es ist, als hielte ihr Verstand die Worte gewaltsam fest, weil ihre Intuition ihm dazu rät.

Lestat runzelt die Stirn. »Ach so? Wie viele kennst du denn?«

*Wie viele Engel kennst du denn, da du so gut über uns Bescheid weißt?* Die Worte des Engels ziehen wie ein Leuchtfeuer durch ihr Bewusstsein. Toni atmet tief aus, bevor sie Lestat einen verärgerten Blick zuwirft. Ihr bester Freund will sie bestimmt nicht ausquetschen, aus seiner Miene spricht die reine Neugier. Dennoch machen Toni seine Fragen ungewöhnlich nervös.

Sie presst Daumen und Zeigefinger gegen ihr Nasenbein und schließt einen Moment lang die Augen. Sie sollte sich zusammenreißen und ihm ein paar harmlose Informationen zustecken. Irgendetwas Belangloses, damit er zufrieden ist und nicht weiter über die Bedeutung des Ganzen nachgrübelt.

»Groß, muskulös, zieht sich an wie ein Penner«, zählt sie bemüht gleichgültig auf und versucht dabei, die Erinnerung an Aleks saphirblaue Augen zu verdrängen. »Aber keine Flügel.«

»Wie kannst du dann sicher sein, dass es ein Engel war?«

»Auch wenn du noch nie einem begegnet bist, wenn einer vor dir steht, weißt du es einfach. Da ist irgendetwas in seinen Augen ... Es ist, als könntest du tief in seine Seele hinabblicken ...«

Das war nun vermutlich doch zu viel Information. Sie beißt

sich auf die Lippen und blickt zu Lestat, der merkwürdig verzückt lächelt.

»Du hast dich doch nicht etwa in den Engel verknallt?«

Ruckartig setzt sich Toni auf und starrt ihren Freund entgeistert an. »Hast du den Verstand verloren? Für den bloßen Gedanken bekäme ich schon eine Menge Ärger.«

»Wie romantisch«, schwärmt er. »Das ist ja besser als Romeo und Julia. Er ist vermutlich himmlisch schön, nicht wahr?«

»Natürlich ist er das. Er ist ein Engel.« Toni winkt ab. »Kein Grund, die Contenance zu verlieren.« Wahrscheinlich. »Das Einzige, woran ich jetzt denke, ist, dass er mir den Auftrag versaut hat.«

Lestat legt sich nachdenklich einen Finger an die Lippen. »Hmm ... Ich verstehe nicht ganz, warum ein Engel einen Nephilim beschützt. Meinst du, er ist sein Vater?«

»Keine Ahnung.«

Daran hat sie noch gar nicht gedacht. Ein Engel muss schließlich nicht fallen, nachdem er ein Kind gezeugt hat, das Obere Reich kennt andere Wege, um solche Dinge zu vertuschen. Warum ist sie bisher nicht selbst auf diese Idee gekommen? *Nikolaj ist kein Bastard*, waren die Worte des Engels. Und dazu diese verärgerte Miene ... Aber wem hat er sein Wort gegeben? Nikolajs Mutter?

»Was hast du jetzt vor?«, unterbricht Lestat ihre Gedanken.

»Jetzt? Ich schreibe meinen Bericht, gehe duschen und morgen, wenn ich ausgeschlafen bin, schnappe ich mir den Nephilim.« Schwerfällig erhebt sie sich von der Couch. »Ich halte mich exakt ans Protokoll.«

»Berichtest du D'iali von dem Engel?« Lestats Stimme zittert leicht, als er den Namen des Wachdämons erwähnt.

»Bist du irre? Es gibt drei Grundregeln für einen Kopfgeldjäger.« Zur Verdeutlichung zählt sie mit den Fingern mit. »Erstens: Stelle keine Fragen. Zweitens: Führe deinen Auftrag aus. Und drittens: Halte dich von Engeln fern. Zwei davon habe ich heute gebrochen. Glaubst du ernsthaft, ich sollte D'iali das auf die Nase binden? Ich bin doch nicht lebensmüde!«

Plötzlich hört Toni ein Knarren hinter sich und wirbelt zu Lestats Zimmertür herum.

»Hi«, begrüßt sie ein junger Mann, der auf der Türschwelle erscheint.

Lediglich mit Boxershorts bekleidet, schlendert er an ihr vorbei und schlägt zielstrebig den Weg zur Küche ein. Toni späht durch die Durchreiche und beobachtet, wie sich der Kerl am Inhalt ihres Kühlschranks bedient. Mit fragend erhobenen Brauen wendet sie sich Lestat zu.

»Ich habe mir Sorgen um dich gemacht«, nuschelt er mit einem entschuldigenden Lächeln.

»Das sehe ich.« Sie wirft einen zweiten Blick in die Küche und kommt nicht umhin den knackigen Hintern des offensichtlich menschlichen Spielkameraden ihres Mitbewohners zu bemerken.

»Ich musste mich ja irgendwie ablenken«, meint der Vampir.

Schmunzelnd schüttelt Toni den Kopf und klopft ihm auf die Schulter, bevor sie in ihr Zimmer schlendert.

»Einfach unverbesserlich«, murmelt sie.

# WER WAR NOCH GLEICH DER FEIND?

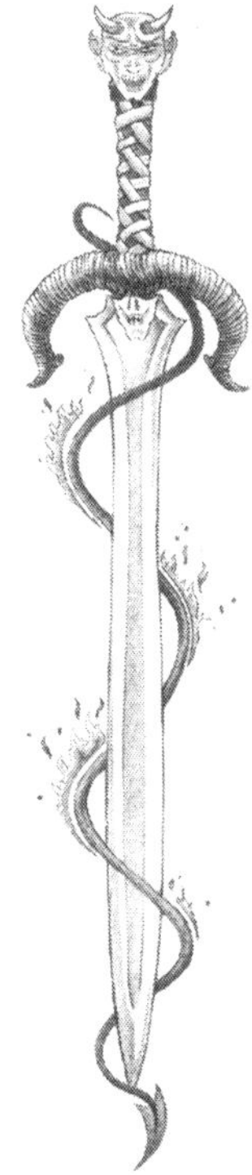

Trist und öde. Allezeit dasselbe. Und doch anders als zuvor.

Alek blickt zum Himmel auf. Tief hängende Wolken, grau wie Eisentore, sperren sie aus, die Sonne, die träge ihre Wanderung zu weniger ungastlichen Gefilden antritt. Die Dämmerung sagt schleppend das Ende eines weiteren geisttötenden Tages voraus. Seufzend wendet der Engel den Blick ab und setzt seine Wanderung fort.

War jemals ein Engel derart gelangweilt? Der Nephilim hat sein Versteck seit gestern nicht mehr verlassen und daran wird sich gewiss so rasch nichts ändern. Eigentlich sollte Alek glücklich darüber sein. Denn nun hat er Zeit, sich seiner ursprünglichen Aufgabe zu widmen: dem Schutz und Beistand der menschlichen Bevölkerung Flammachs. Und da die Flammacher zu den dümmsten und selbstsüchtigsten Menschen der Welt zählen, haben sie einen wachsamen Schutzengel bitter nötig. Einen Schutzengel, der sich ganz und gar auf seine Aufgabe konzentriert. Doch das macht betreffender Schutzengel nicht, nein, ungeahnte Leere und Unverständnis haben ihn befallen.

Nikolaj befindet sich an einem sicheren Ort, Alek muss vorerst nicht mehr über ihn wachen. Das ist etwas Gutes. Warum also weigert sich sein Verstand, diesen Umstand anzuerkennen?

Ist er etwa so erpicht darauf, seine Routine aufzufrischen? Oder liegt es an den unerwarteten Begegnungen? Was ist es, das sein Innerstes ergriffen und ihn zu neuartigen Überlegungen bewogen hat?

Wieder spürt er diesen Gedanken nahen. Er versucht, sich vom Rande seines Bewusstseins in den Mittelpunkt zu schieben und alle anderen zu verdrängen: Sind die Menschen nicht selbst verantwortlich für ihr Handeln? Ein mehr als unpassender Gedanke für einen Schutzengel. Obwohl Alek standhaft probiert, ihn zu verdrängen, rüttelt er an ihm, bringt ihn zum Nachdenken.

Er fragt sich, ob dies wirklich seine Bestimmung ist. Der Grund seines Daseins? Ob das wirklich alles ist? Es muss noch mehr geben.

›Mehr‹ ... Bevor er das Wort vollständig erfassen kann, ist es ihm auch schon wieder entschlüpft. Was ist dieses ›mehr‹? Seit dem gestrigen Abend schwirrt dieses Wort in seinem Kopf umher, mischt sich mit all den Fragen und wirren Gedanken, die der Engel verzweifelt versucht zu verstehen.

War die Jägerin der Auslöser? Er hatte mit vielen Menschen zu tun, war für einige sogar ein persönlicher Schutzengel, doch einen solch faszinierenden Menschen wie Antonia hat er noch nie getroffen. Sie besitzt eine wilde Mischung aus Mut, Willensstärke und Leidenschaft, aber unter dem lodernden Feuer liegt ihre Verletzlichkeit sorgfältig versteckt. Ein zartes Schimmern in ihren Augen hat sie verraten, jedes Mal, wenn sie geglaubt hat, er sehe nicht hin ... Gewiss steckt mehr hinter dieser sturen, abweisenden Fassade, als sie zeigen will. Vielleicht sogar mehr, als ihr selbst bewusst ist. Warum sonst hätte seine Berührung sprühende Funken ausgelöst, wenn nicht etwas tief in ihrem Inneren verborgen läge, das sie mit ihm verbindet? Es muss ein bizarrer kosmischer Irrtum gewesen sein, der sie auf die falsche Seite geführt hat. Ihre Begegnung muss einem höheren Plan geschuldet sein. Sicherlich ist es als seine Aufgabe vorgesehen, sie auf die richtige Seite zurückzuholen. Und er muss die Jägerin *schnellstmöglich* von der

Wahrheit überzeugen, schließlich kann er nicht immer da sein, sie aufhalten und die Gefahr auf einer Holzkiste aussitzen, sobald sie hinter Nikolaj her ist.

Alek verschränkt die Hände hinter dem Rücken, senkt den Blick zu Boden und spaziert, seinen Gedanken nachhängend, weiter durch die Stadt.

Engel beschäftigen sich kaum mit menschlichen Regungen. Nicht zuletzt, weil sie ihnen Rätsel aufgeben. Deshalb sind sie auch so verloren, wenn eines dieser Gefühle sie einmal befällt. Alek kennt sich weder besonders gut mit der menschlichen Natur noch mit zwischenmenschlichen Beziehungen aus, darum kann er nicht genau nachvollziehen, was momentan in ihm vorgeht.

Einem inneren Impuls folgend hebt er den Kopf und sein Blick schweift, wie von einem Magneten angezogen, auf die andere Straßenseite. Er betrachtet das Mehrfamilienhaus, die weiße Fassade, die modernen, hohen Fenster und runzelt verwirrt die Stirn.

Im ersten Moment weiß er weder wo er sich befindet noch warum ihn seine Füße wie ferngesteuert hierhergeführt haben. Die Straße ist eben, nahezu unbeschädigt und geschmackvolle Pflanzenarrangements zieren den Übergang von der Straße zum Bürgersteig. Ein gehobener Bezirk – das kann nur ›Parkblick‹ sein. Hier hält sich der Engel nicht oft auf.

Im nächsten Moment wird die Tür des weißen Neubaus schwungvoll aufgestoßen. Und wenngleich nicht viele Angehörige der Unterwelt hier wohnen, versteckt sich der Engel vorsichtshalber hinter einem parkenden Fahrzeug. Sein Herz macht einen Satz und er duckt sich noch tiefer, als er die Person erkennt, die mit dem Mobiltelefon am Ohr aus dem Gebäude stürmt: Antonia. Er muss so intensiv an sie gedacht haben, dass sein Unterbewusstsein ihn zu ihr geführt hat.

Die Jägerin scheint im Dienst zu sein, denn sie trägt dieselbe Kleidung wie in der Nacht zuvor – allerdings befreit vom Schmutz und Staub der Lagerhalle, die ihr einen charmant konfusen Anstrich gegeben hatten. Ihr scharlachrotes Haar hat sie heute zu einem strengen, dichten Zopf geflochten, was ihre weichen Gesichtszüge in den Vordergrund treten lässt. Ihr Haar wirkt beinahe schwarz, wodurch ihre Augen noch intensiver in sattem Grün erstrahlen; wie zwei funkelnde Smaragde.

»Bist du sicher?« Ihre Stimme schmiegt sich weich wie dunkler Samt an sein Ohr. Nachdem sie ihrem Gesprächspartner auf der anderen Seite der Leitung einige Sekunden lang Zeit zum Antworten gegeben hat, fügt sie in begeistertem Ton hinzu: »Du hast was gut bei mir!«

Automatisch schleicht Alek aus seinem Versteck und folgt Antonia in unauffälligem Abstand. Die Jägerin steckt sich mit einer routinierten Bewegung Kopfhörer in die Ohren, dann sprintet sie los.

Kopfgeldjäger sind Einzelkämpfer und es ist untypisch für sie, andere Angestellte der Hölle um offene Augen und Ohren zu bitten. Bei den allseits verhassten Nephilim ist es allerdings eine wirkungsvolle Methode, wie Toni feststellen muss. Denn auch wenn die meisten Unterweltler nichts mit ihr zu tun haben wollen, ist der Hass auf die himmlischen Kinder und der Respekt vor Luzifers Exekutive groß genug, um zu kooperieren.

Toni geht bereits dem siebten Tipp nach. Hoffentlich führt dieser Hinweis endlich zum Erfolg.

Sie verlangsamt ihre Schritte, als sie am Stadtpark ankommt, bewegt sich vorsichtig unter dem Buchsbaumtor hindurch, zieht die Stöpsel aus ihren Ohren und schaut sich wachsam um.

Die letzten Spaziergänger schlendern an ihr vorbei, ohne sie eines Blickes zu würdigen. Wie üblich für normale Flammacher, die generell jeden ignorieren, der dunkle Kleidung trägt. Vor allem, wenn diese düsteren Gestalten nach Anbruch der Dunkelheit den Stadtpark betreten. Wie düster diese Gestalten wirklich sind, ahnen sie nicht, aber die Menschen gehen ihnen instinktiv aus dem Weg. Anscheinend wissen sie, dass sie in der Unterzahl sind ...

Die Laternen flackern auf und warnen damit auch den letzten rechtschaffenen Bürger, dass es Zeit für sie ist zu verschwinden. Die gedimmte Wegbeleuchtung hat die Farbe einer untergehenden Sonne und ihr Licht fällt schwerfällig auf Blumen, Sträucher und Stauden. Dabei erzeugt sie ein warmes, fast schon romantisches Ambiente. Schön, aber trügerisch wie eine Seewespe.

Tonis erste Schritte knirschen auf dem Kies, ehe sie auf den Rasen ausweicht. Sie schleicht in einem umständlichen Winkel durch den Park und untersucht die Umgebung hoch konzentriert. Wie immer, wenn sie auf Jagd geht, schaltet sie alle überflüssigen Gefühle und Gedanken aus, wodurch sie die Finsternis in ihrem Inneren noch deutlicher spürt. Jetzt zählen allerdings nur noch ihre Sinne. Und die sind auf ein einziges Ziel geschärft: Nikolaj Bogdanow.

Toni horcht auf, als es in den Büschen neben ihr raschelt. Langsam schleicht sie darauf zu, legt die rechte Hand kampfbereit an ihren Schwertgriff und streckt die linke nach dem Rhododendronbusch aus. Sie sinkt in die Hocke, wischt das dichte Gestrüpp zur Seite und blickt geradewegs auf den blanken Hintern eines Teenagers, der sich in den Büschen mit seiner Freundin vergnügt.

»Urrgh«, ist das Erste, was Toni herausbringt.

Das Mädchen blickt überrascht zu ihr auf, reißt die dunklen Augen auf und stößt einen spitzen Schrei aus.

»Pst!« Toni wedelt mit der Hand. »Sucht euch gefälligst einen anderen Platz! Wisst ihr nicht, was für Leute sich hier herumtreiben?« Sie lässt den Rhododendron zurückpeitschen und atmet auf, als die Blätter die Szenerie verdecken. »Und benutzt ein Kondom!«, flüstert sie in dem Drang, irgendetwas Sinnvolles dazu zu sagen, wofür sie jedoch nur ein gebrummtes »Verpiss dich!« erntet. Schmunzelnd wendet sie sich ab. Da will man einmal nett sein ...

Tief durchatmend sammelt sie sich, bevor sie ihre Suche fortsetzt. Nach einem weiteren Bogen ans andere Ende des Parks entdeckt sie endlich ihre Zielperson im Schutz mehrerer Bäume am Wegesrand. Der Nephilim sieht sich immer wieder um, fuchtelt mit den Armen und diskutiert aufgeregt mit einer Blondine.

Toni reibt sich die Hände. Na also, ihr Informant hatte recht. Lautlos schlüpft sie hinter einen dürren Rosenbusch – wo sind die Rhododendren, wenn man sie braucht? – und beobachtet das Paar.

»Du musst mir in der Sache vertrauen, Schatz«, sagt der Nephilim.

Sein Tonfall ist genauso arrogant wie seine Haltung. Die junge Frau mustert ihn mit einem abfälligen Blick und verschränkt die Arme vor der Brust.

»Zweimal Unrecht ergibt noch lange nicht Recht, Niko!«, antwortet sie viel zu laut.

Toni runzelt die Stirn und hält den Atem an, um die Worte besser verstehen zu können. Das klingt doch vielversprechend ...

»Bitte, Clarissa, müssen wir das unbedingt hier besprechen?«

Besorgt schaut er sich um, woraufhin sich Toni noch ein wenig tiefer in die Rosen duckt und sich dabei einen Dorn in die Wange rammt.

»Scheiße«, purzelt ihr aus dem Mund, bevor sie es verhindern kann. Alarmiert dreht das Paar die Köpfe in ihre Richtung.

Toni murmelt einen weiteren Fluch, wohl wissend, dass sie aufgeflogen ist, und schält sich aus dem Busch.

»Lauf!« Der Nephilim schubst seine Freundin unsanft Richtung Kiesweg, während Toni ihr Schwert zieht.

Mit erhobener Waffe stürmt sie auf ihn zu, was jede andere Zielperson zur Flucht angetrieben hätte. Nikolaj rührt sich jedoch keinen Millimeter vom Fleck. Breitbeinig wartet er, bis Toni nur noch wenige Schritte von ihm entfernt ist. Kurz bevor sie in ihn hineinrennt, wirbelt sie herum, will sich zur Seite drehen, doch auch der Nephilim macht eine Drehung und tritt zu. Er erwischt ihr Handgelenk und ein scharfer Schmerz fährt durch Tonis Arm. Das Schwert rutscht ihr aus den Fingern. Knurrend hechtet sie auf ihre Waffe zu, doch Nikolaj setzt sofort nach. Dieses Mal trifft sie sein harter Tritt direkt in den Bauch. Als sie sich schmerzerfüllt zusammenkrümmt, packt er sie an den Schultern und schubst sie mit voller Wucht gegen einen Baum.

War das ein Knirschen, als ihr Hinterkopf gegen das Holz geknallt ist? Toni wird kurz schwarz vor Augen, bevor helle Punkte durch ihr Blickfeld tanzen und sich die Welt bedrohlich dreht. Sie kann nichts dagegen tun, als sie am Stamm zu Boden rutscht.

Stöhnend betastet sie ihren Hinterkopf. »Verfluchter Sohn eines Engels!«

Als sich ihre Sicht allmählich normalisiert, erkennt sie, wie der Nephilim die Finger nach ihrem Schwert ausstreckt. Seine Hand umfasst das Heft und ein zischendes Geräusch erklingt, wie brutzelnder Speck in der Pfanne. Mit einem Aufschrei zieht er seinen Arm zurück und blickt ungläubig auf die Waffe, von der schwarzer Rauch aufsteigt und um seine Handfläche züngelt.

»Kennst du Thors Hammer?« Toni kann sich ein Grinsen nicht verkneifen. Sie stützt sich mit einer Hand am Baumstamm ab und richtet sich langsam auf. »Dasselbe Prinzip. Nur der Jäger kann sein Schwert führen.«

Der Nephilim presst die Lippen zu einem Strich zusammen, dann stellt er sich herausfordernd mit gehobenen Fäusten zwischen Toni und das Dämonenschwert.

Sie schüttelt den Kopf, um den Schwindel zu vertreiben, und setzt ein siegessicheres Lächeln auf. Na, endlich einer, der es ihr nicht so leicht macht.

Adrenalin pumpt durch ihre Adern, wodurch sie die Schmerzen in Bauch und Handgelenk kaum noch spürt.

Die beiden Gegner mustern sich abwägend. Als Nikolaj die

Augen verengt, springt Toni mit einem Satz nach vorn. Sie verpasst ihm einen krachenden linken Haken, der ihn zurückstolpern lässt. Sofort setzt sie nach, tritt zu, doch der Nephilim grätscht im letzten Augenblick zur Seite und schnappt sich ihren Fußknöchel. Brutal zerrt er daran, sodass Toni die Balance verliert und mit dem Rücken auf dem Gras landet. Knurrend reißt sie sich los, holt erneut aus und stößt ihren Stiefelabsatz mit voller Wucht gegen sein Schienbein. Er macht ein gurgelndes Geräusch, fasst sich an die schmerzende Stelle, strauchelt. Toni will sich eben aufrappeln, da lässt er sich einfach fallen. Direkt auf sie. Alle Luft wird ihr schlagartig aus den Lungen gepresst. Sie keucht auf.

Nikolaj greift grob nach ihren Handgelenken und drückt sie über ihrem Kopf in den Rasen. Toni windet sich, kommt aber nicht gegen sein Gewicht an. Ist dieser Typ aus Stahl? Er ist zumindest schwerer, als er aussieht.

Ihre Gesichter sind nur wenige Zentimeter voneinander entfernt und sie spürt seinen heißen Atem, als er ihr zuraunt: »Das wirst du bereuen, Jägerin.« Seine Stimme klingt rau und abgrundtiefer Hass glänzt in seinen stahlblauen Augen.

Allerdings beeindruckt Toni das nicht wirklich. »Ach, meinst du?«

Sie befreit ein Knie aus seiner Umklammerung und rammt es ihm zwischen die Beine. Stöhnend rollt er sich von ihr herunter. Dann rappelt sie sich auf und stürzt zu ihrem Schwert. Als sie es zu fassen bekommt, steht der Nephilim plötzlich an ihrer Seite. Er versetzt ihr einen harten rechten Haken, der sie mehrere Schritte zurückwirft. Sie legt eine Hand an die Stelle, spürt die warme Flüssigkeit, die über ihren Mundwinkel zum Kinn heruntertropft, und schmeckt den metallischen Geschmack von Blut auf ihrer Zunge. Angewidert spuckt sie es auf den Rasen, dann schaut sie Nikolaj direkt in die Augen.

»Jetzt reicht's!«, knurrt sie.

Er schaut in ihr entschlossenes Gesicht, wägt sichtlich seine Chancen ab und tut letztendlich das, was die Nephilim am besten können: sich aus dem Staub machen. Fluchend läuft Toni ihm hinterher.

Er humpelt, aber auch die Jägerin ist angeschlagen und kommt ihm nur langsam hinterher. Immer wieder verschleiert sich ihre Sicht, als sitze sie an einem dieser Geräte, mit denen man beim Optiker die Sehstärke einstellt. Sie hat einen regelrechten Tunnelblick und erkennt noch nicht einmal mehr, wo genau sie sich befindet.

»Antonia!«

Ihr Name schallt durch den stillen Ort und im ersten Moment denkt sie an ihre Eltern. Niemand sonst spricht sie mit ihrem vollen Namen an. Ihr Herz hüpft erschrocken in ihrer Brust und automatisch dreht sie den Kopf. Vielleicht hätte sie dazu anhalten sollen ...

Ein Aufprall schleudert sie gnadenlos zurück. Sie spürt einen dumpfen Schmerz in ihrer rechten Schulter und lässt das Schwert erneut fallen. Verwirrt taumelnd mustert sie die Laterne. Ist sie wirklich dagegen gerannt?

Als ihr wieder schwarz vor Augen wird, sinkt sie benommen auf die Knie. In einiger Entfernung erkennt sie die unscharfe Silhouette Nikolajs, der durch den Ausgang des Parks humpelt. Resigniert lässt sie sich auf den Hintern fallen, lehnt sich gegen den Laternenpfahl und schließt die Augen. Sie spürt ihre Verletzungen mit einem Mal überdeutlich, allem voran ihre pochende Schulter und das taube Handgelenk. Ganz zu schweigen von dem dröhnenden Schädel ... Durch lange Atemzüge versucht sie, die aufkeimende Übelkeit zu unterdrücken, allerdings nur mit mäßigem Erfolg.

Sie muss zugeben, dass sie den Nephilim unterschätzt hat. Sie war überheblich und das ist jetzt die Quittung.

Dieses verdammte Engelsblut! Ganz klar, warum Luzifer diese Plage ausrotten will. Warum hat sich dieser Nephilim nur in den Kopf gesetzt, sich zu wehren? Kann er sich nicht einfach aufs Fliehen beschränken wie alle anderen?

Trotzdem hätte sie ihn eingeholt, wenn nicht irgendein Idiot ihren Namen gebrüllt hätte. Was sollte das denn?

Ein sanftes Rascheln dringt aus dem Gebüsch neben ihr und als sie blinzelnd die Augen öffnet, erblickt sie zwei funkelnde Saphire. Na prima, der schon wieder!

Schnell wendet sie den Blick ab und schaut sich stattdessen nach ihrem Schwert um. Es liegt ungefähr einen Meter entfernt im Kies. Vorerst der perfekte Platz für ihre Waffe, wie sie findet. Denn Aufstehen erscheint ihr im Moment keine gute Idee zu sein und die Blöße, hinüberzukriechen, will sie sich vor dem Engel bestimmt nicht geben.

Trotzig wischt sie sich das Blut vom Mundwinkel und zuckt unwillkürlich zusammen, als sie die aufgeplatzte Lippe dabei streift. Dann schaut sie zu Alek auf, der in der Hocke vor ihr sitzt.

»Was willst du hier?«, fragt sie und ärgert sich im selben Moment über ihre wacklige Stimme.

»Geht es dir gut?« Er klingt ernsthaft besorgt.

»Klar, alles super, ich feiere gerade eine Party! Siehst du das nicht?« Erschöpft lehnt sie den Kopf an den Laternenpfahl und schließt seufzend die Augen. »Warum kannst du mich nicht endlich meine Arbeit machen lassen?«

»Deine ›Arbeit‹ behindert die Erfüllung meines Versprechens.«

Vorsichtig hebt Toni den Kopf und blickt ihm abwägend ins Gesicht.

»Also willst du mich umbringen?« Frage und Feststellung zugleich.

»Wie? ... Nein!«

Toni seufzt, dann hebt sie fragend die Brauen. »Hast du schon einmal von einem Kopfgeldjäger gehört, der seinen Auftrag nicht ausgeführt hat?«

»Nein.«

»Wundert mich nicht, von denen hört man nämlich nicht mehr viel.«

Schockiert weiten sich Aleks Augen, während er sie unverhohlen mustert. »Du meinst ...« Der Engel macht eine überraschend menschliche Geste für das Wort ›Mord‹, indem er sich mit dem Zeigefinger quer über den Hals fährt.

Die Handbewegung hätte Toni beinahe zum Lächeln gebracht, wenn ihre Lippe nicht so weh täte. Stattdessen hebt sie eine Braue. »Kennst du meinen Boss?«

Sprachlos beäugt er sie und über sein Gesicht huscht eine Reihe von Emotionen, die sie jedoch nicht deuten kann.

»Wie konntest du dich darauf nur einlassen?«, haucht er schließlich.

»Diese Leier, wirklich?«

Sie schüttelt den Kopf, stellt die Bewegung aber sofort wieder ein. Davon wird ihr nur noch schwindliger. Der Aufprall mit dem Hinterkopf gegen den Baumstamm muss schwerwiegender gewesen sein, als sie zunächst vermutet hat.

»Ich glaube, ich habe eine Gehirnerschütterung«, murmelt sie und lehnt sich erneut gegen den Laternenpfahl.

Alek streckt seine Hand nach ihr aus, zieht sie aber ruckartig zurück, bevor seine Finger ihr Kinn berühren. »Er hat dich ganz schön zugerichtet.«

»Das war nicht der Nephilim, das war der Baum.«

»Ich hätte nicht gedacht, dass er dir gegenüber so ... brutal sein würde.«

Toni lacht bitter auf. Der Engel macht ein Gesicht, als sei er tatsächlich schockiert von der erbarmungslosen Gegenwehr des Nephilims.

»Tja, ist ein richtiges Herzblatt, dein Schützling. Was läuft da eigentlich zwischen euch beiden? Warum beschützt du ihn?«

»Ich habe mein Wort gegeben.« Derselbe pathetische Tonfall wie in der Lagerhalle.

»Ja, den Spruch kenne ich bereits. Geht es da noch irgendwie weiter?«

»Ich sage es dir, wenn du mir im Gegenzug verrätst, wieso du zur Kopfgeldjägerin geworden bist.«

»Erpressung? Ernsthaft? Ich dachte, du wärst ein Engel.« Toni verkneift sich ein Lächeln. Vorsichtig setzt sie sich auf und zieht sich ganz langsam an der Laterne hoch. Ein leicht schummriges Gefühl packt sie, als sie aufsteht, lässt aber allmählich nach, während sie sich am Laternenpfahl festhält. »So scharf bin ich dann doch nicht auf die Geschichte«, schwindelt sie.

Betont lässig schlendert sie auf ihr Schwert zu, hebt es auf und steckt es zurück in die Scheide. Als sie ihren Blick über den Park schweifen lässt, überschlagen sich mit einem Mal die Gedanken in ihrem Kopf.

Warum hat er nach ihr gerufen? Wieso kam er zu ihr und ist nicht dem Nephilim hinterhergegangen? Und weshalb ist er immer noch bei ihr?

Schon beinahe gewohnheitsmäßig reibt sie sich die schmerzende Schulter, bevor sie sich mit einem argwöhnischen Blick zu dem Engel umdreht und ihn still betrachtet. Sie versucht, in seinen Augen zu lesen, was er im Schilde führt, doch nichts kann sie in dieser unbewegten Miene entziffern.

*Was willst du eigentlich von mir?*, würde sie am liebsten fragen, entscheidet sich aber dagegen. Vor allem, weil sie ihn nicht vertreiben will, wie sie sich widerwillig eingestehen muss. Herrgott, er ist ein Engel! Sie muss dringend aufhören, auf diese Weise an ihn zu denken.

Mit zusammengekniffenen Brauen versucht sie, den aufkeimenden Gedanken an seine starken Hände, die über ihren Körper wandern, zu verbannen.

»Was ist?«, fragt Alek mit verwirrter Miene und reißt sie unsanft aus ihrer Traumwelt.

*Du treibst mich noch in den Wahnsinn,* das *ist!*

»Ist es Zufall, dass mir jedes Mal die Schulter weh tut, wenn wir uns begegnen?«, brummt sie.

Auf Aleks Lippen formt sich ein schiefes Lächeln. »Möglicherweise bist du ein wenig ungeschickt.«

Gespielt brüskiert schnappt sie nach Luft. »Machst du dich etwa über mich lustig? Ich glaube ja nicht, dass Engel so was dürfen!«

Sein Lächeln wird breiter. »Entschuldige, ich hatte vergessen, dass du mein Volk viel besser kennst als ich.«

Irgendetwas in Tonis Brust flattert und sie kann nicht anders als sein Lächeln zu erwidern. »Was? War das etwa Sarkasmus? Ich glaube, das ist erst recht nicht erlaubt.«

Sein melodisches Lachen holt sie schlagartig zurück in die Realität. Spinnt sie jetzt? Ja, wie sieht das denn aus? Ein Engel und eine Jägerin, lachend und scherzend unter einer Laterne im Park. Wenn das die falschen Augen sehen, ist sie fällig. Sofort setzt sie eine gleichgültige Miene auf und sieht sich wachsam um.

»Was ist?«, fragt der Engel irritiert.

»Halt dich in Zukunft aus meinen Angelegenheiten raus, klar?«

Aleks Miene verhärtet sich auf der Stelle. Toni ignoriert den Stich in ihrem Herzen bei seinem Anblick jedoch geflissentlich.

»Hör zu«, sagt sie leise, ohne ihn anzusehen. »Keine Ahnung, was du vorhast, aber es wird nicht funktionieren. Ich werde diesen Auftrag ausführen. Ob es dir passt oder nicht, du kannst nicht das Geringste dagegen tun.«

Sie schafft es nicht, dem Engel in die Augen zu sehen. Und weil es ihr wie der einzige Ausweg vorkommt, wirbelt sie herum und marschiert davon.

»Du machst dir selbst etwas vor.« Aleks Stimme ist nur wenig mehr als ein Flüstern, trotzdem hallt sie in Tonis Kopf nach.

Was soll das nun wieder bedeuten?

Sie heftet den Blick auf den Kies, der unter ihren Füßen knirscht und feine Staubwölkchen aufwirft. Sie ist dabei so damit beschäftigt, sich für ihre Schwäche und Gefühlsduselei zu verfluchen, dass sie zu abgelenkt ist, um die dunkle Gestalt zwischen den Bäumen zu entdecken.

»Willst du den Samstagabend wirklich mit deinem alten, langweiligen Bruder verbringen?«

Tai kommt mit Weißwein und Bier aus der Küche und reicht das Weinglas zögerlich seiner Schwester. Wann ist sie eigentlich alt genug geworden, um Alkohol zu trinken?

»Zufällig mag ich meinen alten, langweiligen Bruder«, antwortet Vy grinsend und wirft ihr seidiges schwarzes Haar über die Schulter.

Seine zehn Jahre jüngere Schwester war schon immer ein hübsches Mädchen. Jetzt, mit achtzehn, ist sie eine echte Schönheit. Und der vietnamesische Einschlag, den sie beide von ihrer Mutter geerbt haben, tut sein Übriges. Schön und exotisch – für einen großen Bruder ist das der Horror. Wenn es nach Tai ginge, würde er sie bis zum Sankt-Nimmerleins-Tag in ihrem Zimmer einsperren.

Seufzend setzt er sich neben Vy auf die Couch. »Wie geht's Mama?«

»Oh, der geht's gut!« Sie rollt mit den Augen. »Sie ist froh und munter, so lange sie schimpfen kann wie ein Rohrspatz.«

Tai nippt an seinem Bier, ehe er Vy einen vorsichtigen Blick zuwirft. »Weiß sie denn, dass du hier bist?«

»Ja, sie hat mich fast gekillt deswegen ...« Sie blickt vorwurfsvoll zu ihrem Bruder auf. »Irgendwann wirst du mir erklären müssen, mit welchen entsetzlich schlimmen Geschäften du dein Geld verdienst und warum unsere Mutter deswegen seit fünf Jahren jedem erzählt, du seist tot.«

Tai wendet den Blick von ihr ab und inspiziert stattdessen die sanfte Maserung des Parkettbodens. Er hatte sich geschworen, seiner Schwester niemals die Wahrheit zu sagen. Schließlich muss er sie unter allen Umständen vor dieser Welt voller Tod und Dunkelheit beschützen. Als wäre es nicht schlimm genug, dass er diesen Job überhaupt angenommen hat, er ist inzwischen auch noch richtig gut darin. Dabei wollte er doch nur seine Familie unterstützen; denn nach dem Tod seines Vaters musste einer von ihnen ja Geld verdienen.

Was würde Vy von ihm halten, wenn sie die Wahrheit erführe? Sicher würde sie ihn verstoßen wie schon seine Mutter. Dann könnte er nicht mehr sehen, wofür und vor allem, für wen er kämpft, und die kalte Finsternis würde vollkommen Besitz von ihm ergreifen und ihn in den eisigen Schlund der Hölle reißen.

Er zwingt sich zu einem Grinsen und zwinkert Vy zu. »Nachdem ich die Mafia die letzten Jahre über mit Drogen und Waffen versorgt habe, bin ich zu etwas Ruhigerem übergegangen: Ich bin jetzt Callboy. Ich kann mich vor Aufträgen kaum retten. Aber das war ja nicht anders zu erwarten.«

Vy schlägt glucksend mit einem Kissen nach ihm und Tai stimmt in ihr Lachen ein, auch wenn er genau weiß, dass sich Vy nicht für immer mit blöden Witzen ablenken lässt. Früher oder später wird sie Fragen stellen. Fragen, denen er nicht ausweichen kann, wie beispielsweise: *›Warum sehe ich allmählich älter aus als du?‹*. Vor diesem Tag fürchtet er sich schon heute.

Die Glocken von AC/DCs ›Hell's Bells‹ erklingen plötzlich aus seinem Mobiltelefon. Tai zuckt kaum merklich zusammen, dann springt er auf und schnappt sich das Handy vom Couchtisch.

Die Hell's Bells sind der persönliche Klingelton seines Vorgesetzten. Klar, wenig einfallsreich – aber Tai braucht schließlich eine Vorwarnung, denn wenn der Boss ihn telefonisch kontaktiert, kann das nur eines bedeuten: Es gibt mächtige Probleme.

»Ich muss da ran gehen.« Er lächelt Vy entschuldigend an, dann stürmt er mit dem hartnäckig klingelnden Telefon in die Küche. Vorsichtig schließt er die Tür, bevor er den Anruf entgegennimmt.

»Gerber«, meldet er sich so leise wie möglich.

»Spürst du es bereits brodeln?« Ku'rax' knarzige Stimme bestätigt seine Annahme. »Ich spüre es von Flammach bis hierher. Ist das nicht wunderbar? Du gehst auf Reisen.«

Irritiert nimmt Tai das Handy vom Ohr und wirft einen Blick auf das Display. Ist wirklich sein Vorgesetzter am Apparat oder handelt es sich um einen schlechten Scherz? Zumindest klingt er genauso konfus wie sonst.

»Ich soll in einen anderen Bezirk?« Die Idee, in das Revier eines Kollegen einzufallen, versetzt ihn nicht gerade in flammende Begeisterung. »Haben die dort keinen Jäger?«

Ein ebenso hölzernes wie hinterlistiges Lachen ertönt von der anderen Seite der Leitung. »Oh, doch.« Tai hört das diabolische Grinsen auf dem Gesicht des Dämons förmlich. »Das ist der Ursprung des Problems. Die Wurzel, wenn du so willst.«

Er unterdrückt gewaltsam ein Schnauben. Dämonen ... Sie lieben es, in Rätseln zu sprechen, und genießen es, mehr zu wissen als andere.

Ungeduldig trommelt Tai mit den Fingern auf die Arbeitsplatte. Es muss ein Bestseller, der Blockbuster unter den Aufträgen sein, wenn Ku'rax ihn so zappeln lässt und sich in jeder einzelnen Sekunde dieses Telefonats freudig suhlt.

»Wer ist meine Zielperson?«, fragt Tai ungeduldig.

Nach einer kurzen Pause, die wohl dramatisch wirken soll, antwortet der Dämon: »Antonia Stark, Jäger sieben-acht-fünf, Bezirk Flammach.«

# DIE ABLENKUNG IN PERFEKTION

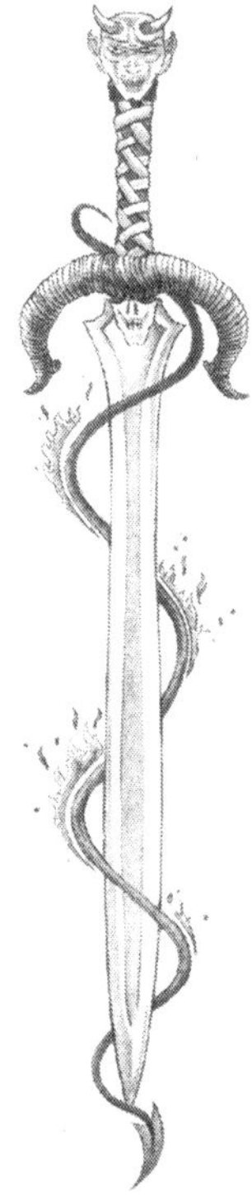

In der gesamten Stadt keine Spur von dem Nephilim – oder dem Engel.

Tonis Stolz ist ein wenig angekratzt; zumal ihr dieser Mistkerl bereits zweimal durch die Lappen gegangen ist. Den Stolz mal beiseitegelassen, ist sie froh über die Verschnaufpause. Der Kampf hat ihr stärker zugesetzt als erwartet: Ihre geschwollene Unterlippe schmerzt bei jeder Bewegung, ihre Schulter ebenso, aber wenigstens dröhnt ihr Kopf nicht mehr wie eine Bassbox. Diese Nephilim sind eben doch zähe Biester.

Heute Abend, das hat sie sich fest vorgenommen, lässt sie den Nephilim einfach Nephilim sein – ganz nach Lestats Rat. Was ist schon *ein* freier Abend?

Sie betritt ihre Wohnung und hört sofort das vertraute Geräusch des Fernsehers, der in der Freizeitgestaltung ihres Mitbewohners eine der beiden Hauptrollen spielt. Sie schlendert ins Wohnzimmer und lässt sich wohlig seufzend auf die Couch fallen.

Lestat wirft ihr einen argwöhnischen Seitenblick zu. »Warum grinst du so? Heute schon einen umgelegt?«

»Nein, aber die Nacht ist ja noch jung.«

Skeptisch beäugt sie der Vampir von oben bis unten, brummelt ein misstrauisches ›Mhm‹ und hebt die Brauen. »Was ist mit deiner Lippe passiert? Wolltest du mit Mike Tyson knutschen?«

Schnaubend winkt sie ab. »Der Nephilim hat mir gestern eine verpasst ... bevor er geflohen ist.«

»Du hast ihn wieder laufen lassen?«

»Nein, ich habe ihn nicht ›laufen lassen‹. Es ist nur leider so, dass es wirklich sehr harte Bäume im Park gibt ...« In Lestats Karamellaugen liegt ein tadelnder Blick, weshalb sie sich seufzend geschlagen gibt. »Und der Engel hat sich auch erneut eingemischt.«

Der Vampir greift nach der Fernbedienung, schaltet die Glotze aus und wendet sich seiner Mitbewohnerin uneingeschränkt zu. »Das darf doch nicht wahr sein.«

»Ich weiß! Ist es zu fassen, wie hartnäckig der ist?«

Er fixiert sie so durchdringend, dass sie ein Flattern in der Brust spürt und automatisch zurückweicht.

»Das habe ich nicht gemeint«, stellt er klar. »Ich rede von dir!«

»Von mir? Was ist mit mir?«

»Sei vorsichtig, Toni!«

Die feinen Härchen in ihrem Nacken stellen sich bei seinem bedeutungsvollen Tonfall senkrecht auf. Wenn sie ehrlich ist, weiß sie genau, was er meint, aber da sie sich selbst gern weiterhin belügen möchte, wird sie das wohl kaum zugeben. Betont gleichgültig verschränkt sie die Arme vor der Brust und bedenkt ihren besten Freund mit einem gelangweilten Blick. »Ich habe keine Ahnung, wovon zum Teufel du sprichst.«

»Na, von deinem dämlichen Grinsen und dem Funkeln in deinen Augen bei dem Wort ›Engel‹.«

»Funkeln? Da ist kein Funkeln!«

Sie wendet auf der Stelle den Blick von ihm ab und verrät sich damit erst recht. Wieder spürt sie diese merkwürdige Barriere zwischen Verstand und Mund wie ein leichtes Kribbeln auf der Zunge. Sie will nicht über den Engel reden. Es erscheint ihr ... unheilvoll. So wie manche Leute nicht unter Leitern durchgehen oder keine schwarzen Katzen mögen.

»Oh, ich bitte dich!« Ein wissendes Schmunzeln ziert Lestats Mundwinkel. »*Mir* kannst du nichts vormachen. Du siehst aus wie ein Kind, das den Schokoladenvorrat seiner Mutter entdeckt hat.« Sein Grinsen wird breiter. »Oder wie ich, als ich diesen Schoko-Adonis im Caliente entdeckt habe. Ich habe diesen Blick erfunden!«

Mist! Wieso kennt ihr bester Freund sie nur so gut? Stöhnend vergräbt sie das Gesicht in den Händen. »Ich verstehe das selbst nicht. Da ist irgendetwas an ihm, das mich wahnsinnig macht.«

»Dass ich das noch erleben darf. Die eiskalte Jägerin verschenkt ihr Herz. Oder zumindest dieses kleine schwarze, verschrumpelte Ding in ihrer Brust. Und an wen? Einen Engel!« Lestat wirft theatralisch die Hände in die Luft. »Wieso stellst du dich nicht in der Rush Hour auf die Hauptstraße und lässt dich von einem Laster umnieten? Da hast du genauso viel davon.«

Als ob sie das nicht selbst wüsste. Es ist ja nicht so, als wolle sie diese komische, unerklärliche Verbindung, die offenbar zwischen ihnen besteht.

Toni schließt die Augen und presst Daumen und Zeigefinger gegen ihr Nasenbein. Wie so oft, zu oft, blitzt dabei das Gesicht des Engels in ihrer Erinnerung auf. »Das muss an diesen Augen liegen. Wenn ich ihn ansehe, ist auf einmal alles so … klar.«

Lestat rüttelt mit beiden Händen an ihrer Schulter und reißt sie unsanft aus ihren Gedanken. »Hallo? Und was gedenkst du jetzt zu tun?«

Toni holt Luft, dann erwidert sie seinen besorgten Blick mit einem Ausdruck tiefster Entschlossenheit. »Wir gehen aus. Ich weiß nicht, was das alles zu bedeuten hat, aber ich werde den Engel einfach aus meinem Kopf schwemmen. Ich betrinke mich heute so fürchterlich, dass ich mich nicht einmal mehr an meine eigene Augenfarbe erinnern werde!«

Lestat klatscht begeistert in die Hände. »Na, das klingt doch endlich mal nach einem vernünftigen Plan!«

Verborgen in den Schatten der Abenddämmerung beobachtet der Jäger das Haus der Jägerin.

Ungeduldig trommelt Tai mit den Fingern auf dem Tankdeckel und verlagert sein Gewicht, um aufrecht sitzen zu können. Vielleicht sollte er sich für solche Observationen künftig ein Auto beschaffen. Die Italiener sind zwar bekannt für die einzigartige Rennsporttechnik ihrer Motorräder und das elegante, schnittige Design, doch Bequemlichkeit steht nicht unbedingt auf ihrer Prioritätenliste. Und da Tai inzwischen seit einer Nacht und einem Tag auf der Maschine sitzt, protestieren allmählich seine Muskeln und Gelenke.

Bisher hat er nur eines herausgefunden: Die Jägerin ahnt offenbar nicht, dass sie selbst zum Ziel geworden ist. Am Nachmittag hatte alles danach ausgesehen, als ginge sie gewöhnlicher Ermittlungsarbeit nach.

Was sie wohl ausgefressen hat? Womit hat die hübsche Jägerin mit der roten Mähne Luzifers Zorn heraufbeschworen – ohne es zu merken?

Tai schüttelt den Kopf. Er ist nicht hier, um Fragen zu stellen, er soll einen Auftrag ausführen. Auch wenn die Vorstellung, einen anderen Kopfgeldjäger auszuliefern, einen faden Beigeschmack hinterlässt.

Als er hört, wie hinter ihm eine Tür ins Schloss fällt, greift er nach dem Stadtplan, den er sich zur Tarnung besorgt hat, und dreht gemächlich den Kopf. Eine attraktive Brünette in Minirock und hohen Stiefeln verlässt das Gebäude zu seiner Linken und stolziert in seine Richtung.

Tai begrüßt sie mit seinem charmantesten Lächeln. »Guten Abend.«

Die junge Frau stutzt und blickt sich suchend um, bis sie ihn in den Schatten entdeckt. Dann kommt sie neugierig auf ihn zu.

»Schöne Gegend.« Er wedelt mit dem Stadtplan grob über die Straße.

Die Brünette mustert ihn frech von oben bis unten. »Du bist wohl nicht von hier?«

Ihre Stimme erinnert an einen Zahnarztbohrer. Tai verkneift sich eine Grimasse und zwingt sich, ihr stattdessen zuzuzwinkern. »Was hat mich verraten?«

Mit ihrem Kichern setzt sie noch eins drauf: ein Zahnarztbohrer, der versucht, sich durch Metall zu graben. Tai streckt seine Hand aus und die junge Frau greift gierig danach.

»Tai«, stellt er sich vor.

»Marie«, haucht sie.

Er drückt ihre Hand etwas länger als üblich und blickt ihr eindringlich in die Augen. »Nett, dich kennenzulernen, Marie.«

Eine einfache Choreographie für ihn: die Stimme ein wenig dämpfen, ein angedeutetes Lächeln, ein sanfter Druck auf ihre Finger und den Namen wiederholen. Innerhalb von Sekunden hat er die Frau durchschaut und sein Charme zeigt erste Wirkung. An gewöhnlichen Tagen wäre sie leichte Beute für ihn, aber heute braucht er Informationen. Daher muss er besonders geschickt vorgehen.

Mal sehen ... jung, eitel und nicht gerade helle ... Auf welche Masche sie wohl steht? Er schätzt sie spontan auf ›anzüglich und direkt‹. Also lässt er seinen Blick betont langsam über ihren Körper streifen, ehe er anerkennend nickt und sie angrinst.

»Scharfes Outfit. Und wo willst du den armen Teufeln damit an einem Sonntagabend die Köpfe verdrehen?«

Ihr nervöses Lachen schrillt schmerzhaft in seinen Ohren, er verzieht jedoch keine Miene.

»Ich bin auf dem Weg ins Zentrum.« Sie wirft ihm einen gekonnt eingeübten lasziven Blick zu. »Diese Stadt schläft nie und kennt auch keine Sonntage.«

»Ich frage nur, weil, na ja, wo ich herkomme, lässt man hübsche Frauen nicht nachts allein durch dunkle Straßen spazieren.« Er versucht, eine leichte Besorgnis in seiner Stimme mitschwingen zu lassen.

»Das ist kein Problem.« Sie winkt ab. »In dieser Gegend wohnen nur ungefährliche Rentner.«

Tai hebt eine Braue und wirft ihr einen skeptisch-besorgten Blick zu.

»Abgesehen von dem abartigen Pärchen gegenüber«, fügt sie hinzu.

Damit kommen wir der Sache näher ... »Abartiges Pärchen?«, hakt er mit einem angepassten Grad an Neugierde nach.

»*Er* ist definitiv schwul«, Marie senkt die Stimme. »Bei *ihr* bin ich mir nicht sicher. Aber wenn du mich fragst, ist sie eine Kampflesbe.«

Tai kann sich ein Schmunzeln nicht verkneifen. So muss die attraktive Jägerin mit den wachsamen Augen und der Lederkluft wohl auf Ahnungslose wirken. »Klingt nach einer Sitcom.«

»Eher nicht. Die sind total gruselig.«

»Ach ja? Inwiefern?«

Wie redselig die Menschen doch sind, wenn sie offen und ungestraft über ihre Mitmenschen lästern dürfen. Marie verengt ihre dunkelbraunen Augen zu Schlitzen und tritt einen Schritt näher, wodurch sich Tai mitten in der Wolke ihres aufdringlichen Vanilleparfums befindet, das erbarmungslos in seiner Nase kitzelt. Er atmet so flach wie möglich, um das Niesen zu unterdrücken.

»Gestern zum Beispiel, da war ich mit einem Freund im Park ...«, sie lächelt verklärt bei der Erinnerung, »... da hab ich sie gesehen. Sie saß total zugedröhnt auf dem Boden, mit dem Rücken an einem Laternenpfahl und hat mit sich selber geredet.«

Verwirrt runzelt er die Stirn und blinzelt Marie überrascht an. »Das ist wirklich seltsam.«

Spontan fallen ihm nur zwei Möglichkeiten für dieses Verhalten ein: Drogenmissbrauch und die Unterhaltung mit dem einzigen Wesen, das für menschliche Augen unsichtbar ist. Hoffentlich übersieht er die dritte Möglichkeit gerade bloß.

»Was hat sie denn gesagt?« Seine Frage klingt sehr viel interessierter als beabsichtigt.

»Was weiß ich.« Marie scheint plötzlich tödlich gelangweilt von dem Thema. »Sag mal, was hast du denn heute noch vor?«

Tai, nach wie vor in Gedanken versunken, starrt Marie einen Moment lang stumm an. Dann zwingt er sich zu einem entschuldigenden Lächeln. »Ich muss mich um ... ein paar Geschäfte kümmern.«

»Und nach den Geschäften?«

Der hoffnungsvolle Blick in ihren Augen verursacht ihm beinahe ein schlechtes Gewissen. Aber nur beinahe.

»Dann geht's zurück nach Hause.«

Sie zieht einen beleidigten Schmollmund, woraufhin er ihr herausfordernd zulächelt.

»Außer hier gibt es irgendetwas, wofür es sich lohnt, eine Nacht dranzuhängen«, raunt er.

Als hätte Marie nur auf dieses Kommando gewartet, versenkt sie eine Hand mitsamt ihrem Arm in der riesigen Handtasche und fummelt eifrig drauf los. Nachdem sie in den unergründlichen Tiefen endlich fündig geworden ist, zieht sie eine kleine weiße Karte hervor und überreicht sie Tai mit einem triumphierenden Lächeln.

»Find's doch raus.« Sie zwinkert ihm zu, ehe sie sich betont langsam umdreht und mit wackelndem Hintern davonstolziert.

Schmunzelnd steckt Tai die Karte mit Maries Handynummer in die Innentasche seiner Motorradjacke. »Es klappt jedes Mal wieder. Und da sag noch einer, in meinem Job hätte man keinen Spaß.«

Das Lächeln auf seinem Gesicht verblasst allerdings, als sich ihm ein Gedanke hämisch aufdrängt und sich ein unangenehmes

Zwicken in seiner Magengrube ausbreitet. Hat die Jägerin etwa Kontakt zu Engeln? Das wäre die perfekte Erklärung für seine Anwesenheit. Und wenn sie sich mit dem Feind verbrüdert, hat sie ihre Verbannung mehr als verdient.

Das hier ist doch alles mehr als merkwürdig. In diesem Scheißkaff läuft irgendwas so gewaltig verkehrt, dass man das drohende Unheil fast schon spüren kann. Und da steckt er jetzt mittendrin? Großartig. Er sollte diesen Auftrag schnellstmöglich hinter sich bringen und aus diesem düsteren Loch verschwinden.

»Warum starrst du mich so an?«, fragt Toni, als sie mit Lestat aus der Haustür tritt.

Sein Blick wandert bewundernd von ihren High Heels über die hautenge Jeans und die kurze Lederjacke bis hin zu ihrem offenen Haar.

»Ich habe dich schon lange nicht mehr in normalen Klamotten gesehen. Man könnte fast meinen, du bist ein richtiges Mädchen.«

»Ach, halt die Klappe.« Verlegen knufft sie ihn gegen die Schulter, kramt ihre Wagenschlüssel aus der Jackentasche und wirft sie dem Vampir zu. »Du fährst.«

Sie steuert die Beifahrerseite des glänzenden Sportwagens an – ein Meisterwerk deutscher Ingenieurskunst –, der vor ihrer Wohnung parkt.

Lestat lässt sich nicht zweimal bitten. Grinsend nimmt er auf der Fahrerseite Platz, startet den Wagen und tritt aufs Gaspedal. Das Aufheulen des Motors hallt durch die gesamte Straße.

»Ich liebe dieses Auto«, sagt er und fährt mit quietschenden Reifen los.

Lächelnd schüttelt Toni den Kopf. Wenn es um Autos geht, ist Lestat auf ganzer Linie ein Mann und könnte stundenlang über die Originalkotflügel irgendeines Oldtimers philosophieren. Für Toni völlig unverständlich. Immerhin hat sie inzwischen herausgefunden, was die Bezeichnung ›V10‹ auf ihrem Wagen bedeutet. Das ist ihr genug Wissen über Autos. Hauptsächlich hat sie sich für den Sportwagen entschieden, weil er wie ein feuerroter Blitz aussieht, wenn sie damit vorbeirauscht.

Als sie an der Kreuzung ankommen, biegt Lestat nach Flusstal ab.

»Wo fährst du hin?«, fragt Toni misstrauisch.

Der Vampir zwinkert ihr zu. Das breite Grinsen lässt seine scharfen Eckzähne unter der Oberlippe hervorblitzen. »Hell's Kitchen.«

Toni antwortet mit einer Grimasse.

›Hell's Kitchen‹ ist die In-Bar für alle höllischen Langzeitangestellten in Flammach. Ein Treffpunkt des Bösen, wenn man so will. Kopfgeldjäger sind dort verständlicherweise nicht gern gesehen.

»Du weißt doch, ich fliege jedes Mal raus, wenn ich nur einen Fuß über die Türschwelle setze«, erinnert Toni und bringt Lestat damit zum Kichern.

»Bloß weil du dich immer benimmst wie die Axt im Walde und die Kundschaft abmurkst. Ruben kann es eben nicht leiden, wenn du seine Gäste verbannst, bevor sie ihre Rechnung bezahlt haben.«

Tonis abfälliges Schnauben und ihr vernichtender Blick prallen unbeachtet an ihm ab, als er den Wagen behutsam auf den Kiesplatz vor der Bar lenkt.

Wer den verfallenen Schuppen an der Grenze zum World's End anschaut, würde darin niemals Lebewesen vermuten. Nur die rote Leuchttafel neben der Tür weist auf eine schwache Form von Zivilisation hin. ›Hell's Kitchen‹ steht in geschwungenen Lettern auf dem Schild und darunter ist eine Karikatur abgebildet: der Teufel, der mit einem mannshohen Kochlöffel in einem Topf rührt. Weder die Gegend noch das Haus wirken einladend; was auch gewollt ist. Schließlich soll die Bar keine neugierigen Touristen anlocken. Nicht, dass sich viele Touristen nach Flammach verirren, aber man kann nie vorsichtig genug sein.

Toni steigt aus, stapft auf das Gebäude zu und holt einmal tief Luft, bevor sie nach der Türklinke greift. Ohne ihre Kampfmontur und das Dämonenschwert fühlt sie sich merkwürdig nackt. Der Drang umzudrehen und wegzulaufen erwacht in ihr, aber sie würde lieber sterben, als das zuzugeben.

Es gibt zwei Dinge, die ein Kopfgeldjäger stets beachten muss: niemals Angst zu zeigen und niemals jemanden zu nahe an sich heranzulassen. Letzteres ebenso im übertragenen Sinn. Denn geliebte Menschen befinden sich in Tonis Nähe nicht nur jederzeit in Gefahr, sondern schwächen sie zudem, weil sie gegen sie verwendet werden können. Was auch der Grund ist, warum sie sich ungern mit Lestat blicken lässt. Vor allem in Etablissements voller Leuten, die sie liebend gern aus dem Weg räumen würden. Nun ja, wenigstens wird sie das auf andere Gedanken bringen.

Natürlich würde kein Unterweltler je wagen, einen Kopfgeldjäger zu töten, denn sie wissen, dass die Konsequenz für den Mörder die ewige Verdammnis ist – inklusive aller Höllenqualen. Das ist also nicht der Grund, weshalb sie sich Sorgen macht, ihr graut vielmehr vor einer deftigen Abreibung, die Luzifer bekanntlich herzlich wenig schert. Und gestern, bei dem Nephilim, hat Toni bereits festgestellt, dass sie nicht sonderlich auf Prügel steht. Bei der Erinnerung daran pulsiert ihre geschwollene Unterlippe mahnend.

»Wartest du auf eine schriftliche Einladung?« Lestat schiebt sie ungeduldig aus dem Weg und geht vor ihr durch die Tür. Muss schön sein, wenn immerzu eine rosarote Brille auf der Nase sitzt.

Als Toni ihm folgt, prallt sie direkt auf eine stinkende Wand, die fast ausschließlich aus Nikotin und verdampftem Schnaps zu bestehen scheint. Die schleppende Stimme von Kurt Cobain klingt dumpf aus den Boxen und kriecht förmlich über ihre Haut.

Auch von innen sieht die Bar aus wie ein Schuppen; es fehlen nur das Stroh auf dem Boden und die Heugabeln an den Wänden. Das Gebäude stammt noch aus der Zeit, bevor die Industrie die

Landwirtschaft in Flammach niedergewalzt hat, und hält sich genauso hartnäckig wie sein Besitzer.

Statt der Heugabeln hängen heute an die hundert verrostete Blechschilder an den Wänden, die verschiedene Biersorten anpreisen – von denen es allerdings keine einzige im ›Hell's Kitchen‹ zu kaufen gibt.

Durch die dichten Rauchschwaden erkennt Toni einzelne Tische, an denen Grüppchen von Menschen, Vampiren und Werwölfen sitzen, die sie unverhohlen anstarren. Automatisch strafft sie die Schultern und folgt Lestat zur Theke, hinter der ein kleiner, grimmig dreinschauender Spanier argwöhnisch die Lippen verzieht.

Als würde er die Stimmung im Raum nicht bemerken, lässt sich Lestat schwungvoll auf einem Barhocker nieder. Abschätzend bleibt Toni hinter ihm stehen und mustert den Barinhaber. Ruben fährt mit einer Hand über seinen Bartschatten und beäugt sie seinerseits mit verächtlicher Miene.

»Keine Kopfgeldjäger«, raunzt er, die dunklen Augen fest auf Toni gerichtet. Er weist auf ein Schild hinter sich, dessen Aufdruck wohl ein durchgestrichenes Dämonenschwert darstellen soll. Es erinnert jedoch eher an einen Spazierstock, der von einem Lasso eingefangen wird. Das war letztes Mal noch nicht da. Oder?

»Sie ist nicht im Dienst«, antwortet Lestat für sie und bedeutet ihr gleichzeitig neben ihm Platz zu nehmen.

»Das ist mir egal, sie verschreckt meine Gäste.« Rubens spanischer Akzent bricht durch. Ein klares Zeichen für die wachsende Ungeduld des Barbetreibers.

»Sei kein Arschloch, Ruben, gib mir einfach ein Bier«, entgegnet Toni in einem sehr viel lässigeren Tonfall, als ihr zumute ist. »Ich bin heute brav, versprochen.«

»Du hast wirklich die Frechheit hier nochmal aufzutauchen, Jägerin, nachdem du letztes Mal die halbe Bar zertrümmert hast«, brummt er und lässt Toni keine Sekunde aus den Augen.

Betont unbekümmert setzt sie sich neben Lestat auf einen Hocker. »Hey, das war nicht allein meine Schuld! Dass sich dieser widerwillige Werwolf ausgerechnet in deine Bar flüchten musste!«

»Du bleibst hier sitzen und verhältst dich ruhig, comprende?«, Ruben zielt mit einem Finger auf sie. »Wenn du auch nur auffällig zuckst, fliegst du raus.«

»Ja, ja, schon klar. Kümmer du dich einfach darum, dass mein Krug voll bleibt.«

Ein paar spanische Flüche brummend, reibt sich Ruben über die Glatze, dann macht er sich am Zapfhahn zu schaffen. Immer wieder wirft er der Jägerin misstrauische Blicke zu.

»Siehst du«, meint Lestat fröhlich, »er mag dich.«

»Ja, ich kann die Liebe in der Luft förmlich schmecken«, murmelt Toni und schaut sich aufmerksam im Raum um.

Das Tuscheln an den Tischen ist unüberhörbar und die verschiedensten Augenpaare schielen argwöhnisch zu der Jägerin und ihrem Begleiter hinüber. Die aufgeladene Atmosphäre kribbelt geradezu in Tonis Nacken und sie zuckt kaum merklich zusammen, als Ruben den Bierkrug vor ihr auf die Theke knallt.

»Glaubst du immer noch, es war eine gute Idee?« Sie wirft Lestat einen zweifelnden Blick zu.

»Ich gebe zu, ich hatte schon bessere Ideen. Bleib ruhig und beachte sie nicht. Das legt sich gleich.«

Toni nimmt einige kräftige Schlucke aus ihrem Krug, während sie James Hetfields schroffer Stimme lauscht, die ›Better than you‹ durch die Boxen schmettert. Zufall oder eine ziemlich offensichtliche Andeutung?

Im Augenwinkel nimmt sie eine Bewegung wahr: mehrere Personen, die sich von ihren Stühlen erheben. Werwölfe, erinnert sie sich, als sie ihr Gedächtnis nach den Grüppchen an den Tischen durchforstet. Anders als Vampire verändern sich Werwölfe nach ihrem Vertragsabschluss auffallend: Sie werden sehr viel haariger. Auch auf den Zähnen. Vor allem die Rüden …

Toni dreht den Kopf nur so weit, dass sie die Werwölfe aus dem Augenwinkel beobachten kann. Es sind drei besonders große, kräftige Exemplare ihrer Gattung, die auf die Theke zuschlendern. Automatisch greift sie sich an den linken Unterarm und ertastet den Griff des Messers, das sie in ihrer Freizeit stets für den Notfall im Ärmel versteckt hält.

Die Drei bauen sich direkt neben ihr auf, doch sie ignoriert sie absichtlich und nimmt betont desinteressiert einen Schluck aus ihrem Krug. Schließlich ist ein potenzieller Angreifer wie ein Raubtier – man darf keine Angst zeigen.

»Schön, ich gebe es zu«, flüstert Lestat sichtlich nervös, »es war eine bescheuerte Idee.«

Einer der Wolfsmänner lehnt sich mit dem Ellbogen an die Theke und mustert das Gesicht der Jägerin abwägend. »Du bist entweder scheiß mutig oder unfassbar dämlich hier unbewaffnet aufzutauchen, Teufelsmätresse.«

Den unhöflichen Spitznamen, mit dem die Unterweltler die Kopfgeldjäger für gewöhnlich nur hinter ihren Rücken bedenken, ignoriert sie heute großzügig.

Toni hebt einen Mundwinkel und wirft dem Wolfsmann einen spöttischen Seitenblick zu. »Wer sagt, dass ich unbewaffnet bin?«

Ein leicht verunsicherter Ausdruck huscht über das haarige Gesicht, bevor sich die buschigen Brauen grimmig zusammenziehen. »Sieh dich vor, Jägerin. Wenn du gleich aufbrichst, dann schaffst du es vielleicht noch bis zu deinem Wagen.«

»War das eine Drohung?« Tonis Hand wandert unauffällig unter den linken Ärmel auf den versteckten Messergriff zu.

»Gut möglich.« Der Wolfsmann fletscht die Zähne.

Und wieder spürt sie dieses Kribbeln in ihren Fingerspitzen. Mit ihrem charmantesten Lächeln beugt sie sich zu dem Werwolf hinüber. »Verpiss dich, Arschloch! Dann schaffst *du* es vielleicht noch rechtzeitig.«

Plötzlich packt er sie am Arm, im selben Moment zieht sie ihr Messer und gleitet vom Barhocker. Als sie jedoch seine verdutzte Miene bemerkt, hält sie sofort inne und folgt zögerlich seinem Blick zu der fremden olivfarbenen Hand, die auf dem behaarten Unterarm des Wolfmannes liegt. Die Hand geht über in einen Arm, der im Ärmel einer dunklen Motorradjacke steckt. Darüber sitzt ein Kopf in derselben gebräunten Farbe, mit einem wilden Wirrwarr schwarzer Haare darauf. Aber weder das attraktive Gesicht mit den mandelförmigen Augen noch die beachtliche Größe oder die kräftige Statur des Fremden sind es, die Toni die Sprache verschlagen, sondern ...

»Ich denke, die Lady hat sich klar ausgedrückt.«

Der Fremde spricht so beherrscht wie nachdrücklich zu dem Kerl, der Toni daraufhin zögerlich loslässt und den Störenfried eingehend mustert.

Verstohlen schiebt sie ihr Messer zurück in die Scheide unter ihrem Ärmel und dreht sich zu Lestat um. »Das hat er gerade nicht ernsthaft gesagt, oder?«

»Oh, ich fürchte doch, Schätzchen«, schmunzelt der Vampir und himmelt den Fremden an, als wäre er mit einem weißen Ross zu ihrer beider Rettung angaloppiert gekommen.

»Du solltest dich lieber aus Dingen raushalten, die dich nichts angehen, Bürschchen«, bellt der Wolfsmann, der den starren Blick unbeeindruckt erwidert.

»Halt's Maul und setz dich hin, Frank!«, mischt sich auf einmal Ruben ein. Er hat den Fremden wohl ebenfalls auf Anhieb als gewöhnlichen Menschen identifiziert. »Du willst doch nicht, dass hier ein falscher Eindruck entsteht.« Er nickt mit vielsagendem Blick in Tonis Richtung.

Der enttäuschte Werwolf schlürft zu seinem Tisch zurück.

»Jäger, Touristen – der lässt langsam echt alles hier rein«, kläfft er leise vor sich hin.

»Was darf's denn sein?«, wendet sich Ruben freundlich an den Touristen.

Toni und Lestat wechseln einen verwunderten Blick.

Der Fremde zieht die Brauen zusammen und schaut dem Werwolf hinterher, ehe er den Kopf schüttelt und sich auf den Barhocker neben Toni setzt.

»Ein Bier«, antwortet er schließlich.

Seine Stimme ist viel zu normal für seine markante Erscheinung. Der harte Biker klingt wie ein Radiomoderator.

Er dreht sich Toni zu und streckt ihr die Hand hin. »Ich bin Tai.«

»Nur für's Protokoll, *Tai*«, erklärt sie, seine Hand geflissentlich ignorierend, »ich hatte die Lage voll und ganz unter Kontrolle.«

»Sicher. Aber das gab mir die perfekte Gelegenheit als strahlender Held aufzutreten.«

Toni kann sich ein Lachen nicht verkneifen. »Schön, du Held, und was hättest du gemacht, wenn die drei tatsächlich auf dich losgegangen wären? Am Ende hätte nämlich *ich dir* den Arsch retten müssen.«

»Ganz schön tough.« Er zwinkert ihr zu. »Ich kann mir vorstellen, dass du öfter in solche Situationen gerätst.«

Als sie zu einer bissigen Antwort ansetzt, packt Lestat sie am Arm und zerrt sie zu sich herüber.

»Sei bloß höflich, Toni, ich flehe dich an, versau das nicht!«, flüstert er ihr zu.

»Was?«

»Na, schau ihn dir an! Er sieht aus wie ein asiatisches Unterwäsche-Model.«

Toni wirft einen Blick auf den Touristen und kann sich ein Lächeln nicht verkneifen. »Unterwäsche? Hast du neuerdings den Röntgenblick?«

Lestat zwinkert ihr vielsagend zu. »Ja, so was in der Art, vertrau mir einfach.«

»Was soll das denn? Hast du nicht gehört ...«

Mit einer Handbewegung schneidet er ihr das Wort ab und blickt ihr streng in die Augen. »Du wolltest vergessen und neben dir sitzt das Mittel dazu. Die Ablenkung in *Perfektion*! Und offensichtlich gefällst du ihm. Also los, schmeiß dich ran.«

Toni ist weit davon entfernt, ein Leben als Nonne zu führen, aber im ›Ranschmeißen‹ war sie nie sonderlich gut. Lestat ist in dieser Hinsicht viel offensiver. Er benutzt diese Art von ›Ablenkung‹ als Heilmittel für alles.

Verstohlen schielt sie zu dem Fremden hinüber. Er ist attraktiv mit seinem Dreitagebart, den hohen Wangenknochen und den winzigen Grübchen um die Lippen. Die asiatische Note verleiht ihm einen verlockenden Hauch Exotik. Seine schokoladenbraunen Augen sind von dichten schwarzen Wimpern umrahmt und neugierig auf Toni gerichtet. Vermutlich weil er sich fragt, wieso sie ihn so anstarrt.

Toni muss Lestat recht geben – Tai wäre bestimmt eine sehr angenehme Ablenkung von gewissen saphirblauen Augen. Aber er ist immer noch ein Fremder, irgendein Kerl in einer zwielichtigen Bar. Wer weiß schon, was so einer im Schilde führt.

Sie nippt an ihrem Bier und beschließt, den Touristen einfach zu ignorieren. Allerdings macht es ihr dieser nicht ganz so leicht.

»Okay, wie wäre es, wir fangen noch einmal von vorne an?« Er streckt erneut seine Hand aus und auf seinen Lippen formt sich ein aufrichtiges Lächeln. »Ich heiße Tai. Es freut mich, ...«

Sie hebt eine Braue und wirft ihm einen entnervten Blick zu.

»Ernsthaft? Nicht einmal deinen Namen willst du mir verraten?« Er schiebt seinen Bierkrug beiseite, lehnt sich mit dem Unterarm auf die Theke und schaut ihr unverwandt in die Augen. »Okay, dann rate ich mal. Hmm ... Bestimmt ist es etwas sehr Mädchenhaftes, das du überhaupt nicht leiden kannst. Deshalb bleibst du lieber die namenlose Schönheit. Wenn ich mir deine rote Lockenmähne ansehe, tippe ich auf Scarlet.«

Nun hebt Toni die andere Braue ebenfalls. »Also Scharlachrot? Na, das ist ja mal echt einfallslos. Ich heiße Toni«, brummt sie.

Sein Lächeln wird breiter. »Ich wusste, Scarlet lässt du nicht auf dir sitzen.«

»Du wusstest das? Weil du mich so gut kennst?«

»Ich habe eine hervorragende Menschenkenntnis. Du würdest dich wundern.«

»Aha.« Sie greift nach ihrem Krug, trinkt ein paar kräftige Schlucke und tritt sich gedanklich in den Hintern, weil sie auf diesen miesen Trick hereingefallen ist. Gut, vielleicht war sein Lächeln ebenfalls ein bisschen mit schuld. Der Kerl ist charmant, das muss sie zugeben. Dennoch dreht sie ihm die Schulter zu, nachdem sie den Krug wieder abgestellt hat.

»Weißt du, ich bin nur ein paar Tage in der Stadt und ich kenne hier niemanden.« Als Toni ihn weiterhin ignoriert, fährt er fort: »Ich bin Detektiv – daher auch die hervorragende Menschenkenntnis. Jedenfalls hat mich ein Klient hierhergeschickt, um seine Tochter ausfindig zu machen. Na ja, sie hat sich in irgendeinen zwielichtigen Typen verliebt und ist mit ihm abgehauen. Ihre Spur führt direkt nach Flammach und da die beiden nicht gerade vorsichtig sind, wird das wohl einer meiner leichteren Fälle. Deshalb werde ich eine Menge Freizeit haben.«

»Du bist nicht gerade der schweigsame Typ, was?«

Er zuckt unbekümmert mit den Schultern. »Ich habe nichts zu verbergen.«

Toni mustert ihn eine Weile lang abwägend, aber seine aufrichtige Miene verändert sich nicht. Ob er hier tatsächlich nur ein wenig Gesellschaft sucht, weil er nicht allein in einem Hotelzimmer hocken will?

»Wieso bist du ausgerechnet in diese Bar gekommen?«, hakt sie skeptisch nach.

»Zufall. Ehrlich gesagt habe ich eine falsche Abzweigung genommen und fand mich plötzlich in dieser düsteren Ecke der Stadt wieder. Dann habe ich das Schild gesehen und da ich Durst hatte und sowieso noch irgendwo was trinken gehen wollte, dachte ich, diese Bar ist so gut wie jede andere.«

»So gut wie jede andere, ja?« Toni kann sich ein leises Lachen nicht verkneifen. »Du musst am Verdursten gewesen sein, wenn dich die Außenfassade dieser Spelunke nicht sofort abgeschreckt hat.«

Dafür erntet sie einen vernichtenden Blick von Ruben, der in Hörweite mit einem fleckigen Geschirrtuch bewaffnet die Bier- und Schnapspfützen in die Theke einpoliert.

»Wir haben hier nicht oft Touristen«, erklärt Toni. »Nicht in dieser Stadt und schon gar nicht in dieser Bar.«

»Das erklärt die dubiose Willkommensmentalität. Die Flammacher schauen mich schon den ganzen Tag lang so an, als wollten sie mich mit Fackeln aus der Stadt jagen.« Tai stützt die Ellbogen auf die Theke und lehnt sich lächelnd zu ihr herüber. »Aber allmählich bin ich wirklich froh, dass mich mein Auftrag hergeführt hat. Und vielleicht habe ich heute ja unterbewusst absichtlich den falschen Weg genommen, um genau auf diesem Barhocker zu landen.«

»Damit wärst du der erste Mensch, der freiwillig im World's End ist.«

»*Du* bist hier.«

»Nicht freiwillig.«

»Das ist mein Stichwort.« Lestats Stimme reißt sie abrupt aus der kleinen, gemütlichen Blase, die sich unbemerkt um Toni und Tai gebildet hat.

Erst jetzt merkt sie, dass sie sich ihm nicht nur zugewandt, sondern sich sogar zu ihm hinübergelehnt hat.

»Ich muss los – ein Date.« Der Vampir hüpft von seinem Hocker. »Es stört dich bestimmt nicht, wenn ich deinen Wagen ausleihe?«

»Ähm, doch!«, antwortet Toni perplex. »Wie soll ich denn deiner Meinung nach zurückkommen?«

»Dir fällt garantiert was ein.« Lestat grinst Tai an, bevor er ihr ins Ohr flüstert: »Dein neuer Freund bringt dich sicher gerne ins Bett.«

»Lestat, nein«, zischt sie aus zusammengebissenen Zähnen, aber ihr Mitbewohner ist bereits auf halber Strecke zur Tür.

»Danke! Viel Spaß noch«, ruft er fröhlich, bevor er aus der Bar verschwindet.

Mit einem entschuldigenden Lächeln wendet sie sich wieder Tai zu. Hoffentlich hat die Szene auf ihn nicht gewirkt, als hätte der Vampir sie bei dem Fremden abgeladen wie ein unliebsames Haustier.

»Netter Kerl«, schmunzelt Tai, der offenbar den Drang verspürt, irgendetwas Unverfängliches zu sagen.

»Findest du? Du kannst ihn gerne eine Weile als Mitbewohner ausleihen.«

»Viel lieber leihe ich mir dich eine Weile lang aus«, meint er zwinkernd. »Und da du nun ja ohnehin gestrandet bist …«

Fragend legt Toni den Kopf schief. »Bitte was?«

»Ich sagte doch, ich kenne hier niemanden. Aber vielleicht könnte ich jemanden kennenlernen …«

»Mich«, nimmt sie an und fragt sich gleichzeitig, wieso er das wollen sollte.

Sie muss ziemlich verdattert aussehen, da Tai plötzlich laut auflacht. »Keine Sorge, ich will keinen Ehevertrag mit dir abschließen, ich dachte nur, wir könnten uns ein wenig die Zeit miteinander vertreiben. Uns amüsieren. Vielleicht kannst du mir ein paar interessante Orte in der Stadt zeigen.«

»Hier gibt es keine interessanten Orte.«

»Dann müssen wir uns langweilige Orte interessant machen.«

Er sieht Toni direkt in die Augen und auf seinen fein geschwungenen Lippen formt sich betörend langsam ein Lächeln, das nicht nur ihre Knie erweicht.

»Trinkst du noch eins mit mir?«, fragt er und deutet auf ihren Krug.

Toni ist es einfach nicht gewöhnt, nett behandelt zu werden und selbst nett zu sein. Berufskrankheit. Allmählich hat sie das Gefühl, Freundlichkeit gänzlich verlernt zu haben. Aber Lestat hat wahrscheinlich recht – der Fremde scheint ein anständiger Kerl zu sein und sie muss wirklich auf andere Gedanken kommen und die Erinnerung an den Engel eliminieren.

Vielleicht sollte sie aufhören zu zweifeln, einmal nur aufhören zu denken. Für einen Abend.

»Okay«, antwortet sie.

Einige Krüge Bier später sind Toni und Tai die letzten Gäste im ›Hell's Kitchen‹. Sie spürt eine wohltuende Wärme in ihren Gliedern und einen angenehmen Schwindel in ihrem Kopf. Teils die Konsequenz des Alkohols, teils die Wirkung ihres charmanten Gesprächspartners, mit dem sie ausgelassen scherzt und flirtet.

»Ich bin keine von diesen gefühlsduseligen Frauen«, beantwortet sie seine Frage nach den Männern in ihrem Leben. »Ich verliebe mich nicht einfach so in irgendwelche dahergelaufenen Kerle.«

»Bis heute.« Er nickt mit ernster Miene. »Mir bist du offenbar sofort verfallen.«

Und wieder muss sie lachen. Toni kann sich nicht erinnern, wann sie zuletzt so ausgelassen mit jemandem gescherzt hat, aber mit Tai ist es seltsam leicht. »Du bist ziemlich von dir überzeugt, was?«

»Das muss ich!«, antwortet er feierlich. »Wenn nicht ich, wer dann?«

Das Scheppern von Geschirr unterbricht ihr Geplänkel. Toni blickt zu Ruben auf, der demonstrativ mit dem Zeigefinger auf seine Armbanduhr tippt.

»Das ist wohl ein wenig dezenter Rausschmiss«, meint Tai.

Okay, jetzt oder nie! Im Grunde ist ihnen beiden schon seit Stunden klar, worauf diese Barbekanntschaft hinauslaufen wird, doch bisher hat es keiner von ihnen direkt angesprochen. Also versucht sich Toni an einem verführerischen Augenaufschlag, der ihr nüchtern noch nie gelungen ist und der in ihrem leicht angetrunkenen Zustand zweifellos lächerlich wirkt. »Vielleicht finden wir ja noch ein schöneres Plätzchen ...«

Er gibt sich nicht einmal Mühe, sein Lachen zu verkneifen. »Versuchst du gerade, mich abzuschleppen?«

»Ja.« Sie stöhnt und vergräbt peinlich berührt ihr Gesicht in den Händen, um die aufkommende Röte auf ihren Wangen zu verstecken.

»Hast du das schon mal gemacht?« Tais Lachen schallt durch die ganze Bar. »Du kommst nicht viel unter Leute, oder?«

»Nein«, murrt sie durch ihre Finger, dann knufft sie ihn gegen den Oberarm. »Hör gefälligst auf zu lachen!«

Allerdings ist es so ansteckend, dass sie einmal mehr mitlachen muss. Und plötzlich weiß sie, was die Unterhaltung mit ihm so lässig macht: Er ist ungewöhnlich offen und aufrichtig, ganz anders als die Leute, mit denen sie sonst zu tun hat. Und zum ersten Mal seit langem hat sie das Gefühl, jemandem nicht mit Misstrauen entgegentreten und vorsichtig sein zu müssen.

»Ein Glück für dich, dass ich in dieser Hinsicht nicht so pingelig bin.« Sein Glucksen verebbt und das Lächeln auf seinem Gesicht verblasst, als erinnere er sich an etwas. »Ein Glück für dich ...«

Der Ausdruck auf seinem Gesicht wechselt von gequält über konzentriert bis hin zu verzweifelt. Er scheint einen inneren Kampf auszufechten. Als wäge er etwas ab, suche nach einer Lösung für ein Problem, das größer ist als Himmel und Hölle zusammen.

Toni kann sich jedoch keinen Reim darauf machen. Was hat er auf einmal? Oder liegt es einfach daran, dass sie schon so lange nicht mehr mit ›normalen‹ Menschen zu tun hatte?

»Ach, was soll's«, meint er schließlich. »Ich komme so oder so in die Hölle. Lass uns gehen.« Damit steht er auf, wirft ein paar Scheine auf den Tresen und zieht die verwirrte Toni vom Barhocker.

*Was machst du da bloß, du verdammter Idiot?*

Tais Plan ist ordentlich in die Hose gegangen. Das kommt davon, wenn man sich auf die Schnelle eine neue Strategie einfallen lassen muss. Wie konnte er nur so dämlich sein, einzugreifen, als der Werwolf auf Toni losgehen wollte?

Tai ist noch nie der strahlende Held in der schimmernden Rüstung gewesen. Nicht, weil er dazu nicht fähig wäre, nein, er war bisher schlicht zu faul. Außerdem schürt ein solches Verhalten bei den Frauen bloß zu hohe Erwartungen.

Doch als dieser haarige Kerl so bedrohlich vor der Jägerin stand, da war es, als legte sich ein Schalter in ihm um. Noch bevor er begriffen hat, was er tut, noch bevor er auch nur einen Gedanken an die Konsequenzen verwenden konnte, hatte er sich bereits zwischen dem Wolfsmann und der Jägerin wiedergefunden. So viel zu seinem Plan, die Kollegin aus der Ferne zu beobachten.

Danach gab es nur zwei Möglichkeiten: Zielperson ignorieren, aus der Bar verschwinden und retten, was von seinem Plan übrig geblieben ist, oder etwas völlig Neuartiges, Unerprobtes: Komm ihr näher, gewinne ihr Vertrauen, finde heraus, was hier vor sich geht.

Er hatte sich in der Eile für die zweite Strategie entschieden. Nicht nur, weil er seine Neugier stillen und herausfinden wollte, was die Jägerin so Übles verbrochen hat, er fand diesen Weg zunächst auch äußerst clever. Er hätte Toni nur dazu bringen müssen, allein mit ihm sein zu wollen – was nun ja auch funktioniert.

Und sobald sie an einem intimen Plätzchen angekommen wären, hätte er sie ganz easy und unbemerkt ausschalten können. Eines hat er dabei jedoch nicht bedacht: seine Menschlichkeit.

Je länger er in diese leuchtenden smaragdgrünen Augen blickte, je entspannter die scheue Jägerin wurde, desto mehr wurde sie zu einem lebendigen, fühlenden Wesen für ihn. Und jetzt ist sie nicht mehr nur irgendeine Zielperson.

Mit Toni im Schlepptau stürmt er in die kalte Dunkelheit des World's End hinaus und geht zielstrebig auf sein Motorrad zu. Eingehüllt in die Dunkelheit der Nacht ist die mattschwarze Maschine beinahe unsichtbar.

»Kannst du überhaupt noch fahren?«, fragt sie.

Als er ihr einen Blick über die Schulter zuwirft, ihre nichtsahnende Miene sieht, spürt er sein Gewissen überdeutlich. Es nagt an ihm wie ein lästiges Insekt. Am liebsten würde er Toni in diesem Moment wegschubsen, sie anbrüllen, dass sie davonlaufen soll ... stattdessen schwingt er sich auf die Maschine, drückt ihr seinen Helm in die Hände und startet den Motor. Das knatternde Geräusch dringt krachend durch die stille Straße.

Toni klettert auf den Sozius und krallt sich etwas unbeholfen an seiner Jacke fest, bis er ihre Handgelenke umfasst und ihre Hände vor seinem Bauch verschränkt.

»Gut festhalten.«

Tai legt den Gang ein und fährt vorsichtig vom Kiesparkplatz auf die befestigte Straße, wo er den Gashahn ordentlich aufdreht.

Überall, wo sich Tonis Körper an ihn schmiegt, breitet sich ein warmes Kribbeln aus, als entfache die Berührung winzige Feuerfunken. Und als sie sich enger an ihn presst, spürt er einen brennenden Stich in der Brust.

*Was machst du da bloß, du verdammter Idiot?*

Mit wackligen Knien – verursacht durch die Mischung aus kaltem Fahrtwind, Tais warmem Körper und den Vibrationen des Motorrads – steigt Toni von der Maschine und drückt ihm den Helm in die Hände. Sie erkennt das Hotel, auf dessen Parkplatz er die Maschine gelenkt hat, sofort. Es ist am nördlichen Ende des Stadtzentrums und lediglich hundert Meter von ihrer Wohnung entfernt.

»Nobel«, nickt sie und betrachtet das große Hochhaus, das aus mehr Glas als Stein besteht. Am Eingang wartet bereits ein Pförtner, der ihnen die Tür aufhält. »Du musst ein richtig guter Detektiv sein.«

Ein anzügliches Lächeln formt sich auf seinen Lippen. »Ich bin in einigen Dingen richtig gut.« Er nimmt sie an der Hand und führt sie durch den Eingang zum Fahrstuhl. Als sich die Türen schließen und ein albernes Klaviergedudel aus dem Lautsprecher ertönt, zieht er sie eng an sich und umfasst ihre Taille.

Glücklicherweise war Toni früher am Abend so umsichtig, ihr sperriges Messer in einem Gebüsch vor dem ›Hell's Kitchen‹ zu verstecken. Sonst hätte er es vermutlich schon bemerkt, als sie auf dem Motorrad die Arme um ihn geschlungen hat. Und dann hätte sie wohl nie die Hitze seines Körpers auf ihrer Haut fühlen können, wie jetzt, wenn er so dicht vor ihr steht.

Sie blickt in seine glühenden, dunklen Augen und spürt ihr Herz deutlich und viel zu schnell gegen ihre Rippen hämmern. Betont langsam lässt er eine Hand über ihren Arm bis zu ihrem Nacken gleiten, den Blick unverwandt auf ihre Augen gerichtet. Seine raue Handfläche hinterlässt eine eisige Gänsehaut an ihrem Hals.

Tonis Verstand scheint mit einem Mal wie betäubt. Automatisch schließt sie die Augen, als sich Tai zu ihr vorbeugt. Seine Lippen legen sich behutsam an ihre Kehle und wandern sanft ihren Hals hinauf. Toni genießt die Gänsehaut, schnurrt wohlig und lehnt sich mit dem Rücken an die Wand des Fahrstuhls. Erregt greift sie in die Schlaufen seiner Jeans und zieht seine Hüfte zu sich heran. Ein kleines Stöhnen entweicht dabei ihren Lippen.

Als hätte er auf diese Einladung gewartet, greift Tai knurrend nach ihren Handgelenken und drückt sie gegen die Wand, dann findet sein Mund ihre Lippen. Er küsst sie gierig und presst seinen Körper gegen ihren. Immer fordernder bewegt er seine weichen Lippen auf ihren, seine Zunge findet den Weg in ihren Mund und sein tiefer Kuss macht sie schwindlig. Bis ...

Ein gedämpftes Bimmeln kündigt das Öffnen der Fahrstuhltüren an. Grinsend tritt Tai zurück und das abrupte Ende seiner Berührung bereitet Toni beinahe körperliche Schmerzen.

Sie folgt ihm eilig durch den Flur zu seinem Zimmer und versucht, wieder zu Atem zu kommen. Ohne großen Erfolg. Dieser Mann weiß genau, was er tut.

Kaum die Zimmertür aufgesperrt, zieht er sie am Arm über die Schwelle und gibt der Tür einen Tritt. Als sie krachend ins Schloss fällt, hat er bereits die Lederjacke von ihren Schultern gestreift und sie gegen die Wand gedrängt.

Tonis Herz klopft rasend schnell, als er mit seinen Lippen über ihr Schlüsselbein fährt. Ungeduldig zerrt sie an seiner Jacke, streicht sie von seinen kräftigen Schultern und lässt das Kleidungsstück achtlos hinter ihm zu Boden fallen. Sachte schiebt sie ihn ein Stück weg, dann hebt sie die Arme, damit er das Shirt über den Kopf ziehen kann. Die kalte Luft prickelt verheißungsvoll auf ihrer erhitzten Haut.

Tais Blick lässt sie erschaudern. Er wirkt wie verschleiert, als er sie ansieht, und in den schokoladenbraunen Tiefen lodert ein glühendes Verlangen, aber auch etwas anderes, etwas Bedrohliches, das sie nicht deuten kann – im Moment gar nicht deuten will.

Ungeduldig umfasst sie sein Gesicht und küsst ihn gierig. Dann lässt sie die Finger über seinen Rücken gleiten, spürt jeden angespannten Muskel. Sie greift nach dem Saum seines T-Shirts und schiebt es ihm über den Kopf. Als sie über seinen Oberkörper streicht, muss sie unwillkürlich an Lestats Bemerkung zum asiatischen Unterwäsche-Model denken – er scheint tatsächlich den Röntgenblick zu besitzen.

Tais raue Hände gleiten währenddessen über ihre Taille, drücken sie fest an sich und wandern weiter zu ihrem Hintern. Seine Berührungen hallen heiß und prickelnd in ihrem Inneren nach. Toni hat das Gefühl zu explodieren, wenn sie ihn nicht bald in sich spürt. Und endlich, als wäre sie nicht schwerer als ein Päckchen Zucker, hebt er sie hoch, trägt sie zum Bett und wirft sich mit ihr auf die federnde Matratze.

Tai liegt schlaflos neben Toni, die Augen starr an die Decke gerichtet und von schweren Gedanken in die Matratze gedrückt. Die Jägerin wirft den Kopf hin und her, murmelt unverständliches Zeug und atmet laut. Tai streicht ihr immer wieder über die Wange, um sie zu beruhigen – mit mäßigem Erfolg.

Merkwürdigerweise fühlt er sich für sie verantwortlich, verspürt das Bedürfnis, sich um sie zu kümmern – weshalb, ist ihm schleierhaft. Was für eine boshafte Ironie des Schicksals, das seinen Beschützerinstinkt ausgerechnet bei einer Zielperson – der bedeutendsten Zielperson seiner Karriere – wachrüttelt.

Dabei ist Tai ein Stratege. Er handelt nicht spontan. Er weicht nie von seinem Plan ab. Normalerweise ... Was ist nur in ihn gefahren? Wie konnte er seinen eigenen Plan nur derart zerschlagen?

Schnaubend schüttelt er den Kopf und mustert Tonis Gesicht, als stünde die Antwort auf ihrer Stirn.

Toni faszinierte ihn von Anfang an. Sie ist stark und ungestüm und gleichzeitig ziemlich überfordert, wenn es um allgemeine soziale Verhaltensweisen geht. Aber sie hat geschafft, was lange keine Frau mehr hinbekommen hat: Sie hat ihn zum Lachen gebracht. Ungekünstelt und ehrlich. In ihrer Gegenwart hat er beinahe vergessen, wer er ist, wer sie ist und weshalb es ihn in diese

Stadt verschlagen hat. In dieser Bar am Arsch der Welt mit dem schlechtesten Bier aller Zeiten, da war er einfach nur ein Mann, der mit einer Frau flirtet.

Toni wirft ihren schlafenden Körper erneut herum.

Tai dreht sich auf die Seite und streicht ihr sachte die verschwitzten Haare aus dem Gesicht. »Was hast du bloß ausgefressen?«, flüstert er.

Er weigert sich, zu glauben, die Jägerin könnte Kontakt zu Engeln haben. Wenn er es schafft, in ihrer Nähe zu bleiben, findet er vielleicht heraus, weshalb die Dämonen sie in Wahrheit loswerden wollen. Und womöglich fände er dann eine Möglichkeit, das Problem aus dem Weg zu räumen. Könnte es sein, dass sich alles nur um ein Missverständnis handelt? Gibt es einen Weg, seiner Kollegin das Leben zu retten?

Tai hat allmählich das Gefühl, nicht mehr bei klarem Verstand zu sein. Wieso fühlt er Widersprüche in seinen Überlegungen, wenn er diese einfach nicht finden kann? Er ist doch sonst nicht der Typ, der sich von einer hübschen Frau den Scharfsinn rauben und in den Zustand eines verträumten Teenagers versetzen lässt. Wahrscheinlich kommt ihm das Ganze nur so vor, weil dieser miese Tag einfach verdammt lang war.

Vorsichtig erhebt sich Tai aus dem Bett und streift sich seine Shorts über den nackten Hintern. Er wirft einen Blick auf sein Schwert, das neben dem Schreibtisch liegt. Toni hat es glücklicherweise im Eifer des Gefechts übersehen. Hastig schiebt er es unter das Bett, bevor sie aufwacht und es doch noch bemerkt.

Tai ist sicher, um seinen neuen, provisorischen Plan zu verfolgen, braucht er vor allem eines: Zeit. So geräuschlos wie möglich setzt er sich an den Schreibtisch und schaltet sein Notebook an. Der Bildschirm leuchtet grell auf und hüllt das Bett in ein unnatürliches Licht. Die Jägerin scheint sich daran jedoch nicht zu stören.

Tai tippt seine Zugangsdaten ein und öffnet damit das Online-Portal der Kopfgeldjäger. Dann schreibt er hastig eine Nachricht an Ku'rax.

*Observation von Jäger #785 abgeschlossen, beginne mit Phase zwei.*

Hoffentlich hakt sein Vorgesetzter nicht weiter nach, denn er hat selbst keine Ahnung, was Phase zwei im Einzelnen bedeutet. Er versendet die Nachricht und loggt sich sofort wieder aus, bevor sein Boss online gehen und einen Chat mit ihm beginnen kann. Eine tägliche Meldung müsste den Wachdämon besänftigen und Tai die benötigte Zeit verschaffen.

Er wirft einen Blick auf das Bett, in dem Toni noch immer unruhig schlummert, und sein Herz scheint sich mit einem Mal in Blei zu verwandeln.

Seufzend öffnet er sein E-Mail-Programm und fängt an zu tippen:

*Vy,*

*Falls ich nicht zurückkommen sollte …*

Gebannt starrt er auf den blinkenden Cursor, als müsse der Satz sich ohne sein Zutun vervollständigen. Warum sollte er nicht zurückkommen? Seine Finger haben die Worte getippt, noch bevor er darüber nachdenken konnte. Hastig löscht er die Buchstaben und beginnt von Neuem.

*Vy,*

*ich brauche hier noch etwas länger. Eine unbedeutende Uneinigkeit. Mach dir keine Sorgen, es wird sich alles klären.*

*Ich melde mich, Tai.*

Er gibt den Sendebefehl, dann klappt er den Laptop zu.

Es wird sich doch alles klären, oder?

Mit einem erwartungsvollen Blick dreht er den Kopf zum Bett, als hätte die darin schlafende Person die Antworten auf alle Fragen des Universums. Aber die Jägerin zuckt im Schlaf nur stumm mit einem Auge.

Ein Schmunzeln formt sich auf Tais Lippen, als er sich an die tapsigen Annäherungsversuche der sonst so souveränen Jägerin erinnert. Was könnte sie schon Schlimmes verbrochen haben? Es scheint eher, als lebte sie für ihre Arbeit.

Er reibt sich die Augen und erhebt sich. Mit einem Mal ist er völlig erschöpft. Gähnend schlurft er zum Bett und lässt sich, in der Hoffnung noch ein wenig Schlaf zu finden, vorsichtig neben Toni nieder.

# IM GRELLEN LICHT DES TAGES

»Guten Morgen!« Lestat grinst breit, als Toni das Wohnzimmer betritt.

»Hi«, antwortet sie schlicht.

Der Vampir, der sich faul auf der Couch räkelt, blickt fragend zu ihr auf. »›Hi‹? Ist das alles?«

Toni lehnt sich an die Wand neben dem Fernseher und verschränkt die Arme vor der Brust. »Was willst du denn hören?«

»Wie wär's mit ›Danke‹?« Er setzt sich auf und sein Grinsen wird breiter. »›Danke, dass du mir geholfen hast, dieses unsagbar süße Sahneschnittchen aufzureißen, mit dem ich mich die ganze Nacht über vergnügt habe, mein liebster, bester Freund auf der gesamten weiten Welt, ohne den ich völlig verloren wäre.‹«

»Jetzt trägst du ziemlich dick auf, findest du nicht?« Toni kann sich das Lachen nicht verkneifen. »Glaubst du, ich hätte das nicht alleine hinbekommen?«

»Nein«, antwortet er, ohne zu zögern, und ignoriert ihren vorwurfsvollen Blick. »Warum bist du schon zurück? Hast du etwa das Hotelfrühstück verschmäht?«

Sie zuckt mit den Schultern. »Ich bin gegangen, als ich aufgewacht bin.«

»Wie? Du hast dich nicht einmal verabschiedet?«

Toni versucht, ihre verknoteten Haare mit den Fingern zu

entwirren, gibt jedoch gleich wieder auf. Dieses Vorhaben scheint zwecklos. Sie hatte darüber nachgedacht zu bleiben, bis Tai aufwacht, sich aber letztendlich dagegen entschieden. Denn ...

»Wozu? Er ist nur ein paar Tage geschäftlich in der Stadt und sicher froh, nicht irgendwelche Ausreden erfinden zu müssen, um mich loszuwerden.«

Lestat nickt wie ein Lehrer, der überrascht feststellt, dass sein Schüler wider Erwarten etwas von ihm gelernt hat. »Abgebrüht – ich bin beeindruckt. Ich persönlich hätte ihn allerdings behalten, bis er abreist.«

Augenrollend schüttelt sie den Kopf. »Tai ist kein Haustier, Lestat.«

»Schade eigentlich.«

Lachend stößt sie sich von der Wand ab und schlendert gemächlich auf ihre Zimmertür zu. »Ich geh jetzt unter die Dusche. Sollen wir nachher irgendwo zusammen frühstücken?«

»Klar.« Sein anzügliches Grinsen ist nicht zu überhören. »Und dann will ich jedes noch so kleine, versaute Detail hören.«

Schmunzelnd schließt sie die Tür hinter sich, als ein ungewohntes Bimmeln durch den Raum schallt: der SMS-Klingelton ihres Handys. Mit zusammengekniffenen Brauen zerrt sie das Telefon aus ihrer Jackentasche. Sie schreibt niemals Kurzmitteilungen, dementsprechend selten erhält sie eine, vor allem von unbekannten Nummern wie dieser.

*Galgenberg, 15 Uhr, komm allein.*

Irritiert zieht sie die Brauen zusammen und tippt eine Antwort: *Sagt wer?*

Einige Sekunden lang starrt sie auf das Telefon, das lediglich unbeeindruckt zurückzustarren scheint. Der Unbekannte will wohl unbekannt bleiben.

Sie geht zurück ins Wohnzimmer, das Handy wie eine giftige Schlange von sich gestreckt. »Ich glaube, ich habe ein Problem.«

Lestat winkt ab, ohne aufzusehen. »Keine Sorge, Schätzchen, geh einfach zum Arzt und lass dir ein Antibiotikum verschreiben.«

Toni legt den Kopf schief und starrt ihn einen Herzschlag lang mit offenem Mund an. »Wovon zum Teufel redest du?«

Verwirrt blickt er auf. »Wovon redest *du*?«

Sie wedelt mit dem Telefon vor seiner Nase. »Ich rede von der seltsamen Nachricht, die ich eben bekommen habe.«

»Oh, ähm, ja ... natürlich.«

Lestat klemmt sich eine blonde Locke hinters Ohr, nimmt ihr das Telefon ab und liest die Nachricht mit ernster Miene.

Toni lässt sich neben ihren Mitbewohner auf die Couch fallen. »Was glaubst du, bedeutet das? Eine Falle?«

»Gut möglich. Vielleicht ist die Nachricht von dem Nephilim. Aber womöglich will dich auch nur jemand verarschen. Oder es hat sich einer in der Nummer geirrt.«

Toni schneidet eine Grimasse. »Wie wahrscheinlich ist das denn?« Schnaubend erhebt sie sich. »Ich werde es wohl herausfinden müssen.«

»Du willst da hingehen?« Lestats sonst so butterweiche Baritonstimme klingt plötzlich schrill.

Toni zuckt betont lässig mit den Achseln und ignoriert das dumpfe Ziehen in ihrer Magengrube. »Wäre ziemlich feige, es nicht zu tun, oder?«

»Dein Stolz bringt dich noch unter die Erde.« Er schüttelt den Kopf und blickt vorsichtig zu ihr auf. »Soll ich mitkommen?«

»Du? Nichts für ungut, aber du wirkst ungefähr so bedrohlich wie die Bibliothekarin in der Abteilung für Liebesromane.«

»Hey, ich bin immerhin ein Vampir.« Seine gekränkte Miene kann kaum verstecken, wie erleichtert er über ihre Ablehnung ist.

»Ja, ein Schönwetter-Vampir, der gerade mal so die monatliche Anzahl an Bissen in seinem Vertrag schafft.«

Lestat hat schon immer große Bögen um jede Art von Ärger

gemacht. Manche seiner verbalen Wendemanöver sind sogar legendär. Wie in dem Kinks-Song sieht er sich eher als Liebhaber und nicht als Kämpfer.

Toni klopft ihm aufmunternd auf die Schulter. »Mach dir nichts draus, wir können schließlich nicht alle Helden sein.«

Lestat schaut seiner Mitbewohnerin nach, bis sie ihre Zimmertür geschlossen hat. Ist der Gedanke daran, er könnte ihr helfen, wirklich so lächerlich?

Er beantwortet seine eigene Frage mit einem Nicken.

Toni war schon immer die Stärkere. Und das nicht nur physisch. Wie sehr ihn diese Tatsache stört, hat Lestat erst bemerkt, als er die Gelegenheit bekam, etwas daran zu ändern. Seine Verwandlung zum Vampir sollte der Beginn eines neuen Lebens sein. Er hatte sich erträumt, stark und mächtig und, ja, auch ein wenig gefürchtet zu werden. Ein waschechter Vampir eben – wie in den Büchern, die er als Teenager verschlungen hat. Tonis Gesichtsausdruck hat ihm allerdings gerade deutlich gezeigt, dass er nur eine Parodie dessen ist, was er zu sein hoffte.

Die Jägerin ist es gewohnt, seine Kämpfe auszufechten, während er sich auf der Couch verkriecht. Soll es denn für immer und ewig so weitergehen?

Herrgott, immerhin ist er ein Vampir. Er sollte sich endlich so verhalten! Außerdem schuldet er Toni eine Menge. Allmählich könnte er damit anfangen, seine Schulden zu begleichen.

Ja, er wird sie begleiten! Beim nächsten Mal wird er garantiert mitgehen.

Der Name verrät bereits, dass der Galgenberg in früheren Zeiten Schauplatz für öffentliche Hinrichtungen war. Gut sichtbar auf einem kleinen Hügel an der Ortsgrenze wurden die Verurteilten oft lange Zeit am Galgen baumelnd wilden Tieren und der Witterung überlassen. Heute wird der abgelegene, von ein paar wenigen Bäumen bewachsene Berg kaum noch betreten. Außer vielleicht am Wochenende. Dann findet der eine oder andere verliebte Flammacher seinen Weg hier hoch, um sich mit einem romantischen Blick über die Stadt in den Büschen zu vergnügen. Vorzugsweise mit einem anderen Flammacher.

Eine groteske Vorstellung für Toni, die den Tod an diesem Ort beinahe körperlich spüren kann. Allein ein Blick zu dem Hügel bereitet ihr jedes Mal eine Gänsehaut. Deshalb hält sie sich für gewöhnlich davon fern.

Heute vermischt sich dieses magenverdrehende Galgenberg-Gefühl mit einer gespannten Unruhe. Bei der Jagd bestimmt Toni Zeit und Ort, die Nachricht hat ihr diese Kontrolle genommen. Eine ungewohnte Situation, die ihrem Gegner einen klaren Vorteil verschafft.

Sie stapft den Kiesweg hinauf, eine Hand griffbereit am Heft ihres Schwertes und alle Sinne in Alarmbereitschaft. Es ist einer dieser seltenen Tage, an denen sich die Sonne zögerlich durch die Wolken schiebt und ihre schwachen Strahlen auf den Flammacher Boden wirft. Geblendet kneift Toni die Augen zusammen und heftet ihren Blick auf die Hügelspitze.

Eine verschwommene Silhouette schält sich aus dem Schatten eines Baumes und tritt ins Licht. Toni zieht ihr Schwert und sieht sich wachsam nach weiteren Gestalten um, kann aber niemanden entdecken. Als sie näher kommt, erkennt sie schließlich, wer auf sie wartet. Ihr verwirrtes Herz stolpert in einer Mischung aus freudigem Entsetzen und schmerzlicher Hoffnung in ihrer Brust und ihre Schwertspitze sinkt wie von selbst zu Boden.

»Du? *Du* hast mir eine SMS geschrieben?«

»Ich muss mit dir sprechen«, antwortet der Engel. »Ich wusste nicht, ob du kommst, wenn ich mich zu erkennen gebe.«

Schnaubend steckt die Jägerin ihr Schwert zurück. »Und da lässt du mich lieber in dem Glauben, der Feind würde hier oben auf mich warten.« Ein leises Lächeln auf seinen Lippen macht Toni schlagartig bewusst, was sie eben gesagt hat. »Also, ich meine ... der *andere* Feind.«

Verwirrt schüttelt sie den Kopf, dann dreht sie dem Engel den Rücken zu und wirft einen Blick auf die Skyline der Stadt, ohne wirklich etwas zu sehen. Dieser Mann vernebelt ihr innerhalb von Sekunden den Verstand – wie macht er das bloß?

»Ich wusste, du bist neugierig und arrogant genug, dich dem Unbekannten zu stellen.« Seine sanfte Honigstimme kann sein Grinsen nicht verbergen.

»Ach, glaubst du, du kennst mich schon so gut?«

»Es wird allmählich.«

Die erste Verwirrung scheint einigermaßen überwunden und Toni zwingt sich zu einem selbstbewussten Lächeln, bevor sie sich umdreht und die Arme vor der Brust verschränkt. »Dass ich mutig und furchtlos bin, ist kein Geheimnis. Und was die Neugierde angeht – das trifft auf jede Frau zu, von hier bis in die eiskalten Tiefen der Hölle.«

Der Engel macht einen Schritt auf sie zu. Automatisch weicht sie zurück.

»Es gibt einen großen Unterschied zwischen Mut und Furchtlosigkeit. Mutig sind die, die sich ihren Ängsten entgegenstellen. Furchtlos jene, die keine Angst kennen, da sie nichts zu verlieren haben. Ich habe noch nicht durchschaut, welches auf dich zutrifft.«

»Du hast dir ganz schön viele Gedanken über mich gemacht.«

Toni wollte ihn ein wenig aufziehen, doch er antwortet bitterernst: »Das habe ich allerdings.«

Ihr Herz flattert wie ein kleiner Singvogel. Sie hat den direkten Blick in seine Augen bisher bewusst vermieden, jetzt kann sie jedoch nicht mehr anders, als ihn anzusehen, und der Anblick verschlägt ihr die Sprache. Die kümmerlichen Sonnenstrahlen brechen sich in seinen tiefblauen Augen und lassen sie funkeln wie geschliffene Edelsteine. Toni schluckt.

»Warum?«, fragt sie ein wenig atemlos.

Alek weist auf einen dicken Baumstumpf. »Setz dich.«

Trotz seines einnehmenden Tonfalls kriecht die Nervosität wie ein schleimiges Insekt über Tonis Arme und hinauf zu ihren Schultern, die sie vorsichtshalber strafft. Sie atmet tief durch, wappnet sich mental gegen das, was auch immer da kommen möge.

»Ich denke, ich stehe lieber.«

Der Engel verkörpert die Ruhe in Reinform, als er zu dem Baumstumpf hinüberschlendert. »Macht es dir etwas aus, wenn ich mich setze?«

Toni fühlt sich plötzlich an ein unangenehmes Gespräch mit ihren Eltern erinnert. Hat ihre Mutter nicht damals die gleiche Ruhe ausgestrahlt, als sie ihre Tochter über die Scheidung informierte? Ihr drängt sich die Frage auf, wie die Menschen nur darauf kommen, die eigene Ruhe könne sich auf andere übertragen.

Ungeduldig wedelt sie mit einer Hand. »Bleib stehen, setz dich hin oder mach einen Handstand, aber komm endlich zum Punkt!«

Seufzend lässt sich der Engel auf dem Baumstumpf nieder, nimmt seinen Hut ab und fährt sich mit einer Hand durch die glänzenden goldbraunen Haare. Eine viel zu menschliche Geste für einen Vertreter des Oberen Reiches.

»Du stehst auf der falschen Seite.« Er lässt die Luft in einem Schwall aus seinen Lungen entweichen, als wäre er endlich eine schwere Last losgeworden. »Dein Leben verläuft nicht so, wie es müsste. Hast du nicht das Gefühl, die falsche Entscheidung getroffen zu haben?«

Fragend blinzelt sie ihn an. »Du lässt mich den beschissenen Galgenberg erklimmen, um dich darüber zu beschweren, *wie ich lebe*?«

»Na, ›erklimmen‹ … Das sind vielleicht zweihundert Meter Kiesweg.«

Toni überhört seinen Kommentar geflissentlich. »Warum sollte ich mich dafür entschuldigen, wie ich mein Leben führe?« Sie verschränkt die Hände hinter dem Rücken, damit er nicht sieht, wie sehr sie zittern. Sie ist nicht nur wütend, weil er sie nicht akzeptieren will, wie sie ist. Sie ist wütend, weil es ihr nicht gleichgültig ist, was er denkt. »Es ist *mein* Leben, ich habe es gewählt und ich will es so. Geht das irgendwann in deinen Dickschädel? Ich sage dir doch auch nicht, wie du leben sollst.«

Der Engel verzieht keine Miene. »Sagtest du bei unserer ersten Begegnung nicht, ich solle mich auf eine rosafarbene Wolke setzen, um Harfe zu spielen?«

Ihre eigenen Worte nehmen ihr den Wind aus den Segeln. »Für einen Engel bist du ziemlich nachtragend.«

»Ich verstehe schon.« Alek hebt abwehrend die Hände. »Du glaubst, du leistest einen bedeutenden Beitrag, indem du das Gleichgewicht zwischen Gut und Böse in der Menschenwelt aufrechterhältst. Das erzählt euch der Dunkle doch, nicht wahr? Dabei hast du nicht einmal den Hauch einer Ahnung von den Gefügen der drei Welten.«

Toni runzelt die Stirn und verschränkt erneut die Arme vor der Brust. »Was willst du damit sagen? Gibt es dieses Gleichgewicht etwa gar nicht?«

»Nein, das will ich damit nicht ausdrücken. Das Gleichgewicht ist empfindlich, doch Luzifer lässt euch Menschen damit Seilspringen spielen.« Es scheint, als verliere der Engel allmählich die Geduld, der Gereiztheit nach zu urteilen, die deutlich aus seiner Stimme dringt.

Toni schnaubt – mehr fällt ihr dazu nicht ein – und dreht ihm den Rücken zu. Sie blickt über die Stadt, ohne etwas zu sehen, während sie versucht, den Sinn seiner Worte zu erfassen.

»Darum geht es im Augenblick nicht.« Aleks Tonfall verrät, dass er seine Rede am liebsten zurückgenommen hätte. »Ich glaube, unsere Begegnung war kein Zufall. Ich spüre, dass du zu etwas anderem bestimmt bist, Antonia. Etwas Unschätzbares liegt in dir verborgen.«

»Ja, klar ...« Sie wirbelt herum und fixiert den Engel herausfordernd. »Und was soll das sein? Warum sollte ausgerechnet *ich* etwas Besonderes sein?«

»Ich kann es nicht beschreiben. Ich wünschte, du könntest dich durch meine Augen sehen«, seufzt er und zuckt gleich darauf zusammen, als hätte er sich an seinen eigenen Worten erschreckt.

Unfähig ihre Zunge zu einer Antwort zu bewegen, starrt sie ihn sekundenlang nur an. Was soll das nun wieder bedeuten? Ein viel zu großer Teil von ihr will unbedingt glauben, dass dieser gute und wunderschöne Mann etwas Besonderes in ihr sieht. Aber die schrillen Alarmglocken, die durch den kläglichen Rest ihres Verstandes dröhnen, ziehen Tonis Aufmerksamkeit gewaltsam auf sich. Er kennt sie doch gar nicht, sagt sie sich. Seine Worte dienen garantiert einem bestimmten Zweck.

»Du willst, dass ich deinen Sohn verschone«, nimmt sie an und ist selbst erstaunt über ihren gelassenen Tonfall. »Ich würde an deiner Stelle auch alles versuchen, um den Jäger einzuwickeln, der meine Familie töten will.«

Die Verwirrung auf dem Gesicht des Engels weicht einem verärgerten Entsetzen. Mit weit aufgerissenen Augen sieht er zu ihr auf. »Du glaubst, Nikolaj ist mein Sohn?«

Er wirkt derart bestürzt, dass Toni beinahe laut aufgelacht hätte. Sie spürt eine unerwartet große Erleichterung, die ihre Knie weich werden lässt. Deshalb setzt sie sich dem Engel gegenüber im Schneidersitz auf den Boden – in gebührendem Abstand versteht sich. Rasch wendet sie den Blick von ihm ab und rupft einige Grasbüschel aus dem Boden.

»Ich wollte dir nicht zu nahe treten. Das war nur die logische Erklärung.«

»Warum geht ihr Menschen stets davon aus, eure Logik sei gleichbedeutend mit der Wahrheit? Ich bin nicht sein Vater – ich habe seinem Vater versprochen, ihn zu beschützen.«

»Hast du damit nicht gegen irgendwelche Engelsgesetze verstoßen?«

Er blickt zum Himmel auf und seufzt schwermütig. »Ich habe dadurch alles verraten, woran ich je geglaubt habe.«

Toni hebt das Kinn und mustert ihn neugierig. »Warum hast du es dann getan?«

Sie schaudert, als Alek ihren Blick erwidert. In den blauen Tiefen schimmert eine unwiderrufliche Erkenntnis.

»Manche Gesetze«, sagt er zögernd, »sind nicht vereinbar mit dem, was wir in unseren Herzen als gerecht und rechtens empfinden. Ich konnte meinem Bruder den letzten Wunsch auf seinem Sterbebett nicht verwehren.«

Sie mustert den Engel eine Weile lang stumm. Das Volk des Oberen Reiches hatte sie sich immer anders vorgestellt. Ihrem Ruf nach sind sie herrisch, überheblich und stolz. Und glauben, unfehlbar zu sein. Doch, wie es scheint, gibt es zumindest einen Engel, der die Widersprüche zwischen der Politik seines Volkes und seinen eigenen Moralvorstellungen erkennt. Alek wirkt verloren, als wüsste er nicht recht, wie er damit umgehen soll. Das lässt ihn menschlicher erscheinen als so manchen Bewohner der Menschenwelt.

Gewaltsam widersteht Toni dem Drang, ihn in die Arme zu nehmen und zu trösten.

»Ebenso falsch wäre es, dich zu manipulieren«, fährt er leise fort. »Nichts läge mir ferner. Ich versuche lediglich zu helfen. Du bist nicht wie die anderen Unterweltler, das kann ich spüren. Bitte lass diese Welt nicht länger auf dich abfärben. Wer Pech angreift, besudelt sich.«

Seufzend presst sie Daumen und Zeigefinger gegen ihr Nasenbein. »Nehmen wir mal an, du hättest recht – rein hypothetisch – dann wäre ich im Arsch! Oder hast du schon einmal von Kündigungen in der Hölle gehört? Nein, ich *muss* auf der richtigen Seite sein, verstehst du? Eine andere kann ich mir nämlich nicht mehr aussuchen.« Alek holt bereits Luft, doch Toni schneidet ihm mit einer Handbewegung das Wort ab. »Weißt du, ich bin gut in dem, was ich tue. Ich kann auch gar nichts anderes. Hat das nicht ebenso etwas zu bedeuten? Im normalen Leben bin ich die reinste Katastrophe. Aber wenn ich einen Auftrag habe, weiß ich, was zu tun ist. Da gibt es keine Unsicherheiten, alles ist klar, unmissverständlich und ich trage meinen Teil bei.«

Alek hebt eine Braue. »Ich verstehe, du findest die Erleuchtung also im Jagen.«

»Du machst dich ja schon wieder über mich lustig. Das wird allmählich zu einer lästigen Angewohnheit.«

»Du machst dich genauso über mich lustig.« Er blickt sie zweifelnd an. »Entschuldige, doch ich will nicht glauben, dass du nur lebensfähig bist, wenn du ein Dämonenschwert in Händen hältst.«

Hat sie den Engel tatsächlich derart tief in ihre Seele blicken lassen? Eine leichte Hitze steigt in Tonis Wangen. Gedanklich verflucht sie ihn für seine aufgeschlossene und menschliche Art, mit der er sie zu dieser leichtsinnigen Rede animiert hat.

»Hör zu, um das Thema ein für alle Mal abzuschließen.« Sie versucht sich an einem bestimmten und seriösen Tonfall. »Ich kann den Nephilim nicht laufen lassen. Wenn ich könnte, dann würde ich – wirklich! Aber in meiner Branche heißt es: er oder ich. Ich werde nicht für einen Nephilim in der Hölle schmoren. Du musst verstehen, dass ich keine andere Wahl habe. Es tut mir leid.«

*Tut mir echt leid für dich, Kumpel, aber ich habe einen Auftrag und den werde ich ausführen. Selbst wenn ich wollte – was garantiert* nicht *der Fall ist – dann* könnte *ich mich gar nicht weigern.*

Toni schiebt die Erinnerung an ihre eigenen Worte in den finstersten Teil ihres Bewusstseins und schlägt die metaphorische Tür zu. Sind zwischen diesen beiden Aussagen wirklich erst wenige Tage vergangen? Was hat sich seitdem verändert? Sie wird das Gefühl nicht los, dass etwas Gewaltiges auf sie zu rauscht.

Und plötzlich, einen Moment lang, erscheint ihr alles klar, als erwache sie aus einem jahrtausendelangen Schlaf – gleißendes Licht fällt nur noch auf die wesentlichsten Gedanken. Bevor sie jedoch danach greifen kann, trübt sich ihr Bewusstsein wieder und lässt sie mit einem beinahe greifbaren Fragezeichen im Kopf zurück. Was war das denn?

Der Engel reißt sie schroff in die Realität zurück: »Es gibt immer einen Weg. Manchmal ist er steinig und lang, aber wir versuchen, uns dennoch ans Ende zu kämpfen. Manchmal ist es nur ein zweihundert Meter langer Kiesweg, der bergauf führt, und den wir zu faul sind zu beschreiten.«

Der Spott dringt jäh durch den Nebel ihrer Verwirrung und sie knirscht mit den Zähnen.

»Hat dir mal jemand gesagt, dass dein besserwisserisches Gerede total nervt?«

Ein Lächeln formt sich auf seinen Lippen. »Nicht in diesen Worten, nein.«

Wie kann jemand nur so anstrengend und gleichzeitig so hinreißend sein? Toni weiß nicht recht, ob sie ihn erwürgen oder lieber küssen will. Da keines von beidem besonders ratsam ist, versucht sie, das Thema stattdessen auf unverfänglicheres Terrain zu lenken.

»Ich fasse es immer noch nicht, dass du mir eine SMS geschrieben hast. Ein Pergament, mit einem Nagel an meine Tür gehämmert – ja; eine Brieftaube, die durch mein Fenster fliegt – wieso nicht; ein Blitz, der die Worte vor mir in den Boden einbrennt – wenn es ein wenig effektvoller sein soll, auch das. Aber eine ordinäre, halbmoderne SMS ...« Sie schüttelt übertrieben dramatisch den Kopf. »Also das enttäuscht mich wirklich.«

Das Lachen des Engels, eine Melodie voll Wärme und Licht, malt automatisch ein Lächeln auf ihre Lippen. »In Ordnung, ich werde das nächste Mal darauf achten, mehr Dramatik einfließen zu lassen, um dich herzulocken. Vielleicht etwas mit Blut, Heuschrecken oder Hagel?«

»Hey, wenn du mich mit den zehn Plagen auf den Galgenberg jagst, weil du dich über meine Schuhgröße beschweren willst, dann verpfeife ich dich aber bei deinem Vorgesetzten«, witzelt Toni, bevor ihr Bewusstsein über die Worte ›das nächste Mal‹ stolpert.

Anscheinend ist kein Terrain unverfänglich bei einem Gespräch mit Alek, wenn nicht einmal die zehn Plagen ihr Hirn davon abhalten können, sich über drei einfache Worte zu freuen. Sie wirft dem Engel einen verstohlenen Seitenblick zu. Er wirkt ebenfalls ein wenig irritiert. Könnte es sein ... Nein! Sie wird jetzt nicht über die Gefühlswelt eines Engels nachdenken. Diese Sache geht sowieso schon viel zu weit. Und wenn sie den Absprung nicht rechtzeitig schafft, wird das noch böse enden.

»Okay«, sagt Toni, steht schwungvoll auf und klopft sich das Gras von der Hose. Ihr Versuch lässig zu klingen, gelingt ihr nicht besonders. »Dann sind wir ja wohl fertig. Ich habe noch einiges zu tun.«

Aleks Miene wirkt unergründlich. »Wir sehen uns wieder.«

Toni versucht, die Gänsehaut zu ignorieren, die sein durchdringender Blick bei ihr auslöst. »Das befürchte ich auch.«

Die Gedanken eines Engels sind faszinierend. Gefüllt von Hoffnung und Optimismus, meist selbstlos und oftmals gleiten sie haarscharf an der Realität vorbei. Der Schutzengel Flammachs ist ein mustergültiges Beispiel für dieses Phänomen ...

Es war nicht anders zu erwarten: Die Jägerin ist uneinsichtig. Sie könnte einen Weg finden, sich aus den Krallen des Dunklen zu befreien. Doch sie glaubt nicht daran und Alek steht es nicht zu, ihr die Suche abzunehmen. Sie muss selbst überzeugt sein und eine Entscheidung treffen. Ihm bleibt nichts, als sie immer wieder zum Nachdenken zu animieren. Welch eine Herkulesaufgabe! Wie soll sie je begreifen, wenn sie keinen Schimmer von den komplexen Wahrheiten der drei Welten hat? Allerdings ist ihm strikt untersagt, sein Wissen mit ihr zu teilen.

Es wird dauern, bis sie fähig ist, ihm zu vertrauen und ihr Leben grundlegend zu überdenken. Nikolaj kann jedenfalls nicht so lange warten. Alek beschließt, dass es an der Zeit ist, ein wenig auf die Gegenpartei einzuwirken. Hoffentlich ist der Nephilim einsichtiger als die Jägerin. Die sture, hochmütige, zynische Jägerin mit den sanften grünen Augen und dieser unnachahmlichen Art ... Irgendetwas an ihrem Wesen ist nicht stimmig. Das spürt er überdeutlich.

Und wieder lenken ihn seine Gedanken auf einen bisher unbekannten Kurs. Warum übt ausgerechnet diese Menschenfrau, die im Dienste Luzifers steht, eine solche Faszination auf ihn aus? Oder sind alle Menschen derart rätselhaft?

Der Engel fühlt sich in ihrer Nähe an ein altes Spiel aus seiner Heimat erinnert. Die Regeln sind leicht: Schafft man es, dünne, verschieden geformte Holzstücke passend zusammenzusetzen, entsteht ein farbenfrohes, lebensechtes Gemälde. Antonia ist für ihn ein ebensolches Gemälde. Doch ein paar Teile scheinen zu fehlen.

Verwundert schüttelt Alek den Kopf. Nicht nur ihr Verhalten ist ein Mysterium, in ihrer Gegenwart scheint sich auch er zu verändern. Allem voran die Worte, die unaufgefordert aus seinem Mund purzeln. *Ich wünschte, du könntest dich durch meine Augen sehen.* Was hatte er sich dabei nur gedacht? Und vor allem: Was sollte es bedeuten?

Er bricht seine Überlegungen ab, als er sein Ziel erreicht hat:

ein ehemaliges Bürogebäude, das dunkel und verlassen vor ihm liegt. Er entdeckt ein offen stehendes Fenster im Dachgeschoss und gelangt dadurch ins Haus. Höhe ist für einen Engel schlicht nicht existent.

Menschliche Augen und Ohren könnten vermutlich kein Anzeichen von Leben in der finsteren Stille ausmachen, Aleks Sinne sind jedoch weit ausgeprägter. Zielstrebig marschiert er den Flur entlang bis zur Treppe und steigt die Stufen hinab.

Winzige Staubpartikel schweben in einem kläglichen Lichtschein im Untergeschoss. Ein Mensch würde bereits bei ihrem bloßen Anblick ein Kitzeln in der Nase verspüren, doch der Engel stört sich weder am Staub noch am muffigen Geruch der toten Luft. Lautlos betritt er den einzigen erleuchteten Raum des Hauses und erblickt einen jungen Mann, der sich zwischen einem Dutzend Kissen auf einer Luftmatratze ausgebreitet hat, die Augen auf ein kleines Fernsehgerät gerichtet. Ruckartig dreht Nikolaj den Kopf und blickt erschrocken zu dem Eindringling auf.

»Wie kommst du hier rein?«, fragt der Nephilim mit beinahe hysterischer Stimme.

Alek hebt die Hände, um ihm seine friedvollen Absichten zu demonstrieren. »Keine Sorge. Dein Versteck ist weder leicht zu finden noch zu betreten.«

Nikolaj wirkt irritiert. Er lässt die Sache auf sich beruhen, da ihm offensichtlich brennendere Fragen auf der Zunge liegen: »Was willst du von mir? Wer hat dich geschickt?«

Der Engel macht einen Schritt auf ihn zu, hält jedoch inne, als der Nephilim zurückschreckt. »Ich komme in friedlicher Absicht. Dein Vater hat mir das Versprechen abgenommen, dich zu beschützen.«

Nikolaj runzelt die Stirn. »Mein Vater? Warum sollte er so etwas tun?«

»Das ist nebensächlich. Du bist in Gefahr, Nikolaj. Die Jägerin ist fest entschlossen, ihren Auftrag auszuführen und dich zu töten.

Für dich bedeutet ihr Erfolg das ewige Nichts, denn nach seinem Tod wartet auf einen Nephilim die endlose Dunkelheit.«

Nikolaj verengt seine stahlblauen Augen zu zornigen Schlitzen. »Ich weiß das alles. Du hättest nicht kommen müssen, um mich zu warnen, Engel.«

Alek schüttelt den Kopf. »Ich komme nicht, um dich zu warnen. Ich komme, um dich um etwas zu bitten.«

Der Nephilim verzieht die Lippen zu einem sarkastischen Grinsen. »Der Engel richtet eine Bitte an den Nephilim.«

»Verlasse die Stadt.« Die Bitte klingt eher nach der Aufforderung, die sie ist.

»Das werde ich nicht.« Nikolaj erhebt sich vom Boden. Offenbar will er nicht länger zu dem Engel aufsehen müssen. »Ich werde nicht mehr davonlaufen und mich verstecken. Andere Zeiten sind angebrochen.«

Alek blickt ihn einen Moment lang fragend an, dann sieht er sich im Versteck seines Schützlings aufmerksam um. Er holt Luft, um ihn auf den Widerspruch hinzuweisen, doch Nikolaj kommt ihm zuvor.

»Das hier ist nur vorübergehend. Bald werde ich mich nicht mehr verstecken müssen.«

»Du wirst dich erst nicht mehr verstecken müssen, wenn du tot bist.«

»Diesen herablassenden Tonfall kannst du dir sparen.« Nikolaj zielt anklagend mit dem Finger auf ihn. »Ich habe es satt, von allen Welten wie ein Aussätziger behandelt zu werden. Die Zeit zu kämpfen ist gekommen!«

»Sei doch vernünftig.«

»Ich werde die Stadt nicht verlassen. Ich habe hier eine Mission, einen Auftrag – es wird einen Wandel im Gefüge geben.«

Alek hebt abwehrend eine Hand und lacht auf. »Bitte verschone mich mit dem Wort ›Auftrag‹. Ich habe es die letzten Tage zu häufig und in viel zu widersinnigen Belangen gehört, um es noch ernst nehmen zu können.« Nikolaj strafft die Schultern, als der Engel einen weiteren Schritt auf ihn zukommt und ihm eindringlich in die Augen blickt. »Dir scheint deine Lage nicht in vollem Umfang bewusst zu sein. Die Jägerin von Flammach gilt in ihrer Welt als besonders fähig. Sie vereint Hartnäckigkeit, Geschick und Schnelligkeit wie kein anderer. Sie wird nicht ruhen, bis sie dich gefunden und vernichtet hat.«

Nikolajs Augen blitzen wie gefrorener Stahl, wodurch selbst Alek ein Schaudern unterdrücken muss.

»Das kann sie versuchen.« Seine heisere Stimme hat inzwischen alles Menschliche verloren. »Du solltest jetzt gehen. Ich entbinde dich von dem Versprechen, das du meinem Vater gegeben hast.«

»Das geht nicht. Du kannst mich nicht von einem Versprechen entbinden, das ich *dir* nicht gegeben habe.«

»Ich brauche deine Hilfe aber nicht«, beharrt er. »Ich bin kein schwächlicher Mensch. Ich trage Engelsblut in mir!«

Alek kann sich das Schmunzeln kaum verkneifen. Hochmütiger Nephilim ...

»In etwa halb so viel wie ich.« Er breitet seine Arme aus und zeigt dem Nephilim seine Handflächen; eine versöhnliche Geste, die er schon oft bei den Menschen beobachtet hat und von der er hofft, sie würde ihn beschwichtigen. »Und wenn ich dich daran erinnern darf: Du hast meine Hilfe bereits gebraucht. Nur kann ich dich nicht beschützen, wenn du dich weigerst, auf mich zu hören.«

Nikolaj zuckt ungerührt mit den Schultern. »Dann lass es.«

Seufzend schüttelt Alek den Kopf. Was für passende Gegner der Nephilim und die Jägerin doch sind. Nikolaj ist beinahe so stur und arrogant wie Antonia.

»Das ist vollkommener Schwachsinn«, meint Lestat, als Toni ihren Bericht über das Treffen mit dem Engel abgeschlossen hat.

Mit nachdenklicher Miene lässt er seine Essstäbchen in die Pappschachtel fallen, die noch zur Hälfte mit Hühnchen Moo Shu gefüllt ist. Toni hat ihren eigenen Imbiss – wie üblich – schon lange vertilgt und seiner Box während ihrer Erzählung immer wieder sehnsüchtige Blicke zugeworfen. Jetzt nimmt sie dem Vampir den Behälter aus der Hand und beginnt, sich genüsslich über die Reste seines Essens herzumachen.

Blut würde Lestat als Nahrungsquelle ausreichen, aber die meisten jungen Vampire nehmen weiterhin menschliche Nahrung zu sich. Alte Gewohnheiten lassen sich eben schwer ablegen. Und Hühnchen Moo Shu ist nun einmal unwiderstehlich.

»Glaub jemandem, der dich schon ewig kennt«, fährt er nach einer Weile des stillen Grübelns fort, »da sind keine weltverändernden Besonderheiten an dir.«

Toni hält im Kauen inne und wirft ihm einen scharfen Blick zu. »Herzlichen Dank auch«, grummelt sie mit vollem Mund, »du Freund!«

Er winkt ab. »Du weißt, wie ich das meine.« Ein aufgeregtes Leuchten erhellt plötzlich seine Miene. »Hast du ihn gefragt, warum er keine Flügel hat?«

»Warum zum Teufel sollte ich?«

»Also nicht. Das Wichtigste vergisst du immer.«

»Ich habe im Moment weitaus größere Probleme als deinen Flügelfetisch«, sagt sie gleichermaßen belustigt wie genervt. »Wenn D'iali etwas davon erfährt ...« Sie hält inne, stellt die Pappschachtel vor sich auf den Couchtisch und dreht sich ihrem Freund zu. »Seit dem Nephilim-Auftrag habe ich nichts mehr von ihm gehört. Keine Nachfrage, kein neuer Auftrag, gar nichts.«

»Vielleicht hat er momentan viel zu tun.«

»Ach, ja? Was denn bitte? Seine schwarzen Krallen zurechtspitzen?« Toni schaudert bei dem Gedanken an D'ialis lange, messerscharfe Fingernägel. »Es ist seine einzige Aufgabe die Aktivitäten in der Stadt zu überwachen und mir entsprechende Aufträge zu erteilen. Da stimmt doch was nicht.«

»Mal nicht gleich den Teufel an die Wand. Du weißt, wie Dämonen manchmal sind.«

Toni schließt die Augen, presst Daumen und Zeigefinger gegen ihr Nasenbein und versucht, die umherwirbelnden Gedanken in ihrem Kopf zu ordnen. »Fassen wir kurz zusammen: Ich habe einen Nephilim, der ums Verrecken nicht sterben will; einen Vorgesetzten, den das scheinbar nicht die Bohne interessiert; und einen Engel, der mir nicht mehr aus dem Kopf gehen will. Wann ist das alles passiert? Und warum ausgerechnet *mir*?«

Lestat rutscht vorsichtig ein Stückchen von ihr weg. »Also, wenn du mich fragst, ist der Engel die Wurzel allen Übels.«

»Genau«, ruft sie so überschwänglich aus, dass ihr Mitbewohner erschrocken zusammenzuckt. Sie springt auf und tigert vor der Couch auf und ab. »Wahrscheinlich ist das die Strategie der Engel. Den Jäger so lange zu verwirren, bis er auf die richtige Seite wechseln will ... ich meine, die falsche ...«, sie schüttelt den Kopf, »die andere ...«

»Das mit der Verwirrung klappt ja bereits ganz gut, muss ich sagen.«

»Und dabei ist das gar nicht möglich! Der vertrauensselige Jäger versucht es trotzdem und landet dafür in der Hölle – Problem gelöst.«

Lestat zieht eine Grimasse. »Könntest du dich wieder hinsetzen? Du wirkst völlig irre, wie du hier rumrennst und wirres Zeug faselst.«

Sie wirft ihm einen abfälligen Blick zu, lässt sich aber stöhnend neben ihn auf die Couch fallen.

Ihr Freund legt ihr sanft eine Hand aufs Knie und mustert sie besorgt. »Das bist doch nicht du, Toni. Seit wann lässt du dich so aus dem Konzept bringen? Was ist mit der supersouveränen Jägerin passiert? Es hilft doch nicht, wenn du dir den Kopf darüber zerbrichst. Mach deine Arbeit und kehr wieder zum Alltag zurück. Vergiss diesen Alex.«

»Alek«, verbessert sie automatisch und erntet postwendend einen strafenden Seitenblick. Entschuldigend blickt sie Lestat an. »Du hast ja recht.«

Sie wirft ihm einen dankbaren Blick zu, der wie magnetisch von etwas Grellem abgelenkt wird. Kritisch beäugt sie den Vampir vom Kopf bis zur Sohle. »Was hast du da eigentlich an?« Die Augen weit aufgerissen, deutet sie mit dem Zeigefinger auf ein knallig pinkfarbenes Seidenhemd unter einem mitternachtsblauen Blazer, dessen Revers mit großen silbernen Pailletten bestickt ist.

»Das ist neu«, verkündet Lestat stolz. »Schön, dass es dir aufgefallen ist.«

»Mhmm«, macht sie nur und versucht, das Gesicht nicht zu verziehen.

Ihr Mitbewohner ist bekannt für seinen exzentrischen Modegeschmack, doch von Zeit zu Zeit verursacht ihr seine Garderobe stechende Kopfschmerzen.

Die schrille Türglocke meldet einen Besucher und erspart Toni, noch mehr über Lestats Outfit erfahren zu müssen. Der Vampir wirft ihr einen fragenden Blick zu, den sie mit einem Schulterzucken beantwortet. Dann erhebt er sich stöhnend von der Couch und verschwindet im Flur.

»Sag mal«, ruft er ihr kurz darauf zu, »das Essen hat dir wohl nicht gereicht. Hast du noch mehr scharfes Asiatisches bestellt?«

»Was?«, brüllt sie zurück, springt von der Couch auf und macht sich auf den Weg zur Wohnungstür. »Was soll denn der Blö…«

Der Rest des Wortes bleibt ihr im Hals stecken, als sie Tai, lässig an den Türrahmen gelehnt, erblickt. Und er sieht noch genauso gut aus wie am Morgen, als sie ihn friedlich schlafend im Bett zurückgelassen hat.

»Eigentlich wollte ich dir keine Chance geben, dich zu entschuldigen«, behauptet er in lässigem Tonfall, »aber ich dachte, heute bin ich mal großzügig.«

Tonis Kopf ist vor Schock und Verwirrung wie leergefegt. Sie glaubt, einen Windzug zu hören, der durch das eine Ohr hereinweht, durch ihren Kopf zieht und aus dem anderen Ohr wieder entweicht. Über das Rauschen dieses Luftzugs hinweg meint sie sogar, das Ticken des Weckers aus ihrem Zimmer bis in den Flur zu hören – bis ihr einfällt, dass sie einen Digitalwecker besitzt. Eine dezente Andeutung ihres Verstandes, dass es wohl allmählich Zeit wird, zu antworten.

»Hast du deine Zunge verschluckt?«, fragt Tai passenderweise in diesem Moment.

»Ähm«, ist vorerst das Einzige, was ihr dazu einfällt, ehe sie sich räuspert und hinzufügt: »Woher weißt du, wo ich wohne?«

»Es ist mein Job Leute zu finden. Also?«

»Also?«

»Du wolltest etwas loswerden«, hilft er ihr auf die Sprünge und macht eine rudernde Handbewegung.

»Ich wollte was?« Toni spürt ihren belämmerten Gesichtsausdruck förmlich. Regungslos steht sie da, als wären ihre Füße mit Heftklammern am Boden befestigt, während Tai mehr als zufrieden wirkt und unheimlich stolz darauf zu sein scheint, dass er sie derart aus der Fassung gebracht hat.

»Bist du ein Papagei?«, schmunzelt er.

Lestat, der die Szene mit einem unterdrückten Grinsen beobachtet, gibt ihr einen leichten Schubs, der die Zahnrädchen in ihrem Verstand zum Laufen bringt.

»Also gut«, sagt sie zögernd, »tut mir leid. Ich hatte angenommen, das wäre dir so lieber.«

Tais Lächeln verfliegt. »Du dachtest, das wäre *mir* lieber? Ich glaube eher, du wolltest es dir einfach machen. Es ist überhaupt nicht mein Stil, meine Übernachtungsgäste vor dem Frühstück rauszuwerfen.«

Toni ist unschlüssig, was sie noch dazu sagen soll, daher lächelt sie ihn nur entschuldigend an und zuckt mit den Schultern.

Zur Antwort seufzt er theatralisch und das amüsierte Glänzen kehrt in seine schokoladenbraunen Mandelaugen zurück. »Hör endlich auf, mich anzubetteln. Ich verzeihe dir ja.«

Lächelnd schüttelt sie den Kopf und verschränkt die Arme vor der Brust. Seine selbstgefällige Art ist auf merkwürdige Weise charmant.

»Ich mache dir einen Vorschlag«, meint er. »Zur Wiedergutmachung lädst du mich zum Essen ein. Magst du Pizza?«

»Nein. Ich meine, ja, aber ich muss arbeiten.« Endlich lösen sich ihre Füße vom Boden und gehen auf ihn zu. Als sie sich an die andere Seite des Türrahmens lehnt, blickt sie ihn mit ehrlichem Bedauern an. »Ich stecke da gerade in einem ... ziemlich kniffligen Fall und die Zeit läuft mir davon. Also entschuldige, doch ich habe wirklich keine Zeit, um Pizza zu essen.«

»Wo liegt das Problem? Vielleicht kann ich dir helfen.«

»Das bezweifle ich«, meint sie und fügt leichtfertig hinzu: »Ich suche jemanden.«

Nachdem die Worte ihren Mund verlassen haben, würde sie sich am liebsten ohrfeigen.

Der Detektiv strahlt sie triumphierend an. »Das ist ja wohl mein Fachgebiet.«

»Wir könnten dringend Hilfe gebrauchen«, mischt sich Lestat in die Unterhaltung ein.

Toni wirft ihm einen strafenden Blick zu, ehe sie sich erklärend an Tai wendet. »Ich bin sicher, er verwendet den Pluralis Majestatis.«

Lestat versetzt ihr einen unsanften Hieb gegen die Schulter.

»Was? *Ich* brauche ganz sicher keine Hilfe!«, zischt sie ihn an.

»Entschuldige uns bitte kurz«, zwitschert Lestat zuckersüß und schlägt Tai die Tür vor der Nase zu.

Der Vampir packt seine Mitbewohnerin am Ellbogen und zieht sie von der Tür weg. »Du brauchst Hilfe! Oder hast du irgendeine Idee, wo der Nephilim steckt?«

»Und was sag ich ihm, wenn wir ihn gefunden haben? ›Das ist übrigens ein Nephilim und ich bin eine Kopfgeldjägerin im Auftrag des Teufels. Ich müsste den mal eben töten.‹ Hast du den Verstand verloren?«

Der Vampir lächelt sie nachsichtig an. »Das ist doch ganz simpel, Schätzchen. Du lässt ihn die Drecksarbeit für dich machen, und wenn er den Nephilim gefunden hat, wirst du ihn wieder los.«

Toni weist mit einer Hand auf die Tür. »Wie du siehst, wird man den aber nicht so *einfach* los«, sagt sie, kann sich ein Lächeln jedoch nicht verkneifen. Natürlich fühlt sie sich von seiner Hartnäckigkeit geschmeichelt, das kann sie nicht leugnen.

Lestat klopft ihr grinsend auf die Schulter. »Du bist doch ein cleveres Kerlchen. Du schaffst das schon.«

Bevor sie erneut Widerworte geben kann, öffnet er die Wohnungstür und bittet Tai mit einer übertriebenen Geste herein. Unbekümmert schlendert dieser durch den Flur in Richtung Wohnzimmer und sieht sich aufmerksam um.

»Womit verdienst du überhaupt deine Brötchen?«, fragt er die Jägerin.

Tai schält sich aus seiner dicken Motorradjacke, unter der er lediglich ein enges dunkles T-Shirt trägt, das seine kräftigen Schultern und die schlanke Taille optimal zur Geltung bringt.

Toni knabbert bei dem Anblick unwillkürlich auf ihrer Unterlippe und erinnert sich an einige Szenen aus ihrer gemeinsamen Nacht. Rasch wendet sie sich ab und räuspert sich, bevor Tai bemerken kann, wie sie ihn mit Blicken verschlingt. Der Detektiv macht es sich derweil auf der Couch gemütlich und schließlich setzt sich Toni in geschäftsmäßigem Abstand neben ihn.

»Ich bin eine Ordnungshüterin«, umschreibt sie ihre Tätigkeit.

Fragend hebt er eine Braue, fast als könne er den Schwindel in ihrem Gesicht ablesen. »Du bist bei der Polizei?«

»Strenggenommen, nein.« Sie eiert weiter um die Wahrheit herum. »Eher eine Art freiberufliche Ermittlerin.«

Offensichtlich hat er entschieden, sie genügend gequält zu haben, und wendet sich Lestat zu. »Was ist mit dir? Bist du auch ein ›Ordnungshüter‹?«

Seine Mundwinkel zucken verräterisch. Wahrscheinlich hält er die Möglichkeit, Lestat könne ein Polizist sein für genauso absurd, als würde Rotkäppchen plötzlich den bösen Wolf jagen.

»Klar, wir sind Partner, seit vielen Jahren«, schwindelt der Vampir und setzt sich an Tais andere Seite. Er klingt viel überzeugender als Toni. »Du glaubst nicht, wie oft ich der Kleinen schon ihren süßen Hintern retten musste. Ständig bringt sie sich in Schwierigkeiten.«

Wie bitte? Toni gibt ein Geräusch von sich, das mit viel Fantasie als Zustimmung gewertet werden könnte, während sie ihre Unterlippe mit den Zähnen festhält, um die Worte aufzuhalten, die ihr auf der Zunge liegen.

Lestat scheint das Schauspiel zu genießen. Seine Augen schimmern vergnügt wie flüssiges Karamell in der Sonne.

»Das glaube ich unbesehen«, bemerkt Tai und zwinkert Toni zu.

Dann schiebt er eifrig die Reste des chinesischen Essens zur Seite, zieht einen Stadtplan aus der Jackentasche und breitet ihn auf dem Couchtisch aus. Sein Gesichtsausdruck wird mit einem Mal hochkonzentriert.

»Bringt mich auf den aktuellen Stand«, fordert er die beiden voller Arbeitseifer auf. »Wen suchen wir, welches Gebiet habt ihr bereits gecheckt und wie lautet der Aktionsplan für die Ergreifung der Zielperson?«

Die beiden ›freiberuflichen Ermittler‹ werfen sich hinter seinem Rücken einen skeptischen Blick zu.

»Immer mit der Ruhe, du Superdetektiv«, antwortet Toni. »Niemand wird hier ›ergriffen‹. Wir müssen ihn zuerst einmal finden.«

Sie verspürt ein unangenehmes Zwicken in der Magengrube, als sie ihren beiden neuen Helfern von der Ermittlungsarbeit erzählt und Nikolajs Foto präsentiert. Natürlich vermeidet sie Begriffe wie Nephilim, Teufel oder Dämonenschwert tunlichst. Der Detektiv lässt sich die Eigenheiten und Bezirke der Stadt haarklein beschreiben, dann bricht eine rege Diskussion darüber aus, welcher Teil Flammachs sich am besten als Versteck eignet. Schließlich einigen sie sich darauf, die Suche im World's End zu beginnen, und Tai will sich gleich vor Ort ein Bild von der Gegend machen.

Die professionelle Art und die gründliche Arbeitsweise des Detektivs sind beeindruckend, trotzdem hat Toni kein gutes Gefühl dabei, ihn mitzunehmen und der übernatürlichen Gefahr auszusetzen. Ganz zu schweigen von dem Risiko, dass dieser Ausflug ihm die dämonische Seite der Welt offenbaren könnte. Dieser Mensch ist im Begriff, eine Kopfgeldjägerin und einen Vampir zur Jagd auf einen Nephilim zu begleiten. Was würde er wohl sagen, wenn er die Wahrheit erkannte?

»Genug geredet«, sagt Tai, »brechen wir auf.«

Damit springt er auf, greift nach seiner Jacke und streckt die andere Hand nach Toni aus. Verwundert legt sie ihre Finger in seine, um sich von ihm aufhelfen zu lassen. Aber anstatt sie danach wieder freizugeben, zieht er sie sachte zu sich heran, bis sie so nah vor ihm steht, dass der Rest des Zimmers vor ihren Augen verschwimmt. Behutsam klemmt er eine rote Locke hinter ihr Ohr, was ihr ein wohliges Schaudern beschert. Dann legt er seine Finger an ihre Wange und haucht ihr einen Kuss auf die Lippen, bevor er sich wieder von ihr löst, herumwirbelt und auf die Wohnungstür zumarschiert.

Blinzelnd blickt Toni ihm nach, bis Lestat an ihrem Blickfeld vorbeirauscht und das Kribbeln in ihrem Bauch ein jähes Ende findet.

»Was hast *du* denn vor? Willst du etwa mitkommen?« Sie hat felsenfest mit einer feigen Ausrede gerechnet.

»Wenn er das kann, kann ich das auch«, meint er, ehe sich ein breites Grinsen auf seinen Lippen formt. »Außerdem sind wir doch Partner.«

Toni zielt warnend mit dem Finger auf den Vampir, der daraufhin seine Schritte erheblich beschleunigt. Seufzend trottet sie durch den Flur und schnappt sich ihre Lederjacke vom Haken. »Ich muss verrückt sein.« Sie wirft einen wehmütigen Blick auf ihr Schwert, das wie üblich im Schirmständer steckt. »Ich gehe auf die Jagd mit einem wandelnden Broadwaykostüm und einem Touristen, der sich für den fähigsten Geheimagenten Ihrer Majestät hält.«

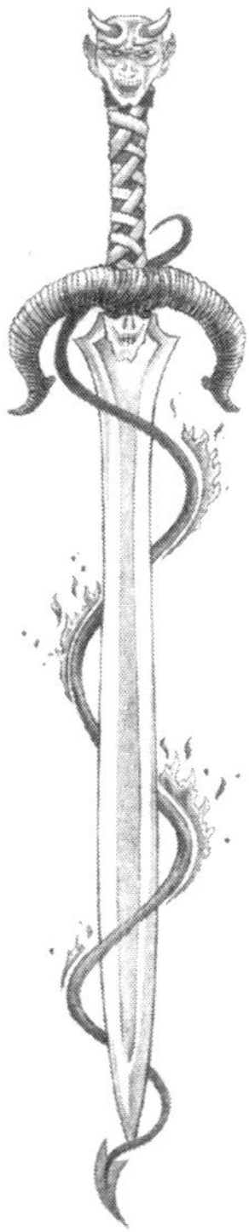

# EINE BÖSE VORAHNUNG

Die Wolken kehren von ihrem Streifzug zurück und machen ihre Gebietsansprüche über den Flammacher Himmel geltend. Wie ein Regiment in rauchgrauer Uniform schieben sie sich vor die Sonne, gerade rechtzeitig, um noch vor der Dämmerung ihren Sieg über den feindlichen Feuerball zu präsentieren. Halb im Licht, halb im Schatten wirken die heruntergekommenen Gebäude des World's End mit ihren bröckelnden Fassaden und den zerbrochenen Fenstern wie die unschuldigen Opfer dieses Krieges.

Die Stadt ist den wärmenden Sonnenschein nicht gewohnt und sondert nach einem ganzen Tag der Bestrahlung einen Geruch ab, der an vergessene Sportsocken erinnert. Über diesen beißenden Gestank weht ein Hauch von Fäulnis. Der Dunst, der dem Fluss im World's End entspringt, lässt sogar die Ratten fliehen.

Toni hätte sich am liebsten einen dicken Schal um die Nase gewickelt, als sie neben Tais Motorrad parkt und aus dem Wagen steigt. Nachdem Lestat vom Beifahrersitz geklettert ist, überprüft sie mehrmals, ob sie den glänzenden Sportwagen abgeschlossen hat. Auch wenn er im Hinterhof einer Lagerhalle steht, ist sie besser vorsichtig. Denn was in diesem Teil der Stadt herumlungert, ist entweder dämonisch oder kriminell. Oder beides.

Toni muss sich das Lachen verkneifen, als ihr Blick auf Lestat fällt, der sich argwöhnisch umsieht. Der hochgewachsene Vampir mit dem extravaganten Outfit wirkt im World's End genauso fehl am Platz wie ein Flamingo in der Antarktis.

Tai zwinkert ihr zu, er hat anscheinend einen ähnlichen Gedanken, dann legt er einen Arm um ihre Schultern und führt sie aus dem Hof. »Dann wollen wir mal«, sagt er und nickt Lestat aufmunternd zu.

An der Hauptstraße halten sie an und blicken sich aufmerksam um. Toni nimmt eine Bewegung wahr, verengt die Augen und stiert in die Gasse gegenüber. Um besser sehen zu können, macht sie einen Schritt nach vorn, womit sie sich gleichzeitig aus Tais Umarmung löst. Und wieder bewegt sich dort etwas. Waren das nicht die Umrisse eines Huts?

»Wie gehen wir vor?«, flüstert Lestat.

»Wir teilen uns auf«, antwortet Toni wie aus der Pistole geschossen, ohne die dunkle Gasse aus den Augen zu lassen.

Tai tritt neben sie und wirft ebenfalls einen Blick in die Richtung. Sofort wendet sie sich ab und mustert den Detektiv. Ein leicht irritierter Ausdruck huscht über sein Gesicht, ist aber so rasch wieder verschwunden, dass Toni sich fragt, ob sie es sich nur eingebildet hat.

Immerhin ist er ein Mensch. Er kann ihn unmöglich gesehen haben …

Sie atmet auf, als Tai ihr lässig zuzwinkert und sich das übliche schelmische Grinsen auf seinen Lippen ausbreitet. »Du willst den Ruhm doch nur für dich allein, wenn du diesen Nikolaj findest.«

Wie aus alter Gewohnheit umfasst er ihre Taille und zieht Toni an sich. Sie kann nicht anders, als zurückzulächeln, während ein Schwarm Schmetterlinge durch ihren Bauch flattert. Gleichzeitig spürt sie allerdings einen Stich im Herzen. So lange hat sie versucht, Gefühle von sich fernzuhalten, und nun löst irgendein dahergelaufener Kerl aus einer Bar solche Empfindungen in ihr aus. Und das mit nur einem einzigen Lächeln. Und er ist nicht einmal der Einzige, der ihr in letzter Zeit viel zu nah gekommen ist ... Sobald das Nephilim-Problem beseitigt ist, sollte sie sich dringend um dieses Gefühlschaos kümmern. Oder vielmehr: es ausmisten.

»Klar«, raunt sie ihm schließlich zu. »Ich teile nicht gern.«

»Da geht es dir wie mir.«

Toni spürt seinen Atem auf ihrem Gesicht, bis er sich abrupt von ihr löst und die kalte Luft, die seine warme Berührung ersetzt, sie erzittern lässt.

»Das kannst du vergessen«, feixt er, »weil ich ihn zuerst finde.«

»Das werden wir ja sehen.«

Er zwinkert ihr zu, bevor er sich umdreht und in einer der zahlreichen Gassen zwischen den Gebäuden verschwindet.

Wahrscheinlich ist er im Alleingang ohnehin sicherer, redet sich Toni ein.

»Du glaubst aber nicht ernsthaft, dass ich hier mutterseelenallein durch die Gegend spaziere?«, flüstert Lestat ihr zu. »Ich mache mich doch nicht zur Zielscheibe.«

Toni wendet sich ihrem Mitbewohner zu. Ohne eine Miene zu verziehen, kramt sie ihre Wagenschlüssel aus der Jackentasche und wirft sie ihm zu. »Dann warte im Auto, Partner.«

Stirnrunzelnd blickt Lestat auf die Schlüssel in seiner Hand, aber Toni gibt ihm keine Gelegenheit etwas zu erwidern. Sie steuert zielstrebig die Gasse auf der anderen Straßenseite an. Bevor sie in die Dunkelheit des schmalen Weges eintaucht, wirft sie allerdings einen verstohlenen Blick über die Schulter.

Lestat gibt ein trauriges Bild ab; so verloren auf der dunklen, menschenleeren Straße. Toni schüttelt das Mitleid ab. Sie will ihn – anders, als es manchmal den Anschein macht – nicht verletzen, sie glaubt nur, dass er ohne sie sicherer ist. Außerdem verspürt sie den unbändigen Drang, allein zu dieser Gestalt in die Gasse zu gehen.

Als sie in die Dunkelheit eintaucht, entdeckt sie den Engel, der an der Hauswand lehnt und sie mit unergründlicher Miene mustert.

»Verfolgst du mich?« Ihre Stimme klingt leicht verunsichert, weshalb sie sich, um es zu überspielen, kerzengerade vor ihm aufbaut.

»Im Moment nicht.« Selbst in der Dunkelheit leuchten seine Augen wie blaue Sterne am Nachthimmel.

»Hör zu, ich kann das nicht durchziehen, wenn du hier bist.« Verwirrt über ihre eigenen Worte runzelt sie die Stirn, dann blickt sie ihn kopfschüttelnd an. »Streich das! Ich *kann* das durchziehen. Aber es wäre mir wohler, wenn ich wüsste, dass du es nicht mit ansehen musst.«

Kein einziger Muskel regt sich im Gesicht des Engels, er sieht ihr lediglich tief in die Augen. Die Schmetterlinge kommen zurück, sie haben die Nachbarschwärme mitgebracht und versuchen sich dieses Mal gewaltsam einen Weg durch Tonis Bauchdecke zu graben. Dieses Gefühlschaos sollte sie nicht nur ausmisten, sie sollte es restlos vernichten. Und zwar so schnell wie möglich.

»Wer ist dein Freund?«, fragt der Engel unvermittelt.

Sie blinzelt ihn überrascht an, dann blickt sie automatisch zu der Stelle hinüber, wo sie mit Tai und Lestat gestanden hat. »Ähm.« Fieberhaft sucht sie ihren Verstand nach einer brauchbaren Erklärung ab.

Als was soll sie Tai denn bitte bezeichnen? Als den Typen, mit dem sie eine Nacht verbracht hat und den sie jetzt benutzt, um seinen Schützling aufzuspüren?

Das kann sie dem Engel wohl schlecht sagen. Außerdem ist da diese leise Stimme in ihr, die sie förmlich anfleht, ihm nicht von ihrem Lover zu erzählen. Auf bizarre Weise fühlt sie sich schuldig; immerhin wollte sie Alek mit dieser ›Ablenkung‹ aus ihrem Kopf verbannen.

Hat übrigens prima geklappt …

»Ein Freund eben«, antwortet sie vage und zuckt mit den Schultern.

Alek stößt sich von der Wand ab und steht urplötzlich ganz dicht vor ihr. Schlagartig wird ihr klar, dass sie nur einen Finger ausstrecken müsste, um ihn zu berühren.

»Ich denke, du solltest ihm nicht vertrauen.«

Zum ersten Mal nimmt sie bewusst den Geruch des Engels wahr: ein Hauch von Jasmin und Zimt, eingehüllt in etwas Fremdartiges, das an Licht und Wärme erinnert.

Betört von diesem Duft legt sie den Kopf in den Nacken, um zu ihm aufzusehen. »Wieso sollte ich nicht?«

Er schüttelt zögernd den Kopf, als wisse er selbst nicht, weshalb er ihr dazu rät. »Lediglich ein Gefühl.«

»Hätte ich die letzten Tage immer auf mein Gefühl gehört, würde ich in noch größeren Schwierigkeiten stecken, als ich es sowieso schon tue.« Auf seinen verständnislosen Blick hin erklärt sie: »Manchmal ist es besser, Gefühle zu ignorieren.«

»In der Tat.«

Zu ihrer Überraschung gibt er Toni recht, dann blickt er sie wieder mit diesem durchdringenden Blick an, als lese er in ihren Augen. Instinktiv atmet die Jägerin ein, versenkt seinen Duft tief in ihren Lungen, bis ihr eine ungeahnte Sehnsucht mit voller Wucht in die Brust sticht. Gewaltsam zwingt sie ihre Füße, zurückzutreten, und verschränkt die Hände hinter ihrem Rücken, um sie nicht aus Versehen doch noch nach ihm auszustrecken. Als sich der Nebel um ihren Verstand langsam lichtet, bemerkt sie erst, wie schnell ihr Herz gegen ihre Rippen hämmert.

*Er spielt mit dir*, ruft ihre Vernunft spöttisch ihrem Herzen zu, das daraufhin protestierend einen Schlag aussetzt.

»Hör auf damit!« Gedanklich verflucht sie den flehentlichen Klang ihrer Stimme.

Alek runzelt die Stirn. »Womit?«

*Damit, mir zu folgen, mit mir zu spielen, ein Engel zu sein ...*

»Mir ins Handwerk zu pfuschen«, antwortet sie.

Ein leises Lächeln formt sich auf den Lippen des Engels. Hat er ihr Zögern richtig gedeutet? Er glaubt wohl, er hätte sie unter Kontrolle.

»Grins nicht so süffisant, Engel«, knurrt sie und zielt drohend mit dem Finger auf ihn. »Lass dich von meiner liebenswürdigen Art nicht täuschen. Ich könnte dir den Arsch aufreißen, wenn ich wollte. Schließlich bin ich eine Kopfgeldjägerin.«

Schmunzelnd zieht er die Brauen hoch. »Liebenswürdige Art? Das ist deine Selbsteinschätzung? Ich fürchte, du irrst dich zweifach. Du könntest mich niemals besiegen.«

»Du bist ein Engel. Was verstehst du schon vom Kämpfen? Eure Schwerter sind doch nur Dekor.«

»Du weißt gar nichts, Hilfsdämon.«

Toni strafft die Schultern angesichts der offenen Beleidigung des sonst so friedfertigen Engels. Ganz klar die Retourkutsche für ihre bisher wenig galante Verwendung des Wortes ›Engel‹ ...

»Das Obere Reich hat die größten und besten Krieger in den drei Welten hervorgebracht.« Er klingt sehr überzeugt.

Toni hebt fragend eine Braue und verschränkt die Arme vor der Brust.

»Weißt du, was der größte Unterschied zwischen Engeln und Dämonen ist?« Er wartet ab, bis sie den Kopf schüttelt. »Engel kämpfen *für* etwas – Dämonen stets nur *gegen* etwas. Was glaubst du, macht dich stärker?« Wüsste sie es nicht besser, würde sie behaupten, ein dämonisches Grinsen forme sich auf den sanft geschwungenen Lippen. »Was denkst du, warum das Untere Reich zwei Stockwerke *unter* meiner Heimat liegt?«

Gute Frage – darüber hat sie ehrlich gesagt noch nie nachgedacht.

»Und ... wie viel Engelsblut hat denn eigentlich so ein Nephilim?«

Ihre offenkundige Unsicherheit bringt Alek zum Lachen. »Ausreichend, dass der Dunkle kein Risiko eingehen und sie alle vernichten will.«

Der Gedanke an Nikolaj kehrt zurück in ihr Bewusstsein. Sie wirft einen Blick auf die Straße, die noch immer menschenleer scheint.

»Ich muss los«, murmelt sie und wedelt mit einer Hand, als verscheuche sie eine Fliege. »Und du solltest auch gehen und deine Arbeit machen. Den Menschen die Frohe Botschaft verkünden oder was ihr Engel sonst so treibt.« Sie will sich schon umdrehen, da fällt ihr Lestats Frage wieder ein. Inzwischen ist sie selbst neugierig geworden. »Warum hast du eigentlich keine Flügel?«

»Ich habe Flügel, du kannst sie nur nicht sehen.«

»Ah, ja, ist klar ...«

Alek blickt sie streng an, doch seine zuckenden Mundwinkel strafen seine Augen Lügen. »Sie haben nicht die materielle Form, die du gewohnt bist. Sie sind eher wie Gedanken.« Der Engel rudert mit einer Hand, als suche er nach einer treffenderen Umschreibung. »Sie umgeben mich. Durch sie bin ich für menschliche Augen unsichtbar. Zeige ich mich einem Menschen, sieht er auch meine Flügel.« Er steckt die Hände in die Manteltaschen und zieht die Schultern hoch. »Bei deiner Entscheidung eine Dienerin des Unteren Reiches zu werden, hast du jegliches Recht darauf verwirkt, etwas zu sehen, das auf diese Weise himmelseigen ist wie meine Flügel. Ich könnte sie dir nicht einmal zeigen, wenn ich es wollte. Das ist auch der Grund, warum du *mich* sehen kannst – ob ich will oder nicht.«

Abwägend mustert sie ihn. »Unsichtbare Flügel. Na, das kann ja jeder behaupten.«

Sie schüttelt den Kopf und dreht sich schnell um, damit Alek das Lächeln auf ihren Lippen nicht bemerkt. Dann marschiert sie los und hat schon fast die Straße erreicht, als der Engel sie nochmals aufhält.

»Antonia.«

Sie dreht sich halb zu ihm um und blickt in das lächelnde Gesicht mit den schelmisch blitzenden Augen.

»Du hast dein Schwert nicht dabei.«

Verdammt, der merkt auch alles. »Vielleicht habe ich ein *unsichtbares* Schwert.«

Damit lässt sie ihn stehen und macht sich auf die Suche nach ihrer Zielperson.

»Ich danke euch für eure Unterstützung. Es liegt ein steiniger Weg vor uns. Wir werden kämpfen und Verluste ertragen müssen ... Doch denkt immer daran, *wofür* wir kämpfen: Wir ebnen den Weg in die Gesellschaft für zukünftige Generationen – für unsere Kinder, Enkel und Urenkel. Wir erobern, was unser Geburtsrecht hätte sein sollen!«

Begeisterter Applaus breitet sich im Raum aus. Nikolaj reckt kämpferisch die Faust in die Höhe und setzt ein breites Lächeln auf. In seinem aschgrauen Maßanzug wirkt er so souverän wie ein Politiker, deshalb hat er ihn ausgesucht. Und genauso lächelt er nun auch von seiner kleinen Empore auf die Reihen seiner Genossen hinab. Siebzehn Nephilim sind seinem Aufruf gefolgt – viel mehr, als er erwartet hat.

Als der Applaus allmählich verebbt, senkt er geheimnisvoll die Stimme. Ein Trick, den viele Redner anwenden und der das Publikum dazu animieren soll, sorgfältiger zuzuhören.

»Bevor wir uns allerdings unserer eigentlichen Aufgabe widmen können, müssen wir uns um die Bedrohung kümmern, die wie eine dunkle Wolke ständig über unseren Köpfen schwebt.« Er sieht verständnisvolles Nicken und klare Erkenntnis in den Gesichtern. »Wir werden nicht mehr fliehen, uns nicht mehr verstecken.« Nach und nach erhebt er seine Stimme. »Wir werden ihnen zeigen, wer wir sind – zu was wir fähig sind!«

Das schwungvolle Öffnen der Eingangstür unterbricht Nikolaj noch vor dem Höhepunkt seiner Rede. Ein Nephilim eilt mit großen Schritten auf die Empore zu, dabei weht sein braunes Haar wie ein Schleier um das jugendliche Gesicht, das eine beunruhigte Miene zur Schau stellt.

»Hatte ich dich nicht zur Torwache eingeteilt, Marco?«, raunt Nikolaj dem jungen Mann zu, als er neben das Rednerpult tritt.

»Die Jägerin ist hier«, flüstert er aufgeregt.

»Was meinst du mit ›hier‹?«

Nikolajs stählerne Stimme ist ein wenig zu laut. Vorsichtig wirft er Clarissa einen Blick zu, die hinter ihm auf einem Stuhl sitzt und die beiden Männer misstrauisch beäugt. Er lächelt ihr besänftigend zu, woraufhin sich ihre Miene schlagartig verdüstert. Sie kennt ihren Freund wohl gut genug, um zu wissen, was hinter diesem aufgesetzten Lächeln steckt.

»Sie ist da draußen und schnüffelt in der Gegend herum.« Marcos Augen werden immer größer.

»Keine Panik.« Nikolaj legt seinem Wachmann eine Hand auf die Schulter und setzt dasselbe Lächeln auf, mit dem er Clarissa beruhigen wollte. Mit dem Unterschied, dass es bei Marco funktioniert – er entspannt sich sichtlich. »Sag Finn Bescheid. Er soll sich um sie kümmern. Aber sag ihm auch, er soll sie *lebend* hierherschaffen.«

Der Wachmann nickt gehorsam, macht auf dem Absatz kehrt und hastet unter dem lauter werdenden, angespannten Tuscheln der Nephilim zur Tür.

»Niko?« Clarissa verschränkt die Arme vor der Brust und blickt ihn herausfordernd an.

»Alles ist in bester Ordnung, Schatz«, antwortet er lächelnd. »Kein Grund zur Panik.« Mit beschwichtigend erhobenen Händen wendet er sich seinen Genossen zu und setzt das einnehmendste Lächeln auf, das er auf Lager hat. »Wie es scheint, haben wir ein kleines Problem mit dem Caterer. Sieht so aus, als müssten wir heute leider auf die Lachs-Canapés verzichten.«

Angespannt geht Lestat vor Tonis Wagen auf und ab. Der Vampir ist im Grunde nicht der Typ, der unruhig durch die Gegend tigert, dazu hat er für gewöhnlich keinen Anlass. Bislang hat sich ihm der Sinn hinter dem Auf und Ab noch nicht erschlossen. Doch das ist es, was die Jägerin in Krisensituationen tut, und wenn es ihr hilft, kann es ihm sicherlich auch nicht schaden.

Seit beinahe einer Stunde schleicht er immer wieder zur Straße, schüttelt dort den Kopf und kehrt letztlich um.

Was soll er denn tun, wenn ihn jemand angreifen würde? Schon die bloße Vorstellung zu kämpfen, treibt ihm den kalten Schweiß auf die Stirn. So war es schon früher. Als Kind hat er sich beim geringsten Anzeichen von Schwierigkeiten an Mamas Rockzipfel geklammert. Oder – und dafür schämt er sich noch heute – er hat seine kleine Schwester vorgeschickt. Doch anders als er ist Melanie eben ein rabiates, kleines Ding.

Später, in der Schule, hat Toni seine Kämpfe für ihn ausgefochten. Sie war von jeher stärker als er – physisch und mental – und nach ihrem Vertragsabschluss mit dem Unteren Reich ist sie noch dynamischer und selbstbewusster geworden. An diesem Punkt hatte Lestat seine Chance gesehen, sich von seiner Feigheit zu lösen. Doch außer den langen Eckzähnen und den vertraglich bedingten Blutschulden hat sich rein gar nichts verändert.

Er begann, sich damit abzufinden, nie ein mutiger Held zu sein; war zufrieden, hatte die fiese, kleine Stimme, die ihn in seinem Kopf als Flasche beschimpfte, so gut es ging ignoriert und sich stattdessen auf die Partyszene Flammachs konzentriert.

Toni hat sich nie darüber beschwert, ihn nie verurteilt, sich nie über ihn lustig gemacht – bis heute. Es war sicherlich nicht ihre Absicht, aber der Gesichtsausdruck, mit dem sie ihm die Autoschlüssel zuwarf, hatte ihn zutiefst verletzt. Der abfällige Blick seiner besten Freundin hatte sich in sein Hirn eingebrannt und etwas in ihm wachgerüttelt. Stolz? Ehrgefühl? Er kann es nicht mit Gewissheit sagen, aber er weiß, es muss sich etwas ändern. Er muss ihr beweisen, dass sie sich genauso auf ihn verlassen kann wie er sich auf sie.

Immerhin war er ja nun schon einmal hier. Wird das überhaupt nicht gewürdigt? Schließlich wird niemand von einem Tag auf den anderen zum Draufgänger. So etwas geschieht schrittweise und den ersten Schritt in die richtige Richtung hat er heute getan. Dabei ist er nicht mal bewaffnet. Wie sollte er sich verteidigen?

»Ach, du machst dir doch bloß was vor«, sagt er seufzend und schleicht vorsichtig auf die Straße zu.

Plötzlich hallt ein ohrenbetäubendes, schrilles Schleifen durch die Gassen. Es klingt, als kratzten Fingernägel über eine Schiefertafel, nur viel lauter. Das Geräusch erschüttert Lestat bis ins Mark. Instinktiv läuft er los, geradewegs darauf zu, ohne einen weiteren Gedanken an seine Angst zu verschwenden.

Ein feinmaschiges Gitter deckt den Lichtschacht ab. Toni geht in die Hocke und späht nach unten, in den sanften Lichtstrahl, der sie hergelockt hat, und der aus einem winzigen Kellerfenster dringt.

Sie inspiziert gerade das Gitter, als eine ungemeine Wucht sie unerwartet zur Seite wirft. Sie spürt, wie ihr Wangenknochen explodiert – zumindest fühlt es sich so an. Automatisch betastet sie die dumpf pulsierende, schmerzhaft brennende Seite. Dann blickt sie verwirrt auf.

Das Gesicht ihres Angreifers liegt im Schatten. Sie erkennt ihn nicht. Doch eines nimmt sie mit überdeutlicher Klarheit wahr: Er hält ein Schwert in der Hand, an dessen goldenem Knauf Blut klebt – ihr Blut. Das Schwert bewegt sich, wirbelt herum, dann saust die Spitze rasend schnell auf sie zu.

Sie reagiert im letzten Moment, rollt zur Seite und die Schwertspitze trifft nur den Boden. Ein unnatürlich schrilles Kreischen ertönt und die ganze Straße erbebt durch den Aufprall. Toni fasst sich an die Brust, weil ihre Lunge zu vibrieren scheint.

Sie krabbelt rücklings von ihrem Angreifer weg, lässt das Schwert dabei keine Sekunde aus den Augen. Weit über ihr ragt es auf, dann rast die Waffe erneut auf sie herab und wieder schafft sie es, im letzten Moment wegzurollen. Ihre Finger tasten automatisch ihren linken Unterarm ab.

Verdammt. Das Notfallmesser liegt noch immer in den Büschen vor dem ›Hell's Kitchen‹. Fluchend rappelt sie sich hoch.

Mit einer Wucht, wie ein Holzfäller sein Beil, schwingt der Angreifer sein Schwert und verfehlt sie nur um Haaresbreite. Toni duckt sich. Der Überraschungseffekt ist inzwischen verflogen und sie hat den natürlichen Fluchtinstinkt unter Kontrolle. Stattdessen schaltet sich ihr Kampfmodus ein. Blitzschnell wirbelt sie herum und schlägt dem Kerl mit der Faust auf die Nase.

Ein extrem tiefes Grollen dringt aus seiner Kehle, das auf ein enormes Lungenvolumen hindeutet. Er muss ein Riese sein. Grob packt er sie am Hals und hebt sie mühelos ein Stück an. Dann schleudert er sie gegen die Wand der Lagerhalle.

Toni prallt mit dem Rücken gegen die Betonfassade. Ein stechender Schmerz fährt ihr durchs Kreuz bis in die Brust und zwingt sie japsend zu Boden.

Sie blickt zu dem Fremden auf, der an einer flackernden Laterne vorbei auf sie zuschlendert. Das Gesicht des Riesen ist schmal, die Haare kurzgeschoren und die Augen so dunkel wie zwei tiefe Löcher. Sein Mund ist zornig verzerrt und Blut trieft aus der schmalen Nase über sein Kinn. Er wischt sich mit dem Handrücken übers Gesicht, während er das Schwert in seiner anderen riesenhaften Hand wie einen Mehlsack hinter sich herzieht. Die Spitze schleift auf dem Boden, kreischt und sprüht glühende Funken in die Nacht.

Obwohl der Hüne nicht die geringste Ähnlichkeit mit dem flinken Nephilim hat, erinnert er Toni an Nikolaj.

Mit übermenschlicher Kraft packt er sie am Kragen ihrer Lederjacke und zieht sie unsanft auf die Beine. Toni keucht. Sie drückt sich von der Wand ab und nutzt den Schwung, um dem Kerl eine Kopfnuss zu verpassen. Ihre Stirn trifft seine blutige Nase und ein Knirschen erklingt.

Er schreit schmerzerfüllt auf, lässt sein Schwert fallen und legt sich eine Hand vors Gesicht. Die Gelegenheit! Toni schlüpft an ihm vorbei, doch er bekommt sie gerade noch am Unterarm zu fassen und zerrt sie unsanft zurück. Seine andere Hand schießt nach vorne. Der Schlag trifft sie wie ein Vorschlaghammer in den Magen und alle Luft scheint ihrer Lunge zu entweichen. Hartnäckig kämpft sie gegen den dumpfen Schmerz und die Übelkeit an. Ihr ist bewusst, dass sie aus dieser Enge zwischen ihm und der Wand herauskommen muss. So ist er im Vorteil und kann sie zerquetschen wie eine lästige Fliege. Der Gedanke lässt Toni schaudern.

Wieder versucht sie, sich an ihm vorbeizudrängen, aber der Hüne packt sie an den Haaren, richtet sie auf und presst seinen Unterarm gegen ihre Kehle.

Tränen des Schmerzes und des Zorns stehen in ihren Augen, aber sie erwidert trotzig seinen eisigen Blick. Da sie den Muskelberg wohl kaum mit einem weiteren Schlag beeindrucken kann, ändert sie ihre Strategie: Sie rammt ihm das Knie zwischen die Beine. Und endlich eine Reaktion: Er reißt die Augen auf und lockert seinen Griff. Toni windet sich heraus, aber ehe sie ihm entwischen kann, holt er aus und verpasst ihr einen derben Schlag mit dem Handrücken ins Gesicht. Ihre Sicht verschwimmt und sie muss darum kämpfen, bei Bewusstsein zu bleiben.

Was ist das für ein zäher Brocken? Und wieso ist der so stark?

Der Fremde nutzt ihre Benommenheit aus, hebt sein Schwert auf und richtet die Klinge daraufhin auf ihre Kehle. Und obwohl die Schneide noch Millimeter entfernt ist, spürt Toni ein heißes Prickeln an ihrem Hals, als wohne dem Schwert ein Feuer inne.

»Du hast Glück, dass ich den Befehl habe, dich lebend abzuliefern, Miststück.« Seine Bassstimme lässt ihr Innerstes vibrieren. »Aber wenn du dich weiter so zieren willst, nur zu. Niemand hat gesagt, *wie viel* Leben noch in dir stecken muss. Es ist mir ein Vergnügen, deinen knochigen Arsch zu versohlen.«

Sie verengt die Augen zu schmalen Schlitzen und spuckt ihm zur Antwort ins Gesicht.

Angewidert wischt er sich das Speichel-Blut-Gemisch mit dem Handrücken von der Wange. »Das war dumm, Jägerin.«

Er legt den Schwertgriff in seine linke Hand, um mit der rechten ausholen zu können. Toni kneift in Erwartung großer Schmerzen die Augen zusammen, aber dann dringt plötzlich eine laute, wenn auch etwas zittrige Stimme an ihr Ohr.

»Hey!« Der Tonfall schafft es, alle Unsicherheit des Sprechers in dieses eine Wort zu legen.

Der Hüne runzelt die Stirn und wirft einen kurzen Blick über seine Schulter. Für Toni lange genug.

Mit aller Kraft, die sie noch aufbringen kann, stößt sie ihn von sich. Völlig überrumpelt stolpert er zurück. Da greift sie blitzschnell nach der Hand, in der er das Schwert hält, streckt seinen Arm und tritt mit dem Stiefel gegen seinen Ellbogen. Es knackt und der Kerl schreit so durchdringend auf, dass es ihr durch Mark und Bein geht, dann lässt er kraftlos das Schwert fallen.

Sofort stellt sich Toni zwischen ihm und der Waffe in Kampfstellung auf.

Der Angreifer blickt zwischen ihr und Lestat hin und her, während er den gebrochenen Arm an seine Brust drückt. Er weicht langsam zurück, scheint seine Chancen abzuschätzen: ein Hüne plus ein gebrochener Arm minus ein Schwert gegen einen zitternden Vampir und eine nicht mehr ganz frische Jägerin. Abrupt wirbelt er herum und sprintet in die andere Richtung davon. Gute Entscheidung, wie Toni findet.

Sie lässt sich zu Boden fallen wie eine Marionette, deren Schnüre durchtrennt wurden, schließt die Augen und atmet tief durch. Als sich ihr Herz beruhigt hat und nicht mehr wie ein Specht gegen ihre Rippen hämmert, hebt sie den Kopf, um zu Lestat aufzusehen.

Bis auf ein dezentes Pastellgrün ist jegliche Farbe aus seinem Gesicht gewichen. Er steht regungslos da, den Blick noch immer in Fluchtrichtung ihres Angreifers gerichtet. In der Hand hält er ein winziges silbernes Etwas, das er wie eine Waffe von sich streckt.

»Ist das …«, Toni hustet, bevor sie mit heiserer Stimme fortfährt, »mein Autoschlüssel?«

Lestat blinzelt die Schlüssel in seiner Hand an, dann wendet er sich der Jägerin zu. »Ich … ja.« Er scheint selbst überrascht.

Toni erhebt sich stöhnend, dann taumelt sie grinsend auf den Vampir zu.

»Du wolltest mich mit einem Autoschlüssel verteidigen?«

Bevor der verdatterte Lestat etwas erwidern kann, zieht sie ihn stürmisch in eine Umarmung.

»Danke«, murmelt sie in seine blonden Locken und löst sich vorsichtshalber noch nicht gleich von ihm, sondern hält sich an seinen Schultern fest. »Ich hätte nie gedacht, dass ich das einmal sage, aber du hast mir echt den Arsch gerettet.«

Der Vampir sieht aus wie schockgefrostet, doch allmählich kehrt das Leben wieder in seine Augen zurück.

»Könntest du mir das schriftlich geben? Das glaubt mir sonst kein Mensch.«

Tonis Lachen weicht einem qualvollen Stöhnen. Ihr Magen krampft schmerzhaft und ihr Gesicht fühlt sich an, als wäre es auf das Doppelte seiner Größe angeschwollen. Zögerlich hebt sie ihre Hand an die schneidend brennende Stelle unter ihrem Auge und zuckt zusammen, als ihre Finger die blutende Wunde berühren.

»Dieser Mistkerl«, zischt sie. »Wenn ich bloß mein Schwert dabei gehabt hätte, dann wären von ihm nur noch schwarzer Rauch übrig, das kannst du mir glauben.«

Lestat umfasst ihr Kinn und begutachtet ihre Verletzungen. »Wer war das?«

»Ich habe keine Ahnung.« Toni dreht sich zu dem Schwert um, das der Hüne hat fallenlassen. Vorsichtig geht sie auf die Waffe zu und beäugt sie argwöhnisch. Die schimmernde Klinge ist leicht wellenförmig und das weit ausladende Parier soll wohl goldene Flügel darstellen. »Das hat jedenfalls nichts Gutes zu bedeuten. Weißt du, was das ist?« Als Lestat die Hand ausstreckt, packt sie ihn grob am Handgelenk. »Lass deine Finger von dem Ding. Es verbrennt dich bei lebendigem Leib.«

Als er ihr einen fragenden Blick zuwirft, deutet sie zur Erklärung auf den goldenen Knauf. Das tiefrote Blut kann das Symbol, das dort eingraviert ist, nicht verstecken.

»Flügel?«, fragt Lestat irritiert.

»Das ist ein Engelsschwert. Es wird auch Flammenschwert genannt.« Toni geht in die Hocke und nähert ihre Hand der Waffe, bis sie ein warmes Prickeln auf der Handfläche spürt. »Ich habe noch nie ein Echtes gesehen.«

»Wie kannst du dann sicher sein, dass es eins ist?«

»Es ist unverwechselbar. Es ist das Gegenstück zum Dämonenschwert. Nur ein Engel kann es führen.«

Lestat deutet in die Richtung, in die der Angreifer entschwunden ist, und zieht eine Grimasse. »Der Typ war ein Engel? Ist ja nicht sehr eindrucksvoll.«

Toni schüttelt den Kopf. »Nein, das war ganz sicher kein Engel.«

»Wenn aber nur ein Engel so ein Schwert führen kann – was war es denn sonst?«

Toni kommt die merkwürdige Ähnlichkeit zwischen dem Hünen und Nikolaj abermals in den Sinn. »Ein Nephilim.«

»Muss ich das eigentlich alles verstehen?« Der Vampir spricht ihre eigenen Gedanken aus.

Sie erhebt sich. Aus Gewohnheit legt sie Daumen und Zeigefinger an ihr Nasenbein, lässt die Hand aber gleich wieder sinken, denn ihr lädiertes Gesicht protestiert dagegen.

»Lass uns mal kurz rekapitulieren. Warum greift mich ein Nephilim mit einem Engelsschwert an? Sehr geübt schien er damit jedenfalls nicht zu sein.«

»Hat er irgendetwas gesagt?«

»Ja, jemand hätte ihm befohlen, mich irgendwo hinzubringen. Lebend.«

Lestat zuckt mit den Achseln und legt den Zeigefinger an die Lippen. »Nikolaj? Aber warum lebend?«

»Wahrscheinlich will er mich selbst kaltmachen ... Aber das passt irgendwie alles nicht zusammen. Woher kommt das Schwert?«

Lestat entfernt sich unauffällig zwei Schritte von ihr, bevor er einen vorsichtigen Verdacht äußert. »Vermutlich von einem Engel, der sich mit den Nephilim zusammengetan hat. Fällt dir da zufällig einer ein?«

»Alek?« Tonis Stimme klingt selbst in ihren eigenen Ohren zu schrill. »Er würde nicht ...«

»Engel können fiese Plagegeister sein. Hast du in Geschichte nicht aufgepasst?«

Amüsiert zieht sie eine Braue hoch. »So was hattest du also in Geschichte? Wo war ich denn da?«

»Geschichte oder Religion ...« Der Vampir winkt ab. »Der Punkt ist, Toni: Du kennst diesen Typen nicht. Der könnte dir Gott weiß was erzählen. Du hast keine Ahnung vom Oberen Reich. Wo ist plötzlich dein gesundes Misstrauen in alle Kreaturen der drei Welten hin?«

Ihr bester Freund blickt sie erwartungsvoll an, während ihr Verstand, der ihm voll und ganz recht gibt, lautstark mit ihrem Bauchgefühl zankt.

»Was ist passiert?« Eine atemlose Stimme reißt sie aus ihren Überlegungen.

Toni und Lestat wirbeln gleichzeitig herum und versuchen, das Schwert mit ihren Körpern vor den Blicken des Menschen zu schützen. Tai ignoriert das Schwert aber glücklicherweise gänzlich und starrt stattdessen mit weit aufgerissenen Augen in Tonis Gesicht.

Der Anblick muss furchtbar sein, aber so schaut er wenigstens nicht auf den Boden.

Hastig kommt er auf sie zu, nimmt ihr Gesicht vorsichtig in die Hände und begutachtet die Platzwunde unter ihrem linken Auge. »Sieht schmerzhaft aus«, lautet seine fachmännische Diagnose.

»Fühlt sich auch so an.«

»Warst du wieder frech zu großen, haarigen Männern?« Er zwinkert ihr zu, dann zieht er sein Mobiltelefon aus der Hosentasche und leuchtet mit der integrierten Taschenlampe in ihre Pupillen.

Geblendet kneift sie die Augen zusammen und wedelt ungeduldig seine Hand aus ihrem Gesicht. »Was machst du denn da? Bist du jetzt zufällig auch noch Arzt? Und nein, Sherlock, ich konnte den Mund gar nicht so schnell aufmachen, wie der Kerl mich hinterrücks angefallen hat.«

Tai steckt das Telefon zurück und verzieht seine Lippen zu einem verschmitzten Lächeln. »Fällt mir irgendwie schwer, das zu glauben.« Er wirft Lestat einen kurzen Blick zu und nickt, als sei er zufrieden mit dem Erscheinungsbild des Vampirs. »War das der Kerl, den wir suchen?«

»Nein, aber ich habe den Verdacht, dass sie dicke Kumpels sind.« Toni hakt sich bei ihm unter und zieht ihn mit sich. Sie will möglichst viel Raum zwischen den Touristen und das Engelsschwert bringen. Misstrauisch beäugt er ihren Arm, der ihn wie ein Schraubstock umklammert, dann betrachtet er aufmerksam ihr Gesicht.

»Geht es dir gut?«

»*Mir* geht es übrigens prima, falls es jemanden interessieren sollte«, grummelt Lestat, der hinter den beiden hertrottet.

»Hast du was gefunden?« Sie ignoriert die selbstmitleidige Bemerkung des Vampirs.

»Eines der Bürogebäude am Nordende war etwas *zu* sorgfältig verschlossen«, antwortet Tai, nicht ohne seinen skeptischen Blick von ihr abzuwenden. »Ich weiß aber nicht, ob das etwas zu bedeuten hat. Bevor ich mich weiter umsehen konnte, habe ich ein furchtbares Kreischen gehört und bin euch gleich suchen gegangen.«

»Dann lass uns da hingehen.« Sie lässt seinen Arm los und versucht die Richtung zu ändern, doch Tai stellt sich ihr rasch in den Weg.

»Vertagen wir die Suche. Zuerst sollten wir uns um das Chaos in deinem Gesicht kümmern.«

Bevor sie widersprechen kann, mischt sich Lestat ebenfalls ein. »Ich gebe dem Touristen recht. Das war definitiv genug Aufregung für einen Abend, Schätzchen.«

Damit macht er kehrt und schlägt den direkten Weg zu Tonis Wagen ein. Grinsend folgt sie dem Vampir und lässt Tai mit einem verwirrten Gesichtsausdruck zurück.

»Tourist?«, fragt er ungläubig. »Sehe ich etwa aus, als sei ich hier im Urlaub?«

»Autsch«, ächzt Toni, als Tai mit einem desinfektionsmittelgetränkten Wattebausch ihre Wange abtupft.

Sie nimmt sich vor, die Gesellschaft von Spiegeln in den nächsten Tagen strikt zu meiden. Der Flurspiegel hat es sich nun ein für alle Mal bei der Jägerin verscherzt – stellvertretend für seine gesamte Spezies. Er hat sicher absichtlich übertrieben, als er die geschwollenen Flecken in schillernden Rot-, Grün- und Blautönen und eine grauenhaft blutverschmierte Platzwunde präsentiert hat.

Nach diesem Anblick hat sich Toni gerne dazu bereit erklärt, sich von Tai verarzten zu lassen. Und seitdem sitzt sie auf dem Toilettendeckel in ihrem Badezimmer und zuckt bei jeder Berührung zusammen. Tai, der ihr gegenüber auf dem Rand der Badewanne sitzt, kann sich das Schmunzeln kaum verkneifen.

»Halt still, du Jammerlappen. Du willst doch nicht, dass sich alles entzündet und deine linke Gesichtshälfte auf das Doppelte ihrer Größe anschwillt?«

»Was macht das noch für einen Unterschied? So würde die linke wenigstens zur rechten passen. Die fühlt sich an, als pulsiere sie gegen die Fassade des Nachbarhauses.« Sie seufzt, als er leise lacht. »Ich sehe bestimmt ganz toll aus ...«

Langsam lässt er den Wattebausch sinken und zwingt sie, ihn anzusehen, indem er ihr Kinn anhebt. In seinen Mandelaugen liegt ein zärtlicher Blick.

»Du siehst wunderschön aus«, sagt er und haucht einen sanften Kuss auf ihre Lippen, bevor er sich wieder an die Arbeit macht.

Sie kann nicht anders als zu lächeln. »Lügner.«

Anders als erwartet erwidert Tai ihr Lächeln aber nicht, stattdessen runzelt er die Stirn. Dann wird er plötzlich auffallend geschäftig, wirft die Watte in den Papierkorb und hievt Tonis Verbandskasten auf seinen Schoß.

»Die Wunde ist nicht tief.« Er kramt zwischen Pflastern und Verbänden und findet schließlich, was er sucht. »Klebe-Strips sollten reichen. Entspann dich und halt still.«

»Alles klar, Doc.«

Mit konzentriertem Gesichtsausdruck klebt er vorsichtig die Strips auf ihre Wange. »Glaubst du, Nikolaj hat noch mehr Komplizen?«

»Ich weiß es nicht.«

Mit einem Mal ist der Gedanke an Alek wieder da, blinkt in ihrem Kopf wie die Leuchtreklame einer Nachtbar und ruft dabei laut: *Er hat ihnen ein Schwert gegeben, um dich zu töten.*

Aber ein Gefühl tief in ihr weigert sich zu glauben, dass die logische Erklärung gleichzeitig die Wahrheit ist. Sie schließt für einen Moment die Augen – auch wenn sie weiß wie zwecklos, geradezu kontraproduktiv das ist. Denn was sie nicht sehen will, befindet sich nun einmal in ihrem Inneren.

»Dieser ... Fall ... Irgendetwas Seltsames geht da vor sich. Ich glaube, ich verliere allmählich die Kontrolle darüber«, räumt sie leise ein.

Tai greift sanft nach ihrer Hand und verschränkt ihre Finger miteinander. Die warme, raue Berührung kommt ihr bereits seltsam vertraut vor.

»Ich kann dir helfen, Toni.« Er wirft ihr einen eindringlichen Blick zu. »Aber ich muss dir vorher dringend etwas sagen.«

Seine Worte wirbeln unbeachtet durch ihr Bewusstsein und verstecken sich irgendwo am Rand, bevor Toni ihren Sinn begreifen kann. Andere Gedanken nehmen im Moment einen viel zu großen Raum in ihrem Kopf ein, als dass sich ihr Verstand jetzt um Nichtigkeiten kümmern könnte.

»Bleibst du heute Nacht hier?«

»Ja, klar«, erwidert er überrascht, »wenn du mich darum bittest ...«

»Bitte bleib. Ich will heute nicht mehr reden. Und nicht mehr nachdenken.«

Langsam erhebt sie sich und wartet auf sein Nicken, ehe sie ihn bei der Hand nimmt und aus dem Bad in ihr Schlafzimmer führt.

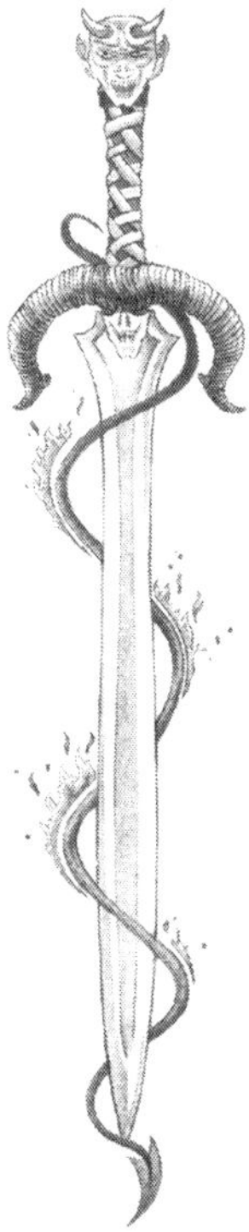

# IN TEUFELS KÜCHE

Toni zupft gedankenverloren an dem schwarzen Tuch, das Tai immerzu um sein linkes Handgelenk gewickelt trägt. Das ungewöhnliche Accessoire ist ihr bereits bei ihrer ersten Begegnung im ›Hell's Kitchen‹ aufgefallen, da sich Toni aber ohnehin nicht für Mode interessiert, hat sie es bisher nicht weiter beachtet.

»Hast du das Ding auch unter der Dusche an?«, fragt sie in die Stille.

Er befreit seine Hand aus ihrem Griff und streicht stattdessen über ihr Haar, was ihr ein wohliges Seufzen entlockt. Automatisch schmiegt sie sich enger an seine nackte Brust, die sich beruhigend gleichmäßig hebt und senkt.

»Klar«, antwortet er nach einer Weile.

Neugierig blickt sie zu ihm auf. Er macht sich ganz gut in ihrem Bett, wie sie findet, wirkt gar nicht wie der Fremdkörper, den sie erwartet hat.

»Wieso?«

Sein Schmunzeln ist Toni inzwischen so vertraut, sie rechnet schon mit einer seiner überzogenen Antworten, die seinen einzigartigen Charme ausmachen.

»Irgendeine Macke brauche ich doch. Sonst wäre ich schlicht zu perfekt.«

Toni kichert, bis ihr auffällt, wie albern das klingt. »Ich habe wirklich noch nie jemanden getroffen, der so eingebildet ist wie du. Gibt es einen besonderen Grund dafür?«

»Das fragst du ernsthaft?«

Er wirft ihr einen strafenden Blick zu, den Toni mit einem ironischen Zwinkern quittiert. »Schon klar, du bist der Hammer.«

Ein eigentümliches Lächeln huscht über sein Gesicht. »Und du musstest so alt werden, um das zu kapieren«, sagt er mit merkwürdig zärtlicher Stimme.

»Was willst du mir damit sagen?«

»Das sagt meine kleine Schwester immer.« Er zwirbelt eine Strähne ihrer roten Locken um seinen Zeigefinger, richtet den Blick an die Decke und wirkt mit einem Mal seltsam melancholisch.

Toni dreht sich auf den Bauch und legt ihr Kinn auf seine Brust. Als sie einatmet, nimmt sie seinen herben Duft nach Zedernholz und Leder tief in sich auf. »Du hast eine Schwester? Wie ist sie denn so?«

»Zu gut, um in dieser Welt leben zu müssen …«

»Ich weiß, was du meinst.« Seufzend dreht sie sich zurück auf die Seite und legt den Kopf an seine Schulter. »Deshalb halte ich die Menschen, die ich liebe, von meiner Welt fern.«

Sie beißt sich auf die Lippen und hält gespannt die Luft an. Nichts will sie momentan weniger, als diesen Grundsatz diskutieren und dabei weitere Lügen über ihr Leben und ihre Arbeit erfinden. Merkwürdigerweise packt sie immer mehr das schlechte Gewissen, weil sie Tai belügt. Und ihn auch noch mit in dieses ganze Chaos hineinzieht.

Zum Glück ist er zu sehr in seine Gedanken vertieft, um noch einmal nachzuhaken. Abwesend streicht er über ihr Schulterblatt und seine rauen Finger verursachen eine Gänsehaut an der empfindlichen Stelle.

»Warum hast du eigentlich kein richtiges Bett?«, fragt er unvermittelt.

»Brauche ich denn eins?«

Er wackelt mit den Brauen und ein anzügliches Lächeln formt sich auf seinen Lippen – endlich ist er wieder völlig bei ihr. »Wenn ich öfter hier bin, wird sich dein Nachbar früher oder später über das Klopfen an seiner Decke beschweren.«

Toni dreht sich auf den Bauch zurück und hebt fragend die Brauen. »Wirst du denn öfter hier sein?«

Anscheinend dämmert ihm erst jetzt, was er gesagt hat. Aus seinem Blick ist alle Selbstsicherheit mit einem Schlag gewichen und macht einer gespannten Besorgnis Platz.

»Wenn du mich hier haben willst?«

Toni mustert ihn eine Weile lang. »Ich könnte mir Schlimmeres vorstellen«, antwortet sie schließlich lächelnd.

In einer gespielt gerührten Geste legt sich Tai eine Hand auf die Brust und schnieft. »Wow. Das ist das schönste Kompliment, das ich je bekommen habe.«

»Gewöhn dich nicht dran«, feixt sie.

Schmunzelnd drückt Tai ihr einen sanften Kuss auf die Lippen und rollt sich auf die Seite. Seine muskulösen Arme umschlingen sie, ziehen sie dicht an seine Brust. Eingehüllt in die bereits so vertraute, behagliche Wärme seines Körpers erwidert sie seinen Kuss bereitwillig.

Daran könnte sie sich gewöhnen. Sollte sie aber wirklich nicht ...

Tai betritt die Lobby des Hotels und steuert den Fahrstuhl an. Das Lächeln, mit dem er Tonis Wohnung verlassen hat, hat sich auf dem Weg in die Realität rasch verflüchtigt. Noch vor einigen Minuten hielt er es für eine gute Idee, den erstaunlich milden Nachmittag bei einem Picknick am Fluss zu verbringen, das den beiden Jägern als Verschnaufpause dienen soll. Jetzt fragt er sich unweigerlich, ob er den Verstand verloren hat. Wie konnte er es nur so weit kommen lassen? Warum zur Hölle hat er zugelassen, dass ihm seine Zielperson derart unter die Haut geht?

Wie mechanisch betritt er den Fahrstuhl und betätigt den Knopf für sein Stockwerk, während er in Gedanken den gefakten Bericht an Ku'rax durchgeht, den er ihm gleich schicken will. Trotz Tonis Versuch, es zu verstecken, ist ihm das Engelsschwert mitten auf der Straße im World's End sehr wohl aufgefallen. Seltsame Dinge gehen in dieser Stadt vor sich. Hoffentlich kann er Ku'rax mit einem Bericht über das Schwert und die Nephilim von der Jägerin ablenken; zumindest so lange, bis er eine Lösung für die verfahrene Situation gefunden hat.

Vertieft in seine Gedanken sperrt er die Zimmertür auf, daher dauert es einige Sekunden, bis sein Bewusstsein die dunkle Gestalt am Fenster erfasst.

»Himmelherrgott«, flucht Tai und stolpert erschrocken zurück.

Das Blut scheint in seinen Venen zu stocken und seine Glieder sind wie gelähmt. So fühlt es sich also an, wenn einem sprichwörtlich das Blut in den Adern gefriert.

»Wir geben dem Jäger Gelegenheit, seinen Gruß zu überdenken«, erwidert der Mann mit einer dröhnenden Stimme, die von den Wänden widerzuhallen scheint und Tais Brust zum Vibrieren bringt.

Nervenzerreißend langsam stellt der Kerl sein Whiskyglas auf dem Beistelltisch ab, erhebt sich aus dem Sessel und kommt auf Tai zu. Gegen seinen Willen, von einer fremden Macht gezwungen, wird dieser hinabgedrückt, bis er sich auf einem Knie vor dem Mann verbeugt. Mit großen Augen starrt er die Gestalt an.

Auf den ersten Blick wirkt er wie ein Mensch und doch wieder nicht. Sein maßgeschneiderter Anzug ist dunkler als nur schwarz, genauso sein Haar, das ihm bis zur Taille reicht und wie Teer über seine Schultern fließt. Die Haut spannt sich straff über das Gesicht wie bei einer Porzellanpuppe. Mit dem einen Unterschied, dass sie bei jedem Muskelzucken zu glühen scheint wie Feuerkohle. Die schlitzartigen Pupillen sind von feuerroten Iriden umgeben, die seinen Blick noch unergründlicher erscheinen lassen.

Luzifer legt den Kopf schief und deutet mit einem Finger auf den Jäger. Seine schwarzen Krallen blitzen dabei auf wie Dolche.

»Ein Jäger hat einen Auftrag. Warum führt er ihn nicht aus?« Der Fürst der Unterwelt bewegt beim Sprechen kaum die Lippen, er blinzelt auch nicht oder verhält sich auf irgendeine andere Weise wie ein menschliches Wesen.

Unfähig einen einzigen Laut von sich zu geben, starrt Tai seinen höchsten Vorgesetzten lediglich an.

»Des Jägers Absicht war es, uns zu erheitern, indem er Schindluder mit seinem Ziel trieb. Das nehmen wir güt'ger Weise an«, fährt Luzifer fort. »Doch die Zeit ist ein Falke im Sturzflug. Der Jäger muss es rasch zu Ende bringen.«

Bei dem Wort ›Schindluder‹ klappt Tai der Kiefer herunter. Die Boshaftigkeit in Person spricht zu ihm, das ist ihm klar, dennoch beleidigt ihn die Annahme des Teufels, er hätte Toni in den vergangenen Nächten nichts als ausgenutzt. Um sie zu erledigen, wenn er die Lust an den ›Spielchen‹ mit ihr verloren hat.

»Ich ...«, setzt er krächzend an, dann räuspert er sich und versucht seine Stimme so fest wie möglich klingen zu lassen. »Es gehen ungewöhnliche Dinge vor in dieser Stadt. Die Nephilim ...«

»Ungewöhnliche Dinge. In der Tat.« Luzifer unterbricht ihn mit donnernder Stimme. »Zwei unserer Jäger erfüllen ihre Aufgaben nicht. Sie zwingen uns, ihre abtrünnigen Seelen aufzusuchen.«

»Nein, niemand widersetzt sich.« Tai hebt abwehrend die Hände hoch. »Es gibt nur ein Problem mit den Nephilim. Ich brauche die andere Jägerin, um ...«

»Schweig!« Die felsengleiche Stimme schallt in einer beinahe materiellen Form durch den Raum.

Tai stützt sich vorsichtshalber mit einer Hand am Boden ab, um nicht von der Druckwelle nach hinten geschoben zu werden.

»Ein Jäger wird tun, was einem Jäger befohlen wird.« Die Augen des Teufels flackern auf, als stecke das Höllenfeuer selbst darin.

Tai schluckt und schaut zu ihm auf, dann holt er Luft, um einen neuen Erklärungsversuch zu starten.

»Der Jäger hat eine liebreizende Schwester«, sagt Luzifer unvermittelt. Obwohl sich seine Miene nicht merklich verändert, blitzt ein spöttischer Ausdruck darin auf. »Vielleicht sollten wir dem Lämmchen unsere Aufwartung machen.«

Tai keucht. Erinnerungen an seine kleine Schwester rasen im Schnelldurchlauf durch sein Bewusstsein, unzweifelhaft vom Teufel strategisch dort eingesetzt: Vy als Baby auf seinem Schoß; Vy, die sich weinend von ihm nach einem Sturz mit dem Fahrrad verarzten lässt; Vy in einem hübschen Sommerkleid bei ihrer Schulabschlussfeier; Vy, die auf seiner Couch sitzt und ihn besorgt anblickt, als er von seiner ›Geschäftsreise‹ nach Flammach erzählt.

*Sie ist zu gut, um in dieser Welt leben zu müssen.*

»Nein«, haucht Tai. »Bitte, tu das nicht.«

Der Teufel wirkt zufrieden, soweit das überhaupt möglich ist. »*Ein* Jäger hat verstanden. Er ist ein Mensch, ein schwaches Wesen ... Menschen klammern sich immerzu an andere Menschen, machen sie für Glück und Schicksal und Elend verantwortlich. Liebe ist das Tor zum Verderben.« Luzifer mustert Tai einen glühenden Moment lang. »So viel Liebe in diesem zerbrechlichen Menschenherz. Einer davon muss er entsagen, muss sich entscheiden, wenn er sich nicht zwischen *Scylla und Charybdis*[1] wiederfinden will.« Der Teufel legt den Kopf schief und heftet seinen Blick auf Tais Brust, als könnte er direkt in sein Herz sehen. »Eine wird ihn ins Unglück stürzen oder sie beide.«

---

1 Scylla und Charybdis sind zwei Meeresungeheuer aus der griechischen Mythologie, die gemeinsam an einer Meerenge leben. Die Redewendung bezeichnet ein Dilemma, bei dem man vor der ausweglosen Wahl zwischen zwei Übeln steht bzw. sich zwischen zwei Gefahren entscheiden muss. Man kommt niemals unbeschadet aus der Situation.

Der durchdringende Blick des Teufels lässt ihn erschauern. In einer wilden Mischung aus Wut, Abscheu und Furcht blickt er in das glühende Puppengesicht seines Vorgesetzten. Schwarzer Nebel scheint aus dessen Poren zu entweichen.

»Der Jäger handelt unverzüglich. Er sollte uns nicht noch einmal dazu nötigen, ihn aufzusuchen.«

Um den Fürsten der Unterwelt legt sich eine zähe schwarze Wolke und fort ist er. Rauchschwaden wehen um Tais Nase; sie stinken nach verbranntem Plastik.

Er starrt durch den Nebel auf das halbleere Whiskyglas, das noch immer auf dem Beistelltisch neben dem Sessel steht, und keucht. Dann fällt er zu Boden und vergräbt das Gesicht in seinen Händen.

Eine Lösung, verdammt, Hirn, arbeite gefälligst.

Er springt wie von der Tarantel gestochen auf, greift nach dem Whiskyglas, schüttet den Inhalt in den Topf einer Orchidee und wirft das Glas in den Papierkorb. Mit zitternden Fingern und klopfendem Herzen zerrt er sein Telefon aus der Hosentasche, drückt auf dem Display herum, versucht, eine vertraute Nummer zu wählen. Einige Male vertippt er sich, dann baut sein Handy endlich eine Verbindung auf. Er trommelt mit den Fingern auf seinem Oberschenkel herum und zählt wie auf glühenden Kohlen die Klingelzeichen mit: eins, zwei, drei ...

Als er ein Knacken am anderen Ende der Leitung hört, beginnt er sofort zu sprechen. »Vy, hör mir zu! Pack ein paar Sachen, schnapp dir Mama und fahr los. Völlig egal wohin, aber bleibt in Bewegung. Haltet nicht an, hörst du?«

»Tai?«, erklingt die verwunderte Stimme seiner Schwester aus dem Hörer. »Was ist los?«

»Stell keine blöden Fragen, Vy!« Obwohl sie es nicht sehen kann, macht er eine rudernde Handbewegung. »Setzt euch in den Wagen und haut ab. Hast du mich verstanden?«

»Ja, aber ...«

»Ich habe keine Zeit für Erklärungen.« Seine Stimme überschlägt sich fast. »Tu bitte, was ich dir sage!«

»Wo sollen wir denn hin? Bist du in Schwierigkeiten? Ich hatte mir schon gedacht, diese E-Mail ...«

»Hör auf zu quatschen und fahr los. Bitte, Vy, mach es einfach. Ich melde mich wieder.«

Er wartet noch genau so lange, bis seine Schwester ein genervtes »Okay« von sich gegeben hat, dann legt er auf.

Kann sich seine Familie so vor dem Teufel verstecken? Wahrscheinlich nicht, aber es ist ihm wohler – wenn man in diesem Moment überhaupt von so etwas wie ›wohl‹ sprechen kann –, wenn er weiß, dass sie in Bewegung bleibt.

Ein großer Schwall Luft entweicht seinen Lungen. Völlig erschlagen setzt er sich auf das Bett und starrt auf das Mobiltelefon in seiner Hand.

»Scheiße«, murmelt er kopfschüttelnd. »So eine verfluchte Scheiße!«

Er atmet tief durch und wählt eine andere Nummer. Nach dem zweiten Klingeln meldet sich die Person am anderen Ende mit einem schlichten »Hallo«.

»Hey«, antwortet er, schließt die Augen und wundert sich, wie fremd sich seine eigene Stimme auf einmal anhört. »Ich bin in einer Stunde fertig, dann hole ich dich ab. Ist das in Ordnung?«

»Alles klar.«

Tonis fröhlicher Tonfall passt nicht zu den Krallen, die sich unbarmherzig in sein Herz schlagen.

Toni schleicht aus ihrem Zimmer. Ihr Plan, unbemerkt zur Tür zu gelangen, scheitert jedoch kläglich.

»Du magst ihn also?« Lestat beäugt grinsend den knielangen Musselinrock und ihr neues Shirt mit blutroter Spitze.

Seufzend lässt sie sich neben ihrem Mitbewohner auf die Couch fallen. »Ist irgendwie schwer, ihn nicht zu mögen.«

Sein Grinsen wird breiter und lässt sich durch ihren strafenden Blick nicht im Geringsten schmälern. »Was habt ihr beiden Turteltäubchen denn vor?«

»Wir fahren zur Flammenbucht.«

Seine Augen leuchten begeistert auf, als er sich eine Hand an die Brust legt. »Die Jägerin macht einen romantischen Ausflug ins Grüne. Dass ich das noch erleben darf.«

»Gewöhn dich nicht dran. Er ist nicht für immer hier.«

Lestat zuckt unbekümmert mit den Achseln. »Wer weiß. Menschen können ihren Wohnsitz ändern. Das nennt man Umziehen.«

Augenrollend schüttelt sie den Kopf und erinnert sich zwangsläufig daran, über was sie mit Tai am Morgen gesprochen hat. Sie muss die Leute, die ihr etwas bedeuten, von ihrer bösen Welt fernhalten. Außerdem ...

»Ich kann nicht ernsthaft mit einem Menschen zusammen sein, Lestat. Meinst du, es würde ihm nicht auffallen, dass ich nicht altere?«

Ihr bester Freund verliebt sich oft und gerne, entliebt sich aber nach dem Aufwachen meist schon wieder. Insofern ist das ein Problem, mit dem er sich nie beschäftigen musste. Der Vampir verzieht die Lippen, wohl wissend, dass er dieses Argument nicht entkräften kann.

»Es ist zumindest leichter als eine imaginäre Liebschaft mit einem Engel«, murmelt er.

Die Jägerin gibt ihm einen Klaps auf den Oberarm. »Und genau das ist es, warum ich diese Gefühlskiste immer vermeiden wollte. Siehst du, wie scheißkompliziert mein Leben auf einmal ist?«

»Du machst es dir kompliziert. Vergiss den Engel, der bedeutet sowieso nur Ärger und genieß die Zeit mit Tai, so lange er da ist. Ganz einfach.«

Ja, ganz einfach, das sagt sich so leicht, wenn man seine Gefühle an- und ausschalten kann wie eine Glühbirne.

»Ich muss sorgfältig prüfen, wen ich in mein Leben lasse. Bevor sich herausstellt, dass ich seinen Verlust nicht ertragen kann«, sagt sie, eher zu sich selbst.

Tai ist sterblich, genau wie Tonis Eltern. Also ein vorprogrammierter Verlust. Und auch ein Paar saphirblauer Augen schleichen durch ihren Kopf. Sie müssen dem hohen Zaun entflohen sein, den sie am Rande ihres Bewusstseins für alle Gedanken an Alek errichtet hat. Sie schüttelt die Überlegungen ab und blickt zu Lestat. Er wirkt ... gekränkt.

»Das heißt im Umkehrschluss, mit *meinem* Verlust könntest du leben?«

Toni lacht auf. »Machen wir uns nichts vor, dich werde ich bis in alle Ewigkeit am Hals haben.«

»Jetzt redest du so, aber in deinem tiefsten Innern weißt du, dass du ohne mich verloren wärst.«

»Ja, ich würde vor Trauer eingehen wie ein Meerschweinchen.«

Sie prusten gleichzeitig los, als die Türklingel ertönt.

Schwungvoll erhebt sich Toni, schlendert zur Gegensprechanlage und schickt ein schlichtes »bin unterwegs« vor die Haustür, dann greift sie nach ihrer Jacke.

Lestat setzt ein anzügliches Grinsen auf und wackelt mit den Brauen. »Viel Spaß!«

Sie verabschiedet sich mit einem Zwinkern.

Einmal mehr hat er es geschafft, ihre düstere Stimmung aufzuhellen. Und einmal mehr erkennt sie, wie sehr sie ihn braucht, damit ihre Seele nicht zu einem einzigen Teerklumpen gerinnt. Sie hat Glück, so eine Konstante in ihrem Leben zu haben.

Als sie vor die Haustür tritt, sieht sie Tai an einem mausgrauen Kombi lehnen. Tiefe Falten zieren seine Stirn und sein Blick ist starr auf seine Schuhe gerichtet. Nachdem er Toni bemerkt hat, hebt er zögerlich den Kopf und zwingt sich sichtlich zu einem dünnen Lächeln.

»Alles in Ordnung?«, fragt Toni und zieht die Brauen zusammen.

Er öffnet die Beifahrertür des Wagens und bedeutet ihr einzusteigen, ohne sie anzusehen. »Klar.«

Misstrauisch mustert Toni den Kombi. »Hast du ein Auto gemietet? Wir hätten auch meins nehmen können.«

Seine Mundwinkel zucken, aber er sieht ihr immer noch nicht in die Augen. »Das hätten wir. Weil das nämlich total gut ankommt, wenn der Mann die Frau zu einem Date abholt und dabei nach ihrem Autoschlüssel fragt.«

Langsam gleitet Toni auf den Beifahrersitz und beobachtet argwöhnisch ihr ›Date‹, das um die Motorhaube herum zur Fahrerseite schlurft. Er wirft sich auf den Sitz, startet den Motor und fährt ohne ein weiteres Wort los.

»Ist irgendetwas passiert?«, hakt Toni vorsichtig nach.

»Was soll denn passiert sein?«

Die Antwort kommt für ihren Geschmack einen winzigen Tick zu schnell. »Ich weiß es nicht. Du bist so still. Sonst schnatterst du doch am laufenden Band.«

Er wirft ihr einen strafenden Blick zu. »Ich bin ein Kerl. Ich ›schnattere‹ nicht.«

»Okay«, erwidert sie gedehnt, wendet sich ab und beobachtet stattdessen die vorbeirauschenden Häuser.

Was hat sich verändert, seit Tai am Morgen ihre Wohnung verlassen hat? Ist das eines dieser Phänomene, bei dem Männer das Interesse an einer Frau verlieren, nachdem sie bekommen haben, was sie wollten? Aber wieso fährt er dann mit ihr weg? Toni kann sich sein Verhalten nicht erklären.

Als sie die Stadtgrenze passieren und auf den Feldweg wechseln, scheint es in der Kabine des Kombis immer enger und stickiger zu werden. Nach unangenehm stillen und unendlich langen zwanzig Minuten haben sie schließlich die Flussgabelung erreicht.

Bevor der Wagen auf der holpernden Straße ganz zum Stillstand gekommen ist, reißt Toni die Beifahrertür auf und springt vom Sitz. Sie atmet den frischen Duft von feuchtem Gras ein und lässt den Blick über die Landschaft schweifen.

Genau dieser Stelle, der Flammenbucht, verdankt die Stadt Flammach ihren Namen. Der Fluss gabelt sich hier in drei Arme. Von oben betrachtet schlängeln sie sich wie dunkle Flammen durch das hohe Grün der Wiesen.

Toni steht mit dem Rücken zum Auto, hört jedoch, wie Tai aus dem Wagen aussteigt, über den Kies trottet und wenig später den Kofferraum öffnet. Es klingt unnatürlich laut. Bis auf ein gelegentliches Krähen der Raben ist hier draußen kein Geräusch zu hören.

Das alles erinnert sie an die Vorschau dieses neuen Horrorfilms, in den Lestat sie unbedingt mitschleppen will: *Hier hört dich niemand schreien.*

»Interessant, wie viel Romantik und Horror gemeinsam haben, wenn man den Blickwinkel ändert«, murmelt sie.

Tai wühlt offenbar nicht mehr im Kofferraum, denn mit einem Mal ist es totenstill. Tonis Nacken beginnt zu prickeln. Die Stille wird beinahe greifbar, bis plötzlich ein seltsam vertrautes Geräusch hinter ihr erklingt: ein Schaben oder vielmehr ein Schleifen, gefolgt von einem sanften Sirren.

Ihr Verstand benötigt nur Millisekunden, um den altbekannten Klang einzuordnen. Als sie begreift, was sie gehört hat, kribbeln ihre Fingerspitzen wie aus alter Gewohnheit.

Bemüht gelassen dreht sie sich um und sieht direkt in Tais Gesicht, beachtet das Schwert in seiner Hand gar nicht, sondern mustert seine Miene, die merkwürdig gequält wirkt. So gleichgültig wie möglich erwidert sie seinen Blick. Dabei spürt sie, wie sich ein warmes Gefühl in ihrer Brust ausbreitet.

»Du bist Linkshänder«, stellt sie sachlich fest, als sie einen Blick auf sein Handgelenk wirft. Unter dem Ärmel seiner Motorradjacke blitzt das Jägersymbol, der Zwilling ihrer eigenen Tätowierung, wie eine Drohung hervor. »Deshalb das Tuch. Um das Zeichen zu verstecken.«

»Toni.« Sein zögerlicher Tonfall lässt vermuten, er wäre kurz davor, etwas wie ›es tut mir leid‹ von sich zu geben.

Sie spürt, wie sich das warme Gefühl, das sich in ihr ausbreitet, zu glühen beginnt.

»Wage es ja nicht«, faucht sie ihn an.

»Ich wollte es dir sagen.«

Sie blickt in die vertrauten Augen, sucht darin irgendetwas von dem Menschen, der er für sie gewesen ist, doch alles scheint plötzlich anders. Nur unscharf nimmt sie das Beben des Dämonenschwertes im Augenwinkel wahr.

»Ich weiß nicht, wie lange du diesen Job schon machst«, sie versucht herablassend zu klingen, schafft es jedoch nicht ganz, »aber es ist im Regelfall nicht unbedingt clever, seiner Zielperson zu sagen, dass man sie ausschalten will.«

Er schüttelt den Kopf und wirkt ein wenig hilflos. »Das war nicht der Plan. Ich wollte … Der Auftrag kommt von oberster Stelle.«

»Du hast den Auftrag, mich in die Hölle zu schicken, das verstehe ich schon«, sagt sie und meint es auch so. »Aber diese Scharade, die du veranstaltet hast, die war nur zu deinem eigenen perversen Vergnügen.«

Sie fixiert ihn mit wildem Blick und ballt die Hände zu Fäusten. Endlich findet sie einen Namen für das glühende Gefühl, das inzwischen Besitz von ihrem gesamten Körper ergriffen hat: Wut. Die pure Wut fließt siedend heiß durch ihre Adern. Wut auf ihn, weil er sie benutzt hat, und Wut auf sich selbst, weil sie ihm vertraut hat.

Der flehentliche Ausdruck auf Tais Gesicht schnürt ihr beinahe die Kehle zu.

»Versteh doch, es ist anders, als du denkst.«

»Hör auf«, zischt sie über den Kloß in ihrem Hals hinweg. Dann schluckt sie ein paar Mal, bis sie sicher ist, mit fester Stimme fortfahren zu können. »Tu es endlich. Stoß zu. Ich will kein einziges verlogenes Wort mehr aus deinem Mund hören.«

Kopfschüttelnd wendet er den Blick von ihr ab und starrt auf die Waffe in seiner Hand.

Allmählich kocht die Wut über, treibt Tränen in Tonis Augen und bringt ihren ganzen Körper zum Beben. »Worauf wartest du, Jäger?« Sie spuckt ihm die Worte regelrecht ins Gesicht. »Ich werde Luzifer berichten, was für einen niederträchtigen, unmoralischen Hilfsdämon er in dir hat. Er wird stolz auf dich sein!«

Tai keucht, dann wirft er ihr einen Blick zu, der stark an den eines geprügelten Hundes erinnert.

Toni ignoriert ihn. »Wäre es dir lieber, wenn ich mich umdrehe? Es wäre ohnehin viel passender, wenn du mir das Schwert in den Rücken rammst!«

Kurz bevor sich ihre Wut mit dem schneidenden Gefühl der Angst verbindet und die erste Träne ihre Wange hinab rollt, dreht sie ihm den Rücken zu. Sie schließt die Augen und versucht gleichmäßig ein- und auszuatmen, um ihren rasenden Pulsschlag zu beruhigen. Nur reine Willenskraft hält sie noch aufrecht.

Plötzlich heult der Motor des Wagens auf und sie realisiert, dass Tai nicht mehr hinter ihr steht. Hastig wirbelt sie herum. Der Kombi ist eingehüllt in eine diesige Wolke, die entstanden sein muss, als Tai mit voller Kraft auf das Gaspedal getreten ist.

Sie schaut ihm nach, auch noch nachdem der Wagen aus ihrem Blickfeld verschwunden ist. Was soll sie nur fühlen? Ihre Wut legt sich zusammen mit der Staubwolke, die der Kombi aufgewirbelt hat, und hinterlässt eine dumpfe Leere in ihrem Inneren. Sie wartet auf ein Gefühl wie Verrat, das wie ein Orkan aus heiterem Himmel über sie hereinbricht. Doch nichts dergleichen stellt sich ein.

Ihr Herz ist wie betäubt. Ihr Verstand scheint allerdings glasklar zu sein.

Sie fasst an ihre Seite, wo sie die Jackentasche mit ihrem Telefon vermutet. Doch sie greift ins Leere, denn ihre Jacke liegt auf Tais Beifahrersitz. Seufzend lässt sie den Arm sinken.

»Das ist ja wieder perfekt!«, brüllt sie die Wiese, den Kies und die Felder an. Und Tränen rollen wie dicke Regentropfen über ihre Wangen.

Tai lenkt den Wagen auf den Parkplatz des Hotels und schaltet den Motor aus. Zweimal schlägt er die Stirn auf das Lenkrad, bevor er den Kopf erschöpft darauf ruhen lässt.

»Damit ist es offiziell: Ich bin ein geistig völlig umnachteter Volltrottel.«

Er hat nicht nur dabei versagt, Toni in die Hölle zu befördern, er hat sie auch noch dazu gebracht, ihn abgrundtief zu hassen. Ihr Blick hat sich fest in sein Gedächtnis eingebrannt: die Wut, die heiß in ihren grünen Augen lodert, und der Schmerz des Verrats, der sich hinter den Flammen verbirgt. Der Ausdruck schnürt ihm immer noch die Kehle zu. Er hat ihn unfähig gemacht, sich zu erklären und – schlimmer noch – er ist außerstande gewesen, sie auf irgendeine Weise zu verletzen.

Stöhnend hebt er den Kopf und blickt auf die belebte Straße, die am Nachmittag von Müttern mit Kinderwagen und Schülern mit riesigen Rucksäcken bevölkert ist. Vertieft in seine Gedanken sieht er durch den bunten Pulk hindurch, lässt ihn unerkannt an sich vorüberziehen.

Jetzt weiß sie es. Zumindest müsste die Jägerin von nun an vorsichtiger sein. Ein Lächeln huscht über sein Gesicht, als er seine eigenen Gedanken verbessert.

Nein, Toni wird nicht vorsichtiger sein. Sie wird sich erst recht in dem Fall verbeißen, denn nach dieser Aktion ist die Sache persönlich geworden.

Das bedeutet allerdings auch, dass sie es nun gleichermaßen auf Tai abgesehen hat. Der Teufel bedroht seine kleine Schwester und eine seiner besten Kopfgeldjägerinnen schwört Rache an ihm. Darin ist er sich sicher. Irgendetwas sagt ihm, dass Toni nicht lange fackeln wird, wenn er ihr erneut unter die Augen tritt.

Hektisch wischt er die schweißnassen Hände an seiner Jeans ab und erinnert sich daran, dass die Panik jetzt nicht Besitz von ihm ergreifen darf. Fanatisch durchforstet er sein Hirn nach einer Lösung, die Vy, Toni und ihn selbst rettet. Da muss es doch irgendetwas geben; es kann nicht das Ende sein ...

Ein dunkler Schatten in der bunten Menschenmenge zieht seine Aufmerksamkeit abrupt auf sich. Die Gestalt trägt einen Wollmantel und einen zerfledderten Hut und schlendert in aller Seelenruhe über den Bürgersteig.

Ein dunkles Grollen dringt tief aus Tais Kehle. Schwungvoll wirft er die Autotür auf und springt aus dem Wagen. »Hey«, blafft er den Engel an.

Ein paar Passanten werfen ihm irritierte Blicke zu und auch der Engel stutzt, bevor er gemächlich auf den Jäger zukommt. Eine merkwürdige Mischung aus Herablassung, Erkenntnis und Neugier spiegelt sich in seinen lächerlich tiefblauen Augen.

»Du kannst mich sehen«, sagt er, als wundere er sich nicht wirklich darüber. »Interessant.«

Tai steckt die Hände in die Jackentaschen und hält sich am Innenfutter fest, um nicht auf ihn loszugehen. »Nicht nur das, ich kann dich auch hören. Was sehr hilfreich war, als ich dein Gespräch mit Toni im World's End belauscht habe.«

Das Gesicht des Engels bleibt eine Maske des Gleichmuts. »Ich wusste, sie kann dir nicht trauen.«

Tai verengt die Augen zu schmalen Schlitzen und wirft ihm

einen vernichtenden Blick zu. So lange, bis er verärgert feststellt, dass er dazu zu dem Engel aufsehen muss. Er würde ihm gerne so vieles sagen – das meiste davon beinhaltet Flüche und Beleidigungen –, aber er reißt sich zusammen. Vielleicht stecken in dem Feind ein paar brauchbare Informationen.

Gewaltsam schluckt er seine Wut hinunter. Mit wenig Erfolg. »Wie kommst ausgerechnet du überhaupt darauf, einem Jäger sagen zu wollen, wem er vertrauen kann und wem nicht? Was willst du von Toni?«

Der Engel runzelt die Stirn und heftet den Blick so intensiv auf seine Schuhe, als sehe er die schmutzigen Sneakers zum ersten Mal. Da er nach einigen Sekunden noch immer keine Anstalten macht, zu antworten, ergreift Tai ungeduldig das Wort.

»Halt dich von ihr fern«, faucht er und zielt drohend mit einem Finger auf den Engel.

»Warum sollte ich das tun?« Ein Hauch von Belustigung schwingt in seinem Tonfall mit.

»Du hast sie schon genug in die Scheiße geritten, findest du nicht?«

»Was willst du damit sagen?«

»Ich bin *deinetwegen* hier. Ich habe den Auftrag, sie in die Hölle zu verbannen. *Deinetwegen*!«

Der Engel wirkt aufrichtig schockiert. Stumm schüttelt er den Kopf.

»Ist das die neue Masche des Oberen Reiches?«, fährt Tai ungehalten fort. »Die Jäger auf diese Weise aus dem Verkehr zu ziehen? Oder steckt da noch ein ganz anderer Plan dahinter?«

»Es war nie meine Absicht, ihr auf irgendeine Weise zu schaden.«

Frustriert wirft Tai die Arme in die Luft. »Was denn dann? Was willst du von ihr?«

»Antonia gehört nicht in deine Welt.« Der Vertreter des Oberen Reiches klingt beinahe wie ein trotziges Kind. »Sie ist anders.«

Die Erkenntnis schlägt Tai wie mit einem Holzknüppel auf den Hinterkopf. Er lacht ein bitteres Lachen. »Ah, daher weht der Wind. Vergiss das mal ganz schnell, Engel! Toni ist genau richtig, da wo sie ist.«

»Sie ist nicht wie du.«

Obwohl es kein bisschen zu seiner momentanen Gemütslage passt, zwingt sich Tai zu einem triumphierenden Grinsen. Es hat den gewünschten Effekt: Die Miene des Engels verdüstert sich schlagartig.

»Da irrst du dich. Sie ist haargenau wie ich. Wieso hätte sie sonst die letzten Nächte in meinem Bett verbracht?«

Der Engel atmet scharf ein, bleibt ansonsten jedoch ruhig. Dennoch – das muss ein Tiefschlag gewesen sein.

»Mach dir also keine Hoffnungen, *Engel.* Und halte deinen gefiederten Arsch in Zukunft aus den Angelegenheiten des Unteren Reiches raus.«

Durch einen großen Schritt verringert der Engel die Distanz zwischen sich und Tai unangenehm. Sein drohender Blick lässt ihn erschauern.

»Wenn du ihr auch nur ein Haar krümmst, *Jäger*, wirst du den Zorn eines Engels spüren.«

Was Tai für gewöhnlich zu einer spöttischen Bemerkung veranlasst hätte, bewirkt nun, dass sein Herz ihm beinahe die Rippen bricht, als es offenbar versucht, aus seiner Brust zu flüchten. Der Engel, der bis eben noch so harmlos, so menschlich gewirkt hat, strahlt mit einem Mal eine mächtige Präsenz aus.

Tai bemüht sich, die Fassade des selbstsicheren Kopfgeldjägers aufrechtzuerhalten, und reckt das Kinn in die Höhe.

»Lass Toni meine Sorge sein«, antwortet er mit wesentlich festerer Stimme, als ihm zumute ist.

Ohne ein weiteres Wort macht der Engel auf dem Absatz kehrt und marschiert davon.

Erleichtert atmet Tai auf. Er blickt dem Engel nach, bis er um eine Ecke gebogen ist, an der sich eine kleine Gruppe von Schulkindern aufhält, die ihn mit großen Augen anstarrt. Da dämmert ihm: Er hat sich am helllichten Tag auf dem Parkplatz eines Hotels mit einem Wesen unterhalten, das außer ihm keiner sehen kann.

»Wollt ihr dazu auch noch was sagen?«, brüllt er die Schüler an.

Hastig schütteln die Kinder den Kopf und machen sich aus dem Staub.

Was für ein interessantes Gespräch. Jetzt wird ihm allerdings so einiges klar ...

»Lestat!« Toni wirft die Wohnungstür schwungvoll zu und stürmt ins Wohnzimmer, wo ihr Mitbewohner erschrocken von der Couch aufspringt.

»Warum donnerst du hier so rein?«

»Er ist ein Jäger!«

Das Gesicht des Vampirs könnte nicht verwirrter aussehen.

»Wer ist ein Jäger?«

»Tourist!«

»Es kommen seltsame Worte aus deinem Mund, Toni. Du hast doch keinen Schlaganfall?«

Sie ignoriert die besorgte Miene des Vampirs und konzentriert sich darauf, ihre Geduld nicht zu verlieren. »Der Tourist ist kein Detektiv, sondern Kopfgeldjäger. Und ich bin seine Zielperson!«

Lestat zieht eine Grimasse. »Bist du sicher?«

»Ich erkenne doch wohl ein Dämonenschwert, wenn man es mir vor die Nase hält!«

Sichtlich verblüfft lässt Lestat sich auf die Couch fallen und starrt sie mit großen Augen an. »Ich verstehe überhaupt nichts. Was ist denn passiert?«

Toni tritt von einem Bein aufs andere und fuchtelt ungeduldig mit den Händen. »Erst will er mich zur Hölle schicken und dann setzt er mich mitten in der Pampa aus, der dumme Hund.«

»Wieso hast du nicht angerufen?«, fragt Lestat wie automatisch.

»Weil er mein Handy als Geisel festhält.« Schnaubend reibt sie sich übers Gesicht.

»Aber, das ist doch etwas Gutes«, meint ihr Mitbewohner.

Verblüfft und verärgert zugleich blickt sie in seine naiven Karamellaugen. »Was zum Teufel ist daran gut, wenn er mich in die Hölle verbannen will?«

»Er wollte. Hat es aber nicht getan.«

Sie mustert ihn eindringlich, versucht, in seiner Miene den Sinn der Worte zu erkennen. Wie kann ihr bester Freund nach dieser Nachricht derart ruhig bleiben? »Worin liegt denn da der Unterschied?«

»Na, in der Hölle sein oder nicht sein – das ist ein bedeutender Unterschied, finde ich.«

»Manchmal glaube ich, ich bin das einzige Wesen in den drei Welten, das kein kompletter Vollidiot ist.« Sie wirbelt herum und wütet in ihrem Zimmer weiter.

Beinahe zerreißt sie den feinen Stoff ihres Rocks, als sie sich zornig von dem Kleidungsstück befreit. Dann schlüpft sie fluchend in die Jagdhose, bevor sie sich in ihre Stiefel zwängt.

»Überleg doch mal.« Lestat ist ihr gefolgt und redet sanft auf sie ein. »Er hat seinen Auftrag nicht ausgeführt. Das heißt, du bedeutest ihm etwas.«

Sie schlüpft in ihre Lederjacke und streift sich die fingerlosen Handschuhe über. »Er hat es versucht und mich angelogen. Das heißt, ich kann ihm nicht trauen.«

Lestat greift nach ihrem Handgelenk, als sie sich an ihm vorbeidrücken will. »Warte, das könnte die Lösung für dein Nephilim-Problem sein.«

Sie dreht sich halb zu ihm um und hebt eine Braue. »Wie in drei Teufels Namen soll das denn bitte die Lösung sein?«

»Er bringt es offenbar nicht über sich, dich zu verbannen, und jetzt weißt du, was er ist. Er kann dir helfen.«

Mit einem abfälligen Schnauben befreit sie ihr Handgelenk aus seinem Griff, schnappt sich den iPod vom Schreibtisch und sucht nach einem passenden Song für ihre Stimmung. Als sie ›The Game‹ von Disturbed gefunden hat, drückt sie auf die Wiedergabetaste – niemand sollte jemals einen Jäger anlügen …

Der Vampir hält sie erneut zurück, bevor sie sich die Stöpsel in die Ohren stecken kann. »Du solltest nicht so auf die Jagd gehen. Nicht in dieser Stimmung.«

Toni strafft die Schultern und wirft ihm einen eisigen Blick zu. »Und ob ich das sollte. Und wenn mir dieser Jäger dabei über den Weg läuft, dann Gnade ihm …« Sie lässt den Satz unvollendet in der Luft hängen. Wie müsste die Redewendung wohl für einen höllischen Angestellten zu Ende gehen?

Sie stürmt in den Flur, greift im Vorbeigehen nach ihrem Schwert und lässt die Tür mit einem lauten Krachen ins Schloss fallen.

Kurz vor ihrem Untergang bricht die Sonne durch die graue Wolkenwand, als wollte sie Toni verspotten. Wie soll man bei diesem grellen Licht denn arbeiten?

»Geh unter«, knurrt sie den gelben Feuerball an.

Sie rüttelt an der Tür eines Gebäudes und stolpert in den Vorraum, als das morsche Holz plötzlich nachgibt.

Bisher hat sie es nicht gefunden, das ›zu gut‹ verschlossene Bürogebäude, von dem der Tourist am Tag zuvor gesprochen hat.

Sie bringt es nicht über sich, seinen Namen bloß zu denken. Verrat und Demütigung sind inzwischen wie die Flut über sie hereingebrochen und haben die angenehme seelische Betäubung unter sich begraben. Zu dieser Gemütslage begleitet sie ein mulmiges Gefühl. Denn jetzt ist sie nicht mehr nur Jägerin, sondern auch Gejagte.

Jetzt aber Schluss mit dem Gejammer. Es wird Zeit, sich auf die Jagd zu konzentrieren. Toni ist sicher, dass sie nur eine Chance hat, ihre Verbannung zu verhindern: Sie muss ihren Auftrag erfüllen, und zwar schnell.

Sie zieht weiter zum nächsten Gebäude, wo eine glänzende Stahltür ihre Aufmerksamkeit auf sich zieht. Neugierig geht sie auf das Bürohaus zu, dessen Tür fabrikneu ist und nicht gerade ein Billigprodukt – folglich auch nicht leicht zu knacken. Um sicherzugehen, rüttelt sie an der Klinke, wodurch sich das Türschloss jedoch nicht beeindrucken lässt.

Sie geht ein paar Schritte zurück, um das Gebäude mit etwas Abstand betrachten zu können, lässt ihren Blick über die verwitterte Fassade und die mit Holzbrettern vernagelten Fenster schweifen. Oberflächlich betrachtet, fügt sich das Bürohaus perfekt in das Straßenbild ein, nichts Ungewöhnliches springt dem unvoreingenommenen Betrachter ins Auge. Doch die aufmerksame Jägerin erkennt den Schwindel: Die Bretter sind kein bisschen verwittert. Im Erdgeschoss wurden sie akkurat wie mit einer Wasserwaage ausbalanciert und im ersten Stockwerk in einem auffallend regelmäßigen Muster quer über die Fenster genagelt.

»Wie kann man so auffällig unauffällig sein?«, murmelt Toni kopfschüttelnd.

Mit einer geschmeidigen Bewegung zieht sie ihr Schwert, lässt es einmal im Uhrzeigersinn kreisen und schlendert auf das erstbeste Fenster zu. Dort schiebt sie ihre Waffe wie eine Brechstange zwischen eines der Holzbretter und den Fensterrahmen, um das Brett von der Öffnung zu lösen. Ein splitterndes Knacken ertönt, die Nagelköpfe graben sich tiefer in das Holz, wollen beharrlich ihre Aufgabe erfüllen, müssen dem gewaltigen Druck aber nachgeben.

Toni zerrt das Brett vom Fenster, legt es sachte auf dem Boden ab und begutachtet die freigelegte Öffnung. Das Fensterglas ist ungetrübt, der Inbegriff des Wortes ›glasklar‹, und lässt den Blick ins dunkle Innere des Gebäudes zu. Sie betastet das Glas vorsichtig, dann reißt sie die restlichen Holzbretter herunter und drückt die Nase an die Scheibe. Im Inneren erkennt sie die Konturen eines kleinen Büroraumes, einen verstaubten Schreibtisch und einen Bürostuhl, der schon glänzendere Zeiten erlebt hat. Das Zimmer ist unauffällig, nichts Lebendiges befindet sich darin. Abgesehen von einem Topf neben der Bürotür, aus dem etwas emporragt, das vor seinem qualvollen Hungertod vermutlich eine Zimmerpflanze gewesen ist.

Stirnrunzelnd betrachtet die Jägerin den Fensterrahmen. Gibt es eine Schwachstelle? Eher nicht, denn in einer Ecke des Fensters entdeckt sie ein Siegel, das ins Glas eingebrannt ist. Stahltür und Sicherheitsglas – damit hat sich der Nephilim verraten.

Wer hätte gedacht, dass die Sonne auch ihre positiven Seiten hat? Diese Details wären ihr im üblichen Zwielicht wahrscheinlich verborgen geblieben. Ein Problem gibt es allerdings noch: Wie bricht man in ein Gebäude ein, das der Hausbesetzer einbruchsicher ausgerüstet hat?

Natürlich könnte sie die Scheibe mit ihrem Schwert einschlagen – Sicherheitsglas hin oder her. Schließlich handelt es sich dabei nicht um ein Relikt aus dem Mittelalter, sondern um ein Dämonenschwert. Unzerstörbar, geschmiedet in den Feuern der Hölle und härter als jedes Material in dieser Welt. Dann könnte sie aber genauso gut mit ihrem Wagen vors Gebäude fahren und hupen, um sich anzukündigen. Nein, dieses Mal will sie dem Nephilim nicht die Chance zur Flucht einräumen. Irgendwie muss sie unbemerkt in das Gebäude einsteigen. Damit säße er in der Falle. Denn, was von außen schwer zu stürmen ist, aus dem entflieht man auch nicht so leicht.

Grübelnd legt sie den Kopf in den Nacken und beäugt die Stirnseite des Hauses. Die Sonne wirft ihre letzten kläglichen Strahlen auf die Straße und bald verschluckt die Dunkelheit alle Feinheiten.

Den Blick auf das obere Stockwerk gerichtet, geht Toni rückwärts, bis sie mit dem Rücken auf etwas Hartes prallt und von einer merkwürdig heimeligen Wolke aus Lavendel und Vanille eingehüllt wird. Kampfbereit wirbelt sie herum und will schon ihre Waffe ausstrecken, als sie Lestat erkennt.

Der Vampir weicht erschrocken zurück und blickt zuerst Toni, dann das Schwert mit weit aufgerissenen Augen an.

Augenblicklich steckt sie die Waffe weg und legt eine Hand an ihr rasendes Herz. »Herrgott!«, flucht sie leise.

Lestat macht einen Satz nach hinten und schaut kritisch zum Himmel. Auf die stumme Frage in ihrem Gesicht zuckt er mit den Achseln. »Ich hätte schwören können, dich trifft bei dem Wort der Blitz.«

Toni wirft ihm einen tadelnden Blick zu, den er mit einem Schulterzucken quittiert.

»Was willst du denn hier?«, schnauzt sie ihn an.

Ein scheues Lächeln formt sich auf seinen Lippen. »Irgendjemand muss doch auf dich aufpassen. Ich habe dich vor meinem geistigen Auge immer wieder wie eine Furie durch ganz Flusstal wüten sehen. Das kann einem den Couchabend ziemlich vermiesen.«

Toni verschränkt die Arme vor der Brust. »Das hat dich bisher noch nie gestört. Du hattest einmal ein bisschen Action und jetzt glaubst du, du bist ein dunkler Ritter?«

Er legt einen Finger an die Lippen und runzelt die Stirn, ehe sich langsam ein Grinsen auf seinem Gesicht ausbreitet. »*Ich* sehe mich viel eher als vampirischer Samurai. Die sind viel geschmeidiger.«

»Wirklich? *Ich* sehe dich ja eher als vampirischen Kurzstreckenläufer. Die machen sich viel geschmeidiger aus dem Staub«, feixt Toni.

»Halleluja, da ist sie ja wieder! Ich hatte mir schon Sorgen gemacht.«

»Pst! Der Nephilim versteckt sich hier.« Sie gibt ihm einen Klaps auf den Oberarm und deutet mit dem Kinn auf das Bürogebäude.

Lestat wirft einen argwöhnischen Blick auf das Haus. »Was hast du jetzt vor?«

»Ich muss irgendwie in dieses Haus eindringen. Ich muss mir diesen Kerl schnappen, bevor …«

»Wie kann ich dir helfen?«, unterbricht er sie mit entschlossener Miene.

Anscheinend ist selbst ihm klar, wie ernst die Lage ist. Toni lächelt ihm dankbar zu. »Die Bude ist gesichert wie Fort Knox. Wir müssen eine Schwachstelle finden. Ein unverschlossenes Kellerfenster, einen Lüftungsschacht, irgendetwas, das mir Zugang verschafft.«

Er nickt konzentriert. Ohne ein weiteres Wort setzen sie sich in Bewegung und umrunden das Gebäude.

»Es tut mir wirklich leid«, flüstert er unvermittelt.

Sie greift nach Lestats Unterarm und stützt ihn. Sein Hosenbein hat sich in einem niederen Maschendrahtzaun verfangen und nun zerrt er ungeduldig daran.

»Was meinst du?«

Ruckartig löst sich der Stoff und er strauchelt unweigerlich, wodurch er unsanft auf Tonis Fuß tritt. Sie beißt sich auf die Lippen, um ein Stöhnen zu unterdrücken. Ist schwerer, als er aussieht, der schlanke Vampir.

»Tai.« Lestat wirft ihr einen entschuldigenden Blick zu. »Ich habe ihn dir ja geradezu aufgezwängt. Aber ich schwöre, ich habe es nur gut gemeint.«

»Was schon immer das Gegenteil von ›gut‹ war.« Sie lässt ihren Blick über die Rückseite des Gebäudes wandern. Als von Lestat keine Reaktion kommt, dreht sie sich zu ihm um. »Mach dich nicht fertig. Woher solltest du das wissen?«

Sie war immerhin selbst zu blöd gewesen, um irgendetwas zu bemerken …

»Schacht«, sagt er plötzlich und weist mit dem Finger auf etwas, das sich hinter ihr befindet.

Es ist nicht gerade der, den sie sich erhofft hat, aber ja, Lestat hat recht, es ist ein Schacht. Wie ein Baumstamm ragt das rechteckige Edelstahlmonstrum aus dem Erdboden, verläuft an der Hauswand entlang und verschwindet im ersten Stockwerk in der Wand. Händereibend geht Toni darauf zu.

»Für was braucht dieses uralte Haus einen so riesigen Lüftungsschacht in den Keller? Das ist doch nicht normal«, flüstert Lestat ihr nach, woraufhin sie nur den Kopf schüttelt.

Als sie sich dem Abzugsschacht nähert, dringen blecherne Geräusche an ihr Ohr.

»Was ...«, setzt Lestat an.

Toni legt sich einen Finger an die Lippen. »Pst!«

Sie presst ein Ohr an die kalten Platten des Schachts und hört dumpfe Stimmen verzerrt aus dem Inneren des Hauses. Die Worte sind jedoch nur hallende Geräusche. Sie scheinen sich im Schacht ineinander zu verknoten, bevor sie sich auf dem Weg nach oben in Luft auflösen.

Konzentriert zieht Toni die Brauen zusammen, geht in die Hocke und presst eine Gesichtshälfte so dicht wie möglich an den Stahl. Lestat, der es ihr gleichtut, wirft ihr einen fragenden Blick zu. Die Stimmen werden allmählich lauter, die Sprecher betreten offenbar soeben den Raum, aus dem der Abzugsschacht aufsteigt.

»Ich halte das immer noch nicht für richtig.« Eine Frauenstimme. Trotz des blechernen Klangs identifiziert Toni sofort die glockenhelle Stimme der Blondine, die sie mit dem Nephilim im Park gesehen hat.

»Schatz, ich bitte dich«, antwortet eine heisere Männerstimme. Der überhebliche Nachhall schwebt mit Leichtigkeit durch den Schacht in das obere Stockwerk.

Automatisch verzieht Toni die Lippen. Sie würde ihn überall wiedererkennen, den festen und einnehmenden Klang, der überhaupt nicht zu Nikolajs arroganter Art passt.

»Darauf haben wir all die Jahre hingearbeitet«, fährt der Nephilim fort. »Endlich sind die Engel bereit, uns in ihre Gesellschaft aufzunehmen, uns als ihre Kinder anzuerkennen.« Er legt eine kurze Pause ein, in der seine Worte wahrscheinlich gebührend nachwirken sollen. »Und dafür sollen wir ihnen lediglich dabei helfen, das Gleichgewicht aufrechtzuerhalten. Das Böse hat schon zu lange so viel Einfluss auf die Menschheit, Clarissa. Es wird Zeit, uns einzumischen.«

Toni wirft Lestat einen fragenden Blick zu. Der Vampir sieht ebenso verstört aus, wie sie sich fühlt.

»Rede nicht in dieser Politikertonlage mit mir, Niko, du weißt, ich hasse das!«, erwidert Clarissa und klingt nicht nur aufgrund des Schachts misstönig.

Ihr angesäuerter Tonfall wird von einem Geräusch begleitet, das die Vorstellung hervorruft, sie werfe etwas Hölzernes unsanft auf einen Tisch. Tonis Hoffnung, es handelte sich dabei um Nikolajs Holzkopf, der Bekanntschaft mit einem Tischeck macht, wird enttäuscht, als er etwas sanfter beginnt, auf seine Freundin einzureden.

»Schatz, wir sind die Guten. Wir helfen den Menschen, nicht auf Luzifers Seite abzudriften. Siebzehn Nephilim haben sich unserer Organisation bereits angeschlossen, weil sie an die Sache glauben. Die *Angelus filii* sind Friedenswächter.«

»Friedenswächter«, formt Toni mit den Lippen und grinst Lestat mit spöttischer Miene an.

Der Vampir presst sich eine Hand auf den Mund, um das Kichern zu dämpfen.

»Das ist nicht richtig. Und auch nicht normal. Die erste Handlung ›der Guten‹ ist nie etwas Böses.« Clarissa antwortet in bitterem Tonfall. »Wenn wir alle Kopfgeldjäger vernichten, was macht uns dann besser als sie?«

Augenblicklich gefriert das Grinsen auf Tonis Gesicht und sie rückt näher an den Schacht.

»Der Grund.« Nicht der geringste Zweifel und auch keine Reue sind in Nikolajs stählerner Stimme zu hören. »Sie wollen uns für das töten, was wir sind. Wir verteidigen uns nur, indem wir sie dorthin schicken, wo sie hingehören.«

Aus Clarissas Antwort dringen undeutlich die Worte »Feuer mit Feuer« in den Schacht. Der Rest ist unverständlich, da sich ihre Stimme immer weiter entfernt.

»Nicht weggehen«, flüstert Toni, aber die beiden Nephilim haben den Raum bereits verlassen.

Regungslos hockt sie vor dem Schacht, ohne ein Wort zu sagen. Dann ballt sie ihre Hände langsam zu Fäusten, so fest, dass ihre Knöchel weiß hervortreten. Wütend springt sie auf, holt aus und versetzt dem Schacht einen Faustschlag. Das blecherne Geräusch hallt in der stillen Umgebung nach.

Lestat schnellt hoch, rüttelt sie an den Schultern und blickt ihr eindringlich in die Augen. »Siebzehn Nephilim, hast du das gehört? Vielleicht solltest du hier nicht so einen Radau veranstalten, bis du einen Plan hast!«

»Antonia?« Ihr Name ist eine leise, verwunderte Frage aus der Ferne.

Toni und ihre Wut sind mittlerweile enge Vertraute, weshalb sich das Gefühl nicht mehr langsam ausbreitet, sich vorsichtig herantastet, nein, es flammt auf und erfüllt sie innerhalb von Millisekunden.

Toni verengt die Augen zu schmalen Schlitzen und reißt sich von Lestat los. Perfektes Timing, Engel, Feind!

»Du!«, knurrt sie durch zusammengebissene Zähne. Mit großen Schritten geht sie auf den Engel zu, zieht ihr Schwert und richtet es drohend gegen ihn. »Du elender Heuchler!«

Der Engel blickt unbeeindruckt auf die Waffe in ihrer Hand. »An deiner Stelle würde ich das nicht versuchen. Du kennst die Strafe für den Angriff auf einen Bewohner des Oberen Reiches. Bereits dafür könnte ich dich anzeigen.«

Ein bitteres Lachen entschlüpft ihr. »Was kann mir denn jetzt noch passieren?«

Der Engel ignoriert ihren feindseligen Auftritt, stattdessen mustert er sie stirnrunzelnd. »Was ist mit deinem Gesicht geschehen?«

»Witzig, dass du fragst, Alek.« Ihre Stimme trieft vor Spott. Zum ersten Mal hat sie ihn mit seinem irdischen Namen angesprochen und ist höchst zufrieden, dass er aus ihrem Mund wie ein übles Schimpfwort klingt. »Das war einer deiner kleinen Nephilim-Freunde. Wie läuft das überhaupt mit diesen ›Friedenswächtern‹? Das sind doch auch nur Kopfgeldjäger, wenn man es genau nimmt. Niemand arbeitet umsonst, habe ich recht? Ich frage mich nur, wozu du sie brauchst. Wenn du mich vernichten willst, dann sei ein Mann und mach es selbst!«

»Ich weiß nicht, wovon du sprichst.«

Toni winkt betont unbekümmert mit ihrem Schwert ab. »Du kannst aufhören mit dem Theater, ich weiß Bescheid. Ihr drückt den Nephilim Engelsschwerter in die Hände und macht sie zu Jägern. Was sollte der ganze Quatsch, den du mir erzählt hast? Von wegen, ich stehe auf der falschen Seite, blabla! Du wolltest dieser Horde unfähiger Bastarde doch nur Zeit verschaffen! Du manipulatives ... Stück!«

So heiß das Wort auf ihrer Zunge brennen mag, sie bringt es einfach nicht über sich, einen Engel als Arschloch zu bezeichnen.

Alek nimmt den Hut ab und rauft sich die Haare, bis sie wirr von seinem Kopf abstehen. »Ich verstehe kein einziges Wort. Was du sagst, ist eine Aneinanderreihung sinnloser Vokabeln für mich.« Urplötzlich verändert sich seine Ausstrahlung. Er strafft seine Gestalt und die sonst so sanften Augen blicken mit einem bedrohlichen Funkeln auf sie herab. »Du sagst mir sofort, was hier vorgeht oder ich zwinge dich dazu.« Aus seinem Tonfall scheinen alles Sanfte, Freundliche und alle Ruhe verbannt.

Toni schluckt und spürt auf einmal jedes einzelne Gramm des Dämonenschwertes überdeutlich. Automatisch lässt sie ihre Waffe sinken und mustert den Engel, dessen Drohung knisternd in der Luft hängt. Toni ist gleichzeitig beeindruckt und beunruhigt: Ein Bewohner des Oberen Reiches kann also tatsächlich gefährlich und düster wirken.

Unauffällig weicht sie vor ihm zurück und versucht seinem Blick standzuhalten. »Ich habe den Nephilim sagen hören, die Engel erkennen ihre Kinder an, wenn diese im Gegenzug dem Oberen Reich dabei helfen, das Gleichgewicht zu wahren. Und die erste Amtshandlung der ›Friedenswächter‹ soll die Vernichtung aller Kopfgeldjäger sein.«

Alek blinzelt sie ungläubig an, dann zieht er die Brauen zusammen. Der Engel hatte anscheinend keine Ahnung.

»Ich kenne nur einen Engel, der mit den Nephilim zu tun hat: dich.« Sie lächelt ihn entschuldigend an. »Ich *musste* denken, dass du da mit drin steckst.«

»Er ist überhaupt der *einzige* Engel, den du kennst«, mischt sich Lestat ein.

Seine Stimme dringt wie aus dem Nichts an ihr Ohr und lässt sie erschrocken zusammenzucken. Sie hatte seine Anwesenheit völlig vergessen. Nun dreht sie sich zu ihm um und wundert sich über den entschuldigenden Blick, den er ihr zuwirft. Warum ergreift er plötzlich Partei für den Engel, den er sonst als die ›Wurzel allen Übels‹ bezeichnet?

»Es spielt keine Rolle, was du glaubst zu wissen.« Alek ergreift schließlich das Wort und klingt wieder wie der tragische Racheengel. »Entscheidend ist, wie du mit diesem Wissen umgehst. Du suchst die Wahrheit noch immer in der Logik und bestimmst willkürlich einen Schuldigen. Du kreuzt dein Schwert mit einem Freund, vielleicht dem einzigen, dem du aktuell vertrauen kannst, und legst dich mit dem Feind in dein eigenes Bett.«

Toni weicht zurück, als hätte er ihr eine schallende Ohrfeige verpasst. »Woher ...«, setzt sie an, überlegt es sich dann jedoch anders.

Woher Alek von dem anderen Jäger weiß, ist völlig egal. Es zählt einzig und allein der zornige und gekränkte Ausdruck im Gesicht des Engels, der ihr glühend heiß ins Herz sticht und beinahe den Atem raubt.

»Du bist wohl jemand, der nie einen Fehler macht?«, fragt sie leise.

»Das war ich. Bis ich dich kennenlernte.«

Damit scheint alles gesagt. Alek erwidert Tonis Blick stumm und sie beißt sich fest auf die Unterlippe. Was sie noch zu sagen hätte, will der Engel sicherlich nicht hören, der bitteren Enttäuschung nach zu urteilen, die ihm ins Gesicht geschrieben steht. Warum auch? Er musste soeben feststellen, dass Toni doch nur eine einfache Unterweltlerin ist, nichts Besonderes, eine unbedeutende Menschenfrau, für die er lediglich seine Zeit verschwendet hat.

Der Engel sieht aus, als breche eine Erkenntnis über ihn herein – heftig wie ein Wirbelsturm und niederschmetternd wie eine tödliche Diagnose.

»Ich störe eure nonverbale Kommunikation sehr ungern«, sagt Lestat zögernd. »Aber ich möchte dich kurz auf etwas nicht ganz Unerhebliches hinweisen, Toni: Wir stehen immer noch vor dem Haus eines mordlüsternen Nephilim, der dich mit Hilfe seiner siebzehn Freunde liebend gern in ein tiefer gelegenes Stockwerk befördern möchte.«

Die Stimme des Vampirs dringt nur gedämpft zu ihr durch, als käme sie aus einer anderen Welt. Schnell wendet Toni den Blick von Alek ab, um nicht doch noch in seinen saphirblauen Augen zu ertrinken.

»Ach ja, da war ja was«, murmelt sie und legt sich eine Hand an die Stirn.

»Geht nach Hause«, sagt der Engel tonlos, macht auf dem Absatz kehrt und rauscht davon.

Lestat tritt ungeduldig von einem Bein auf das andere und blickt sich unsicher um. »Und nun?«

»Schätze, wir gehen heim.«

Toni blickt Alek nach, bis er hinter der nächsten Abbiegung verschwunden ist, dann folgt sie Lestat, der umständlich über den Maschendrahtzaun klettert.

»Ich muss zugeben, ich kann dich verstehen. Ist ja wirklich ein Prachtstück, dein Engel.«

»Er ist nicht *mein* Engel.« Toni spürt mit einem Mal eine unsägliche Erschöpfung, die droht, sie gnadenlos in die Tiefe zu ziehen.

# TONIS DREI PROBLEME

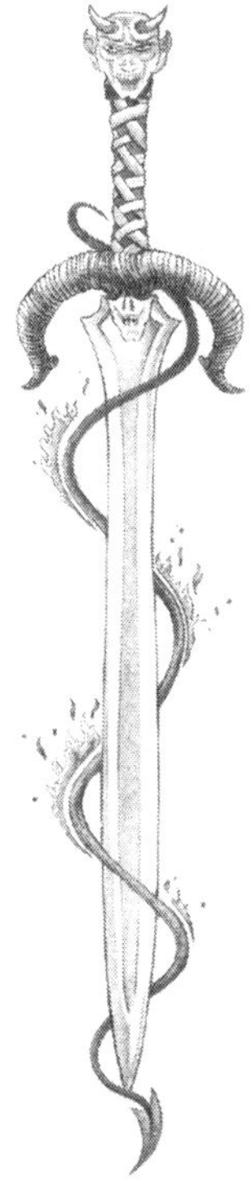

Und plötzlich versteht er ... Emotionen, die Alek nie zuvor gekannt hat, brechen über ihn herein, krallen sich an seinem Herzen fest und lasten bleischwer auf seinen Schultern: Zweifel, Unsicherheit, Verrat, Wut, Eifersucht. Und dieses eine, seltsame Empfinden ... Es breitet sich warm und weich in seiner Brust aus und lähmt seinen Körper, bis er nur noch als Hülle für die tobenden Gedanken und den nagenden Schmerz existiert. Er fühlt es jedes Mal, wenn er in ihr Gesicht blickt. Und trotzdem sehnt er sich danach, bei ihr zu sein.

Das ist die Liebe? Eine ernüchternde Vorstellung. Warum sind die Menschen bloß so versessen darauf, etwas derart Grausames zu empfinden?

Deshalb braucht es also *zwei* Menschen für eine Liebesbeziehung – damit sie nicht allein sind in ihrem Schmerz und sich gegenseitig bemitleiden können. Wird es dadurch einfacher? Wenn man weiß, der andere leidet auf dieselbe Weise? Wie selbstzerstörerisch und rücksichtslos die Menschen doch sind!

Glücklicherweise erwidert Antonia diese irrsinnigen Gefühle nicht. Die Jägerin hat nie einen Hehl daraus gemacht, wie unangenehm ihr Aleks Gesellschaft ist, und sie hat nie eine Gelegenheit verstreichen lassen, schnellstmöglich von ihm fortzukommen.

Wie könnte er ihr einen Vorwurf machen? Und doch ist da diese leise Stimme, die ihm sagt: Sie ist der Grund, weshalb du jetzt leidest. Es ist ihre Schuld.

Alek schüttelt resigniert den Kopf. Er trottet durch den Eingang des Stadtparks und lässt seinen Blick über die liebevoll arrangierten Blumenbeete schweifen. Es ist zu kalt – sie lassen die bunten Köpfe bereits hängen und bald werden sie zu Kompost zerfallen. Hat die Parkanlage jemals zuvor ein solch trauriges Bild abgegeben?

Fieberhaft versucht er, sich an die Zeit zu erinnern, bevor er die Jägerin traf. Es gab doch eine Zeit, in der er sie noch nicht kannte? Als wäre es tausend Jahre her, erscheint ihm alle Erinnerung farblos und undeutlich. Wie kann eine einfache, scheinbar unbedeutende Begegnung in kürzester Zeit alles verändern und zum Mittelpunkt seiner Welt werden? Und wie konnte ihn sein Spürsinn so im Stich lassen?

Antonia steht nicht auf der falschen Seite. Sie ist eine Kopfgeldjägerin, eine Bedienstete des Teufels; sein Herz wollte es bloß nicht wahrhaben. Dabei ist es so offensichtlich: Sie hat sich nicht nur freiwillig mit dem Teufel, sondern auch mit einem anderen Jäger eingelassen.

Wie viele Beweise benötigt er denn noch? Warum sollte sie sich etwas aus einem Engel machen?

Gewaltsam schiebt er die Gedanken an Antonia beiseite. Er darf trotz allem seine Pflichten nicht vergessen. Was, wenn die Nephilim tatsächlich einen Gegenschlag planen? Er muss dieser Sache schleunigst auf den Grund gehen.

Die Engel sind organisiert. Nicht so strikt wie die Bürokraten in der Höllenverwaltung – die reiten doch wirklich jedes i-Tüpfelchen, zählen alle auffindbaren Fliegenbeine und sind generell teufelstreuer als der Teufel –, aber auch Alek hat einen Vorgesetzten: den Wächter. Ihn sollte der Schutzengel als Erstes über die Bedrohung informieren.

In jedem Bezirk wacht ein Engel über das Portal zum Oberen Reich. In Flammach liegt der Zugang mitten im Stadtpark, unsichtbar für menschliche und dämonische Augen.

Alek nähert sich dem Portal. Das Holz ist von einer schleimig grünen Schicht aus Moos überzogen und die filigranen Metallverzierungen haben sicherlich schon bessere Zeiten gesehen. Alles in allem sieht es wie ein gewöhnliches, altes und ungepflegtes Kirchentor aus. Nicht sehr eindrucksvoll, bis auf eine Kleinigkeit: Es steht ganz von allein zwischen den Birken, als trotze es der Schwerkraft.

Alek greift nach dem Ring an dem grimmig dreinblickenden Türklopfer und schlägt ihn drei Mal gegen das Holz. Das Pochen wirft einen tiefen Hall zurück, als befände sich ein voluminöser Raum hinter dem Tor. Mit einem knarrenden Ächzen öffnet es sich und macht den Blick frei auf eine schillernde Wand, die aus glitzerndem Wasser und dichtem Nebel zu bestehen scheint. Ohne zu zögern, tritt Alek durch das Portal.

Selbst in der Zwischenwelt nimmt er einen Hauch des Dufts und der Wärme seiner Heimat wahr und sofort entspannen sich seine Schultern, als er tief einatmet. Sein Vorgesetzter steht inmitten des gewaltigen Gebildes, das an ein Kirchenschiff erinnert. Er bewacht das zweite Portal, den Aufgang zum Oberen Reich, auf der gegenüberliegenden Seite. Alek blinzelt gegen die Helligkeit an und schreitet auf den Wächter zu. Das Geräusch seiner Schritte wird von dichtem Nebel gedämpft, der Wände, Decke und Fußboden verhängt.

Eine Hand griffbereit am Heft seines Schwertes blickt der Wächter mit strengem Blick auf den Schutzengel hinab. Der über zwei Meter große Hüne trägt die Uniform der Engelskrieger – hellbraunes Leder unter silberfarbenem Muskelpanzer –, wodurch seine riesige Gestalt noch eindrucksvoller erscheint. Er hat die makellose Haut und die feinen Gesichtszüge, die alle Engel auszeichnen;

außerdem schimmern seine Haare, die er zu einem dicken Zopf geflochten trägt, wie flüssiger Onyx.

»Was führt dich her, Hüter?« Für einen Mann seiner Größe und mit dieser beeindruckenden Haltung hat der Wächter eine ausnehmend melodiöse Stimme. Aber Engel sind schließlich nicht für lautes, unzivilisiertes Kampfgebrüll bekannt. Sie schüchtern ihre Gegner in der Regel durch ihre reine Präsenz ein.

»Es gibt Gerüchte in der Menschenwelt«, antwortet Alek sachlich. »Es heißt, die Nephilim sollen in die Gesellschaft des Oberen Reiches eingeführt werden, wenn sie sich bei der Erhaltung des Gleichgewichts als nützlich erweisen.«

Die tiefschwarzen Augen des Wächters starren ihn ungerührt an. Sie wirken wie bodenlose Tintenfässer. »Das sind keine Gerüchte.«

Ein fragendes Geräusch dringt aus Aleks Kehle.

»Der Anführer der Nephilim-Gemeinde bat darum, sich beweisen zu dürfen. In dieser Stadt wird eine Art Probelauf stattfinden.« Der Wächter reckt das Kinn nach oben – das Engelspendant zum Schulterzucken. »Sollten die ›Friedenswächter‹ sich bewähren, so werden wir dieses Konzept auf andere Städte ausweiten.«

Alek schüttelt verwundert den Kopf. »Seit wann beschäftigt das Obere Reich Kopfgeldjäger?«

Die Miene des Wächters ist vollkommen emotionslos, doch die dünne Haut über seinen Knöcheln färbt sich weiß, so fest umfasst er den goldenen Schwertgriff.

»Die Aufgabe der Nephilim ist es, die Menschen vor Luzifers Verträgen zu schützen. Du weißt, der Dunkle treibt sein Spiel allmählich zu weit. Wir sind gezwungen, etwas gegen diesen Missstand zu tun, bevor die brüchigen Grenzen gänzlich niedergerissen werden.«

»Wie schützt es die Menschen, wenn die Nephilim beginnen, Luzifers menschliche Angestellte anzugreifen?« Aleks Stimme klingt selbst in seinen eigenen Ohren ungewöhnlich anmaßend, aber er kann seinen Ärger nicht länger zurückhalten. »Ihr primäres Ziel sind die Kopfgeldjäger. Sie wollen sie alle ausschalten!«

Der Wächter wirft ihm einen warnenden Blick zu. »Auf welchem Weg und mit welchen Mitteln sie ihre Aufgabe erledigen, ist den Nephilim selbst überlassen.«

Alek nimmt seinen Hut ab und rauft sich die Haare. Eine für einen Engel unpassende Angewohnheit, die ihn seit Anatols Tod begleitet und die der Wächter nun mit einem argwöhnischen Blick quittiert.

»Das ist nicht richtig.« Der Schutzengel schüttelt erneut den Kopf. »Zudem wird der Dunkle nicht erfreut sein, wenn all seine erkauften Seelen unwiederbringlich vernichtet werden.«

»Luzifer kann rein gar nichts dagegen tun!« Der Wächter erhebt die Stimme; er scheint allmählich die Geduld mit seinem Untergebenen zu verlieren. »Was scherst du dich um die Kopfgeldjäger des Teufels?«

»Es geht mir nicht vornehmlich um die Jäger.« Alek lügt beinahe überzeugend. »Du musst zugeben, wir haben kein recht ...«

»Die Jäger und alle anderen menschlichen Angestellten Luzifers sind unbedeutend und werden nach Ermessen vernichtet, wenn es unserer Sache dient«, unterbricht ihn der Wächter in einem Tonfall, der keinen Widerspruch duldet. »Sie haben ihre Entscheidung selbst getroffen, nun müssen sie damit leben. Oder daran zugrunde gehen.«

In seinem ganzen Dasein war Alek noch nie so entsetzt: »Wie zum T...«

Die Welt wird allerdings nicht in den seltenen Genuss kommen, einen Engel fluchen zu hören, da ihm der Wächter augenblicklich das Wort abschneidet. »Hüte deine Zunge! Besinne dich, woher du kommst!«

Alek wendet den Blick von seinem Vorgesetzten ab und atmet

tief durch. Mühsam ringt er um seinen letzten Rest Fassung, während jeder Muskel seines Körpers gespannt ist und sein Herz gegen seine Brust hämmert, als schlage es den Takt zur Rebellion. »Das wird einen Krieg auslösen, den die Menschen und die Nephilim für uns austragen müssen. Wir steigen damit nicht nur moralisch auf die Stufe des Unteren Reiches hinab.«

Der Wächter nimmt seinen Einwand mit einem kühlen Blick zur Kenntnis. Er macht einen Schritt nach vorne und zwingt den kleineren Engel dadurch, weit zu ihm aufzusehen. »Der Rat hat entschieden. Du wirst damit leben. Oder fallen.«

Eine nur spärlich verhüllte Drohung, auf die Alek feierlich nickt. »Ich werde dir meine Entscheidung mitteilen.«

Der Wächter tritt zurück, legt sich einen Finger an die Lippen und mustert den Schutzengel abwägend. »Du bist aufgebracht, Bruder.«

»Aufgebracht ...«, wiederholt er kopfschüttelnd, als müsste er das Wort, das seine Stimmung nicht annähernd beschreibt, selbst nochmals austesten.

Der Wächter legt ihm eine seiner gewaltigen Hände auf die Schulter. Auf den ersten Blick eine brüderliche Geste zur Besänftigung, doch der Druck ist ein wenig zu grob.

»Vielleicht warst du bereits zu lange in dieser Welt, zu lange unter den Menschen. Ich bin sicher, wir finden eine andere Aufgabe für dich.«

Alek schüttelt die Hand seines Vorgesetzten ab, ignoriert die Drohung und strafft die Schultern. »Es liegt nicht an den Menschen, es liegt an uns. Ich war lange genug selbst Mitglied des Rates, um zu wissen, was recht ist. Und was nicht.«

Der Wächter lächelt. Es ist ein kaltes Lächeln, das seine schwarzen Augen nicht erreicht. Offenbar erinnert er sich ungern an die Zeit, in der dieser einfache Schutzengel sein Vorgesetzter gewesen ist. »Ich fürchte, da irrst du dich. Du hast dich verändert, *Hüter*.

Nimm einen Rat deines Bruders an: Erkenne, was deine Veränderung bewirkt hat und werde es los.« Der Wächter nickt, als wolle er seine eigenen Worte bestätigen. Er hat seine Entscheidung längst getroffen – unwiderruflich, so viel ist klar.

Alek versucht den Aufruhr in seinem Inneren durch pure Willenskraft zu bändigen.

»Ich werde dir eine Gefälligkeit erweisen.« Der Wächter umfasst seinen Ellbogen und führt ihn übertrieben liebenswürdig auf das Portal nach Flammach zu. »Gehe zurück in die Menschenwelt und ich vergesse, dass dieses Gespräch je stattgefunden hat.«

»Könntest du dich endlich hinsetzen? Du machst mich nervös.« Toni beobachtet Lestat, der an der Wand lehnt und mit einem Fuß ungeduldig auf der Stelle tippelt.

Der Vampir stößt sich ab, stemmt die Hände in die Hüften und blinzelt sie erstaunt an. »Ich mache dich nervös? Ich? Da gibt es ganz andere Leute, die dich nervös machen sollten.«

Sie stöhnt entnervt auf und lässt sich in die Kissen der Couch zurückfallen. »Willst du mich jetzt auch noch umbringen?«

»Nein.«

»Dann setz dich hin und halt die Klappe, bevor du mich zu Tode nervst.«

Der Vampir wirft ihr einen vernichtenden Blick zu, tut jedoch, was sie verlangt, und lässt sich neben ihr nieder. Beleidigt verschränkt er die Arme vor der Brust. »Warum bist du immer so unfreundlich, wenn du schlechte Laune hast?«

»Nenn mir mal einen, der freundlich ist, wenn eine Horde wildgewordener Irrer hinter ihm her ist, um ihn kaltzumachen.«

»Der Dalai Lama.« Ein Ausdruck des Triumphes formt sich auf Lestats Gesicht.

Toni wirft ihm einen Blick zu, der in manchen Staaten durchaus vor Gericht Bestand hätte – als Beweis für eine Todesdrohung. Dann schließt sie die Augen und schüttelt erschöpft den Kopf. »Das ist doch alles ein schlechter Witz.«

»Ja, tut mir leid.«

»Das habe ich nicht gemeint. Der war zwar richtig schlecht, aber ich dachte da eher an meine Situation.« Sie stützt die Ellbogen auf die Knie und legt den Kopf in ihre Hände. »Ein Engel, ein Jäger und ein Nephilim ... Das klingt doch schon wie der Anfang von einem schlechten Scherz.«

Lestat tätschelt ihr mitfühlend das Knie. »Du entwickelst allmählich ein echtes Händchen für Männer.«

»Du meinst wohl, ich entwickle ein Händchen für Probleme mit Männern. Zwei von dreien wollen mich umbringen. Und den Einzigen, der in mir etwas Gutes gesehen hat, habe ich vergrault. Gut gemacht, Toni. Da sind sie wieder, deine drei Probleme.«

Lestat stößt sie herausfordernd mit dem Ellbogen an. »Was ist mit mir? Ich bin auch noch da. Für mich bist du nicht nur die Kopfgeldjägerin von Flammach.« Ein Schmunzeln formt sich auf seinen Lippen. »Gut, ich bin vielleicht nur ein halber Mann, trotzdem bin ich für dich da.«

»Ich weiß. Aber ... das ist was anderes.«

Sie hebt die Mundwinkel, aber ihr bester Freund erkennt natürlich das gezwungene Lächeln.

»Hör mal. Er ist ein Engel. Sein Volk hat die Vergebung erfunden.«

»Nein. Ich habe den Ausdruck in seinen Augen gesehen. Er hat definitiv erkannt, dass ich es nicht wert bin.« Seufzend lehnt sie sich in die Kissen zurück und mustert Lestats nachdenkliches Gesicht. »Woher der plötzliche Sinneswandel? Du hast doch immer gesagt, ich soll mich von ihm fernhalten.«

Der Vampir wirkt mit einem Mal sonderbar verlegen. »Na ja, ich sehe, wie es dir geht. Außerdem ...«

Fragend hebt Toni eine Braue, während Lestat gründlich über seine nächsten Worte nachzudenken scheint.

»Hauptsächlich war ich gegen ihn, weil ich Angst hatte, er könnte recht haben.« Sichtlich beschämt heftet er den Blick auf seine im Schoß verschränkten Hände. »Wenn du deinen Vertrag auflöst, wieder zum Menschen wirst, was wird dann aus mir?«

Toni kann sich ein Lachen nicht verkneifen. »Du alter Egomane.«

»Du bist meine beste Freundin. Ich wollte dich eben nicht verlieren.«

»Ach, Lestat.« Schmunzelnd legt sie einen Arm um seine Schultern und drückt ihn an sich. »Ich wäre auch als Mensch noch deine Freundin. Und ich könnte den Typen, die dir krumm kommen, nach wie vor in den Arsch treten.«

Anders als erwartet erwidert er ihr Lächeln nicht. »Du wärst sterblich. Irgendwann wärst du nicht mehr da.«

»Du musst dir keine Gedanken darüber machen. Ich bin nicht sterblich und kein normaler Mensch. Ich komme niemals aus meinem Vertrag raus, vorher lande ich in der Hölle. Außerdem hat Alek selbst eingesehen, dass er sich geirrt hat.«

Lestat nickt, der bekümmerte Ausdruck auf seinem Gesicht weicht jedoch nicht. »Wie geht es jetzt weiter?« Scheinbar ist er fest entschlossen, an Tonis Seite zu kämpfen.

Resigniert zuckt sie mit den Schultern. Lohnt es sich überhaupt zu kämpfen? Oder sollte sie sich allmählich entscheiden, in wessen Klinge sie sich lieber stürzen will?

Das ewige Nichts oder die Hölle – das sind für Luzifers Angestellte wohl die einzigen Aussichten auf Rente.

Ein blendend gelaunter Nikolaj betritt gemeinsam mit einem Gefolgsmann das provisorische Arbeitszimmer des Friedenswächterverstecks.

»Finn.« Beiläufig begrüßt er den Nephilim, der vor seinem Schreibtisch auf ihn wartet. »Wie geht es dem Arm?«

Automatisch streicht Finn über seinen verletzten Ellbogen und verzieht das Gesicht. Glücklicherweise ist der Nephilim selbst mit einem Arm in der Schlinge noch stärker als die meisten anderen.

»Das Miststück hat Glück, dass sie nur den linken erwischt hat«, brummt er und reicht Nikolaj ein Blatt Papier.

»Du erinnerst dich an Marco?« Dieser wedelt mit dem Papier in die Richtung seines Begleiters, dann widmet er sich dem Dokument. »Was ist das?«

»Die Späher haben einen zweiten Jäger in Flammach ausgemacht. Sie haben ein Foto geschickt«, berichtet Finn, umrundet den Tisch und wirft einen Blick auf die ausgedruckte Aufnahme in Nikolajs Händen. »Ein bisschen unscharf«, fügt er entschuldigend hinzu.

Nikolaj runzelt die Stirn, als er das Foto beäugt. Es zeigt einen jungen Mann asiatischer Abstammung, der ein Schwert in den Kofferraum eines mausgrauen Kombis lädt. »Das macht die Sache ein klein wenig komplizierter. Sind deine Quellen verlässlich?«

»Denke schon.«

Unbewusst betastet Finn den Griff des Schwerts, das an seinem Gürtel befestigt ist. Für Nikolaj ein eindeutiges Zeichen von Nervosität. Das Schwert auf dem Foto ist nicht genau zu erkennen, aber er muss diesen Hinweis ernst nehmen. Schließlich will er kein Risiko eingehen.

»Gute Arbeit«, lobt er. »Wir bleiben bei unserem Plan. Er wird sich dadurch voraussichtlich ein wenig in die Länge ziehen.« Er wendet sich an Marco, der ebenfalls unruhig an seinem Schwert herumzupft. »Kein Grund zur Beunruhigung. Das Vorhaben erfordert nur eine geringfügige Abweichung. Ist alles vorbereitet?«

»So gut wie«, erwidert Marco verlegen. »Es gibt immer noch keinen Freiwilligen.«

»Trommelt alle zusammen«, ordnet Nikolaj an. »Ich denke, ich sollte nochmals auf die Wichtigkeit dieser Aktion hinweisen.«

Obwohl weder seine Augen noch seine Ohren etwas Ungewöhnliches erfassen, meldet sein Unterbewusstsein eine Präsenz an der Türschwelle hinter ihm. Alarmiert wirbelt er herum.

»Wie bist du schon wieder hier reingekommen?«, schnauzt er den Engel an und bedenkt ihn mit einem wütenden Blick.

Die beiden Friedenswächter an seiner Seite reagieren sofort, indem sie ihre Schwerter ziehen und warnend auf den Eindringling richten.

Der Engel lächelt spöttisch auf die Nephilim herab. »Ihr bedroht einen Engel mit einem Engelsschwert? Ihr Narren.«

Nikolaj bedeutet Finn und Marco, die einen irritierten Blick wechseln, die Waffen wegzustecken. Sie leisten seinem Befehl unverzüglich folge und treten zurück, jedoch nicht, ohne den Engel mit einer Mischung aus Neugier und Besorgnis im Auge zu behalten.

»Du kannst hier nicht reinplatzen, wie es dir gefällt«, fährt Nikolaj den Engel an.

»Du machst einen Fehler«, erwidert dieser, durchquert den Raum und bleibt eine Armlänge vor Nikolaj stehen. »Die Kopfgeldjäger zu vernichten, richtet mehr Schaden an, als dass es euch dienlich wäre.«

Dieser verschränkt die Arme vor der Brust und verzieht die Lippen zu einem verächtlichen Grinsen. »Das glaubst du also? Besser wir vernichten sie als sie uns. Findest du nicht?«

Der Engel schüttelt den Kopf, er wirkt fast ... verzweifelt. »Ich bin sicher, wir können einen Handel mit Luzifer abschließen, sobald ihr euch bewährt habt und offiziell dem Oberen Reich angehört.«

»Ja, denn der Teufel ist ein so einsichtiger und anständiger Kerl.« Nikolaj lacht bitter auf. »Wie sollen wir unsere Arbeit machen, wenn wir pausenlos damit beschäftigt sind zu überleben? Du hast doch keine Ahnung, wie es ist, ständig davonlaufen zu müssen. Du kennst das Leben als Geächteter nicht.«

»Das mag sein. Dennoch wird es euch nichts nützen. Das ist der Inbegriff des Teufelskreises. Für jeden Jäger, den ihr vernichtet, wird der Dunkle zwei neue schicken.«

Nikolaj erwidert den durchdringenden Blick des Engels. »Und auch die werden wir vernichten. Jeder, der sich zu einem Jäger machen lässt, verdient es nicht, auf dieser Welt zu sein.«

»Wer entscheidet das? Du? Du hast nicht das Recht darüber zu bestimmen, wer leben darf!« In den Augen des Engels lodert der Zorn empor – ein glühender Blitz zwischen saphirblauen Gewitterwolken.

Nikolaj erschauert, dennoch reckt er trotzig das Kinn in die Höhe. »Haben *sie* denn das Recht über *unseren* Tod zu entscheiden?«

Schnaubend wendet der Engel den Blick ab, dann legt er sich eine Hand an die Stirn. Nikolaj verkneift sich ein Grinsen. Die Vorstellung, ein Nephilim könnte einem Engel Kopfschmerzen bereitet haben, erscheint ihm mehr als lächerlich.

»Luzifer trifft diese Entscheidung, der Jäger führt die Order lediglich aus«, antwortet der Engel, sichtlich um seine Beherrschung bemüht. »Wenn ihr jemanden bekämpfen wollt, dann den Dunklen. Und das könnt ihr nur, indem ihr den Menschen beisteht, nicht aber, indem ihr seine menschlichen Angestellten tötet.«

Nikolaj zuckt betont unbekümmert mit den Achseln. »Das macht die Sache bei Gott nicht besser.«

»Lass Gott aus dem Spiel, er wird dir hierbei nicht helfen, Nephilim«, sagt der Engel wie aus einem Reflex heraus. »Wenn dein Vater hier wäre ...«

»Mein Vater war ein Feigling. Genau wie du!«

Totenstille legt sich über das kleine Zimmer. Der Engel starrt

Nikolaj mit großen Augen an und dieser begreift allmählich, was er eben gesagt hat. All die unterdrückte Wut auf seinen Vater, dem er dieses Leben in der Dunkelheit zu verdanken hat, ist ungebeten in sein Bewusstsein geschossen und hat sich überstürzt entladen.

»Wie kannst du es wagen, so über ihn zu sprechen?«, zischt der Engel.

»Niko, ich …« Clarissas glockenhelle Stimme. Sie bricht den Satz ab, als sie die Spannung im Zimmer bemerkt, und erstarrt beim Anblick des Engels.

Langsam dreht dieser sich zu ihr um.

»Hallo«, haucht sie überrascht.

»Das ist gerade kein besonders guter Zeitpunkt, Schatz.« Eine deutliche Warnung liegt in Nikolajs Tonfall.

Ohne ihren Freund zu beachten, wendet sie sich freundlich an den Engel: »Hast du eine Nachricht vom Oberen Reich für uns?«

»Die habe ich allerdings«, informiert er sie ebenso höflich. »Es wird keine Jagd auf die Kopfgeldjäger stattfinden.«

»Er lügt«, raunt Nikolaj.

»Niko!« Clarissa reißt bestürzt die Augen auf.

Mit einem siegessicheren Lächeln wendet er sich dem Engel zu. »So ist es doch. Du kommst nicht im Auftrag des Rats. Ich muss mir von dir nichts sagen lassen. Mach du deine Arbeit und ich werde meine machen.«

Der Engel beäugt ihn eine Weile lang, dann nickt er, als hätte er eine bedeutungsschwere Entscheidung getroffen. »So soll es sein. Ich kümmere mich von nun an um meine eigenen Angelegenheiten und stehe der Jägerin nicht mehr im Wege.« Damit dreht er sich um und verlässt ohne ein weiteres Wort den Raum.

Clarissa blickt ihren Freund noch immer fassungslos an. Sie mustert aufmerksam sein Gesicht, als versuchte sie, etwas Verlorenes darin wiederzufinden.

»Ich erkenne dich nicht wieder, Nikolaj«, wispert sie nach einer Weile.

»Du solltest ins Bett gehen.« Lestat gähnt ausgiebig und streckt die Arme in die Luft. »Schlaf eine Nacht drüber. Vielleicht fällt dir morgen ein, was wir tun können.«

Toni wirft ihm einen abfälligen Seitenblick zu. »Es ist kurz nach acht. Davon abgesehen glaube ich nicht, dass ich heute Nacht schlafen kann ... Oder jemals wieder.«

Der Vampir nickt, dann verzieht er nachdenklich die Lippen. »Eines verstehe ich nicht: Wozu Engelsschwerter? Könnten sie deine Seele nicht genauso gut mit einer Sieben-Millimeter in die Hölle befördern?«

Toni drückt sich tiefer in die Kissen der Couch. »Das ist genau das, was sie nicht wollen. Es ist nicht ihre Absicht, mich in die Unterwelt zu verbannen, sie wollen mich vernichten.«

»Wie meinst du das?«

Sie starrt an die Wand, weil sie den sorgenvollen Blick ihres Mitbewohners nicht sehen will. »Die Jäger – zumindest alle außer mir, wenn es mich jetzt erwischt – werden vom Boss wieder in die Menschenwelt geschickt, nachdem ihre Seelen bei ihm ankommen. Das Schwert der eigenen Seite ins Herz gestoßen zu bekommen, bewirkt so etwas wie eine Verbannung. Man wacht in der anderen Welt wieder auf. Demnach bringt das den Nephilim nichts. Aber das Schwert des Feindes im Herzen vernichtet eine Seele vollkommen. So ist es mit Engelsschwertern bei uns Unterweltlern und mit Dämonenschwertern bei den Nephilim. Man existiert schlichtweg nicht mehr – in keiner der drei Welten. Die Seele ist restlos ausradiert und nur der Körper bleibt als leere Hülle in der Menschenwelt zurück.«

Trotz der ausweglosen Situation und Lestats besorgten Fragen spürt Toni kaum Furcht. Es ist, als tummelt sich ein Übermaß an Gefühlen in ihr und jedes einzelne kämpft energisch darum, gefühlt zu werden. Bisher gibt es allerdings keinen Sieger.

»Das klingt so … endgültig«, bemerkt Lestat.

Toni stöhnt, sie erträgt seinen mitleidigen Tonfall nicht. »Tu nicht so, als hätte ich schon verloren. Die Sache ist noch nicht gelaufen.«

»Das mache ich nur, weil du dich so verhältst! Verkriechst dich hier in der Wohnung, lässt dich hängen … Wenn du dich weiterhin so tief in die Kissen drückst, verschmilzt du mit der Couch.«

»Vielleicht ist genau das mein Plan.« Seufzend setzt sie sich auf und presst Daumen und Zeigefinger gegen ihr Nasenbein.

Verdammte Engelskinder … selbsternannte Friedenswächter … So was Lächerliches …

Plötzlich fegt eine Erinnerung durch ihr Bewusstsein und wirbelt die trägen Gedanken in ihrem Kopf auf. »Weißt du, an wen mich der Nephilim erinnert? An meinen Großvater.«

»Ich bin sicher, er wird sich freuen, das zu hören.« Lestat wirft ihr einen verständnislosen Blick zu.

Sie wedelt enthusiastisch mit den Händen in der Luft. »Nein, nein, hör zu: Mein Großvater war ein leidenschaftlicher Schachspieler. Er hat immer zu mir gesagt: ›Es ist längst nicht so wichtig, *deine* Züge vorauszuplanen, du musst vielmehr die Züge deines Gegners durchschauen. Überrasch ihn – bring ihn aus dem Konzept.‹«

»Und du meinst, der Nephilim geht so vor?«

Toni ruft sich die Erinnerung an ihre Begegnung mit Nikolaj im Park ins Gedächtnis. Aufgeregt zieht sie die Füße unter ihren Hintern und dreht sich zu Lestat um. »Ja, er hat denselben irren, berechnenden Blick wie mein Großvater vor dem Schachbrett.«

»Und das hilft uns jetzt weiter, weil …?«

»Überleg doch mal! Er weiß nicht, dass wir wissen, wie er vorgeht.«

Der Vampir runzelt die Stirn und blinzelt seine Mitbewohnerin an. »Ich fürchte, ich komme nicht ganz mit.«

Ungeduldig wedelt sie mit einer Hand. »Er weiß nicht, dass wir von dem Deal mit den Engeln und von den anderen Nephilim wissen. Er geht davon aus, ich suche nach ihm. Er lockt mich also zu sich. Und ich lasse ihn in dem Glauben, er hätte alles unter Kontrolle. Dabei ist das *mein* Zug. Die Überraschung ist jetzt auf *meiner* Seite.«

Lestat atmet tief durch und weicht zurück, als mache er sich auf das Schlimmste gefasst. »Und an welche Art von Überraschung hast du gedacht?«

Sie kann das diabolische Grinsen nicht aufhalten. »Ich habe da eine Idee, die dir vermutlich nicht gefallen wird.«

Bevor sie dem skeptisch dreinschauenden Vampir jedoch erklären kann, was sie vorhat, lässt sie ein unangenehm schrilles Geräusch zusammenzucken: die Türklingel. »Erwartest du jemanden?«

Lestat antwortet mit einem Kopfschütteln.

Langsam erhebt Toni sich vom Sofa, schleicht mit klopfendem Herzen den Flur entlang und zieht ihr Schwert aus dem Schirmständer. Sie verbirgt es hinter ihrem Körper, bevor sie die Wohnungstür mit Schwung aufreißt. Als sie erkennt, wer dort mit abwehrend erhobenen Händen vor ihrem Appartement steht, verengt sie die Augen zu schmalen Schlitzen. Sie richtet das Schwert auf ihn und ignoriert den stechenden Schmerz in ihrer Brust.

»Was für ein Zufall«, knurrt sie. »Meine Schwertspitze hat eben nach dir gefragt.«

»Ich bin unbewaffnet«, sagt Tai.

Sein leidender Blick wirkt aufrichtig, droht bei Toni jedoch, so etwas wie eine innere Kernschmelze zu bewirken.

»Das ist dein zweiter Fehler heute, Jäger.«

»Bitte, bevor du irgendetwas tust, würdest du mich die Rede aufsagen lassen, die ich einstudiert habe?«

Sie betrachtet ihn ein paar Sekunden lang abwägend. Sein Bart hat die Drei-Tage-Marke längst überschritten – er hat wohl mit weniger Zeitaufwand gerechnet, wenn er nicht einmal einen Rasierer eingepackt hat. Wie kann man nur so arrogant sein? Allein für das zerreißende Gefühl der Demütigung würde sie ihn am liebsten sofort ihre Klinge spüren lassen, schließlich siegt jedoch die weibliche Neugierde.

»Du hast dreißig Sekunden«, antwortet sie im gleichgültigsten Tonfall, den sie momentan zustande bringt.

Er wirkt erleichtert, legt die Hände wie im Gebet aneinander und spricht mit sanfter Stimme. »Ich schwöre dir, ich habe dir nie etwas vorgemacht.«

Ein bitteres Lachen entrinnt Tonis Kehle, bevor sie es verhindern kann. »Nein, natürlich nicht. Du hast nur vergessen, eine Kleinigkeit wie einen Auftragsmord an mir zu erwähnen. Das kann uns doch allen mal passieren.«

»Das war ... Ich ... Bitte unterbrich mich nicht, das geht von meiner Zeit ab.«

Er hebt abwehrend die linke Hand – eine strategisch unkluge Entscheidung; denn das Jägersymbol leuchtet wie eine hässliche Erinnerung unter seinem Ärmel hervor und bringt Tonis Innerstes zum Brodeln. »Zwanzig Sekunden.«

Er nickt und wirft einen Blick auf ihr Schwert, dessen Spitze auf seine Brust zeigt. »Luzifer hat mich aufgesucht. Er war in meinem Hotelzimmer und hat mich gewissermaßen vor die Wahl gestellt, entweder meinen Auftrag zu erfüllen oder er krallt sich meine Schwester.« Tai sieht sie vorsichtig an, wohl um ihre Reaktion zu prüfen, die sich als irritiertes Stirnrunzeln zeigt. »Meine kleine, unschuldige Schwester, Toni. Sie ist die einzige Familie, die ich noch habe. Ich wollte sie beschützen. Was hättest du denn getan?«

Toni lässt ihr Schwert ein Stückchen sinken, bis die Spitze auf den Bauch des Jägers zeigt. »Du wolltest sie beschützen und das hast du bestimmt weiterhin vor. Warum bist du also hier? Willst du mir vorschlagen freiwillig zu sterben, um deine Schwester zu retten?«

Betont langsam schüttelt er den Kopf. »Ich denke, uns beiden ist klar geworden, dass ich dich nicht verletzen kann.«

»Hat sich anders angefühlt.« Ein schmerzhafter Stich in ihrer Brust gibt Toni recht.

Tai streckt die Hände nach ihr aus, lässt sie jedoch wieder sinken, als sie ihm einen warnenden Blick zuwirft. »Es tut mir wirklich leid. Ich wollte dir alles erzählen, aber dann ist die ganze Sache irgendwie schiefgelaufen und ich war wie gelähmt. Bevor ich richtig darüber nachdenken konnte, saß ich schon am Steuer und hab das Gaspedal durchgedrückt.«

Toni wirft einen Blick auf ihr Schwert. Die Spitze zeigt inzwischen auf seine Motorradstiefel. Sofern er die Wahrheit sagt, steckt er in einem echten Dilemma. Sofern er die Wahrheit sagt ... »Wie soll ich jemandem vertrauen, der kurz davor war, mich in die Hölle zu schicken?«

Tai lächelt sie versöhnlich an. »Ich vertraue *dir*, vielleicht reicht das für den Moment.«

»Ich bin mir nicht sicher, ob du das solltest.«

»Wenn überhaupt, gibt es nur eine Möglichkeit, wie wir da alle heil rauskommen können: indem wir zusammenarbeiten!«

Toni blickt in seine erwartungsvollen Augen, die ihr vertraut und trotzdem fremd erscheinen. Sagt er die Wahrheit? Wenn er lügt, wieso kommt er dann unbewaffnet? Will er ihr Vertrauen wiedererlangen, um sie doch noch hinterrücks umzulegen?

Tai hat ihr Schweigen anscheinend richtig interpretiert. »Das ist die Wahrheit, Toni. Hier.«

Er greift in seine Jackentasche, zieht ein zusammengeknülltes schwarzes Etwas hervor und reicht es ihr. Es ist das Halstuch, mit dem er seine Jägertätowierung vor ihr verborgen hat. Fragend blinzelt sie ihn an.

»Das soll ein Symbol sein. Dafür, dass ich dich nie wieder belügen werde«, erklärt er, dann schüttelt er lächelnd den Kopf. »Ich glaube gar nicht, dass ich das jetzt sage ...« Seufzend legt er eine Hand an ihre Wange und streicht mit dem Daumen sachte über ihren Wangenknochen. »Ich will dich nicht verlieren, Toni. Du bedeutest mir verdammt viel und ich werde für dich kämpfen.«

In ihr tobt ein Krieg zwischen Herz, Bauch und Kopf, auf den äußerlich nur die schockiert aufgerissenen Augen in ihrem regungslosen Gesicht hindeuten. Sie kann sich nicht entscheiden: Soll sie jetzt dahinschmelzen, ein schlechtes Gewissen haben oder ihm eine Ohrfeige verpassen? Jede dieser Reaktionen hätte einen hinreichenden Grund, über den nachzudenken jedoch den zeitlichen Rahmen für eine Antwort deutlich sprengen würde.

»Verrate das bloß keinem«, feixt Tai.

Eine Mischung aus Unsicherheit, Zuneigung und gespannter Erwartung spiegelt sich in seiner Miene und ist in Verbindung mit dem verschmitzten Lächeln auf seinen Lippen das Entwaffnendste, was sie je gesehen hat.

»Keine Sorge. Ich nehme es mit ins Grab – vermutlich schon morgen.«

Er legt seine Hände auf ihre Schultern und blickt ihr eindringlich in die Augen. »Genau das versuche ich zu verhindern.«

»Und wie willst du das schaffen?«

»Müssen wir das unbedingt im Hausflur besprechen? Lass mich bitte rein.«

»Komm rein!«, mischt sich Lestat plötzlich ein.

Toni wirbelt herum und sieht ihren Mitbewohner am anderen Ende des Flurs stehen, wo er anscheinend, lässig an die Wand gelehnt, ihre Unterhaltung mitverfolgt hat.

»Wir können jede Hilfe gebrauchen«, fügt der Vampir hinzu.

Schnaubend geht Toni zur Seite, um Tai den Weg frei zu machen. Zögerlich betritt er die Wohnung und geht ins Wohnzimmer, vorbei an Lestat, der ihm aufmunternd auf die Schulter klopft, bevor er sich grinsend seiner Mitbewohnerin zuwendet. Er holt Luft, schließt den Mund allerdings sofort wieder, als Toni drohend mit dem Finger auf ihn zielt.

»Wenn du jetzt so etwas wie ›Ich hab's dir ja gesagt‹ von dir gibst, werfe ich dich aus dem Fenster, Fledermaus«, raunt sie ihm zu.

Nachdem Toni Tai über die Pläne der Nephilim informiert hat, breitet sich einen Moment lang unbehagliches Schweigen im Appartement aus.

»Das hat auch sein Gutes.« Seine Stimme klingt seltsam unwirklich und dröhnend in der Stille.

»Findest du?« Lestat wirft Toni einen Blick zu, der offenbar fragt, ob der Typ nicht ganz dicht ist.

»Wir können diese Information für uns nutzen«, erklärt er geduldig. »Ich werde um ein Treffen mit Luzifer bitten und einen Handel vorschlagen. Die Zerschlagung der Friedenswächter im Austausch gegen Vys Leben und Tonis Freispruch.«

»Nette Idee«, erwidert Lestat sarkastisch. »Bleibt nur noch eine Kleinigkeit: Wie zur Hölle sollen wir zu dritt gegen eine Horde Nephilim ankämpfen? Und dabei gewinnen?«

Toni winkt den Einwand ihres Mitbewohners ab und wendet sich Tai zu. »Du willst dich nochmal mit dem Boss treffen? Seit er mir vor zehn Jahren den Vertrag unter die Nase gehalten hat, habe ich nie mehr das Bedürfnis verspürt, ihn wiederzusehen.«

Ein anzügliches Grinsen formt sich auf seinem Gesicht. »Zehn Jahre? Dann hatte ich also was mit einer älteren Frau. Scharf.«

»Ich frage lieber gar nicht erst, wie alt du bist.«

»Könntet ihr euch bitte konzentrieren.« Lestat rutscht unruhig auf der Couch herum, als sitze er auf einem Haufen roter Ameisen. »Was machen wir mit diesem Nephilim-Problem?«

Grinsend legt die Jägerin ihrem Mitbewohner eine Hand auf die Schulter. »Ich sagte doch, ich habe einen Plan.«

»Der mir nicht gefallen wird.« Er kneift die Brauen zusammen und verschränkt die Arme demonstrativ. »Ich erinnere mich.«

»Wir werden …« Toni verstummt, als sie ein dumpfes Geräusch an der Wohnungstür vernimmt.

»Was war das?« Lestat blickt beunruhigt zwischen ihr und Tai hin und her.

»Ich komme einfach nicht zum Abschluss«, brummt sie.

»Das Universum will anscheinend nichts von deinem dämlichen Plan hören.« Ihr Mitbewohner zuckt mit den Schultern. »Seine wohl beste Entscheidung seit Jahren.«

»Klappe zu«, antwortet sie schroff, erhebt sich von der Couch und schnappt sich ihr Schwert, das sie neben sich an die Wand gelehnt hat, um vorbereitet zu sein, falls sich Tais Geschichte doch noch als Trick erwiesen hätte. Dann schleicht sie in den Flur.

Dort drückt sie ihr Ohr gegen die Wohnungstür, lauscht in den Hausflur, hört aber nichts als Stille. Vorsichtig und langsam öffnet sie die Tür. Tai und Lestat, die ihr gefolgt sind, linsen gespannt über ihre Schulter. Nichts.

Toni streckt den Kopf nach draußen und schaut sich aufmerksam um, kann jedoch niemanden entdecken. Als sie die Tür gerade schließen will, nimmt sie ein Schimmern im Augenwinkel wahr. Der glänzende Gegenstand entpuppt sich als goldener Dolch. Ein elegantes Stück mit reichlich verziertem Heft, das in ihrer Wohnungstür steckt und dort ein Blatt Papier aufspießt. Stirnrunzelnd beäugt sie die antike Waffe und das gerollte Papier, das sich bei näherer Betrachtung als Pergament erweist.

»Wer hat unsere Tür erdolcht?« Lestat mustert die Waffe argwöhnisch.

Als Toni vorsichtig den Griff umfasst und den Dolch aus der Tür zieht, spürt sie ein warmes Kribbeln. Mit zusammengekniffenen

Brauen rollt sie das Pergament auf und mustert die Handschrift, die genauso edel aussieht, wie man sie auf einem so altertümlichen Schriftstück erwarten würde:

*Antonia,*
*dieses Mal sollst du wissen, welcher Feind auf dich wartet.*
*Die zehn Plagen konnte ich auf die Schnelle nicht auftreiben.*
*Alek*

Toni streicht mit einem Finger über die fein geschwungenen Lettern, die ihren Namen darstellen.

»Was bedeutet das?«, will Tai wissen.

»Es bedeutet, dass ich jetzt gehen muss.« Sie zwingt sich, den Blick von der Nachricht zu lösen.

Mit bebenden Fingern greift sie nach dem Gurt im Schirmständer und legt dafür vorsichtig den Dolch und das Pergament hinein, dann befestigt sie ihre Waffe an ihrem Rücken.

»Alek? Das ist dieser Engel, oder nicht?«

»Woher ...« Toni winkt kopfschüttelnd ab. »Hier weiß allmählich jeder mehr als ich.«

Tai krallt sich in ihren Unterarm, dreht sie bestimmt zu sich herum und zwingt sie, ihn anzusehen. »Ich halte das für keine gute Idee.«

»Das ist auch nicht nötig. Ich weiß, was ich tue. Und du, tu, was du tun musst. Ich muss jetzt jedenfalls los. Und Lestat ... du ... hältst hier die Stellung.«

Der Vampir salutiert übertrieben und marschiert zurück ins Wohnzimmer. Die Dankbarkeit über seine Aufgabe ist ihm deutlich anzusehen.

»Warte, bitte.« Tai umklammert noch immer ihren Unterarm. »Geh nicht. Ich denke, er ist der Grund, warum ich auf dich angesetzt wurde.«

»Dann spielt es jetzt wohl keine Rolle mehr, wenn ich zu ihm gehe.« Sie reißt sich von ihm los und blickt ihm warnend in die Augen. »*Er* hat mir nie einen Grund gegeben, ihm zu misstrauen.«

Als Tai beschämt zur Seite schaut, seufzt sie tief. Sie will nicht so hart zu ihm sein, aber er hat sie nun einmal zutiefst verletzt; da kann sie nicht so locker darüber hinwegsehen. Beschwichtigend legt sie eine Hand auf seinen Arm und blickt ihn eindringlich an.

»Überleg dir gut, was du sagst«, fährt sie etwas sanfter fort. »Und wenn Luzifer ablehnt, dann akzeptiere es. Wir finden eine andere Lösung.« Sie beugt sich vor und drückt ihm einen Kuss auf die Lippen. »Ich danke dir.« Damit meint sie sehr viel mehr als nur das Treffen mit dem Teufel. »Wir sehen uns morgen Abend vor dem Hotel.«

»Bevor ich es vergesse ...« Er greift in die Hosentasche und zieht ihr Handy hervor. »Ruf mich an, wenn es Probleme gibt.«

»Probleme gibt es genug, einfacher wäre, ich rufe dich an, wenn es keine mehr gibt.« Sie schiebt das Telefon in die Innentasche ihrer Lederjacke, nickt ihrem Kollegen zum Abschied zu und macht sich auf den Weg zu Alek.

# AUF IN DEN KAMPF

Toni stapft den Kiesweg hinauf. Sie hat ihre Wohnung mit einem flauen Gefühl im Magen verlassen und je näher sie der Spitze des Galgenbergs kommt, umso schlechter wird ihr. Sie fürchtet sich nicht vor dem Treffen mit dem Engel, ihrem natürlichen Feind, sondern vielmehr vor seinem enttäuschten Blick, der Abscheu in Aleks Miene.

War es nicht genau das, was sie wollte? Er sollte doch akzeptieren, dass sie eine Angestellte der Hölle ist, ein ›Hilfsdämon‹. Warum fühlt sich ihr Herz dann so schwer an?

Lange Wolkenfetzen ziehen am Himmel entlang und schieben sich am Mond vorbei. Der Wechsel zwischen Schatten und Licht malt merkwürdig düstere Muster auf die Gestalt des Engels, als wäre sein maskenhaftes Gesicht die Leinwand eines Schattentheaters.

Tonis Herz stolpert in ihrer Brust, als rebelliere es gegen die Begegnung. Gewaltsam bewegt sie ihre bleischweren Beine dazu, die letzten Meter auf ihn zuzugehen. Mit großem Sicherheitsabstand stellt sie sich vor Alek und sieht ihn unsicher an. Er steht regungslos da, mit den Händen in den Manteltaschen und erwidert ihren Blick. Seine schönen Augen haben ihren Edelsteinglanz verloren; heute erscheinen sie in derselben Farbe wie die nächtliche raue See.

»Hi«, begrüßt sie ihn unbeholfen.

Er mustert sie eingehend, als wäge er ab, ob dieses Treffen die richtige Entscheidung war.

»Soll ich wieder gehen?«, fragt Toni vorsichtig.

Ein leises Lächeln formt sich auf seinen Lippen. »Nein. Jetzt, da du den beschwerlichen Weg bereits auf dich genommen hast ...«

»Ich erklimme nicht für jeden den Galgenberg.« Still verflucht sie sich für ihr unüberlegtes Geschwätz.

Alek fasst ihre Worte offenbar nicht als Kompliment auf, denn er verzieht bitter die Lippen.

»Du solltest wissen, was vor sich geht«, kommt er übergangslos auf den Grund ihres Treffens zu sprechen – kein gutes Zeichen. »Es ist alles wahr. Das Obere Reich erkennt die Nephilim als Kinder an, wenn sie im Gegenzug auf die Erhaltung des Gleichgewichts achten. Hier in Flammach findet eine Art Testlauf statt.«

Anscheinend ist diese Tatsache für ihn sehr viel überraschender als für Toni. Unbeeindruckt zuckt sie mit den Schultern.

»Sie wissen außerdem von der geplanten Vernichtung der Kopfgeldjäger. Und billigen es«, fährt der Engel fort und macht ein angewidertes Geräusch.

»Ich habe allmählich begriffen, dass wir Menschen – ob höllische Angestellte oder nicht – einfach nur Spielfiguren für das Obere und das Untere Reich sind. Ich habe mit nichts anderem gerechnet.«

Alek runzelt die Stirn und blickt auf die hell erleuchtete Stadt hinab. »Dann hast du weniger von meinem Volk erwartet als ich.«

»Ich bin nicht so lange dabei wie du, aber ich habe noch nie erlebt, dass sich das Obere Reich irgendwo einmischt. Manchmal denke ich, es gibt nicht Böse und Gut, sondern Böse und Gleichgültigkeit.«

Der Engel macht ein Gesicht, als hätte sie ihm in den Magen geboxt. »Das war nicht immer so«, verteidigt er sein Volk lahm.

»Und so wird es auch nicht bleiben. Jetzt, da die Nephilim zu euch gehören, kümmern *sie* sich um eure Angelegenheiten. Ob das *gut* ist, sei mal dahingestellt …«

Als Alek kummervoll zu Boden blickt, verschränkt Toni die Arme vor der Brust. Sie will nicht versehentlich eine Hand nach ihm ausstrecken, ihm aufmunternd auf die Schulter klopfen oder ihn sonst in einer Weise unangemessen berühren …

»Ich bin stets davon ausgegangen, wir täten das Richtige. Wir waren von jeher die Guten. Das war unsere Bestimmung. Doch vielleicht sind wir nachlässig geworden.«

»Ich bin sicher, *du* tust immer noch das Richtige.«

Auf ihren Versuch, ihn aufzumuntern, schüttelt Alek energisch den Kopf. »Es ist unwesentlich, das Richtige zu tun, wenn es nichts bewirkt. Ich habe versucht, den Plan der Nephilim zu vereiteln, aber der Wächter will nichts davon hören. Nikolaj auch nicht.«

Den Engel so deprimiert zu sehen, versetzt Toni einen Stich ins Herz. Sie kann regelrecht beobachten, wie etwas in ihm auseinanderbricht.

»Für Nikolaj ist die Angelegenheit inzwischen persönlich. Er will mich loswerden, weil ich ihn bedroht habe. Ich glaube, es geht ihm hauptsächlich um Rache. Ich denke nicht, dass er deswegen gleich *alle* Jäger ausschalten wird.« Sie zuckt betont unbekümmert mit den Achseln – die einzig besänftigende Geste, die ihr heute Abend einfallen will. »Ein Jäger mehr oder weniger – das spielt doch keine Rolle. Deswegen bricht nicht das gesamte System zusammen.«

»Es spielt sehr wohl eine Rolle!« Die Melancholie wechselt in Sekundenschnelle zu Zorn. Alek nimmt ihre tröstend gemeinten Worte anscheinend nicht als solche auf. »Er hat nicht das Recht, dich zu töten. Und das Obere Reich sollte nicht untätig dabei zusehen.«

Seine Augen blitzen ihr wütend entgegen, trotzdem tritt sie näher, bis sie diese einzigartige Mischung aus Wärme und Licht, Jasmin und Zimt riechen, sogar auf der Zunge schmecken kann.

»Wieso ist dir das so wichtig? Warum willst du mir unbedingt helfen?«

Alek schließt die Augen und lässt den Kopf hängen. »Bitte zwinge mich nicht dazu, es auszusprechen.«

»Was auszusprechen?«, flüstert Toni und macht einen weiteren Schritt auf ihn zu.

Als er flehentlich auf sie herunterblickt, verspürt sie ein noch innigeres Bedürfnis, ihn zu trösten, den Schmerz in seinen Augen auszulöschen. Wie ferngesteuert hebt sie eine Hand, streicht mit den Fingerspitzen über die ebenmäßige Wange und tastet sich vor, bis zu seinem Nacken. Seine Haut fühlt sich an wie edler Samt und die seidigen Haare kitzeln ihren Handrücken. Tonis Finger gleiten durch die goldbraunen Strähnen, dann zieht sie ihn sachte zu sich und schließt die Augen. Bevor ihr bewusst wird, was sie da tut, hat sie ihre Lippen auch schon auf seine gelegt.

Eine lodernde Hitze breitet sich in ihrem Körper aus. Ihr Herz rast und sie hat das Gefühl in Flammen zu stehen. All die Sehnsucht der vergangenen Tage bricht mit einem Schlag aus ihr heraus. Sie kann nicht anders, schlingt ihren Arm um seine Taille und presst sich so eng wie irgend möglich an ihn, während sie ihren Mund begierig auf seinen weichen Lippen bewegt.

Als sie seine Finger ganz sachte auf ihrem Rücken spürt, schlägt ein Gedanke wie ein Blitz in ihren Verstand ein: *Du küsst gerade ungefragt einen Engel.*

Abrupt reißt sie sich los, torkelt zurück und schlägt sich eine Hand vor den Mund. »Es tut mir so leid«, haucht sie erschrocken.

Alek verzieht schmerzvoll das Gesicht. »Nein, bitte, entschuldige dich nicht. Quäl mich nicht noch mehr.«

Fragend sieht sie ihm in die Augen; auf der nächtlichen rauen See tobt inzwischen ein gewaltiger Sturm. Alek zögert, holt mehrmals Luft und scheint nach den passenden Worten zu suchen.

»Du hast etwas von mir genommen, das ich dir nie geben

wollte ... Mein Herz. Ich will es zurück. Du hast ohnehin keine Verwendung dafür.«

»Du hast doch stattdessen meins, reicht dir das nicht?« Die Worte rutschen aus ihrem Mund, bevor Toni sie aufhalten kann. Hat er eben tatsächlich gesagt ...?

Alek legt den Kopf schief. Er sieht genauso verwirrt aus, wie sie sich fühlt. Fast wäre sie zurückgewichen, als der Engel zögerlich die Finger ausstreckt und ihre Hand ergreift. Seine Berührung kribbelt angenehm warm auf ihrer Haut.

»Du hast es also auch gespürt.«

Toni nickt lediglich, sie traut ihrer Stimme im Moment nicht.

»Wie soll das nur weitergehen?«, fragt er leise.

»Gar nicht. Ich kann nicht. Das darf schlichtweg nicht sein!« Sie hatte recht, was ihre Stimme anbelangt. Sie ist zu laut, zu heftig und vertreibt das Lächeln, das eben auf Aleks Gesicht entstehen wollte.

Er presst die Lippen zusammen, während er sie argwöhnisch mustert. »Liegt es an diesem Jäger?«

Toni lacht humorlos auf. Ist das tatsächlich der einzige Grund, der ihm einfällt? »Mit Tai wäre es wirklich leichter. Wir sind wenigstens von derselben ... Art.«

»Dann willst du den einfachen Weg gehen, anstatt dem Weg deines Herzens zu folgen.« Es ist mehr eine Feststellung als eine Frage.

Energisch schüttelt Toni den Kopf und drückt Aleks Hand dabei automatisch noch fester. »Welchen Weg denn? Es gibt keinen Weg für uns! Nicht mal eine schmale, zerfallene Hängebrücke. Du bist ein Engel und ich eine Jägerin, verdammt, wie soll das funktionieren? Das musst du doch erkennen!«

›Uns‹ – ihr Herz krampft sich bei dem Wort schmerzhaft zusammen. Scharf atmet sie ein und heftet den Blick auf ihre ineinander verschlungenen Finger.

»Du willst nicht einmal nach einer Möglichkeit suchen.«

Seufzend schüttelt sie den Kopf. »Was macht es für einen Sinn nach etwas zu suchen, das nicht existiert? Abgesehen davon, dass ich dieses ganze Wirrwarr vermutlich nicht lebend überstehe, ist es nicht gerade so, als gäbe es gesetzliche Kündigungsfristen in der Hölle. Und selbst wenn, dann wäre ich immer noch ein Mensch. *Es gibt keinen Weg.* Das liegt nicht an Tai oder an dir oder an mir – es liegt an der Aussichtslosigkeit der Situation.«

Genauso zögerlich, wie er sie genommen hat, gibt Alek ihre Hand wieder frei. »Ich existiere seit einer halben Ewigkeit. Ich habe etliche Schlachten geschlagen, habe Gewinner weinen und Verlierer jubeln sehen. Doch ich weiß, wann ich verloren habe.«

Der warmen Berührung entzogen, fühlen sich Tonis Finger mit einem Mal kalt und steif an. Und auch in ihrem Inneren scheint eine Wüste aus Eis zu wachsen. »Alek, ich kann froh sein, wenn ich diese Sache überlebe. Das Problem, wie ich aus meinem Vertrag herauskomme, ist momentan meine kleinste Sorge.«

»Ich werde dir von nun an nicht mehr im Weg stehen«, informiert er sie sachlich. »Mein Schwur, meinem alten Freund gegenüber, ist gelöst.«

»Danke.«

Seine Gefühle hat er einfach hinter eine ausdruckslose Miene geschoben, als wäre das alles eben nicht geschehen. Zum Abschied nickt er ihr zu, dann setzt er sich in Bewegung und schreitet den Kiesweg hinab.

Als er aus ihrem Blickfeld verschwunden ist, lässt sich Toni erschöpft auf die Knie fallen. Die feuchte Erde schmatzt unter der Last, als wolle sie die Jägerin verschlingen. Und einen Moment lang wünscht sich Toni, sie täte genau das.

Alek, der Engel, empfindet das Gleiche wie sie – was für eine unerträgliche Vorstellung! Es ist eine grausame Farce des Schicksals, die niemand weniger verdient hat als er.

Ihre Brust fühlt sich an, als bilde sich ein rauer, schwerer Klumpen Lehm darin.

»Du solltest dein Herz doch nicht weggeben. Sieh nur, wohin dich das gebracht hat.«

Tai tigert durch das Hotelzimmer, marschiert vom Fenster zur Tür, von der Tür ins Bad und hält ab und an nachdenklich inne, bevor er die Prozedur von Neuem beginnt. Die Rede, die er für Luzifer vorbereitet hat, bricht in seinem Kopf immer wieder auseinander wie ein Wortpuzzle. Fieberhaft versucht er, es alle paar Minuten neu zusammenzusetzen, während Ku'rax' hämisches Gelächter in seinen Ohren nachhallt.

Zwei Stunden ist es her, seit er seinen Boss angerufen und um eine Audienz beim Fürsten der Unterwelt gebeten hat. Das Warten zermürbt ihn seitdem. Vor einer Stunde war er fast so weit, das Treffen abzusagen und zurück zu Toni zu fahren – dieses Mal mit seinem Schwert. Dann ist jedoch ihr Gesicht vor seinem inneren Auge erschienen, der verächtliche und gleichzeitig verletzte Blick ... nein, er hat wohl keine andere Wahl. Der Handel mit Luzifer scheint die einzige Chance zu sein, wie er ihrer aller Leben retten kann. Zugegeben, eine verschwindend geringe Chance, doch immerhin eine, an der er sich festklammern kann.

Jetzt braucht er aber noch die geeigneten Worte, denn der Teufel ist bekanntlich kein geduldiger Zuhörer. Das ist der schwierigste Teil. Ständig lenken ihn seine Gedanken zu Toni, die sich in diesem Moment mit dem Engel trifft. Diese Tatsache nimmt viel zu viel Raum in seinem Bewusstsein ein, als dass er sich auf das Wortpuzzle konzentrieren könnte.

Was maßt sich dieser Kerl überhaupt an? Macht sich ausgerechnet an eine Jägerin ran ... Obendrein auch noch an *diese* Jägerin; das ist der Gipfel der Frechheit! Da bedeutet ihm eine Frau einmal was und dann ... Und warum lässt sich Toni nur darauf ein? Empfindet sie etwas für den Engel?

Das ist doch lächerlich, redet er sich ein. Denn das würde bedeuten, er ist nur der Trostpreis.

Ein beunruhigend vertrauter Gestank nach verbranntem Plastik wabert über Tais Schulter. Er wirbelt herum und erblickt einen unheilvollen schwarzen Nebel, der sich um den Sessel am Fenster schlängelt.

Er atmet tief ein, hustet, als sich der übelriechende Dunst in seine Lungen frisst, und beobachtet den Nebel, der allmählich eine menschenähnliche Gestalt annimmt. Mit widerwilligem Gesichtsausdruck überwindet er schließlich seinen Stolz und geht bereits vor der stillen Aufforderung auf ein Knie.

Sein Herz klopft protestierend gegen seine Rippen. Tai schaut zu Boden, schließt die Augen und versucht, nur einen Hauch Gelassenheit in seinem Inneren zu finden. Doch die hat sich ängstlich in die letzten Winkel seines Bewusstseins verkrochen und weigert sich standhaft herauszukommen. Letztendlich kapituliert er und blickt nervös zu seinem obersten Vorgesetzten auf.

Luzifer sitzt mit überschlagenen Beinen im Sessel, faltet die Hände im Schoß und schaut erwartungsvoll auf ihn herab. Sein eisiger Blick – so eisig der Blick aus wie Feuer lodernden Iriden eben sein kann – lässt den Jäger frösteln.

»Aus welchem Grund zitiert der Jäger seinen Fürsten zu sich wie eine räudige Straßendirne?« Die polternde Stimme des Teufels klingt nach einer Schneelawine, die ein mittelgroßes Dorf verschüttet.

»Es tut mir leid, dich, äh, Euch zu stören, Fürst.« Tai räuspert sich und fährt mit ebenso wackliger Stimme fort. »Ich habe eine sehr dringende Information, von der Ihr unbedingt erfahren müsst. Es geht um das Obere Reich.«

Luzifer hebt kaum merklich eine Braue in seinem Porzellangesicht und ein orangerotes Glühen flackert über seine linke Gesichtshälfte. Die Erwähnung des Oberen Reiches hat wie geplant sein Interesse geweckt. Gemächlich rudert er mit einem krallenbewehrten Finger, wohl um dem Jäger das Wort zu erteilen.

»Das Obere Reich ist einen Handel mit den Nephilim eingegangen.« Tai verschluckt sich fast an den Worten, die wie Salven aus seinem Mund feuern. Er muss so viel Information wie möglich loswerden, ehe der Teufel ihn gelangweilt unterbrechen kann. »Die Engel werden die Nephilim als ihre Kinder anerkennen, wenn sie ihnen helfen, das Gleichgewicht in der Menschenwelt aufrechtzuerhalten. Die Nephilim sehen darin aber die Chance deine, äh, Eure menschlichen Angestellten zu vernichten. Sie ...«

»Sie halten sich nicht an das Abkommen, diese geflügelten Halunken«, unterbricht ihn Luzifer. Auf seinen Lippen formt sich ein Grinsen, das auf dem straffen, faltenlosen Gesicht merkwürdig verzerrt und künstlich wirkt.

Stirnrunzelnd blickt Tai zu seinem Vorgesetzten auf. Freut er sich etwa über diese Nachricht? »In Anbetracht dieser schwierigen Situation werden wir alle Kräfte mobilisieren müssen, die zur Verfügung stehen.« Er räuspert sich noch einmal – seine Kehle fühlt sich an, als säße ein talgiger Klumpen darin fest. »Das Untere Reich sollte sich diese Ungerechtigkeit nicht gefallen lassen.«

Der Teufel starrt weiterhin mit einem tief entspannten Ausdruck diabolischer Freude in den Augen an ihm vorbei.

Nervös trommelt Tai mit den Fingern auf seinem Knie. »Meint Ihr nicht?«

»Wir werden neue Jäger formen müssen. Mehr Krieger ...« Luzifer legt einen dürren, blassen Finger an seine blutroten Lippen.

Tai unterdrückt ein Schaudern; der Anblick erinnert ihn an Eis und Feuer – die Bausteine der Hölle. Nur nicht einknicken, er hat seinen Vorgesetzten allmählich genau dort, wo er ihn haben will.

»Ich habe gehört, der Anführer der Nephilim sitzt in Flammach. Er ist für diesen Handel verantwortlich.« Tai wischt sich die schweißnassen Hände an seiner Jeans ab. »Sie müssen sich bewähren, bevor sie offiziell in die Gesellschaft der Engel aufgenommen werden. Wir sollten die Ausbreitung dieser Plage im Keim ersticken.«

Der dunkle Fürst rührt sich nicht, schafft es allerdings trotzdem, seine Miene arglistig wirken zu lassen. »Der Pakt ist gebrochen. Verbündete werden nicht geduldet ...« Plötzlich schweift er in eine seltsame Sprache ab, die klingt, als würden sich Zunge und Gaumen einen unerbittlichen Kampf liefern.

Tai wartet respektvoll ab, bis Luzifer seinen Gedanken beendet hat, dann spricht er ungefragt weiter. Wann hat schon einmal jemand die Gelegenheit in vollständigen Sätzen mit dem Teufel zu sprechen – das muss ausgenutzt werden. »Ich kenne ihr Versteck. Ich kann die Nephilim vernichten. Aber nicht allein.«

Als würde er sich wieder besinnen, wo er sich befindet, richtet der Teufel seine geschlitzten Pupillen auf Tai. In seinem Blick liegt eine Mischung aus Neugier und Belustigung. »Der Jäger schuldet uns noch eine Seele. Dieser sollte er sich bemächtigen, bevor er sich anderen Aufgaben zuwendet.«

Jetzt bloß nichts Falsches sagen! Tai setzt den unschuldigsten und loyalsten Gesichtsausdruck auf, den ein höllischer Angestellter nur zustande bringen kann. »Die Jägerin kennt die Stadt und die betreffenden Nephilim. Sie kann hilfreich sein bei diesem Unternehmen. Ich hielt es für taktisch klüger, sie noch nicht auszuschalten.«

»Ein Jäger hat eine weise Entscheidung getroffen.« Luzifers rumpelnder Tonfall verrät seine Überraschung über jegliche vernünftige Entscheidung der Menschen.

Jetzt ist es Zeit, um den eigentlichen Grund dieser Audienz anzusprechen. Einmal mehr trommelt Tai mit den Fingerspitzen auf seinem Schenkel. »Nachdem sie einen solchen Dienst für das Untere Reich vollbringt, wäre es da nicht angebracht sie dafür ... sagen wir ... von der Verbannung zu verschonen?«

»Keineswegs.« Schlicht und beinahe freundlich – der Teufel klingt, als würde er ein Glas Wein ausschlagen.

»Nein? Aber …« Anscheinend hat er in der ganzen Aufregung die Luft angehalten, denn mit einem Mal entweicht sie Tais Lungen mit einem kräftigen Schnauben. Er entscheidet, alles auf eine Karte zu setzen: »Gibt es *irgendeine* Möglichkeit, die Verbannung der Jägerin zu verhindern?«

Mit einer unfassbar schnellen Bewegung ist das Oberhaupt der Hölle auf den Beinen und ragt nun wie ein Berg über ihm auf. Seine lodernden Iriden heften sich düster auf seinen Untergebenen. »Der Jäger im Zeichen sieben-acht-fünf verdient keine Gnade.«

Tais Nackenhaare stellen sich auf. Die Stimme scheint nicht nur von außen an sein Ohr zu dringen, sondern gleichzeitig in seinem Kopf widerzuhallen.

Drohend streckt der Fürst der Unterwelt einen Finger nach ihm aus. »Der Jäger wird seine Pflicht erfüllen oder büßen.«

Tai keucht – er hat verloren.

»Wir geben ihm Zeit, bis die Nephilim dieser Stadt ausgelöscht sind und der andere Jäger nicht mehr benötigt wird.« Luzifer wirkt stolz wie ein Pfau auf diese Zurschaustellung seiner Güte. Und um seiner Liebenswürdigkeit die Krone aufzusetzen, beschließt er: »Er hat uns einen Dienst erwiesen. Wir werden ihm seine Aufdringlichkeit deshalb nicht nachtragen und von einer Bestrafung absehen.«

Ohne ein Abschiedswort löst sich der Teufel in einer dichten schwarzen Wolke auf und verschwindet zurück in die Unterwelt.

Noch lange kniet Tai auf dem Boden seines Hotelzimmers und starrt auf den anthrazitfarbenen Teppichboden. Er hat nicht die Kraft aufzustehen oder auch nur aufzusehen. Seine letzte Hoffnung hat sich eben in schwarzen Rauch aufgelöst.

»Siehst du, jetzt wird sich doch noch alles zum Guten wenden.« Lestat sortiert umständlich seine langen Beine in den Fußraum des Beifahrersitzes.

Toni hebt eine Braue und schaut Tai nach, der sein Motorrad gemächlich auf die Straße lenkt. Dann sieht sie sich ein weiteres Mal auf dem Parkplatz um, bevor sie den Motor ihres Wagens startet. Seit sie im Hotel eingetroffen sind, kommt sie sich seltsam beobachtet vor, kann allerdings nichts Außergewöhnliches feststellen.

»Der Teufel will seinen besten Kopfgeldjäger eben nur ungern verlieren«, meint Lestat schulterzuckend, als hätte er es die ganze Zeit über gewusst.

»Ja, eigenartig ...« Sie tritt sanft auf das Gaspedal und lässt das Auto auf die Straße rollen. »Kam dir Tai nicht ein wenig konfus vor? Er hatte wieder diesen seltsamen Ausdruck in den Augen.«

Sie wirft einen prüfenden Blick in den Rückspiegel. Wird sie allmählich paranoid? Sie hat noch nie an böse Vorahnungen geglaubt, aber wie es scheint, lacht ihr eine solche soeben hämisch ins Gesicht. Godsmacks ›Good Day to Die‹, das aus ihrem Autoradio dröhnt, macht die Situation auch nicht besser. Nein, heute ist ganz sicher kein guter Tag zum Sterben.

»Er hat sich diese Woche zwei Mal mit dem Teufel getroffen. Da würde vermutlich jeder ein wenig die Contenance verlieren.«

»Wahrscheinlich hast du recht.«

Sie schüttelt den Kopf, um die bösen Gedanken zu vertreiben, kann aber nicht anders, als immer wieder in den Rückspiegel zu blicken. Dieser silberne Kleinwagen, der hinter ihnen herfährt, hat der nicht eben noch auf dem Hotelparkplatz gestanden? Die Fahrerkabine hüllt sich hinter den grellen Scheinwerfern in Dunkelheit, sodass der Fahrer nicht zu erkennen ist, aber das Fahrzeug ist nicht in Flammach zugelassen – so viel verrät das Nummernschild.

Ob sie allmählich paranoid wird und überall nur noch Gefahr sieht? Wie dem auch sei, es kann nicht schaden, das Auto nebenher im Auge zu behalten.

»Du weißt, was du zu tun hast?«, fragt sie Lestat.

Der Vampir stöhnt auf und rollt mit den Augen. »Ja. Ich verstehe aber immer noch nicht, warum ausgerechnet *ich* das machen soll.«

»Na, glaubst du denn, irgendjemand hört auf *mich*?« Sie wirft ihm einen zweifelnden Blick zu. »Du bist wenigstens einer von ihnen ... Irgendwie zumindest.«

Im Kampf gegen die Nephilim benötigen sie dringend Hilfe, das ist ihnen allen inzwischen klar. Lestat kann froh sein, dass die beiden Jäger seinem Quengeln nachgegeben haben und ihn nicht ohne Rückendeckung in die Höhle des Löwen schicken.

Gemächlich nimmt Toni den Fuß vom Gaspedal und lenkt den Sportwagen in Schrittgeschwindigkeit auf den Kiesparkplatz des ›Hell's Kitchen‹, nicht ohne Rück- und Seitenspiegel im Auge zu behalten. Der silberne Kleinwagen bremst ab, beschleunigt dann abrupt und biegt mit quietschenden Reifen an der nächsten Ecke schließlich ins World's End ab.

Toni runzelt die Stirn, als sie neben Tais Motorrad zum Stehen kommt.

»Was hast du?«, fragt Lestat.

Kopfschüttelnd winkt sie ab. »Nichts. Wahrscheinlich verliere ich gerade den Verstand.«

Schwungvoll stößt sie die Tür auf, steigt aus dem Wagen und geht auf Tai zu, der vor der Eingangstür auf sie wartet. Der Abendhimmel ist mit dichten Wolken bedeckt, daher wird die Umgebung nur spärlich vom Vollmond beleuchtet. Trotzdem erkennt sie die bläulichen Schatten unter Tais Augen.

Sie mustert ihn abwägend, bis sie plötzlich eine Bewegung im Augenwinkel wahrnimmt. Blitzschnell dreht sie den Kopf in die Richtung. Gerade noch rechtzeitig, um einen Blick auf den dunklen Haarschopf zu erhaschen, der sich hinter die Hausecke verzieht.

»Sagt mal, bin ich die Einzige, der hier etwas auffällt?«, flüstert sie ihren Begleitern zu.

Lestat und Tai wechseln einen fragenden Blick.

»Was denn?«, flüstern sie unisono zurück.

Toni hat bereits ihr Schwert gezogen und schleicht so leise wie möglich – was auf dem knirschenden Kies des Parkplatzes keine leichte Übung ist – an dem Schuppen entlang.

»Eben doch ein Tourist«, brummt sie.

An der Ecke angekommen, wirbelt sie um das Gebäude und nagelt den mutmaßlichen Spion, der kleiner ist als erwartet, problemlos mit dem Unterarm an der Wand fest. Dann richtet sie ihr Schwert auf ihn.

Überraschend vertraute Mandelaugen blicken zu ihr auf und wirken in dem zarten Gesicht wie Rehaugen im Scheinwerferlicht.

»Wer bist du denn?« Toni zieht irritiert die Brauen zusammen.

»Vy?« Tais fassungslose Stimme erklingt neben ihr. Er steckt sein Schwert in die Scheide und bedeutet Toni zurückzutreten. »Lass sie los. Das ist meine Schwester.«

»Oh«, sagt sie und fügt nach einem erneuten Blick in ihr Gesicht noch ein verstehendes »Ah« hinzu, bevor sie zögernd von dem Mädchen ablässt.

Aus dem Griff der Jägerin befreit, verändert sich Vys Miene augenblicklich von ängstlich zu trotzig. Sie wirft ihrer Angreiferin einen vernichtenden Blick zu, den Toni mit einem spöttischen Lächeln beantwortet, während sie ihr Schwert verstaut und die Arme vor der Brust verschränkt.

»Was machst du hier?«, schnauzt Tai die Kleine an. »Hatte ich dir nicht gesagt, was du tun sollst?«

Das Mädchen blickt zwischen ihrem Bruder und den zwei Fremden hin und her. »Was soll das werden, Tai? Ihr rennt hier mit Schwertern durch die Gegend. Was seid ihr denn für kranke Spinner?«

»Wie bist du überhaupt hierhergekommen?«

»Ist das eine Gang? Oder bist du jetzt Mitglied in irgendeiner perversen Sekte?«

»Kann es sein, dass ihr zwei völlig unterschiedliche Unterhaltungen führt?«, mischt sich Lestat ein, wofür er von allen Anwesenden einen warnenden Blick kassiert.

»Sag mir endlich, was hier los ist!«, verlangt Vy zu wissen.

»Wie zum Teufel hast du mich gefunden?«, fragt Tai.

»Und es geht schon wieder los ...«, murmelt Lestat, woraufhin sich Toni ein Kichern nicht verkneifen kann.

Schnaubend scharrt Vy mit ihrer Fußspitze im Kies und beendet endlich die verbale Karussellfahrt. »Ich hab mir Sorgen gemacht nach unserem letzten Telefonat. Ich wusste, wo du bist, weil die Reservierungsbestätigung des Hotels auf deinem Schreibtisch lag. Also hab ich Mamas Auto genommen und bin hergefahren.«

»Klasse! Gut gemacht!« Tai wirft entnervt die Arme in die Luft. »Sie dreht sicher gerade völlig durch.«

»Ich wollte sehen, ob ich dir helfen kann.«

»Ja, das kannst du. Du kannst in dieses verdammte Auto steigen und verschwinden!«

Das Mädchen blickt entschlossen zu ihrem großen Bruder auf und verschränkt trotzig die Arme. »Um mich zum Verschwinden zu bewegen, müsstest du schon meinen kalten, toten Körper in einen Bus verfrachten.«

»Das muss ich wohl auch, wenn du hierbleibst.« Seine todernste Miene lässt ihren Gesichtsausdruck zu einer Grimasse mutieren.

Vy mustert ihn mit großen Augen und weist mit einer Handbewegung auf Toni und Lestat. »Was soll das alles? Hat das etwas mit deinem seltsamen Beruf zu tun? Sag mir endlich die Wahrheit!«

Seufzend schüttelt er den Kopf, dann fährt er sich mit einer Hand über den Mund. »Ich bin ein Kopfgeldjäger«, murmelt er undeutlich, ohne sie anzusehen.

Vy verengt zweifelnd die Augen und deutet auf die Schwertscheide aus Holz und Leder, die er in der Hand hält. »Aus dem Mittelalter, oder was?«

Vorsichtig schaut er seine kleine Schwester an. »Aus der … Hölle.«

Das Mädchen nickt, dann wendet sie sich an Toni: »Du auch?«

Sie wirft ihrem Kollegen einen unsicheren Blick zu und beschließt daraufhin, schlicht zu nicken.

»Und du?«, fragt Vy nun Lestat.

»Nein, ich bin ein Vampir.«

Ein sarkastisches Grinsen formt sich auf Vys Lippen, als sie die drei mit unverhohlener Skepsis mustert. »Nee, ist klar. Und ihr drei Spinner jagt dunkle Seelen, die aus der Hölle entkommen sind.« Sie hebt die Hände, wackelt mit den Fingern und senkt mystisch die Stimme. »Ihr bestraft jene, die Unschuldigen Böses tun.«

»Das hier ist kein Witz, Vy!« Tai greift nach ihrem Oberarm und schüttelt sie. »Und wir sind leider nicht die strahlenden Helden der Geschichte. So lange du bei uns bist, schwebst du ernsthaft in Gefahr!«

Schnaubend reißt sie sich von ihm los. »Das kann doch echt nicht dein Ernst sein!«

»Ich habe einen Vertrag mit Luzifer. Ich verbanne Menschen, die ihren Vertrag nicht einhalten, in die Hölle. So verdiene ich mein Geld. Und das Geld für euch.«

Toni knufft Lestat gegen den Oberarm. »Vielleicht solltest du sie beißen. Nur als kleine Demonstration«, schlägt sie vor, fängt sich damit jedoch einen strafenden Blick von Tai ein.

»Das ist *wirklich* wahr?« Vys Augen werden immer größer und zucken hektisch zwischen den drei höllischen Angestellten hin und her. Die beschämte und unglückliche Miene ihres Bruders überzeugt sie offenbar letztlich.

»Oh, Tai. Wie konntest du nur?«

»Ich habe es für euch getan.« Er versucht, sich auf höchst menschliche Weise zu rechtfertigen, indem er die Schuld an seine Familie abtritt.

»Wie kann ein einzelner Mensch bloß so blöd sein?«, schimpft Vy. »Diese Dummheit reicht für hundert Männer!«

»Meinst du, das weiß ich nicht? Jetzt verstehst du sicher, warum du nicht hierbleiben kannst.«

»Jetzt verstehst *du* sicher, warum ich erst recht nicht gehen kann.«

»Sei doch nicht so stur. Wir haben momentan ein ernstes Problem und ich will nicht, dass du zwischen die Fronten gerätst.«

Vy reckt bockig das Kinn nach vorne, so wie kleine Kinder es tun, wenn sie darauf bestehen, als vollwertige Erwachsene angesehen zu werden. »Ich bin kein kleines Kind mehr!«

»Du solltest das alles gar nicht erfahren.« Tai wirkt regelrecht verzweifelt. »Das ist nicht deine Welt.«

»Anscheinend ist sie das doch. Wenn ich nicht irgendwie drinstecken würde, dann hättest du mich nicht angerufen und mir gesagt, ich soll abhauen. Du kannst sagen, was du willst – ich werde nicht gehen! Akzeptiere es oder lass es, aber ich werde dir helfen.«

Tai schüttelt den Kopf und wirft Toni einen hilfesuchenden Blick zu. Sie zuckt allerdings nur ratlos mit den Schultern. Mit jüngeren Geschwistern kennt sie sich wohl am Allerwenigsten aus.

»Ich bin nicht so hilflos, wie du vielleicht denkst«, fährt Vy unbeirrt fort. »Ich habe vor Kurzem einen Selbstverteidigungskurs im Gemeindezentrum gemacht.«

»Das ist so ungefähr das Bescheuertste, was ich je gehört habe.« Die Worte purzeln aus Tonis Mund, bevor sie diese aufhalten kann.

Die Kleine blickt ihr in einer Mischung aus Überheblichkeit und Verachtung entgegen. »Du glaubst wohl, du bist was Besseres mit deinem billigen Schwert.«

Toni wendet sich vorwurfsvoll an Lestat: »Du hättest sie beißen sollen.«

»Schluss jetzt. Wir haben keine Zeit für diesen Blödsinn.« Tai beendet die Sticheleien mit einem warnenden Blick in die Augen seiner Schwester. »Wir müssen hier etwas klären. Du hältst die Klappe und bleibst die gesamte Zeit über hinter mir. Klar?«

Von dem drohenden Unterton in seiner Stimme sichtlich eingeschüchtert, nickt das Mädchen lediglich zur Antwort.

»Und den Rest klären wir später.« Ohne ein weiteres Wort kehrt er um und steuert auf die Eingangstür der Bar zu. Die kleine Schwester tut wie ihr geheißen und folgt ihm auf dem Fuß.

Lestat seufzt. »Dann kommt jetzt wohl mein großer Auftritt.«

Toni klopft ihm aufmunternd auf die Schulter. »Ich halte die Klappe und bleibe die ganze Zeit hinter dir«, feixt sie und schubst ihn Richtung Eingang.

Als die bewaffneten Jäger, der Vampir und das Mädchen die Bar betreten, ereignet sich eine Szene wie aus einem Spielfilm: Köpfe wirbeln herum, Gespräche verstummen, Münder klappen auf und Augen weiten sich. Würden die wütenden Stromgitarren nicht durch die Boxen heulen, könnte man sicherlich eine Stecknadel fallen hören.

Unbeirrt steuern die unerwünschten Besucher auf die Theke zu, hinter der ein irritiert dreinschauender Spanier ablehnend die Arme vor der Brust verschränkt. Als sich die vier vor seinem Tresen aufbauen, hebt er schweigend einen Finger und deutet auf das Schild mit dem als Spazierstock getarnten Schwert.

»Ruben, wir kommen in friedlicher Absicht. Also gib uns doch erst mal ...«, abwägend mustert Toni die kleine Schwester, die artig hinter Tai steht, »... drei Bier und eine Cola. Und dann hau irgendwas Inspirierendes in die Anlage – Manowar oder den Imperial March. Wir brauchen musikalische Untermalung für diese Chose.«

Eine Weile lang starrt der grimmige Wirt sie nur an, ehe er offensichtlich eine Entscheidung trifft. Ohne ein weiteres Wort dreht er sich um und macht sich an seiner Musikanlage zu schaffen. Er ahnt nicht einmal, wie passend der Song ist, den er aussucht, um sich über sie lustig zu machen. Als die ersten Töne von Becks ›Loser‹ erklingen, prustet Vy ungehalten los.

»Witzig«, ätzt Toni.

Sie wirft Ruben einen abfälligen Blick zu, dann wendet sie sich an Lestat, der nervös sein babyblaues Seidenhemd glatt streicht. Sie nimmt sein Gesicht in die Hände und blickt ihm eindringlich in die nervösen karamellbraunen Augen. »Du bist ein Angestellter der Hölle. Sei einfach ein bisschen weniger Kuschelvampir und ein bisschen mehr blutrünstiger Originalvampir.«

Lestat nickt, dann nimmt er einen großen Schluck aus seinem Bierglas, das Ruben inzwischen vor ihm abgestellt hat, durchquert mit großen Schritten den Raum und bleibt in der Mitte stehen. Er wirkt überraschend ruhig, als er die anderen Gäste mustert, die ihm teils neugierig, teils abschätzig entgegenblicken.

»Ich habe eine schlechte Nachricht für uns alle«, beginnt er mit fester Stimme, woraufhin Ruben interessiert die Musik leiser dreht. »Die Engel überlegen sich, die Nephilim als sogenannte ›Friedenswächter‹ einzusetzen. Sie stünden damit unter dem Schutz des Oberen Reiches.«

Ein kleiner, bierbäuchiger Werwolf an einem Tisch links von ihm macht ein abfälliges Geräusch. »Warum sollte uns das interessieren?«

Der Vampir beäugt den Werwolf einen Moment lang, dann fährt er in beeindruckend dramatischer Tonlage fort: »Die Aufgabe der ›Friedenswächter‹ ist die Dezimierung von Angestellten des Unteren Reiches. Euch sollte das interessieren, weil ihr *alle* auf ihrer Liste steht!«

Ein bestürztes Raunen geht durch die Bar und Toni nickt anerkennend. Lestat bringt Übertreibungen einfach unglaublich dramatisch rüber – muss an dem regelmäßigen Genuss seiner Seifenopern liegen.

»Er macht das gut«, flüstert Tai seiner Kollegin passenderweise in diesem Augenblick zu.

»Er hat heute Nachmittag viel geübt.«

Lestat strafft die Schultern und lässt seinen Blick über die höllischen Angestellten schweifen. »Bisher ist noch nichts entschieden«, sagt er. »In Flammach wird eine Art Testlauf stattfinden. Die Engel wollen prüfen, ob die Nephilim diese Aufgabe erfüllen können. Das heißt, wir müssen dafür sorgen, dass dieses Experiment schiefgeht.«

»Was schlägst du vor?«, fragt ein leicht ergrauter Vampir, der sich wohl erst kurz nach seiner Midlife-Crisis für die Laufbahn in der Unterwelt entschieden hat.

»Meines Wissens sind siebzehn Nephilim in der Stadt.« Lestat macht eine kurze Wirkungspause. »Wenn wir alle Unterweltler zusammentrommeln, die ein wenig Kampferfahrung haben, sind wir ihnen zahlenmäßig hoch überlegen. Wir müssen sie besiegen, bevor sie anfangen uns reihenweise abzumurks... zu eliminieren.«

Toni verkneift sich ein Grinsen. Genau an dieser Stelle hat er heute Nachmittag schon gehangen.

Eine aufgetakelte Brünette deutet mit dem Finger auf die Jäger. »Und was machen die hier?«, fragt sie und zieht die Nase kraus, als würden Toni und Tai einen fauligen Geruch verbreiten.

»Die Jäger stehen selbstverständlich auch auf der Liste der Nephilim«, antwortet Lestat und zwinkert Toni unauffällig zu. »Sie haben ihre Hilfe angeboten. Wir haben Grund zu der Annahme, dass sie den zuständigen Kopfgeldjäger der Stadt als Erstes aus dem Weg räumen wollen. Toni hat sich als Köder angeboten.«

»Warum sollen wir uns dann beeilen?«, fragt ein Werwolf, der direkt vor ihr sitzt.

Sein Lachen dauert so lange an, bis Toni zur Antwort gegen die Lehne seines Stuhls tritt und den massigen Oberkörper damit nach vorne katapultiert, wodurch seine Stirn hart auf der Tischplatte aufschlägt. Sofort verstummt das Lachen seiner Tischnachbarn ebenfalls.

Lestat wirft ihr einen vorwurfsvollen Blick zu, den sie mit einer

Schlüsselbewegung an ihren Lippen beantwortet. Sie hat die Klappe gehalten, wie abgemacht ...

»Wir müssen für diese Sache zusammenarbeiten«, fährt Lestat schließlich fort. »Nur so können wir sie schlagen. Gebt allen Bescheid, die ihr kennt. Ich werde mich außerdem an den örtlichen Vampirclan wenden. Wir treffen uns morgen Abend wieder hier, um die Details zu besprechen.«

Die Barbesucher werfen sich fragende Blicke zu oder inspizieren interessiert den Fußboden.

»Abgemacht?«, fragt Lestat eine Spur zu piepsig.

»Acordado, wir sind dabei«, antwortet Ruben bestimmt, woraufhin sich verhaltene Zustimmung unter seinen Gästen breitmacht.

Der Kneipenwirt ist Ehrenmitglied im städtischen Werwolfrudel; seine Stimme hat Gewicht. Auch wenn Toni nie verstanden hat, wie zur Hölle das nur passieren konnte ...

Lestat atmet tief durch, schlendert sichtlich erleichtert an die Theke zurück und nimmt sein Bierglas in die Hand.

»Ich bin beeindruckt«, lobt Toni den Vampir.

»Danke«, erwidert er, dann leert er sein Glas in einem Zug. »Können wir jetzt gehen? Ich habe das Gefühl, gleich in Ohnmacht zu fallen. Und das kommt nach dieser Rede vermutlich nicht sehr gut an.«

Sie nickt und lässt ein paar Scheine auf die Theke fallen, da packt Ruben plötzlich Lestats Oberarm.

»Schönes Märchen, das du da eben erzählt hast«, raunt er.

»Oh, das Gefühl wird stärker ...« Lestat blickt den Barinhaber mit großen Augen an.

»Woran hast du es gemerkt?« Die reine Neugier spricht aus Toni. Denn wollte Ruben sie verraten, hätte er es längst getan.

»Das macht so viel Sinn wie ein Feuerzeug in der Hölle«, antwortet er und hebt einen Mundwinkel. »Wieso sollten es die Nephilim als Vertreter des Oberen Reiches auf einfache Angestellte der Hölle abgesehen haben?«

Toni ist immer wieder überrascht: Der Wirt ist beileibe nicht so dumm, wie er aussieht. »Du weißt aber, dass die Hölle zu achtzig Prozent aus Eis besteht?«, geht sie auf seinen Feuerzeugvergleich ein.

»Echt?« Vy tritt neugierig zwei Schritte nach vorn, wohl um aus dem Schatten ihres Bruders zu entkommen. »Warum reden dann immer alle vom Feuer der Hölle?«

»Das ist eine Metapher für die Höllenqualen.« Sie wedelt ungeduldig mit einer Hand. »Wo das Eis am kältesten ist, da brennt das Feuer am heißesten.«

»Habt ihr Jäger neuerdings Praktikanten?« Ruben mustert das hübsche Mädchen, bis Tai seine kleine Schwester wieder hinter sich schiebt.

Toni stützt die Unterarme auf den Tresen und blickt erwartungsvoll in das faltige Gesicht dahinter. »Also komm zum Punkt. Was willst du?«

Hinter den listigen Augen des grantigen Barinhabers entsteht ein Plan; das ist so unabänderlich wie eine Steuerprüfung. Er wird sich sein Schweigen teuer bezahlen lassen. »Zuerst einmal will ich, dass du meine Bar nie wieder betrittst«, brummt er.

In gespielter Trauer legt sie sich eine Hand aufs Herz. »Ich weiß nicht, was ich mehr vermissen werde: deine übellaunige Gesellschaft oder das schale Bier.«

Anstatt auf die Beleidigung einzugehen, wird das Grinsen auf Rubens Lippen breiter und enthüllt eine Reihe schiefer gelber Zähne. Toni weicht vor dem gruseligen Anblick zurück.

»Du schuldest mir jetzt was, Jägerin«, raunt er und klingt zufriedener als jemals zuvor. »Irgendwann werde ich zu dir kommen, damit du deine Schuld einlösen kannst.«

»Da freue ich mich aber«, erwidert sie sarkastisch.

»Und jetzt verschwindet.« Ruben fuchtelt mit einer Hand in Richtung Ausgang.

»Nichts lieber als das«, sagt Lestat, dann marschiert er zielstrebig auf den Ausgang zu, während ihm die Blicke aller Gäste folgen.

»Was ist ein Nephilim?«, fragt Vy, als sich die anderen ebenfalls in Bewegung setzen.

Toni tritt aus der Bar und nimmt den süßen Verwesungsgeruch der Nacht in sich auf. »Vielleicht solltest du deiner Schwester zuerst einmal die Grundzüge der drei Welten erklären.«

Lestat stößt Toni den Ellbogen in die Rippen und weist mit dem Kinn auf die andere Straßenseite. Als sie seinem Blick folgt, heben sich ihre Mundwinkel.

Alek steht auf dem Bürgersteig und lächelt ihr zu. Automatisch schielt sie zu Tai, der den Engel unverwandt anstarrt, seine Lippen zu einem verärgerten Strich zusammengepresst.

»Bin ich in den Fernseher gezogen worden und in einer deiner Soaps gelandet?«, flüstert Toni ihrem Mitbewohner zu.

»Tja, das ist eben doch wie im wahren Leben, Schätzchen.«

Lestats Grinsen beantwortet sie mit einem Augenrollen.

»Ich bin gleich wieder da«, sagt sie daraufhin und marschiert auf den Engel zu. »Hey, ich dachte, du stehst mir nicht mehr im Weg«, begrüßt sie ihn etwas schroffer als beabsichtigt.

»Das tue ich nicht.« Er deutet auf den roten Sportwagen. »Ich habe deinen Wagen gesehen und wollte kurz mit dir sprechen.«

Sein Gesichtsausdruck hat sich seit gestern vollständig verändert: Die blauen Augen erstrahlen in ihrem ursprünglichen Saphirglanz und auf seinen Lippen formt sich ein fast schon spitzbübisches Grinsen, das Toni zwangsläufig ansteckt. Sein Blick schweift immer wieder zu ihren Lippen, wohl in Erinnerung an ihren Kuss. Engel sind am Ende eben auch nur Männer ...

»Was ist los mit dir?«, fragt sie skeptisch.

»Ich habe über das nachgedacht, was du gestern gesagt hast. Und ich habe eine Entscheidung getroffen.«

Ihr Herzschlag beschleunigt sich rapide. Eine Entscheidung, die mit ihrem gestrigen Gespräch zu tun hat? Das klingt eher unheilvoll.

»Du wirst dich fragen, weshalb«, nimmt er an.

Toni weiß sofort, wovon er redet. Es ist die Frage, die sie die ganze Nacht wach gehalten hat: Wie kann das sein? Ein Engel, ein Vertreter des Oberen Reiches, entwickelt unversehens menschliche Gefühle, die ihn ausgerechnet in die Arme einer Kopfgeldjägerin des Teufels treiben.

Sie nickt.

»Ich weiß es selbst nicht. Ich schätze, manche Dinge lassen sich schlicht nicht erklären. Ich weiß nur, dass du mir mehr bedeutest als jemals irgendjemand oder irgendetwas zuvor.« Sein liebevoller Blick weicht einer feierlichen Miene. »Wenn du meine Gefühle nicht erwiderst, dann verstehe ich das vollkommen. Sag nur ein Wort und du wirst mich nicht wiedersehen. Doch solltest du dasselbe für mich empfinden ...«

Er hält inne, als sich Toni zur Bar umwendet. Sie kaut auf ihrer Unterlippe und beobachtet Tai, der in eine gestenreiche Diskussion mit Lestat und seiner kleinen Schwester vertieft ist.

Soll sie dem Engel die Wahrheit sagen? Ein guter Mensch würde an dieser Stelle vermutlich lügen, aber die Vorstellung, ihn nie wieder zu sehen, fühlt sich an wie tausend kleine Nadelstiche in ihrer Brust. Davon abgesehen: Seit wann ist sie ein *guter* Mensch?

Schließlich wendet sie sich Alek zu, der sie erwartungsvoll anblickt. »Ich will ehrlich sein. Ich wäre liebend gern mit Tai zusammen. Wir haben viel gemeinsam, wir sind beide Jäger und er hat sich für mich eingesetzt, wie es noch nie jemand getan hat. Aber ...« Sie schüttelt den Kopf und heftet den Blick auf ihre Stiefel. »Ich wünschte, ich könnte *seine* Gefühle erwidern. Ich habe es wirklich versucht. Weil, verdammt, *deine* zu erwidern, macht einfach keinen Sinn. Trotzdem tu ich es.«

»Ich habe gehört, ein gewisses Empfinden von Sinnlosigkeit gilt als üblich bei menschlichen Gefühlen.«

Der pure Ernst, der aus seiner Stimme spricht, bringt sie unvermittelt zum Lachen. »Da hast du wohl recht«, bestätigt sie lächelnd.

»Ich habe gründlich über unsere Situation nachgedacht.« Er beugt sich zu ihr herunter und senkt verschwörerisch die Stimme. »Die Schwierigkeit liegt nicht darin, ob du ein Jäger bist oder ein Mensch. Das Problem bin ich.«

Toni spürt seinen warmen Atem im Gesicht, dennoch fröstelt sie. »Was willst du damit sagen?«

»Ich *muss* kein Engel sein.«

»Mach keine Witze.«

Sein bedeutungsschwerer Blick legt sich regelrecht auf ihre Schultern. »Ein Engel macht keine Witze über seinen eigenen Fall.«

Toni schnappt erschrocken nach Luft. »Du weißt nicht, wovon du da redest. Du wärst dann ein Sterblicher. Und das Leben ist echt erschreckend, glaub mir!«

Ein liebevolles Lächeln formt sich auf seinen Lippen. »Ich habe keine Angst vor einem Leben als Sterblicher. Seit ich dir begegnet bin, sterbe ich jeden Tag aufs Neue.«

Ein leichtes Schwindelgefühl überkommt sie, als ihr Herz einen Salto in ihrer Brust vollführt. Automatisch tritt sie einen Schritt näher und greift nach seiner Hand. Als sie ihre Finger mit seinen verschränkt, spürt sie wieder dieses warme Kribbeln auf ihrer Haut.

»Nein«, sagt sie schlicht.

»Das ist nicht deine Entscheidung, Antonia«, stellt er ruhig, aber bestimmt klar, dann streicht er ihr behutsam eine widerspenstige Locke hinters Ohr.

Tonis Herz, das die Idee hervorragend findet, streitet mit ihrem Verstand, der nicht für den Fall eines Engels verantwortlich sein will.

»Wenn du ein Mensch bist, bin ich immer noch eine Jägerin.«

Der Engel zuckt mit den Achseln. »Welche Verbindung ist schon perfekt.«

Schnaubend schüttelt sie den Kopf. Sie hätte sich den Versuch sparen können, den Engel auf logische Aspekte hinzuweisen.

Verdammter, sturer Engel, schimpft sie in Gedanken, wird jedoch von einer lärmenden Stimme in ihrem Kopf unterbrochen, die jubelnd immer denselben Satz wiederholt: *Er will wirklich mit mir zusammen sein.*

»Also, hör zu«, sagt sie schließlich. »Tu mir bitte einen Gefallen und denk noch einmal darüber nach. Du bist im Moment ganz schön sauer auf dein Volk, das ist verständlich, du solltest aber nichts überstürzen. Wenn man sich verraten fühlt, trifft man oft voreilige Entscheidungen. Warte noch eine Woche, einen Monat oder besser ein Jahr.«

»Eine Woche.« Er nickt, dann wechselt er das Thema, als sei damit alles gesagt: »Nikolaj scheint irgendetwas zu planen. Sei in nächster Zeit vorsichtig.«

»Wie kommt es eigentlich, dass du dein Versprechen gelöst hast?«

»Anatol war mein Bruder und es quält mich, ihn zu enttäuschen. Doch wüsste er von dem Plan seines Sohnes, würde er es verstehen. Wie kann ich jemanden beschützen, der im Namen des Oberen Reiches mordet? Besonders, wenn er bei dir damit anfangen will.«

Lächelnd schaut sie zu ihm auf. »Das ist ein guter Grund.«

»Ich muss gehen. Ich habe meine Aufgaben in der letzten Zeit schwer vernachlässigt. Die Menschen sollten nicht länger unter meinem Müßiggang leiden. In den nächsten Tagen werde ich jedoch in deiner Nähe bleiben.« Er beugt sich vor und gibt ihr einen kurzen Abschiedskuss, dann knufft er sie leicht gegen die Schulter. »Nimm dich vor Straßenlaternen in Acht.«

»Du entwickelst dich allmählich zu einem richtigen Scherzkeks«, spöttelt sie zum Abschied.

Sie blickt dem Engel nach, bis er um eine Hausecke verschwunden ist, dann wirft sie einen Blick auf den Parkplatz des ›Hell's Kitchen‹, wo ihre ungleiche ›Crew‹ noch immer in eine lebhafte Diskussion versunken ist.

Ein blechernes Schaben lässt sie plötzlich aufhorchen. Es klingt wie Metall auf Beton und kommt zweifellos aus der Nebenstraße. Kurz sieht sie sich um, ehe sie auf die Gasse zuschleicht. Ein zweites Geräusch, ein stählernes Scheppern, treibt sie zügiger voran. Als sie an der Straßenecke ankommt, wirft sie einen vorsichtigen Blick in die Gasse und entdeckt den nächtlichen Ruhestörer sofort.

»Ich werde tatsächlich paranoid«, flüstert sie und nimmt die Hand vom Schwertgriff. Schmunzelnd beobachtet sie die getigerte Katze, die in einer Mülltonne wühlt und wahrscheinlich nach Essensresten sucht.

Viel zu spät registriert sie das lange braune Etwas, das plötzlich blitzschnell von der Seite auf sie zurast. Sie spürt einen harten Schlag auf die Schläfe, dann ergreift Dunkelheit Besitz von ihr und zieht sie nach unten. Noch bevor sie auf dem Asphalt auftrifft, ist sie bewusstlos.

# EIN NIE ENDENWOLLENDER ALBTRAUM

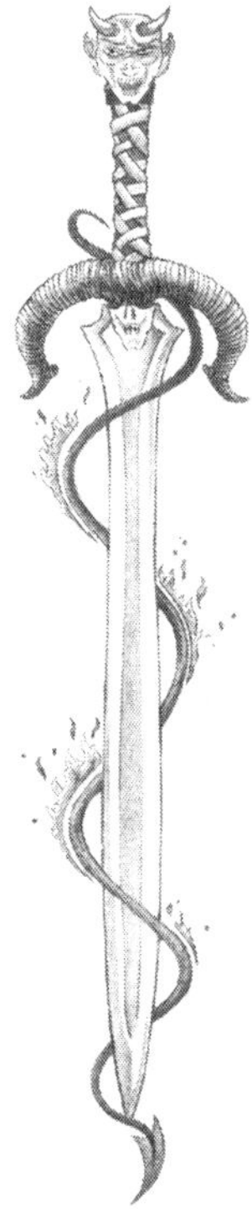

»Hör auf, mir Löcher in den Bauch zu fragen, Vy.« Tai stöhnt entnervt. »Ich komme mir allmählich vor wie der Dozent bei einem Dämonologie-Crashkurs.«

Vy wirft ihm einen überlegenen Blick zu und hält einen Moment lang inne, um sich die kalten Hände zu reiben. »Ich habe gerade erfahren, dass mein Bruder einen Vertrag mit dem Teufel abgeschlossen hat. Sind da ein paar Antworten zu viel verlangt?«

Er stöhnt erneut auf. Seine kleine Schwester sollte niemals von der Unterwelt erfahren, geschweige denn in sie hineingeraten. Und jetzt, da sie es doch herausgefunden hat, sollte sie sich gefälligst ängstlich zurückziehen, anstatt interessierte Fragen zu stellen. Was ist nur los mit den jungen Leuten? Haben die vor nichts und niemandem mehr Angst? Tai verspürt eine leichte Übelkeit beim Gedanken daran, Vy das Tor zu seiner Welt zu öffnen.

»Was ist mit dir?« Das Mädchen wendet sich an Lestat. »Du bist also ein Vampir. Heißt das, du tötest Menschen?«

Lestat weicht zurück und reißt die Augen auf. »Ich? Nein! Vampire trinken zwar Blut, aber nie so viel, dass es einen Menschen tötet. Das ist uns gar nicht gestattet. Schließlich können nur Überlebende die Legenden weitertragen. Meine Aufgabe ist es, Angst und Schrecken in der Menschenwelt zu verbreiten.«

Tai bemüht sich ernsthaft, den schlaksigen Lestat mit dem dummtreuen Hundeblick als gefährliches Raubtier anzusehen, aber ... Also, bitte! Er kann sich das Lachen nicht verkneifen. »*Du* verbreitest also Angst und Schrecken in der Menschenwelt?«

»So steht es in meinem Vertrag«, sagt der Vampir und strafft die Schultern. »Daher gehe ich davon aus.«

Vy wendet sich kichernd ihrem Bruder zu. »Weißt du, was ich nicht kapiere? Wenn jeder Kopfgeldjäger einen eigenen Bezirk hat, für den er zuständig ist, was machst du dann hier?«

Ertappt blickt er zu Boden und versucht eifrig, brauchbare Worte aus seinen Gedanken herauszufiltern, um seiner Schwester die Lage zu erklären. »Ich habe ... hatte einen Auftrag hier.«

Vy stemmt die Fäuste in die Hüften und wirft ihm einen herausfordernden Blick zu. »Wie kommt's?«

»Toni war mein Auftrag«, räumt er zögernd ein und deutet auf die andere Straßenseite, wo er seine Kollegin im Gespräch mit dem Engel vermutet.

Wie auf Knopfdruck werfen alle drei einen Blick in die gezeigte Richtung.

»Wo ist Toni?«, fragt Lestat mit gerunzelter Stirn.

Gleichzeitig setzen sie sich in Bewegung und schauen sich auf der Straße um, die still und menschenleer vor ihnen liegt.

»Toni!«, brüllt Lestat so schrill, dass Tai die Ohren klingeln.

Argwöhnisch zieht der Jäger die Brauen zusammen und marschiert zur nächsten Seitengasse.

»Toni?«, ruft er, als er den Kopf um die Ecke streckt, erhält jedoch keine brauchbare Antwort von der öden Dunkelheit, die ihm aus der Gasse entgegenschreit. Stirnrunzelnd dreht er sich um und beobachtet, wie Lestat es ihm in der entgegengesetzten Richtung gleichtut.

Der Vampir zuckt mit den Schultern, als sich ihre Blicke treffen. »Toni!«, brüllt er erneut über die Straße und das Echo seiner Stimme scheint durch ganz Flusstal zu hallen.

»Vielleicht ist sie nach Hause gegangen«, schlägt Vy vor.

»Sie würde uns niemals einfach so stehen lassen«, beharrt Lestat.

Tai weist auf den roten Sportwagen, der noch immer vor der Bar parkt. »Außerdem steht ihr Auto hier.«

»Vielleicht wollte sie lieber zu Fuß gehen.«

Er wirft seiner Schwester einen tadelnden Blick zu, bis ihm ein weiterer Gedanke kommt. »Der Engel ist auch weg«, sagt er zähneknirschend.

Lestat stupst ihn grinsend mit dem Ellbogen an. »Glaubst du, er hat sie K.O. gehauen, unter den Arm geklemmt und mit nach Hause geschleift wie ein Höhlenmensch?«

»Oder er macht mit ihr einen Rundflug«, mischt sich Vy ein.

Lestat schüttelt bedauernd den Kopf. »Engel haben keine Flügel«, belehrt er sie. Seine Enttäuschung über diese Tatsache kann er nicht verstecken.

»Keine Flügel? Das ist ja langweilig.«

Tai blickt zwischen den beiden hin und her, dann massiert er sich die Stirn. Wie können sie in diesem Moment nur über Flügel diskutieren? »Ich werde ihn suchen gehen, vielleicht weiß er was. Kannst du Vy in mein Hotelzimmer bringen?«

»Nein!«, antworten Vy und Lestat wie aus einem Mund.

Der Vampir wirft ihm einen entschuldigenden Blick zu. »Ich kann nicht so mit Kindern ...«

»Ich bin achtzehn!«, beschwert sich das Mädchen resolut.

»Genau dein geistiges Alter.« Tai klopft Lestat aufmunternd auf die Schulter. »Ihr werdet euch gut verstehen.«

Er will gerade den Weg zu seinem Motorrad einschlagen, da packt ihn der Vampir grob am Arm. »Toni ist meine beste Freundin. *Ich* gehe sie suchen.«

Gereizt schüttelt Tai seine Hand ab. »Du kannst sie vielleicht *suchen*, aber ich kann sie *finden*.«

»Ich bin nicht hier, um in einem Hotelzimmer zu vergammeln«, beschwert sich Vy und verschränkt schmollend die Arme.

»Ich kann euch nicht beide auf dem Motorrad mitnehmen. Und Tonis Auto ist auch nur ein Zweisitzer. Davon abgesehen haben wir ihre Autoschlüssel nicht.«

»Nein, aber ich hab Mamas Autoschlüssel.« Vy zieht die Schlüssel aus der Seitentasche ihrer dicken Strickjacke und hält sie triumphierend in die Höhe.

»Na also, Problem gelöst«, meint Lestat.

Mit schnellen Schritten folgt der Vampir dem Mädchen, das auf eine Nebenstraße zusteuert.

»Das ist ein Albtraum«, murmelt Tai geschlagen und setzt sich in Bewegung, um die beiden einzuholen. »Ein nie endenwollender Albtraum ...«

Toni schreckt auf. Ein seltsamer roter Schleier verhüllt ihre Sicht. Sie versucht, die Trübung wegzublinzeln und Umrisse ihrer Umgebung zu erkennen, mit mäßigem Erfolg. Sie dreht den Kopf. Wohl etwas zu schnell, denn der pochende Schmerz in ihrer Schläfe fährt wie ein Blitzschlag durch ihren ganzen Körper. Sie stöhnt auf und entwickelt einen ziemlich genauen Verdacht, woraus die klebrige Masse an ihrer Schläfe besteht. Offenbar ist sie ihr ins Auge getropft und für den roten Schleier verantwortlich.

Sie will eine Hand heben, stellt dabei allerdings fest, dass ihre Hände und Füße an einen Stuhl gefesselt sind.

Was soll das hier alles?

Das pulsierende Hämmern an ihrer Schläfe erschwert die Denkarbeit extrem. Vorsichtig hebt sie den Kopf und schaut sich im Raum um: Eine einfache Birne schaukelt an einer Baufassung von der Decke, die Wände bestehen aus großen, rauen Steinen und zu ihrer Rechten entdeckt sie eine niedrige hölzerne Tür. Bis auf den Metallstuhl, auf dem sie sitzt, ist das winzige Zimmer vollkommen leer.

Sieht aus wie ein Gewölbekeller. Wo hat sie so was schon einmal gesehen? Vielleicht in der Altstadt.

»Hallo? Zimmerservice?« Sie zuckt zusammen, schon ihre eigene Stimme bereitet ihrem Kopf stechende Schmerzen.

Ein paar Sekunden lauscht sie, aber nichts tut sich. Also versucht sie, erneut ihr Denkorgan zu aktivieren. Was ist überhaupt passiert?

Für den Bruchteil einer Sekunde verflucht sie die Katze, die sie als Übeltäterin und Kopf dieser Aktion verteufelt, bis ihr aufgeht, wie unsinnig diese Beschuldigung ist, da sie von hinten überwältigt wurde und das getigerte Kätzchen dafür viel zu weit entfernt war.

»Ganz toll, jetzt ist der Kopf Matsch«, murmelt sie, nachdem sie noch einmal ernsthaft über ihre Vermutung nachgedacht hat. »Ich habe in letzter Zeit wohl zu viele Schläge kassiert.«

Sie lässt den Blick erneut über das raue Mauerwerk schweifen und überlegt mit aller Konzentration, die sie noch aufbringen kann, wie sie sich von ihren Fesseln befreien kann. Ihre Schläfen pochen bedrohlich und es dauert eine Weile, bis ihr lädiertes Hirn eine verschwommene Idee ausspuckt.

Toni stemmt die Zehenspitzen in den Boden und hebt den Stuhl an, dann hüpft sie rückwärts. Es fühlt sich an wie ein heftiger Schlag gegen den Schädel, als die Stuhlbeine auf dem Boden aufprallen. Sie stöhnt auf, beißt die Zähne zusammen und hüpft zwei weitere Male nach hinten, bis sie die Wand hinter sich ertasten kann. Mit schnellen Auf- und Abwärtsbewegungen reibt sie das Seil, das ihre Handgelenke umschließt, am Backstein entlang.

Nach einer Weile spürt sie, wie die raue Wand ihre Hände aufgeschürft hat, das Seil bleibt davon aber völlig unbeeindruckt. Was jetzt?

*Verdammt, Kopf, arbeite!*

Aber selbst wenn sie sich von ihren Fesseln befreien könnte, wie käme sie hier raus? Sie hat nicht einmal mehr ihr Schwert. Wo das wohl abgeblieben ist?

Erschöpft lehnt sie den Kopf an die Wand und atmet tief durch. »Das ist ein Albtraum ...«

Sie ahnt nicht, dass noch jemand in diesem Moment exakt den gleichen Gedanken denkt.

Menschen sind eigenartig.

In einer großen Stadt wie Flammach übertrumpfen sich katastrophale Ereignisse tagtäglich. Sobald der zuständige Schutzengel anderweitig beschäftigt oder abgelenkt ist, passiert jedoch äußerst wenig. Als wüssten die Menschen von der mittelschweren, privaten Krise, in der betreffender Engel steckt, verhalten sie sich automatisch vorsichtiger. Das muss der Selbsterhaltungstrieb sein, von dem man so viel hört.

Obwohl Alek den lobenswerten Vorsatz gefasst hat, sich in der heutigen Nacht allein auf die Menschen zu konzentrieren, ist er mit dem Kopf nicht ganz bei der Sache.

Seit mehreren Minuten beobachtet er eine dieser typischen Post-Disco-Szenen: Zwei angetrunkene Männer versuchen sich schubsend und brüllend zu einigen, wer das Mädchen mit nach Hause nehmen darf. Das sich – nebenbei bemerkt – bereits vor einer halben Stunde mit dem DJ davongemacht hat. Erst als einer der Männer eine Bierflasche an der Hauswand zerbricht und damit auf den anderen losgeht, erwacht der Engel aus seiner Starre und geht dazwischen.

Nachdem er die beiden Streithähne mit einer Berührung beruhigt und getrennter Wege geschickt hat, schlendert er weiter durch die Stadt, ohne seiner Umgebung große Beachtung zu schenken.

Er kann sich einfach nicht von Antonias Worten lösen. Sie kreisen immer wieder durch seinen Kopf und stacheln den Zweifel an, der durch sein Inneres kriecht wie ein giftiges Reptil und hämisch an allen anderen Empfindungen nagt.

Was, wenn die Jägerin recht hat? Ist die Entscheidung, die er voller Zuversicht getroffen hat, eine Trotzreaktion?

Engel sind bekanntlich nicht sehr bewandert in menschlichen Gefühlen, weshalb nun auch Alek diese spezielle Angst, die er empfindet, nicht versteht. Es ist die Furcht davor, eine bedeutsame Entscheidung zu treffen, die sich später als Fehler herausstellt.

Natürlich treffen selbst die Bewohner des Oberen Reiches hin und wieder Fehlentscheidungen, doch sie sehen sie schlichtweg nicht als solche an. Engel sind Meister, wenn es darum geht, Entgleisungen, Makel oder Irrtümer auf eine Weise darzustellen, dass niemals jemand auf die Idee käme, sie als ebendiese zu bezeichnen. Sie haben hartnäckig um die Aufrechterhaltung dieses einen Gerüchts gekämpft: Engel sind unfehlbar. Niemand würde sich erlauben, daran zu zweifeln, nicht einmal sie selbst. Aber bei einem Fall wäre Alek nicht nur ein Mensch – er wäre auch kein Engel mehr … Komisch, dass ihm dieser bedeutende Umstand erst jetzt auffällt.

Das alles ändert jedoch nichts an der Tatsache, dass er sich verraten fühlt. Und das ist ein Gefühl, das er genau identifizieren kann. In der gesamten Zeit, in der er bereits durch die Menschenwelt wandert, hat er die verschiedensten Arten von ›Verrat‹ beobachtet. Könige ebenso wie Bauern haben aus der schlichten Annahme heraus, verraten worden zu sein, leichtfertige Entscheidungen getroffen. Hat er bisher nicht immer den Kopf geschüttelt über diese Narren? So betrachtet würde er den Entschluss am liebsten zurücknehmen, doch immer wieder kommt ihm Antonia in den Sinn …

Warum ist das alles dermaßen verwirrend?

Plötzlich erinnert er sich an Anatol. Er hat den mitleidigen Blick seines Bruders nicht vergessen. Und auch seine Worte nicht: *Wenn du Glück hast, wirst du es irgendwann verstehen.* Heute versteht er. Er würde jedoch nicht so weit gehen, das als Glück zu bezeichnen.

Was, wenn ihm dasselbe widerfährt wie Anatol? Er könnte krank werden, sterben – und was wird dann aus Antonia? Als Engel kann er sie nicht beschützen und als Mensch noch weniger. Noch nie zuvor hat er sich so nutzlos gefühlt.

All die Gefühle und verdrehten Überlegungen scheinen ihn allmählich wahnsinnig zu machen.

»Das ist ein Albtraum ...«

Die Tür öffnet sich mit einem knarrenden Ächzen, als wolle sie sich beschweren, in ihrer Ruhe gestört worden zu sein. Toni hebt den Kopf, um einen Blick auf den Störenfried zu werfen.

»Überraschung!« Ein strahlender Nikolaj begrüßt sie.

»Das überrascht mich jetzt nicht wirklich.« Sie setzt eine betont gelangweilte Miene auf.

Gemächlich schlendert der Nephilim in die Mitte des Raumes, wo er sich vor ihr aufbaut. Er trägt Kleidung aus dunklem Stoff, robuste Stiefel und eine dicke Weste mit vielen Taschen. Toni hat solche Uniformen schon bei Polizei-Spezialeinheiten gesehen. Der einzige Unterschied ist das weiße Wappen, das auf dem Ärmel prangt und dem Symbol der Engel verdammt ähnlich sieht.

Sie hebt eine Braue und blickt in Nikolajs leuchtende stahlblaue Augen. Wenn sie es nicht besser wüsste, würde sie sagen, der Nephilim himmelt sie an, als wäre sie ein Filmstar.

»Du glaubst nicht, wie lange ich auf diesen Moment gewartet habe«, sagt er und verschränkt die Hände hinter dem Rücken.

»Mach doch ein Foto, dann hast du länger was davon.«

Weder ihre spöttische Bemerkung noch der ruppige Tonfall ändern etwas an seiner guten Laune. Sein breites Lächeln entblößt eine Reihe perlweißer Zähne. »Du denkst vielleicht, ich mache das alles aus Rache«, nimmt er zurecht an. »Ja, ich gebe zu, Rache ist ein schöner Nebeneffekt. In Wirklichkeit geht es hier allerdings ums Prinzip.« Er geht in die Hocke, legt eine Hand auf ihr Knie und grinst sie höhnisch an. Wegen der Fesseln kann sie nicht nach ihm treten, so gerne sie das auch täte, und diese Gewissheit scheint er zu genießen. »Ihr Jäger stolziert wie selbsternannte Könige in dieser Welt herum. Denkt, ihr könnt tun, was immer ihr wollt und keiner hält euch auf. Aber damit ist jetzt Schluss.« Er erhebt sich und sein Grinsen wird – wenn überhaupt möglich – noch selbstgerechter. »Wir Nephilim werden uns nicht mehr verstecken. Wir werden uns erheben und gegen eure erbärmliche Rasse ankämpfen.«

Trotz des eiskalten Schauers, der über Tonis Rücken läuft, behält sie den Feind fest im Blick. Sie will ihm auf gar keinen Fall ihre Angst zeigen. Deshalb bricht, wie in einer bedrängten Lage üblich, ihre bockig aufständische Seite durch. »Ihr werdet euch erheben, pff. Was machst du dann hier im Keller? Steig doch auf einen Balkon und erzähl das deinem Volk, Caesar.«

»Alea iacta est.« Als sie ihm einen skeptischen Blick zuwirft, übersetzt er das lateinische Sprichwort: »Die Würfel sind gefallen. Das sagte Caesar als ...«

»Ja, ja, ich habe als Kind auch Asterix-Comics gelesen, ich brauche keine Geschichtsstunde von dir.«

Schnaubend schüttelt sie den Kopf. Seinem Lächeln nach zu urteilen, amüsiert sich Nikolaj köstlich über ihre Gereiztheit.

»Eines würde mich allerdings interessieren.« Sie mustert den Nephilim aufmerksam. »Warum lebe ich noch?«

Ein leicht irritierter Ausdruck huscht über sein Gesicht, dann verzieht er die Lippen zu einem schiefen Lächeln.

»Versteh mich nicht falsch«, fügt sie vorsichtshalber hinzu, »ich habe nichts dagegen, am Leben zu sein. Ich wundere mich nur.«

Der kalte Stahl seiner Augen blitzt auf, während er sich die Hände reibt. »Ich verrate es dir: Wir haben etwas Besonderes mit dir vor. Wir werden ein Exempel an dir statuieren. An dir und an diesem anderen Jäger, der noch in der Stadt ist. Er sucht sicherlich bereits nach dir.«

Für nur eine Sekunde verliert Toni die Kontrolle über ihre Gesichtszüge. Für den Nephilim lange genug, um seinen Verdacht bestätigt zu wissen. Nikolaj nickt zufrieden.

»Freu dich, ihr geht mit einem Paukenschlag unter. Ihr beide werdet berühmt.«

Mit nur einer Gegenstimme hat der ›Suchtrupp‹ beschlossen, Tai auf die Rückbank des dreitürigen Kleinwagens zu verbannen. Dort versucht er nun, aus allen Fenstern gleichzeitig Ausschau zu halten, während am Rande seines Blickfelds ein großes silbernes Kruzifix fröhlich am Rückspiegel baumelt. Warum muss ausgerechnet seine Mutter zu den wenigen vietnamesischen Christen gehören? Und darüber hinaus so fanatisch gläubig sein, um seinen Berufswechsel sofort zu bemerken und ihn mit seinem Boss auf dieselbe Stufe zu stellen?

»*Du* solltest hinten sitzen. Du kannst ihn ja nicht mal sehen!«, schnauzt er seine Schwester einmal mehr an.

Vy stöhnt entnervt und rollt mit den Augen.

Plötzlich deutet Lestat auf einen dunklen Schemen, der gerade in die Straße einbiegt. »Da drüben.«

Ungeduldig fuchtelt Tai mit einer Hand vor der Nase seiner Schwester herum. »Fahr da vorne links ran. Und mach das Fenster runter.«

Vy tritt ruckartig auf die Bremse, wodurch sich Tai den Kopf an ihrer Nackenstütze anschlägt. Während er sich die Stirn reibt, lässt das Mädchen kichernd die Scheibe herunter.

»Hey!«, ruft er der Gestalt zu.

Der Schemen hält inne, dann dreht er sich langsam um, als wisse er nicht genau, ob er gemeint war. Der Engel blinzelt gegen das grelle Scheinwerferlicht des Wagens an, der vor ihm zum Stehen gekommen ist.

»Lass mich raus aus diesem Spielzeugauto«, raunt Tai. Er wartet nicht ab, bis seine Schwester ausgestiegen ist. Unsanft drückt er sie mitsamt ihrem Sitz gegen das Lenkrad, bis er den Türgriff erreichen und sich umständlich aus dem Wagen zwängen kann. »Da drin bekommt man ja Platzangst.«

»He!«, beschwert sich Vy lahm.

Tai ignoriert seine Schwester und wendet sich dem irritiert dreinschauenden Engel zu. »Wo ist sie?«

»Stimmt etwas nicht?«

Er verengt die Augen zu schmalen Schlitzen. »Hier stimmt so einiges nicht.«

Lestat, der neben ihn getreten ist, legt ihm besänftigend eine Hand auf die Schulter. »Toni ist verschwunden«, informiert der Vampir den Engel knapp. »Wir hatten gehofft, sie ist bei dir.«

»Denn wenn nicht, würde das bedeuten ...« Alek bricht den Satz ab und blickt mit großen Augen zwischen den beiden hin und her.

Die unausgesprochene Vermutung, der Nephilim könnte Toni in seine Gewalt gebracht haben, hängt wie eine düstere Wolke über den drei Männern. Tai hat dem Engel immer ein gesundes Maß an Misstrauen entgegengebracht, diese besorgte Miene wirkt nun allerdings aufrichtig.

»Was sagt er?«, fragt Vy vorsichtig und wirft einen Blick in die Richtung, in der sie den Engel vermutet. Als hätte er sie eben erst bemerkt, mustert er das Mädchen neugierig.

»Was machen wir jetzt?«, will Lestat ungeduldig wissen.

»Ich werde Nikolaj aufsuchen«, verkündet Alek, als wäre das die selbstverständliche Konsequenz.

»Steig ein«, sagt Tai, weist auf das Auto und ignoriert den Blick des Engels, der zu fragen scheint, ob er den Verstand verloren hat. »Wir gehen *alle. Zusammen.*«

»Ich halte das für keine sonderlich gute ...«

»Oh, es ist eine hervorragende Idee«, unterbricht er den Engel, dann wendet er sich an seine Schwester. »Schlüssel!«

Ohne ein weiteres Wort zieht Vy die Autoschlüssel aus ihrer Jackentasche und lässt sie in Tais ausgestreckte Handfläche fallen, bevor sie zum Wagen zurückgeht und sich auf die Rückbank setzt. Sie kennt ihren Bruder gut genug, um zu wissen, wann man aufhören sollte, mit ihm zu diskutieren.

»Wie berühmt? Lokalpolitiker-berühmt oder Hollywoodstar-berühmt?« Toni versucht, ihre Nervosität mit einem ironischen Lächeln zu überspielen. »So etwas vergeht. Wenn, dann muss es legendär werden. Ich will zumindest in einer Reihe mit Shakespeare, van Gogh und Paganini stehen.«

»Du wirst eine Legende unter den Kopfgeldjägern sein«, beteuert Nikolaj und verfällt in einen harmlosen Plauderton, der Toni die Nackenhaare aufstellt. »Wir haben uns in das Kopfgeldjägerportal gehackt. Witzige Idee übrigens, das mit der heißkalten Pforte.«

Sie rollt mit den Augen. Klar, dass der das witzig findet ...

»Eure Hinrichtung wird dort live übertragen.«

Sie schluckt und spürt wie ihre Hände feucht werden. »Das ist ganz schön niederträchtig.« Ein leichtes Schwindelgefühl überkommt sie, als sich lebhafte Bilder dieser Zukunftsperspektive in ihr Bewusstsein drängen. Allerdings ist sie doch ein wenig beeindruckt von der Hinterhältigkeit dieses Projekts. Und das von jemandem, der sich selbst ›Friedenswächter‹ nennt. »Du machst dich wirklich gut als Feind. Das personifizierte Böse ...«

Nikolaj lächelt wie ein Lehrer, der sich über die Unwissenheit seines Schülers amüsiert. »Du stehst nachweislich auf der bösen Seite, *Kopfgeldjägerin des Teufels*. Damit bin ich als dein Feind also erwiesenermaßen der Gute.«

»Das macht erstaunlicherweise sogar Sinn«, räumt sie zu ihrer eigenen Überraschung ein. »Allerdings ... Wenn jetzt jemand reinkäme, sähe er das sicher anders.«

»Die meisten Leute sind dumm. Sie wissen nicht, was gut und böse ist, wenn man es ihnen nicht sagt.«

Toni nickt. Damit hat er ebenfalls nicht ganz unrecht. Der Nephilim will den bösen Kopfgeldjäger zur Strecke bringen, das macht ihn automatisch zum ›Guten‹ – egal, auf welche Weise die Sache erledigt wird.

»Warum bringen wir es nicht einfach hinter uns?« Sie seufzt ergeben. »Du kannst dein Exempel an *mir* statuieren. Das reicht. Tai verschwindet nach meinem Tod ohnehin wieder in seinen Bezirk.« Ihr wird übel bei der Vorstellung, sie könnte ihn mit in dieses Unglück stürzen.

»Genau das ist doch der süße Moment der Vendetta.« Nikolaj blickt beinahe mitfühlend auf sie herab, dann kann er sich das Grinsen nicht länger verkneifen. »Wieso soll ich dich nur umbringen, wenn ich vorher dein kleines Jägerherz brechen kann?«

Heiße Flammen der Wut schlängeln sich durch Tonis Körper und ihr Gesicht beginnt zu glühen. »Weißt du, ich zweifle doch daran, dass dich jemand mit einem der Guten verwechseln könnte. Woher willst du wissen, dass er mich überhaupt sucht?«

Nikolaj winkt ab. »Mach dich nicht lächerlich.«

»Gut, aber vielleicht findet er mich ja gar nicht.«

»Dafür werde ich schon sorgen. Wenn du mich jetzt entschuldigst, ich habe noch einiges zu tun.« Er wirkt allmählich gereizt. Bevor er durch die Tür geht, wirft er ihr einen letzten Blick zu und setzt denselben tückisch fröhlichen Gesichtsausdruck auf, mit dem er den Raum betreten hat. »Wir sehen uns bald wieder.«

»Kann's kaum erwarten!« Ihre Stimme trieft vor Sarkasmus.

Sie wartet, bis seine Schritte vor der Tür verklungen sind, ehe sie den Raum mit einer lauten, wütenden Schimpftirade erfüllt, die selbst den Teufel erröten ließe. Es dauert einige Zeit, bis ihr die Flüche ausgehen. Erschöpft lehnt sie den Kopf an die Wand und schließt die Augen.

Das war's dann wohl. Das ›Gute‹ siegt nun einmal immer ...

Mit quietschenden Reifen lenkt Tai den Wagen um die Ecke, dann tritt er hart auf die Bremse. Bevor das Auto zum Stehen gekommen ist, würgt er den Motor ab und wirft die Fahrertür auf. Er steigt aus und beäugt das Bürogebäude, das ihm bei seinem ersten Streifzug durchs World's End schon einmal aufgefallen ist.

»Wie kommen wir rein?« Lestat schält sich ungelenk von der Rückbank und verhakt sich dabei im Beifahrergurt.

Kritisch beäugt der Engel den Vampir, der versucht, sich aus dem Würgegriff des Sicherheitsgurtes zu befreien. »Das Fenster, das zum Dachboden führt, lässt sich nicht schließen«, antwortet er, als Lestat schließlich aus dem Wagen gestolpert ist.

»Und wie kommen wir da hoch?«, will dieser wissen.

Vy stellt sich mit verschränkten Armen neben den Vampir. »Das ist doch scheiße«, unterbricht sie die beiden. »Sorry, aber es nervt total, wenn ich die Hälfte der Unterhaltung nicht mitbekomme.«

»Kannst du dich nicht einfach sichtbar machen?« Lestat wirkt ungeduldig. Er will wohl eine weitere zeitvergeudende Diskussion mit Vy vermeiden.

»Das ist verboten«, antwortet der Engel so bestimmt, als hätte der Vampir ihn eben um einen Auftragsmord gebeten.

Tai stöhnt auf. Auch er will das Gezeter seiner Schwester abkürzen. »Stell dich nicht so an. Sie weiß doch, dass du existierst, wozu noch verstecken?«

Alek blickt stirnrunzelnd zwischen dem Vampir und dem Jäger hin und her. Ihm fällt wohl ebenfalls kein vernünftiger Grund ein, sich nicht zu zeigen, also tut er es, Vys hörbarem Schnappen nach

Luft zu urteilen. Ihre braunen Augen weit aufgerissen, starrt sie den Engel unverwandt mit offenem Mund an.

Tai hebt eine Braue. Wieso müssen die Frauen nur alle diesen Typen derart anhimmeln?

»Hi«, haucht sie wie berauscht.

»Hallo«, erwidert der Engel ihre Begrüßung mit einem fragenden Seitenblick zu Tai, der ihn warnend anblitzt.

Ohne sich von Aleks Anblick zu lösen, stößt sie Lestat den Ellbogen in die Rippen. »Du hast mich verarscht mit den Flügeln.«

Der Vampir mustert den Engel irritiert.

Alek, dem die Aufmerksamkeit allmählich unangenehm zu werden scheint, deutet nach oben. »Ich steige durch das Dachfenster ein und öffne die Vordertür für euch«, sagt er, den Vampir und das Mädchen skeptisch im Auge behaltend.

Tai scheucht ihn mit einer Handbewegung Richtung Gebäude. »Beeil dich.«

Der Engel nickt, dann dreht er sich um und nimmt das Dach ins Visier. Als steige er lediglich eine Treppenstufe nach oben, so leicht und natürlich wirkt es, springt er geradewegs aus dem Stand hinauf.

»Wow«, haucht Vy. »Das ist wirklich der schönste Mann, den ich je gesehen hab.«

Tai stößt ein angewidertes Geräusch aus, eine Mischung aus Stöhnen und Schnauben, dem keine Beschreibung jemals gerecht werden kann. »Krieg dich wieder ein«, brummt er.

Toni hat sich seit Nikolajs Abgang keinen Millimeter bewegt. Sie könnte bereits Stunden so dasitzen oder erst Minuten; sie hat das Zeitgefühl völlig verloren. Aber was macht es schon für einen Unterschied? Was bringt es, zu wissen, wie lange man gefesselt im Keller hockt oder um welche Uhrzeit die eigene Hinrichtung stattfindet – das Ergebnis ist ohnehin dasselbe. Ihr Tod scheint unausweichlich. Und Toni kann nicht behaupten, dass er das Schlimmste ist, was dieser Stadt zustoßen kann.

Wenn es dem Ende zugeht, beginnt man für gewöhnlich über den Sinn seines Daseins nachzudenken. Man sucht nach Dingen, auf die man stolz sein kann, die man besonders gut gemeistert hat oder die einen wenigstens glauben lassen, man hätte irgendetwas richtig gemacht. Aber je intensiver Toni nachdenkt, desto trübsinniger wird sie. Hat sie ihr ganzes Leben lang die falschen Entscheidungen getroffen? Wäre es anders, säße sie dann heute gefesselt in einem Kellerverlies und wartete auf die Liveübertragung ihrer Hinrichtung?

Plötzlich drückt ihr eine fremde Macht die Kehle zu. Sie ringt nach Luft, keucht und hustet, bis der Horror nachlässt.

Eine Panikattacke? Nein. Mit einem Mal geht ihr ein Licht auf – wortwörtlich. Es beleuchtet einen Teil ihres Bewusstseins, den sie bisher noch nicht gekannt hat. Sie fühlt sich, als ob sie in ihrem eigenen Leben bislang bloß wartend im Publikum gesessen hat und sich nun der Vorhang zum ersten Akt hebt. Sie hat dieses Licht schon ein paar Mal gesehen, aber sie versteht einfach nicht, was es ihr sagen will! Bevor sie es auch nur annähernd begreift, zerrt sie ein knarrendes Ächzen in das muffige Kellerverlies zurück.

Das Stöhnen der Tür klingt noch lauter als beim ersten Mal. Widerwillig öffnet Toni die Augen, um einen Blick auf ihren Besucher zu werfen.

»Wow, cooler Gips«, begrüßt sie den Nephilim. »Unterstreicht das natürliche Schwarz deiner Seele.«

Das Grinsen in seinem Gesicht bekommt einen leichten Knick. Der Hüne stolziert in die Mitte des Raumes, wo er turmhoch vor ihr aufragt. »Deswegen bin ich hier. Ich wollte mich für das modische Accessoire bedanken.«

Seine Stimme klingt – es lässt sich einfach nicht anders beschreiben – hünenhaft. Tief und volltönend.

»Und da kommst du extra persönlich, wie nett ... Schreibt heute keiner mehr Dankeskarten?«

Wie aus Reflex legt er eine Hand an das goldene Heft des Schwertes, das an seinem Gürtel befestigt ist. Toni mustert den riesigen Nephilim aufmerksam: Er trägt dieselbe Kleidung wie Nikolaj und ein mindestens genauso herablassendes Lächeln.

»Mach du nur deine Witze«, meint er, »so lange du noch kannst.«

Sie unterdrückt ein Schaudern. »Bind mich los, du feige Kröte! Oder hast du Angst in einem fairen Kampf zu verlieren? Gibt es dir wirklich Genugtuung, dich an jemandem zu rächen, der sich nicht bewegen kann?«

»Ja, ich glaube, damit komme ich klar.« Er streicht – wohl unbewusst – über den vergipsten Arm.

Toni schüttelt schnaubend den Kopf. »Ihr seid ja tolle Vertreter für das Obere Reich. In all den Jahren als Kopfgeldjäger habe ich meinen Job schnell und sauber erledigt. Ich habe nie einen Menschen unnötig leiden lassen.«

»Und genau da liegt der Unterschied, Schätzchen.« Der Nephilim grinst noch breiter, als Toni säuerlich die Lippen kräuselt. Was fällt ihm ein, Lestats Kosenamen für sie zu verwenden? »Du bist kein Mensch, nur ein wertloser Jäger. Du bist den Strick nicht wert, der dich fesselt.« Seine dunklen Augen blicken auf sie herab, unergründlich wie zwei schwarze Löcher.

Beim Gedanken an das, was er alles mit ihr anstellen könnte, breitet sich ein bitterer Geschmack in ihrem Mund aus. »Dein Vater ist sicher stolz auf dich«, ätzt sie.

Sie hätte den Engel, von dem er abstammt, besser nicht erwähnen sollen. Ohne ein weiteres Wort schlägt er ihr mit dem Handrücken ins Gesicht, wodurch sie mitsamt Stuhl zur Seite kippt und auf den Boden knallt. Stöhnend blinzelt sie den Schmerz weg.

»Nicht so schnell, kleine Jägerin.« Der Nephilim packt sie an den Haaren und zieht sie wieder hoch. »Wir sind noch nicht fertig.«

Endlich – ein dumpfes Geräusch aus dem Inneren des Bürogebäudes und nur kurz darauf wird die Tür sachte aufgeschoben. Lestat schiebt sich an Tai vorbei und betritt als Erster das Gebäude. Als Vy ihm folgen will, greift Tai nach ihrem Arm und zieht sie zurück.

»Kannst du mir mal sagen, was das werden soll?«

Sie runzelt die Stirn und zeigt auf den Eingang. »Na, ich gehe durch die Tür.«

»Das glaube ich nicht.«

Das Mädchen verengt die Augen zu schmalen Schlitzen. »Dann pass auf.«

Trotzig reißt sie sich von ihrem Bruder los und legt einen olympiaverdächtigen Sprint bis zum Treppenhaus zurück, wo er sie einholt und wortlos auf den Ausgang zeigt. Vy schüttelt vehement den Kopf.

»Wir haben keine Zeit für eure Kindereien«, faucht Lestat. »Los, sucht Toni!«

»Hier ist niemand.« Aleks Stimme klingt seltsam hallend und trostlos in der Stille.

Tai wirbelt herum, marschiert auf den Engel zu und blickt herausfordernd zu ihm auf. »Ach, und woher willst du das wissen?«

»Als ich das letzte Mal hier war, sah alles ganz anders aus«, antwortet er. »Sie müssen das Versteck gewechselt haben.«

Der Engel blickt sich um, dann steuert er zielstrebig die Treppe an und marschiert ins Kellergeschoss, dicht gefolgt von den drei anderen.

Ein seltsamer Geruch kitzelt Tai in der Nase und wird immer intensiver, je weiter sie in das Gebäude vordringen.

Der Engel betritt einen Kellerraum und weist mit einer Hand durchs Zimmer. »Hier ist niemand mehr«, sagt er noch einmal und klingt beinahe verzweifelt.

In dem Raum sieht es aus, als hätte eine Horde Barbaren gewütet. Überall liegen verkohlte Papiere und Aktenordner verstreut, was wohl die Erklärung für den seltsamen Geruch ist – kalter Rauch und Asche. Zertrümmerte Holzstühle und Fetzen von diversen Einrichtungsgegenständen runden das chaotische Bild ab. Ein kleiner Klapptisch in der hinteren Ecke ist der einzige Überlebende.

Wild fluchend kickt Tai die kaputte Einrichtung durch den Raum, bis Vy seinen Arm berührt und ihm einen verängstigten Blick zuwirft.

»Wow«, kommentiert Lestat die Szenerie, »hier sieht es aus wie in Tonis Kopf.«

»Woher willst du das wissen?« Tai fragt mehr aus Gewohnheit als aus Interesse. Als ob ihn das jetzt interessieren würde ... Ziellos tigert er durch den Raum, lässt seiner Schwester zuliebe jedoch zumindest die Überreste des Mobiliars in Frieden.

»Wenn man eine Weile lang mit jemandem zusammengewohnt hat, bekommt man eine ziemlich genaue Vorstellung von solchen Dingen«, erklärt Lestat seelenruhig. »Außerdem muss ich kein Psychiater sein, um zu wissen, dass bei ihr einiges nicht ganz rund läuft.«

Alek unterbricht einen Moment lang die Durchsicht der verschiedenen Papiere auf dem Schreibtisch und wirft dem Vampir einen irritierten Blick zu. Allerdings verkneift er sich einen Kommentar über den Geisteszustand gewisser Personen.

»Du wohnst mit ihr zusammen?«, hakt Vy nach.

»Ja, wieso fragst du?«

»Na ja ... Sie ist mir irgendwie unheimlich.«

»Das liegt nur daran, dass sie mit ihrem Schwert auf dich losgegangen ist.« Er winkt ab, wird jedoch ein wenig nachdenklich. »Und vielleicht an ihrem Auftreten. Und dem irren Blick, den sie manchmal aufsetzt ... Ja, gut, du hast recht. Sie *ist* unheimlich.«

Tai widersteht dem Drang, sich die Ohren zuzuhalten. Die beiden verhalten sich, als wären sie auf einem Schulausflug. Vy hat mit der ganzen Sache nichts zu tun – ihr Verhalten ist nachvollziehbar. Aber wie kann Lestat so ruhig bleiben? Das ist ihm unbegreiflich. Dieses Geplapper schränkt seine Konzentrationsfähigkeit jedenfalls erheblich ein.

»Kannst du sie nicht irgendwie orten?«, wendet er sich hoffnungsvoll an Alek.

»Ich bin ein Engel, keine Wünschelrute. Meinst du, ich hätte es nicht längst getan, wenn ich es könnte?«

Tai entfährt ein Geräusch, das man eher in der Magengegend eines Bären vermuten würde. Dann widmet er sich wieder dem Auf- und Abgehen – es scheint sein neues Hobby zu sein.

»Was ist das?« Der Engel faltet hektisch einen Plan auseinander und breitet ihn auf dem Klapptisch aus.

Nach zwei großen Schritten ist Tai an seiner Seite und wirft einen Blick auf das Papier, das den Grundriss eines Gebäudes zeigt.

»Ich glaube, ich weiß, wo das ist.« Alle Augen im Raum richten sich erwartungsvoll auf Lestat, der den Plan kritisch beäugt. »Das ist das alte Hotel ›La Paix de Nuit‹.«

»›Der Frieden der Nacht‹«, übersetzt Alek, »sehr poetisch.«

Der Vampir nickt bedeutungsvoll. »Das dachte auch der örtliche Vampirclan, als er seine Blutpartys dort veranstaltet hat.«

Vy starrt Lestat mit weit aufgerissenen Augen an. »Blutpartys?«

»Frag lieber nicht, Krümel.«

Zweifelnd beäugt Tai zuerst den Plan, dann den Vampir. »Und das erkennst du an dem Grundriss eines Kellergeschosses?«

Verlegen verschränkt Lestat die Arme, tippelt mit der Zehenspitze auf dem Boden und versucht den Blicken auszuweichen, die fragend auf ihn gerichtet sind.

»Na ja.« Der Vampir errötet. »Ich war schon einmal hier im Weinkeller.« Er deutet auf einen abgelegenen Raum im hinteren Teil des Untergeschosses. Drei Augenpaare starren ihn weiterhin an. »Ich hatte hier ein sehr ... ähm ... anregendes Gespräch mit dem ... ähm ... Oberhaupt des örtlichen Vampirclans.« Er seufzt schwer und rollt theatralisch mit den Augen. »Max hatte etwas Exklusiveres im Sinn als ich. Das ist der Grund, warum ich mich nicht so oft bei den Mitgliederversammlungen sehen lasse.«

Tai wechselt einen amüsierten Blick mit Alek, bis ihm wieder einfällt, dass er den Engel überhaupt nicht leiden kann. Schnaubend wendet er sich ab, greift nach dem Plan und faltet ihn ordentlich zusammen. »Dann los«, sagt er.

Als er sich umdreht, erblickt er seine kleine Schwester, die breitbeinig an der Türschwelle steht und mit beiden Händen am Türrahmen den Ausgang versperrt. »Moment! Es war schon dämlich genug, unvorbereitet hier reinzustürmen, wollt ihr nicht kurz darüber nachdenken?«

In einer Mischung aus Verärgerung und Belustigung mustert der kampferprobte Jäger seine kleine Schwester, die, wie er in diesem Moment feststellt, eine Jeans mit aufgestickten Rosen trägt. »Geh aus dem Weg, Vy.«

»Überlegt doch mal logisch.« Das Mädchen ignoriert das Seufzen des Engels bei diesem Wort. »Wenn der Nephilim Toni mitgenommen hat, hält er sie entweder fest, weil er irgendetwas mit ihr vorhat, oder sie ist schon tot.«

In drei bestürzt dreinschauenden Gesichtern klappen gleichzeitig die Münder auf.

»Entschuldigung, das kam jetzt falsch rüber. Ich wollte damit sagen, *er* hat sicherlich einen Plan und weiß bestimmt, dass sie gesucht wird.« Sie weist mit einer Hand durch den Raum. »Warum ist hier wohl alles halb verkohlt, nur der Grundriss des Hotels hat nichts abgekriegt? Der hat ja nicht mal einen Knick. Das riecht für mich nach einer Falle!«

Die drei Männer wechseln abschätzende Blicke. Dann zieht Tai den Plan aus der Tasche und beäugt ihn skeptisch. »Wie konnte ich das übersehen?«, murmelt er.

»Ich bin die Einzige, die das Ganze nüchtern betrachtet.« Vys Stimme nimmt einen ungeahnt sanften Klang an. »Ihr wollt eure Freundin retten. Klar, ihr dreht alle ein wenig ab vor Sorge.«

»Sie hat recht!« Lestat wirbelt herum und boxt Tai während einer gestenreichen Untermalung seiner Worte gegen die Schulter. »Ich bin hier reingestürmt wie Rambo. Verdammt, ich bin noch nicht einmal bewaffnet.«

Tai reibt sich die Schulter und wirft ihm einen skeptischen Blick zu. Der Vampir wird mit einem Mal blass, als würde ihm die gesamte Tragweite dieser Dummheit in diesem Moment klar werden.

»Wir brauchen einen Plan«, fährt Vy unbeirrt fort. »Diese Typen vorhin in der Bar, die wollten uns doch helfen.«

»Wir? Uns?«, wiederholt Tai. »Du bist überhaupt nicht an dieser Sache beteiligt. Ich hätte dich niemals mitnehmen dürfen.«

»Wer wollte wobei helfen?«, hakt der Engel nach. Sein Gesichtsausdruck hat mehrmals von bestürzt zu verzweifelt gewechselt, untermalt von einem Hauch Schuld. Ihm ist anscheinend ebenfalls etwas aufgegangen: Er war drauf und dran mit einem Jäger, einem Vampir und einem Menschen gegen einen Nephilim, einen Vertreter des Oberen Reiches, vorzugehen – wenn das nicht Hochverrat der schändlichsten Art ist.

»Wir haben einige von den höllischen Angestellten überzeugen können, mit uns gegen die Nephilim zu kämpfen«, klärt Tai ihn widerwillig auf.

»Wieso tun sie das? Die Kopfgeldjäger sind nicht sehr angesehen bei den anderen Unterweltlern.«

Gewaltsam unterdrückt er das genervte Stöhnen, das ihm jedes Mal im Hals steckt, wenn der Engel den Mund aufmacht. »Das stimmt schon, doch hier geht es schließlich um ihre eigene Haut. Wir haben ihnen erzählt, die Friedenswächter hätten es auf *alle* Angestellten des Unteren Reichs abgesehen.«

»Das ist aber nicht wahr«, konstatiert der Engel.

Tai kann das Stöhnen nicht mehr länger zurückhalten. Hat der Engel etwa noch immer nicht begriffen, wer er ist? Wer Toni ist?

»Kopfgeldjäger!«, begründet er die Lüge in einem Wort.

Aleks Miene verfinstert sich augenblicklich. »Das habe ich nicht vergessen.«

Einige Sekunden lang starren sich die beiden feindselig an, dann tritt Lestat zwischen sie. »Ihr habt dasselbe Ziel. Von daher wäre es effektiver, wenn ihr euch nicht gegenseitig zerfleischen würdet.«

Tai löst sich mit einem abfälligen Schnauben vom Anblick des Engels und versucht, sich zu sammeln. Er soll nicht nur mit seinem Feind zusammenarbeiten, nein, dieser Feind muss ausgerechnet sein Konkurrent im Kampf um Tonis Herz sein. Das ist es, was ihn derart rasend macht. »Engel ... Vampire ... Ich diskutiere hier mit den Hauptfiguren aus Fantasy-Schnulzen-Romanen.«

»Und wurden über dich bereits Geschichten geschrieben?«, hakt Alek mit gespielter Höflichkeit nach.

Zähneknirschend nimmt er ihn erneut ins Visier.

»Schlagfertig – für einen Engel.« Lestat nickt beeindruckt. »Ist es nicht deine Aufgabe zu schlichten, anstatt zu sticheln?«

»Weshalb glaubt ihr alle, ihr wüsstet über mich und mein Volk Bescheid?«

»Ich habe es ja nie geglaubt ...« Vy schüttelt verwundert den Kopf, ehe sie demonstrativ Lestat anschaut. »Manche Frauen können die Männer tatsächlich in Idioten verwandeln.«

»Mir musst du das nicht erzählen.« Der Vampir legt sich eine Hand auf die Brust. »Deshalb habe ich mit den Frauen abgeschlossen.«

»Wir brauchen also Waffen und einen Plan.« Vy wechselt schnell das Thema, als ihr Bruder ihr einen warnenden Blick zuwirft. »Das kann doch nicht so schwer sein.«

Tai kann sich ein Grinsen nicht verkneifen. »Oh, da spricht die Expertin.«

»Ich werde um eine Audienz beim Rat des Oberen Reiches bitten«, verkündet der Engel übergangslos. »Ich kann nicht glauben, dass diese extreme Maßnahme in ihrem Sinne ist.«

»Gut, tu das«, sagt Tai, der von der Aussicht begeistert ist, den Engel loszusein. »Und *wir* nehmen einen kleinen Umweg zum Hotel, bevor wir Ruben einen Besuch abstatten.«

Toni weicht zurück, wodurch der Schlag ihr Kinn verfehlt und stattdessen das Ohr trifft. Die Finger des Nephilim schlagen wie Eisenstangen auf ihrer Haut ein und hinterlassen ein grelles Pfeifen. Der Todesschrei ihres Trommelfells? Doch der Pfeifton wird von einem noch schrilleren Laut übertönt. Eine Stimme. Sie erinnert an das Geräusch von Fingernägeln auf einer Schiefertafel.

»Finn!«, kreischt diese. »Bist du wahnsinnig geworden? Lass sie in Ruhe!«

Zögerlich wendet sich der Nephilim von Toni ab und sie versucht zu erkennen, wer die Besitzerin dieses durchdringenden Sprechorgans ist. Ihr rechtes Auge ist geschwollen und ihre Sicht daher eingeschränkt. Trotzdem erkennt sie die verschwommenen Züge von Nikolajs Freundin Clarissa. Die hübsche Blondine hat hektische rote Flecken im Gesicht und fixiert ihren Compagnon mit zornigem Blick.

»Geh wieder nach oben, Lissy.« Der warnende Unterton in Finns Stimme ist nicht zu überhören.

Die zierliche Frau wirkt winzig neben dem bulligen Nephilim, dennoch tritt sie ihm zähneknirschend entgegen und baut sich mit verschränkten Armen vor ihm auf. »Meine Freunde nennen mich Lissy – du gehörst aber sicher nicht zu diesem Personenkreis. Niko hat gesagt, du sollst dich von ihr fernhalten.« Herausfordernd blickt sie zu dem Hünen auf. »Soll ich ihn vielleicht holen?«

Abwehrend hebt Finn die unverletzte Hand und macht ein bemerkenswert unschuldiges Gesicht. »Kein Grund, den Boss einzuschalten. Ich wollte nur, dass sie kriegt, was sie verdient. Oder hast du etwa Mitleid mit einem Kopfgeldjäger?«

Die Nephilim greift an das kleine silberne Kreuz, das an einer Kette um ihren Hals hängt. »Kein Geschöpf hat es verdient, so behandelt zu werden. Ihr verliert alle langsam den Verstand und unser Ziel aus den Augen. Das hier ist nicht richtig.«

Seufzend mustert Finn die hübsche Blondine. Der sanfte Blick, den er ihr zuwirft, wirkt völlig verkehrt in seinem Gesicht. Schließlich nickt er wortlos, ehe er zur Tür stapft. Bevor er jedoch den Raum verlässt, wirft er Toni noch einen hämischen Blick zu. »Du bekommst, was du verdienst«, murmelt er.

Ohne sie auch nur eines Blickes zu würdigen, dreht sich die Nephilim um und folgt ihrem Kollegen.

»Danke«, brummt Toni, halb im Ernst, halb ironisch. Sie weiß schlichtweg nicht, was sie von all dem halten soll.

Die Blondine marschiert einfach weiter. »Sprich mich bloß nicht an.«

»Du hast recht, Clarissa. Niemand sollte auf diese Weise behandelt werden. Wie wäre es, wenn du mich losbindest und wir in Ruhe über alles sprechen?«

Ruckartig bleibt die Nephilim stehen, dreht sich in Zeitlupentempo um und wirft ihr einen herablassenden Blick zu. »Für wie dumm hältst du mich eigentlich?«

Lächelnd schüttelt Toni den Kopf. Sie hat nicht ernsthaft daran geglaubt, dieser Spruch könnte bei Clarissa funktionieren. Aber er hat sie zumindest aufgehalten. Sie erkennt ihre Chance, an den mitleidsvollen Vertreter des Oberen Reiches in ihr zu appellieren. »Ich hocke gefesselt in einem Kellerloch, blute mir selbst ins Auge und mein Gesicht fühlt sich an, als hätte ich damit die Straßen von halb Flammach poliert.« Ein bitterer Unterton schwingt in ihrer Stimme mit – und sie muss ihn nicht einmal spielen. »Der einzige

Lichtblick ist, dass der Zeitpunkt meiner Hinrichtung nicht mehr weit entfernt ist. Kannst du mir den Versuch wirklich verdenken?«

Die Miene der Nephilim wird sanfter und Toni bemerkt sogar einen Funken Mitleid in den himmelblauen Augen.

»Ich bin gar nicht so übel, wenn man mich erst kennt«, fügt sie hinzu, zweifelt jedoch selbst daran.

Das war wohl zu dick aufgetragen, denn das Mitleid in Clarissas Augen verfliegt auf der Stelle. »Du bist eine Kopfgeldjägerin!«

»Das ist nicht, was ich bin. Das ist mein Job.« Und zum ersten Mal erkennt sie, wie wahr diese eigentlich so hohle Phrase ist.

»Nun sieh, wohin er dich gebracht hat«, flüstert Clarissa, dann wirbelt sie herum und stürmt aus dem Raum.

Toni kann ihr leider nur zustimmen.

# GAMBIT – EINE NEUE PARTIE

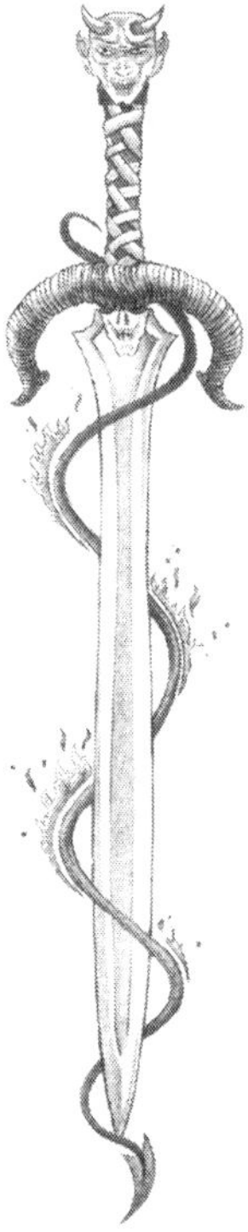

»Was machen wir hier jetzt genau?«, will Lestat wissen.

»Das wirst du gleich sehen«, antwortet Tai, öffnet die Tür seines Hotelzimmers und bedeutet Lestat und Vy einzutreten. Zielstrebig marschiert er auf das Bett zu, geht vor dem Fußende auf die Knie und steckt den Kopf darunter.

Vy lässt sich derweil wie ein nasser Sack auf die Matratze fallen. Das bemerkt er hauptsächlich daran, dass die Federn des Boxspringbettes auf seinen Hinterkopf knallen. Stöhnend greift er nach der Sporttasche, kriecht wieder hervor und reibt sich die schmerzende Stelle. »Verdammt, Vy.«

»Entschuldige«, gähnt sie undeutlich. Sie legt ihr Kinn auf die verschränkten Hände und beobachtet vom Fußende des Bettes, wie er die Tasche öffnet. Glänzende Messer und Dolche in verschiedenen Farben und Formen kommen zum Vorschein.

Lestat blickt ihm argwöhnisch über die Schulter. »Wolltest du die halbe Stadt umlegen?«, fragt er vorsichtig.

Tai zuckt mit den Schultern. »Ich hatte ein mieses Gefühl bei dem Auftrag. Und scheinbar lag ich damit richtig.«

Vy macht ein bewunderndes Geräusch und betrachtet das Waffenarsenal mit großen Augen. »Das beeindruckt die Mädels garantiert ungemein.«

»Und was ist das Finale?«, greift Lestat ihre scherzhafte Bemerkung auf. »Zeigst du ihnen dann deinen Granatwerfer?«

»Den besonders Glücklichen unter ihnen schon«, feixt Tai.

»Kotzwürg«, kommentiert die kleine Schwester die zweideutige Äußerung. Gespannt streckt sie eine Hand aus und ihre Augen leuchten gierig auf. »Welches bekomme ich?«

Tai zieht den Reißverschluss zu, bevor Vy eine der Waffen berühren kann. Seufzend setzt er sich neben sie aufs Bett und blickt in die dunkelbraunen Mandelaugen. In Form und Farbe sind sie die exakten Ebenbilder seiner eigenen; mit dem einen Unterschied, dass sich seine verkommene schwarze Seele darin nicht spiegelt.

Offenbar spürt Lestat das ernste Gespräch, das sich zwischen den Geschwistern anbahnt. Der Vampir zieht sich unauffällig zum Sessel am Fenster zurück und beginnt, in der Hotelbroschüre zu blättern.

»Hör mal zu, Vy.« Sie stöhnt entnervt auf, woraufhin Tai herausfordernd eine Braue hebt. »Hörst du mir zu?« Seine Stimme nimmt einen väterlichen Klang an.

»Ja!«, antwortet sie gereizt und macht eine ungeduldige, wedelnde Geste.

»Ich will dich nicht dabei haben. Ich wollte dich nie in meine Welt hineinziehen, weil du einfach nicht hierhergehörst. Du bist so viel besser als das. Besser als ich. Deshalb wird es mir auf ewig leidtun, dass du durch mich in dieses ganze Chaos hineingeraten bist.« Seufzend wendet er sich von ihr ab und mustert stattdessen den abgelaufenen anthrazitfarbenen Teppichboden. »Aber ich weiß auch, dass ich dich nicht abhalten kann. Wenn ich dich im Zimmer einsperre, wirst du dir, beim Versuch aus dem Fenster zu klettern, wahrscheinlich das Genick brechen. Weil du ein elender Dickkopf bist.«

Vy grinst ihn breit an. »Das habe ich von meinem großen Bruder.«

»Wenn du mir wirklich helfen willst, müssen wir ein paar Regeln aufstellen.« Seinen ernsten Tonfall und den eindringlichen Blick beantwortet sie mit einem Nicken. »Ich darf mich nicht ablenken lassen, indem ich mir ständig Sorgen um dich mache. Das macht mich angreifbar, verstehst du? Versprich mir, dich im Hintergrund zu halten. Bleib bei Lestat und komm nicht in meine Nähe. Du wirst genau das tun, was ich dir sage. Und wenn es zu heiß wird, verschwindet ihr beide.«

»Versprochen«, willigt sie, ohne zu zögern, ein.

Zur Bekräftigung nickt er ihr nochmal zu, dann steht er auf und hievt die Sporttasche vom Boden hoch.

Lestat blickt stirnrunzelnd von der Hotelbroschüre auf. »Was hast du vor?«

»Toni ist von den Nephilim gefangen genommen worden, schon vergessen? Wir müssen zu Ruben, die anderen Unterweltler zusammentrommeln, einen Plan ausarbeiten und ...«

»Es ist sechs Uhr morgens«, unterbricht ihn der Vampir mit leiser Stimme und wirft Vy einen kurzen Blick zu. »Für die meisten höllischen Angestellten ist der Arbeitstag damit zu Ende. Um diese Uhrzeit wird uns niemand helfen. Vielleicht sollten wir uns ein bisschen ausruhen.«

Schnaubend presst Tai die Lippen zu einem Strich zusammen, ehe er sich seiner Schwester zuwendet. Sie hat sich auf der Matratze zusammengerollt und schlummert friedlich. Sie muss total erledigt sein, wenn sie von einer Minute auf die andere in einen derart tiefen Schlaf fällt.

»Ich mache mir mindestens genauso viele Sorgen wie du«, fährt Lestat fort, »aber völlig übermüdet und ohne Rückendeckung dort aufzutauchen, wird Toni nicht retten.«

Mit einem Mal spürt Tai die Erschöpfung in jedem einzelnen Muskel. Seufzend fährt er sich mit den Fingern über die müden Augen, lässt die Tasche zurück auf den Boden sinken und trottet auf das Bett zu, wo er behutsam die Decke über das schlafende Mädchen legt. Dann setzt er sich in den anderen Sessel und wirft Lestat einen abschätzenden Blick zu. Wenn der Vampir wüsste, wer kurz zuvor noch in diesem Sessel gesessen hat ... Tai schüttelt von plötzlichem Ekel überfallen den Kopf.

»Ich will nicht zu spät kommen«, flüstert er schließlich.

Lestat nickt lediglich.

Tai blickt zu Vy hinüber, deren Gesicht so friedlich wirkt. Zu friedlich angesichts der Nacht, die sie hinter sich hat und dem Kampf, der ihn erwartet. Sein größter Albtraum geht mit ihrer Anwesenheit in Erfüllung.

»Wie kann ich das nur zulassen?«, murmelt er mehr zu sich selbst.

Lestat tätschelt ihm mitfühlend das Knie. »Ich schätze, du hast keine andere Wahl. Sie hat einen eisernen Willen. Genau wie Toni.«

»Du wirst doch auf sie aufpassen?«

»Ich werde den Krümel nicht aus den Augen lassen. Auch wenn ich glaube, dass das gar nicht nötig ist.«

Tai mustert den Vampir. Hat er ihn vielleicht die ganze Zeit über falsch eingeschätzt? Er hat ihn für Tonis faulen, etwas einfältigen Mitbewohner gehalten, aber Lestat hat in den vergangenen Stunden eine ungeahnt vernünftige Seite von sich gezeigt. Während Tai und sogar der Engel in Panik geraten sind, ist er verhältnismäßig ruhig geblieben. Manche Leute zeigen eben erst in Krisensituationen, was wirklich in ihnen steckt. Vy ist bei ihm sicher gut aufgehoben.

Unwillkürlich formt sich ein Lächeln auf Tais Lippen. Er hätte niemals geglaubt, einmal so über den Vampir zu denken.

»Danke«, sagt er, dann fällt ihm mit einem Mal etwas ein, das er bei all der Aufregung völlig verdrängt hat. »Es tut mir leid, dass ich so ein Chaos angerichtet habe. Ich hätte den Auftrag ablehnen sollen und Toni ihre Arbeit erledigen lassen. Vielleicht wäre dann jetzt nicht alles so verfahren.«

Lestat runzelt die Stirn. »Wieso ›verfahren‹? Ich bin froh, dass du den Auftrag bekommen hast. Ein anderer hätte sie, ohne mit der Wimper zu zucken, in die Hölle verbannt. Auch wenn sie es nicht offen zeigt, sie weiß zu schätzen, was du für sie tust. Ohne dich wäre Luzifer schließlich immer noch hinter ihr her.«

Er räuspert sich unbehaglich. »Na ja, was das betrifft ...«

Der Ausdruck in Lestats Gesicht kann nur mit einem Felsblock verglichen werden und sein Augenausdruck mit dem vernichtenden Blick einer zweitplatzierten Ballkönigin. »Du sagst doch jetzt nicht, was ich denke, was du gleich sagst?« Die Stimme des Vampirs nimmt zum ersten Mal, seit er ihn kennt, einen bedrohlichen Klang an.

Er bringt es einfach nicht über sich, Lestat in die Augen zu sehen. Beschämt kaut er auf seiner Unterlippe. »Der Boss hat dem Handel nicht zugestimmt. Ich wusste nicht, wie ich es ihr sagen soll.«

Der Vampir reißt die Augen so weit auf, dass Tai befürchtet, sie könnten aus ihren Höhlen fallen. »Du ... Du wusstest nicht ... Ha! Da fehlen mir die Worte.«

»Versetz dich doch mal in meine Lage. Wie sagst du jemandem, den du liebst, dass du ihn in die Hölle schicken musst? Zum zweiten Mal ...«

Lestat öffnet den Mund, schließt ihn jedoch gleich wieder. Auf seiner Zunge liegt sicher schon eine böse Bemerkung bereit, doch der Vampir schluckt sie wohl angesichts des Liebesgeständnisses an seine Mitbewohnerin hinunter. »Was hast du dir dabei gedacht?«, fragt er stattdessen.

»Keine Ahnung. Ich habe allmählich das Gefühl, in Tonis Nähe denke ich überhaupt nicht.«

Der Vampir schüttelt lächelnd den Kopf. »Im Ernst, wie hast du dir das vorgestellt? Hast du gehofft, der Teufel hätte ein schlechtes Gedächtnis oder darauf spekuliert, Toni würde dich irgendwann so nerven, dass du sie in die Unterwelt schicken *willst*?«

Tai spürt einen Stich im Herzen. »Nein. Ich dachte, wenn erst mal das Nephilim-Problem beseitigt ist, dann fällt mir schon etwas ein. Vielleicht können wir abhauen …«

»Aha.« Lestat hebt skeptisch eine Braue.

»Der Plan reift noch.«

»Ja, sicher, lass ihn reifen.« Der Vampir weist mit dem Kinn auf das Bett. »Vielleicht solltest du dich eine Weile hinlegen und ihn im Hintergrund reifen lassen.«

Ein Engel darf jederzeit in seine Heimat zurückkehren – so lautet das Gesetz. Warum ihm der Wächter allen Ernstes den Zutritt verwehren wollte, ist Alek daher schleierhaft. Noch nie hat er solche Schwierigkeiten gehabt, in das Obere Reich zu gelangen. Doch er wird den Teufel tun und seine wertvolle Zeit mit Gedanken an den Wächter verschwenden.

Seit einer schieren Ewigkeit wartet er im Weißen Saal auf die Mitglieder des Rates. Wie der Name schon sagt, ist der Versammlungsort gänzlich in weißer Farbe gehalten: von den marmornen Bodenfliesen über die lange Tafel bis hin zu den wuchtigen Granitsäulen, die das Dach stützen. Ein Saal im eigentlichen Sinne ist es freilich nicht, denn das würde voraussetzen, es handle sich um einen geschlossenen Raum mit Wänden. Von diesen einengenden steinernen Befestigungen halten Engel jedoch prinzipiell nicht viel. Jeder, der auf Wände besteht, hat ihrer Meinung nach etwas zu verbergen. Auch eine Überdachung existiert in ihrer Welt lediglich, um darauf die Symbole zu befestigen, die den jeweiligen Zweck eines Versammlungsortes anzeigen.

Und darum kann nun jeder, der am Weißen Saal vorbeischlendert, beobachten, wie Alek mit hinter dem Rücken verschränkten Händen nervös um den Ratstisch herumschleicht. Ein eher seltener Anblick in dieser sorgenfreien Welt.

Aber den Schutzengel kümmert es nicht; er ist viel zu sehr auf die bevorstehende Sitzung konzentriert. Wie soll er sich bloß ausdrücken, damit die Ratsmitglieder auf ihn hören? Jedes Mal, wenn seine Gedanken das Wort ›Kopfgeldjäger‹ auch nur streifen, blitzen zwei smaragdgrüne Augen in einem zarten, von scharlachroten Locken umrahmten Gesicht in seinem Bewusstsein auf. Wie kann er seinen Brüdern die Lage sachlich schildern, ohne seine Gefühle für Antonia zu verraten?

Alek stöhnt innerlich auf. Bis hier endlich einer von ihnen auftaucht, wird das vielleicht gar nicht mehr nötig sein. Hat ihn eine schlimme Form der menschlichen Ungeduld befallen und betrügt nun hinterhältig sein Zeitgefühl? Oder sind in der Zwischenzeit tatsächlich tausende Menschenkinder geboren und als Tattergreise begraben worden, seit er sich in seiner Heimat befindet?

Als er zu einer erneuten Runde um den Tisch ansetzt, taucht endlich der erste seiner früheren Ratsgenossen auf. Der Vorsitzende des Rates, um genau zu sein.

Alle Engel sehen taufrisch und wunderschön aus; und auch der Vorsitzende hat die makellose Haut und die muskulöse Statur, die sein Volk auszeichnen. Aber etwas ist anders; auf gewisse Weise erinnert er an einen alten Mann. Das liegt wahrscheinlich an der Weisheit, die sich in seinen eisblauen Augen spiegelt.

Der Vorsitzende ist in ein einfaches beiges Leinenhemd und dazu passende Hosen gehüllt. Die weite Kleidung umspielt seinen Körper bei jeder Bewegung wie kleine Wellen. Als er eintritt, begrüßt er Alek auf die im Oberen Reich typische Weise und spricht ihn selbstverständlich mit seinem richtigen Namen an. Diesen Namen zu übersetzen, ist in keiner Sprache der Welt denkbar, denn Shahaameh, die Sprache der Engel, besteht teilweise aus Lauten, die über die Beweglichkeit einer menschlichen Zunge weit hinausgehen. Außerdem beinhaltet Aleks Muttersprache mehr als eine Million Wörter, zehn Zeitformen und wird mit speziellen

Gesten ergänzt. Sie ist noch um ein Vielfaches komplexer als die henochische Sprache, die den Engeln seit dem sechzehnten Jahrhundert angedichtet wird.

»Ich hoffe, es handelt sich bei deinem Anliegen um eine bedeutsame Angelegenheit.« Der Vorsitzende begibt sich zu seinem Platz am Kopfende der Tafel. »Das sollte es, wenn die Anwesenheit und Entscheidung des gesamten Rates erforderlich ist.«

»Ich würde den Hohen Rat niemals wegen einer Lappalie aufsuchen«, antwortet Alek bestimmt.

Nach und nach treffen nun auch die anderen Ratsmitglieder ein und nehmen ihre Plätze ein. Allerdings nicht, ohne dem Hüter Flammachs neugierige Blicke zuzuwerfen. Schaulustige strömen aus allen Ecken und versammeln sich um die Säulen. Wie Engel es eben tun, wenn sie eine brisante Neuigkeit wittern. In dieser Hinsicht unterscheiden sie sich nicht im Geringsten von den Menschen.

»Dies ist eine unangekündigte, außerplanmäßige Sitzung des Hohen Rates des Oberen Reichs«, eröffnet der Vorsitzende die Versammlung endlich. »Erbeten wurde sie von einem Bruder, der sich momentan im Außendienst als Hüter in der Menschenwelt aufhält.« Mit einer Handbewegung bedeutet er Alek, ans andere Ende des Tisches zu treten. »Trage dein Anliegen vor, Hüter.«

Um die wild umherschwirrenden Vokabeln in seinem Kopf zu ordnen, atmet Alek tief durch, bevor er mit seinem Vortrag beginnt. »Der Bund der Nephilim, die Friedenswächter, legen derzeit ihre Aufgaben als Vertreter des Oberen Reiches fest. Es ist mir ein Anliegen, nein, vielmehr sehe ich es als meine Pflicht, euch über ihr Vorgehen aufzuklären.«

Ein für einen Engel erstaunlich kleiner Mann mit dichtem roten Haarschopf macht ein abfälliges Geräusch. »Wieder dieses Nephilim-Thema.« Seine auffallend gellende Stimme dröhnt durch den Saal. »Ich kann mich erinnern, dass ich in der letzten Sitzung bereits gegen eine solche Vereinigung gestimmt habe.«

Ein anderes Mitglied zu seiner Rechten wirft dem Rotschopf einen strafenden Blick zu. »Gib dem Hüter doch zuerst die Gelegenheit sein Begehr vorzutragen, bevor du wie üblich das Wort an dich reißt.«

Eine kurze Unruhe entsteht, als der rothaarige Engel versucht, seinen Brüdern klarzumachen, dass eine Entscheidungsfindung lediglich durch rege Beteiligung an der Sitzung ergehen könne. Woraufhin die anderen Engel ihn darauf aufmerksam machen, dass eine Entscheidung nur getroffen werden kann, wenn der Antragsteller überhaupt so weit kommt, sein Anliegen vorzutragen.

Schnaubend rollt Alek mit den Augen. Es ist bereits während seiner Zeit als Ratsmitglied so gewesen: Jede Sitzung ging nach kürzester Zeit ins Chaos über und am Ende hat niemand mehr gewusst, über welches Thema gesprochen oder vielmehr debattiert wurde.

»Diese Vereinigung«, er versucht, die Streithähne mit erhobener Stimme zu übertönen, »ist im Grunde ein nötiger Entschluss! Ist euch überhaupt bewusst, was die Menschen von uns halten? Sie nennen uns gleichgültig! So können wir ihnen zeigen, dass uns das Gute in der Menschenwelt nicht egal ist.«

Mit einem Schlag wird es still um den Tisch. Pikierte Mienen sind das Ergebnis von Aleks Information über die Meinung der Menschen zu den ach so unfehlbaren Engeln.

»Vielleicht sollten wir ihnen zeigen, was Gleichgültigkeit wirklich bedeutet«, grummelt eines der Ratsmitglieder.

Alek widersteht dem Drang, noch einmal mit den Augen zu rollen.

»Weshalb bist du denn nun hier?«, fragt der Vorsitzende mit verräterisch zuckenden Mundwinkeln. »Wohl kaum, um uns für unseren guten Beschluss zu loben.«

»Wohl kaum.« Alek kann sich ein Schmunzeln nicht verkneifen. »Eines habt ihr bei eurer Entscheidung nicht bedacht.«

Ein Raunen geht um den Ratstisch. Wenn das Volk der Engel etwas nicht leiden kann, dann jemanden, der ihre gefällten Entscheidungen kritisiert oder ihnen sogar einen Denkfehler unterstellt.

»Ich war immer schon dagegen«, brummt der Rotschopf. Er will wohl seine Unschuld an dem vermeintlichen Fehler deutlich machen, nur für den Fall, irgendjemand könnte seinen Einwand beim ersten Mal überhört haben.

»Die Nephilim wurden von jeher gejagt«, fährt Alek unbeirrt fort. »Sie sind ein verbittertes Volk, das auf Rache sinnt. Da sie unter den Menschen aufgewachsen sind, haben sie keine Kenntnis von unseren Moral- und Wertvorstellungen. Deshalb erledigen sie ihre Aufgaben auf eine Art und Weise, die das Obere Reich nicht tolerieren sollte.«

»Vertreter des Oberen Reiches in der Menschenwelt zu beschäftigen, die auch agieren wie die Menschen – das war die wesentliche Überlegung bei diesem Beschluss.« Die monotone Stimme gehört einem Engel mit silbernem Haar. Sein Platz zur Rechten des Vorsitzenden verrät seine besondere Stellung als Schriftführer.

»Seit wann führen die Menschen uns und nicht mehr wir sie?« Alek blickt jedem einzelnen Ratsmitglied in die Augen. »Den Nephilim sollten Grenzen aufgezeigt werden. Sie müssen sich an *unsere* Regeln halten.«

»Das mag alles sein.« Der Vorsitzende winkt ab. »Doch du bist sicher nicht wegen irgendwelcher Grundsätze in deine Heimat zurückgekehrt, Hüter. So berichte uns, was dieser Tage in Flammach vor sich geht.«

»Die Friedenswächter erweitern ihre Aufgaben um die Vernichtung der höllischen Angestellten.« Alek setzt möglichst sachlich an und klänge auch beinahe unparteiisch, wäre da nicht dieser leicht verwackelte Tonfall am Ende des Satzes. Unbeirrt, wenngleich ein wenig hitzig, fährt er fort: »Hauptsächlich geht es ihnen um die Kopfgeldjäger. Sie haben bereits die für Flammach zuständige Kopfgeldjägerin in ihre Gewalt gebracht, um sie als Erste zu vernichten.« Erleichtert atmet er auf. Den Satz, der seit einer gefühlten Ewigkeit in seinen Gedanken umherschwirrt, ist nun endlich in der Welt.

»Höllische Angestellte gibt es wie Beeren am Strauch im Nahlsa-Park«, meint eines der Ratsmitglieder ungerührt. »Ich weiß nicht, ob es richtig ist, wenn wir uns da einmischen. Vielleicht sollten wir abstimmen.«

Alek schnappt nach Luft wie ein Fisch auf dem Trockenen. »Hier geht es nicht um das Thema ›Asphalt oder Pflaster auf dem Großen Platz‹.« Er wirft frustriert die Arme in die Luft. »Es geht um Leben oder Tod. Es kann doch nicht in eurem – in unserem – Sinne sein, dass die Nephilim im Namen des Oberen Reiches *morden*? Und erst der Zorn Luzifers, der damit heraufbeschworen wird!«

Die Stimmen der Ratsmitglieder werden immer lauter und auch unter den anderen Engeln sind aufgeregte Diskussionen entstanden.

»Ich denke ...« Die Stimme des Vorsitzenden bringt alle Anwesenden zum Verstummen. »Ich denke, der Hüter ist auf dem richtigen Weg. Wir müssen Regeln und Gebote für die Friedenswächter ausarbeiten. Wir werden dies jedoch in einer ordentlichen Sitzung tun, da wichtige Entscheidungen nicht übers Knie gebrochen werden sollten.«

»Aber ...« Alek will den Vorsitzenden nochmals auf die Dringlichkeit der Lage aufmerksam machen, wird von seinem Vorgesetzten jedoch jäh unterbrochen.

»Inzwischen wird er in die Menschenwelt zurückkehren und die Nephilim an der Ausführung ihrer Aufgaben hindern, bis wir eine Entscheidung gefällt haben.« Der Vorsitzende richtet seine eisblauen Augen neugierig auf Alek, der sich unangenehm durchschaut fühlt. »Mit allen Mitteln, die er für notwendig erachtet. Gibt es Gegenstimmen?«

Als sich keiner der anderen Engel zu Wort meldet, beendet der Vorsitzende offiziell die Sitzung des Hohen Rates.

Alek hat zwar auf die aktive Unterstützung seiner Brüder gehofft, aber diesen Ausgang kann er bereits als Sieg verbuchen. Erleichtert schließt er für einen Moment die Augen und atmet auf.

Als er sich gerade auf den Rückweg machen will, richtet der Vorsitzende nochmals das Wort an ihn. »Bevor du uns wieder verlässt, Bruder, geh ein Stück mit mir.«

Das Hotel ›La Paix de Nuit‹ wurde im achtzehnten Jahrhundert im Barockstil erbaut. Es wird auch ›die Stecknadel‹ genannt, weil es im Herzen von Flammachs Altstadt und somit genau in der Mitte der Stadt liegt. Vor einigen Jahren wurde das Palais restauriert. Der damalige Besitzer hatte sich jedoch derart verkalkuliert, dass er es nach Beendigung der Bauarbeiten aufgeben musste. Seitdem steht das imposante Bauwerk leer; so denken zumindest die Bewohner und Touristen der Stadt. Immer wieder gehen Beschwerdebriefe bei der Stadtverwaltung ein, die eine Wiedereröffnung des Hotels verlangen. Aber die neuen Besitzer interessiert das herzlich wenig.

»Das Objekt ist derzeit vermietet, wir können also leider keinen Blick hineinwerfen«, erklärt der Stadtführer einer bunt gemischten Gruppe von wild umherfotografierenden Touristen, die sich vor dem Eingang des Hotels versammelt haben. »Aber Sie können hier an der Hinweistafel einige interessante Aufnahmen und sogar den Grundriss des Gebäudes anschauen. Kommen Sie ruhig näher.«

Unbemerkt drückt sich Tai durch die Menschentraube, der er sich auf dem Weg zum Palais angeschlossen hat. Am späten Vormittag hat er Lestat das Bett überlassen und der Vampir hat es ihm gedankt, indem er begonnen hat, mit Vy um die Wette zu schnarchen. Tai musste da raus, musste irgendetwas tun und so hat er sich aufgemacht, um das ›La Paix‹ unter die Lupe zu nehmen.

Er zieht sein Handy aus der Hosentasche und schießt ein Foto von der Hinweistafel und dem darauf abgebildeten Grundriss. Sein Verhalten fällt nicht weiter auf, da es ihm die anderen Touristen sofort nachmachen.

Daraufhin bewegt er sich vorsichtig zurück hinter die Menschentraube und lässt seinen Blick über das Gebäude schweifen. Die Fenster im ersten Stockwerk sind mit schweren burgunderroten Samtvorhängen vor neugierigen Blicken geschützt. Während er das Gebäude beäugt, stellen sich die Härchen an seinen Unterarmen kerzengerade auf.

Irgendwo hinter diesen Mauern ist sie. Sein Herz zieht sich bei dem Gedanken schmerzhaft in der Brust zusammen und vor seinem inneren Auge sieht er die stolze Jägerin auf Knien, verletzt und gebrochen – eine schreckliche Vorstellung. Toni so nah zu sein und nichts unternehmen zu können, zerreißt ihn beinahe.

Keuchend dreht er sich zu dem Gebäude auf der anderen Straßenseite um. Es ist nicht gleichermaßen eindrucksvoll, aber ebenso hoch. Zimmerhohe Fenster zieren die Frontfassade des Sportgeschäfts und geben den Blick auf das gegenüberliegende Palais frei.

Zielstrebig geht der Jäger auf die Eingangstür des Kaufhauses zu. Gedanklich klopft er sich selbst auf die Schulter, weil er daran gedacht hat, das kleine Fernglas mitzunehmen. Dann wollen wir doch mal sehen, ob irgendwo die Vorhänge ausgegangen sind.

Die weiße Sonne strahlt warm und hell auf das saftige Grün des Rasens und auf die Reihen von exotischen bunten Blumen, die den Rand des gepflasterten Weges durch den Nahlsa-Park säumen. Die Ruhe der Parkanlage mit ihrer Vielzahl an Blumen und Gewächsen und dem kleinen, glitzernden Wasserfall auf der Südseite wird durch nichts gestört. Weder das Surren der Bienen noch das

Gezwitscher von Vögeln, da solche Kreaturen im Oberen Reich schlicht nicht existieren. Selbst das Wasser scheint völlig geräuschlos von den Felsen in den brillantblauen Bach zu fallen.

Als Alek noch den Großteil seiner Zeit in dieser Welt verbracht hat, war der Park sein liebster Ort. Stundenlang konnte er durch die Anlage schlendern, die Ruhe und den Frieden genießen, doch heute bereiten ihm die süßen Blumendüfte Bauchschmerzen und die Stille verschlimmert seine innere Unruhe.

»Willst du mir nun verraten, was der Grund für deine Einmischung in die Beschlüsse des Rates ist?« Der Vorsitzende mustert ihn mit einem wissenden Blick.

»Ich habe dir den Grund bereits erklärt.« Händeringend versucht Alek, seine Ungeduld zu verbergen. Angesichts des schleichenden Ganges seines Vorgesetzten kein einfaches Unterfangen.

Als der Vorsitzende nickt, wippen die weißblonden Locken auf seinem Kopf wie Sprungfedern auf und ab. »Ja, du hast mir *einen* Grund genannt. Und dieser klang überaus plausibel und nach dem Engel, den ich kennengelernt habe. Ich erinnere mich gut an die Zeit, als du noch dem Rat angehört hast. Du warst ein engagiertes und loyales Mitglied, immer darauf bedacht, das Richtige zu tun. Wir waren sehr verwundert über deine Entscheidung, in den Außendienst zu wechseln, und die häufigen Ortswechsel in den letzten Jahren haben uns noch mehr überrascht.«

Alek findet auf die Schnelle keine passende Antwort. Er versucht es mit einer Mischung aus Schulterzucken, nicken und einer eher vagen Geste mit der linken Hand. Er kann seinem Vorgesetzten wohl schlecht erzählen, dass Anatol der Grund dafür gewesen ist.

»Du hast deine Pflicht allzeit vorbildlich ausgeführt. Niemals hätte ich an deiner Loyalität und deinem Sinn für Gerechtigkeit gezweifelt. Das tue ich noch heute nicht. Jedoch ...« Der Vorsitzende hält inne und presst die Lippen zusammen, während sein eisblauer

Blick förmlich in Aleks Kopf dringt. »In mir wächst das Gefühl, die Gründe für dein Handeln könnten sich verändert haben.«

Ertappt blickt er zu Boden, nicht fähig, den wissenden Blick seines Vorgesetzten und Bruders zu erwidern.

»Der Wächter von Flammach legte einst dieselbe Veränderung an den Tag«, plaudert der Vorsitzende weiter. »Er hat einmal seinen Fall beantragt. Wusstest du das?«

Irritiert blickt Alek zu ihm auf. Er war sicher, maßlosen Hass auf die Menschen in den schwarzen Tiefen der Augen des Wächters gesehen zu haben.

»Er liebte eine Menschenfrau. Zumindest dachte er, es sei eine Menschenfrau.« Der Vorsitzende seufzt schwermütig. »Sie war allerdings eine Nephilim. Und die zuständige Kopfgeldjägerin erfüllte ihre Pflicht. In diesem Moment änderte er seine Pläne und wählte die Einsamkeit eines Wächters.«

Alek nickt. Plötzlich ergibt die Weigerung des Wächters, ihm Zutritt in das Obere Reich zu gewähren, einen Sinn. »Ich will die Frau retten, die ihm die Liebe genommen hat.«

Sofort verflucht er sich für die unüberlegte Bemerkung und blickt vorsichtig zu seinem Vorgesetzten auf. Dieser nickt allerdings nur, als wisse er Bescheid – über ihn, über Antonia und über alles und jeden im gesamten Universum.

»Es ist schwierig für einen Engel zu lieben. Denn Liebe trübt die Sinne, den Verstand und vernebelt die Grenzen von Recht und Unrecht. Und Leidenschaft verschlingt die Vernunft. Doch die wirkliche Gefahr tritt erst dann ein, wenn die Liebe bedroht, gewaltsam beendet oder nicht erwidert wird.«

Erneut bleibt Alek nichts anderes übrig, als zu nicken. Er hat bereits Bekanntschaft mit einem aussetzenden Verstand gemacht, als er mit dem Jäger und dem Vampir in Nikolajs Versteck eingedrungen ist.

»Doch es ist nicht unmöglich«, fährt der Vorsitzende zu seiner

Überraschung fort. »Die Liebe als solche ist kein Vergehen. Nur die Dinge, die man ihretwegen tut, können dies sein. Ein Engel muss stark genug sein, obgleich der Liebe, das Richtige zu tun.«

Allmählich dämmert Alek, was sein Vorgesetzter ihm umständlich versucht, mitzuteilen. Offenbar hat er seine Zweifel gespürt, die Überlegungen zu seinem eigenen Fall.

»Ich würde niemals meine Prinzipien verraten«, erwidert er zögerlich und bestätigt damit den Verdacht seines Vorgesetzten.

Und dennoch, der Vorsitzende kann nicht alle Aspekte berücksichtigt haben, denn auch wenn es Alek möglich wäre, mit Antonia zusammen zu sein, so würde Luzifer ein derartiges Bündnis niemals billigen.

Ein Lächeln formt sich auf den Lippen des Vorsitzenden. »Das habe ich von dir nicht anders erwartet, Bruder. Und nun sag mir, warum bist du noch hier? Hast du nicht eine Aufgabe?«

Der Hüter nickt ihm zu, dann wirbelt er herum und macht sich auf den Rückweg.

»Alek«, ruft ihm der Vorsitzende hinterher. »Dein Schwert findest du in der Waffenkammer.«

Erst als er einige Zeit später sein Schwert an sich nimmt, wird ihm bewusst, dass ihn sein Vorgesetzter mit seinem irdischen Namen angesprochen hat.

Unter dunklen Wolken liegt die Stadt in zähem Nebel. Je weiter man zum Fluss vordringt, umso trüber scheint der Dunst. Eine gespenstische Atmosphäre, die sonst nur der Pulverdampf nach einer Schlacht erzeugen kann.

Die Straßen sind am frühen Abend menschenleer, als würden die Bürger der Stadt mit einer nahenden Katastrophe rechnen und sich deshalb in ihren Häusern verbarrikadieren.

»Was ist das bloß für eine milchige Nebelsuppe.« Vy klettert von der Rückbank des Autos. »Das Wetter in dieser Stadt ist echt abartig.«

Für gewöhnlich ist der große Kiesplatz vor dem ›Hell's Kitchen‹ eher verlassen, heute ist er belagert von Autos und Motorrädern – ein gutes Zeichen. Tais Schultern entspannen sich merklich. Er hatte befürchtet, die meisten höllischen Angestellten kämen der Aufforderung nicht nach und vermieden einen Kampf.

Er hievt die Sporttasche mit den Waffen aus dem Kofferraum, dann geht er schweigend auf die Eingangstür zu; dicht gefolgt von Lestat und Vy, die in ein beiläufiges Gespräch über die Vorzüge schlechten Wetters vertieft sind.

Nachdem sie die Bar betreten haben, schaut sich Tai in dem Pulk aufgeregter Barbesucher nach Ruben um. Er entdeckt ihn kurz darauf zum ersten Mal *vor* seiner Theke. Zwischen einem hochgewachsenen Vampir und einem extrem behaarten, massigen Werwolf wirkt der Barbesitzer wie eine Miniaturausgabe seiner selbst. Die Dreiergruppe gibt ein komisches Bild ab: der zerlumpte Ruben mit den löchrigen Jeans, der Werwolf, der in seinem Flanellhemd und der Anglerjacke aussieht wie ein Lastwagenfahrer auf der Durchreise, und der elegante Vampir, der ein feines Hemd und eine offensichtlich maßgeschneiderte Anzugshose trägt.

»Oh, je ...« Lestat versucht erfolglos, sein zerknittertes Hemd glatt zu streichen.

Tai wirft dem Vampir einen irritierten Blick zu. Bevor er jedoch nachfragen kann, wird Ruben auf die Gruppe aufmerksam und weist seine beiden Gesprächspartner auf die Neuankömmlinge hin.

Die waldgrünen Augen des Vampirs leuchten auf, als er seinen Artgenossen erblickt. »Lestat«, begrüßt er ihn lächelnd, ohne die anderen zu beachten.

»Hi, Max«, antwortet dieser leicht verlegen und ignoriert Tais Grinsen.

Jetzt hat er die Verlegenheit verstanden.

»Das sind Max, Oberhaupt des örtlichen Vampirclans, und Tommy, Anführer des hiesigen Werwolfrudels«, stellt Ruben die Männer einander vor. »Und das ist der Jäger aus ... Wo kommst du überhaupt her?«

»Spielt keine Rolle. Ich heiße Tai«, erwidert er und schüttelt zuerst dem Vampir, dann dem Werwolf zur Begrüßung die Hand. »Und das ist meine Schwester Vy.«

Als er bemerkt, wie der Werwolf das hübsche Mädchen mustert, schiebt er sie mit einem Arm hinter sich und wirft dem Wolfsmann einen warnenden Blick zu.

Tommy antwortet mit einem anzüglichen Grinsen.

Das Vampiroberhaupt streicht derweil eine seiner pechschwarzen Locken mit einem manikürten Finger aus der Stirn und blinzelt Lestat vorwurfsvoll an. »Du hast dich lange nicht bei uns blicken lassen.«

»Ich war, ähm, beschäftigt.« Er errötet und scheint ernsthafte Schwierigkeiten zu haben, den Blick seines Clanoberhaupts zu erwidern.

Stirnrunzelnd mustert Tai die Vampire. Es beschleicht ihn allmählich der Gedanke, hinter der Geschichte im Weinkeller des Hotels könnte sich doch mehr verbergen, als Lestat zugeben will.

»Apropos Weinkeller!«, führt Tai seinen Gedanken laut zu Ende – Lestats Gesicht wird eine weitere Nuance dunkler und lässt sich nun bedenkenlos mit einem kleinen Lagerfeuer vergleichen. »Die Nephilim haben ihr Versteck in das Hotel ›La Paix de Nuit‹ verlegt und halten Toni dort fest.«

»Ich weiß«, sagt Max geradeheraus.

Tai schnappt nach Luft. »Was soll das heißen? Was weißt du?«

»Der Clan ist Eigentümer des ›La Paix‹. Wir haben es an die Nephilim vermietet«, erklärt das Vampiroberhaupt ungeniert.

Lestat lacht hysterisch auf, sagt aber nichts weiter dazu. Anscheinend ist er genauso sprachlos wie Tai.

Ein breites Grinsen formt sich auf Max' Lippen und entblößt seine langen kalkweißen Reißzähne. »Wärst du doch nur bei einer unserer Versammlungen erschienen.«

Lestat macht ein Gesicht, als würde er sich mit aller Kraft zusammenreißen müssen, um dem Vampir nicht an die Gurgel zu gehen.

»Warum?«, fragt Tai verständnislos.

Max wirkt noch immer völlig gelassen. »Wenn ihr euch zwei Minuten Zeit nehmt, um darüber nachzudenken, werdet ihr es vielleicht begreifen.«

Tai und Lestat wechseln einen irritierten Blick.

»Nein, tut mir leid«, erwidert Lestat und funkelt Max wütend an, »ich verstehe *nicht*, warum ihr dem Feind einen Platz vermietet, an dem er seinen Krieg gegen uns planen kann.«

Aufmerksam mustert Tai das Vampiroberhaupt, das seufzt und lächelnd den Kopf schüttelt. Nicht nur Max' Haltung, auch seine Art zu sprechen erinnert ihn an einen Fürsten aus dem neunzehnten Jahrhundert.

»Ihr versteht wohl nichts von dämonischer Kriegsführung. Ich gebe es ungern zu, doch ich bin ein wenig, hm ... erfahrener als ihr«, sagt Max und bestätigt damit Tais Verdacht. »Ich weiß aus Erfahrung, dass zu viele Nephilim in der Stadt Ärger bedeuten. Besser man behält sie im Auge.«

Tai nickt und sein Puls normalisiert sich allmählich. »Deswegen habt ihr sie an einem Ort untergebracht, an dem ihr euch auskennt.«

»Und den wir überwachen können«, bestätigt Max.

»Wieso sollten sie das mitmachen?« Vy schiebt sich geschickt an ihrem Bruder vorbei. »Die sind doch nicht so dumm, ein Gebäude zu mieten, das der Feind überwacht.«

»Cleveres Mädchen«, raunt Tommy und lächelt ihr anerkennend zu.

Tai stellt sich automatisch zwischen die beiden.

»Natürlich wissen die Nephilim nicht, wem das Palais gehört. Wir haben Menschen, die solche Dinge für uns regeln.« Max wirft Lestat einen bedeutungsvollen Seitenblick zu. »Es gibt keinen Grund, mir zu misstrauen.«

»Das sind doch endlich mal positive Neuigkeiten«, sagt Tai zufrieden und lässt die Sporttasche scheppernd zu Boden fallen. »Dann sollten wir uns über die Details unseres Plans unterhalten. Also, was wissen wir bis jetzt?«

»Die Nephilim haben die Kameras im Hotel lahmgelegt«, informiert Max. »Sie haben dem hausinternen Überwachungssystem anscheinend nicht vertraut und geahnt, dass das Signal nach außen übertragen wird. Wir wissen jedoch von den Bewegungsmeldern, wo sie sich größtenteils aufhalten. Sie scheinen irgendetwas in der Lobby vorzubereiten.«

»Wir könnten über das Dach einsteigen«, schlägt Tai vor.

»Das wird nicht nötig sein«, meint das Vampiroberhaupt. »Es gibt einen Geheimgang, der in den Weinkeller des Hotels führt. Man behauptet, der ehemalige Schlossherr hätte ihn für seine nicht standesgemäße Geliebte, die Tochter eines Bäckers errichtet, damit sie ihn unbemerkt besuchen konnte.« Er zwinkert Lestat zu, der eben erst seine normale Gesichtsfarbe wiedererlangt hat; jetzt färben sich seine Wangen erneut leicht rosa.

»Wie nett von ihm – und praktisch für uns.« Tai nickt. »Und wohin führt dieser Gang?«

»In meine Bäckerei«, bellt der Werwolf dazwischen.

Lestat zieht die Nase kraus. »Du hast eine Bäckerei? Was backst du dort? Hundekuchen?«

Der Wolfsmann wirft dem Vampir einen strafenden Blick zu. »Was denn? Glaubst du, ich renne den ganzen Tag durch die Gegend, pinkle an Laternenpfähle, wälze mich im Gras und heule den Mond an? Es ist ein Familienbetrieb.«

»Ich mag Brot«, sagt Vy und blickt Tommy scheu an.

Mit skeptischem Blick dreht sich Tai zu seiner Schwester um, die den Werwolf schüchtern anlächelt. Dann mustert er Tommy: Mit seinem wilden braunen Haar und den blitzenden blauen Augen erinnert er an eine jüngere, wenn auch sehr viel haarigere Version von Mel Gibson.

»Jetzt hör aber auf«, schnauzt er Vy an, die verständnislosen Blicke der anderen geflissentlich ignorierend.

»Wehe, du schiebst mich noch einmal hinter dich«, raunt sie ihm zu und zielt drohend mit einem Finger auf ihn.

»Ich bin wirklich froh, ein Einzelkind zu sein«, murmelt Ruben.

»Wir haben keine Zeit für eure Kindereien. Jetzt reißt euch zusammen,« faucht Lestat die Geschwister an. »Damit wissen wir, wie wir ins Gebäude kommen. Und was machen wir dann? Wir können ja nicht einfach blind da rein stürmen.«

»Wir bleiben bei Tonis Plan«, sagt Tai.

»Und der wäre?«

»Wir geben ihm, was er will. Die Leute werden nachlässig, sobald sie denken, sie hätten gewonnen.«

Lautes Poltern dringt in ihr Verlies und reißt Toni aus wirren Träumen, die, wie sie irritiert feststellt, fast ausschließlich von der Farbe Blau beherrscht worden sind. Ein dunkles Blau, schillernd wie ein Edelstein. Es hat sich so warm und friedlich angefühlt.

Von der Ruhe ist nach dem Erwachen allerdings nichts mehr übrig; ihr Herz klopft wie wild und ihre Glieder fühlen sich seltsam taub an. Mit tiefen Atemzügen versucht sie, sich zu beruhigen. Wie konnte sie in einer solchen Situation nur einschlafen?

Die Tür schwingt auf und Nikolaj betritt die Kammer. Vier weitere Nephilim, alle in tadellos gebügelter Uniform und bewaffnet mit Engelsschwertern, begleiten ihren Anführer. Seine stählernen

Augen leuchten und sein Lächeln wirkt ätzend fröhlich. Auf Tonis Gesicht formt sich eine Grimasse.

Umringt von seinen Leibwächtern stellt er sich vor ihrem Stuhl in Pose und blickt verschlagen auf sie herab.

»Bist du bereit für deinen Auftritt?«

Toni muss einiges an Kraft aufwenden, um den Mund zu öffnen. Die Verachtung hat sich wie eine harte Maske in ihr Gesicht eingebrannt und hält ihren Kiefer krampfhaft zusammen.

»Du perverses Stück Scheiße«, zischt sie durch ihre Zähne und spürt, wie ihre Hände vor Wut anfangen zu zittern. »Irgendjemand wird dir eines Tages dieses süffisante Grinsen aus dem Gesicht wischen.«

Ohne auf ihre Bemerkung einzugehen – das Lächeln in seinem Gesicht bekommt nicht den kleinsten Knick – blickt er zur Tür.

»Schatz«, ruft er, »würdest du bitte hereinkommen?«

Zögerlich betritt Clarissa den Raum und bedenkt Toni mit einem mitleidsvollen Blick. Anscheinend steht sie nicht mit ganzem Herzen hinter der Aktion. Trotzdem ist sie hier und gehorcht, was Toni schnaubend den Kopf schütteln lässt.

»Binde unseren Gast doch bitte los.« Nikolaj schiebt seine Freundin sanft in Tonis Richtung. »Achte aber darauf, dass ihre Hände gefesselt bleiben.«

Die Nephilim nickt gehorsam, geht vor Toni auf die Knie und macht sich an dem Strick um ihre Fußgelenke zu schaffen.

»Du brauchst vier Leibwächter und deine Freundin muss die Drecksarbeit für dich machen«, raunt sie und wirft dem Nephilim einen verächtlichen Blick zu.

Clarissa holt scharf Luft; ihren Blick löst sie jedoch keine Sekunde lang von den Fesseln.

Toni verengt die Augen zu zornigen Schlitzen und mustert die Blondine abwägend. »Nervt dich das nicht ein bisschen, Lissy?« Sie benutzt absichtlich den Namen, mit dem nur Freunde sie ansprechen dürfen. »Er schickt dich vor, weil er Angst hat, ich könnte ihm eine verpassen, sobald meine Füße vom Stuhl befreit sind. So bekommst du es ab. Nicht sehr ritterlich von deinem sogenannten Freund, oder?«

Die Nephilim schaut immer noch nicht auf. Sie hat die Fesseln an Tonis Füßen inzwischen gelöst und wechselt nun zu den Stricken an ihren Handgelenken.

»Wenn du auch nur eine falsche Bewegung machst, stecken fünf Schwerter in deinem Körper, so dumm kannst du nicht sein«, meint Nikolaj. »Und selbst wenn, ich weiß, du würdest ihr nichts tun.«

»Aha!«, ruft sie aus. »Und was sagt dir das? *Ich* bin hier nicht das Monster!«

Anscheinend haben ihre Worte das gewünschte Ziel erreicht. Das Lächeln auf Nikolajs Gesicht wirkt plötzlich ein wenig verkrampft. »Sei endlich still. Es könnte ein so schöner Tag sein, wenn du endlich die Klappe halten würdest.«

Er bedeutet einem seiner Begleiter, Toni aus dem Raum zu geleiten. Der Nephilim, wohl kaum älter als achtzehn, packt sie grob am Oberarm und zieht sie vom Stuhl. Dann schubst er sie Richtung Tür.

Toni registriert ihre Umgebung kaum, als sie durch den langen Flur und über die Steintreppen nach oben geführt – oder eher gezerrt – wird. Eine einzige grauenerregende Frage zieht durch ihren Kopf, vertreibt alle anderen Gedanken und fährt wie ein winziges Skalpell erbarmungslos in all ihre Nervenenden: Wird sie heute sterben?

Der Nephilim, ihren Arm noch immer fest umklammernd, hält plötzlich an und die restlichen Friedenswächter verstreuen sich im Raum. Fragend blickt Toni in das jugendliche Gesicht ihres Führers, doch er erwidert ihren Blick nicht.

Ein merkwürdiger Geruch weht um ihre Nase und stellt die feinen Härchen in ihrem Nacken auf. Ist das Blut? Hat Blut überhaupt einen Geruch? Sie ist nicht sicher, aber das stechende Aroma erinnert sie zumindest daran. Es riecht irgendwie ... rot.

Sie lässt ihren Blick durch den riesigen Raum schweifen. Die strahlend weißen Wände sind mit goldenen Figuren und aufwändig verschnörkelten Verzierungen geschmückt. Blutrote Polstersofas und geschwungene Holztische wurden lieblos an die Wände geschoben, um für eine Art Bühne Platz zu schaffen. Die Empore wird von drei Standscheinwerfern beleuchtet. Das sind dann also die Bretter, die Tonis Untergang bedeuten.

Überall im Raum liegen Kabel und technische Apparaturen, die sie noch nie zuvor gesehen hat, und es herrscht ein Getümmel wie im Einkaufszentrum beim halbjährlichen Schlussverkauf.

Toni kann sich nicht erinnern, schon einmal hier gewesen zu sein, aber es gibt eine Sache in diesem Raum, die sie sofort wiedererkennt. Etwas Altvertrautes, bei dem sich ein kleiner Hoffnungsfunke in ihr entzündet: ihr Schwert, das wie ein Dekorationsobjekt im Holz der Bühne steckt.

Dafür muss sich jemand ganz schön die Finger verbrannt haben.

Toni kichert, woraufhin ihr der Nephilim an ihrer Seite einen vorsichtigen Blick zuwirft. Er scheint nicht unbedingt glücklich darüber, dass man ihn mit ihr mitten im Raum abgestellt hat.

Mit einem Blick auf ihr Schwert fällt Toni eine Entscheidung: Entweder stirbt sie heute oder nicht. Aber egal was passiert, sie wird sich nicht kampflos ergeben.

Sofort fühlt sie neue Energie und hält nach Nikolaj Ausschau. Schließlich entdeckt sie ihn neben der Bühne in einer lebhaften Diskussion mit Clarissa. Grinsend beobachtet sie, wie die hübsche Blondine den Anführer der Friedenswächter mitten in der Debatte stehen lässt und auf die Treppe zusteuert. Schadenfreude mischt sich unter Wut und Angst und lässt ihr Grinsen breiter werden.

Nikolaj rauft sich das aschblonde Haar, dann kommt er auf die Jägerin zu.

»Ärger im Paradies?«, ruft sie ihm schon von Weitem zu und kassiert dafür einen vernichtenden Blick.

Einige Nephilim wuseln um ihren Anführer herum und reden hektisch auf ihn ein. Toni versteht zwar nur einen Bruchteil des aufgeregten Geplappers, bekommt aber dennoch einen ziemlich genauen Eindruck von dieser chaotischen Aktion: Keiner der Nephilim scheint eine Ahnung von dem zu haben, was er tut.

»Das ist wie eine dieser dämlichen Realityshows, in denen nur Schwachsinnige auftreten.« Sie grinst Nikolaj höhnisch an, als er schließlich vor ihr steht. »Hinrichtung für Anfänger.«

Ein Knurren dringt aus den Tiefen seiner Kehle. Er packt sie unsanft am Arm und zerrt sie auf die Empore zu. Als sie auf der Bühne steht, erblickt sie einen Nephilim, der sich hektisch an einer Kamera zu schaffen macht, die direkt auf sie gerichtet ist. Sie schluckt.

»Auf die Knie«, befiehlt Nikolaj.

»Leck mich«, ist ihre von Herzen kommende Antwort.

Er seufzt, als spreche er mit einem ungehorsamen Kind. Dann holt er aus, versetzt ihr einen Schlag in die Nieren und drückt die schwankende Toni rabiat an einer Schulter nach unten. Um nicht laut aufzuschreien, beißt sie sich auf die Lippen, bis sich der metallische Geschmack von Blut in ihrem Mund ausbreitet.

»Es ist vorbei«, raunt er ihr zu. »Gegenwehr nützt dir gar nichts.«

»Ich habe immer noch meinen Stolz.«

»Wollen mal sehen wie lange noch.«

Nikolaj gibt einem seiner Genossen ein Handzeichen und ein siegessicherer Ausdruck macht sich auf seinem Gesicht breit.

Toni mustert ihn argwöhnisch, bevor sie seinem Blick folgt und schockiert nach Luft schnappt. Tai. Ihr Herz setzt einen Schlag aus. Flankiert von zwei Nephilim stolpert er mit gefesselten Händen auf sie zu. Mit wenig Erfolg versucht sie, den brennenden Kloß in ihrem Hals hinunterzuschlucken.

»Tai«, flüstert sie fassungslos.

Die Nephilim werfen den Jäger direkt neben ihr auf die Knie. Schließlich löst er den Blick von den Holzbrettern der Bühne und sieht ihr vorwurfsvoll in die Augen. Er wirkt benommen, macht den Eindruck, als hätte er Schwierigkeiten den Kopf zu heben.

»Du erkennst mich wieder.« Ein spöttischer Unterton schwingt in seiner Stimme mit. »Ich fühle mich geehrt.«

Dass sich ihr Herz zusammenkrampft, ist ihr garantiert deutlich anzusehen. Mit großen Augen blinzelt sie ihn an, während Nikolaj leise lachend zurücktritt, die Bühne verlässt und auf den Kameramann zusteuert. Das muss den Nephilim ungeheuer glücklich machen.

Tais Gesichtsausdruck wird allmählich wacher und konzentrierter, je weiter sich der Anführer der Friedenswächter entfernt.

»Hat *er* dich so zugerichtet?« Er spricht leise und wirft den beiden Nephilim, die wohl als Wachen neben ihnen aufgestellt wurden, einen abschätzenden Blick zu.

Was meint er denn? Einen Moment lang muss sie ernsthaft darüber nachdenken, bis ihr das geschwollene Auge wieder einfällt. Ihre Sicht ist immer noch leicht verschwommen, aber die Schmerzen sind mit seinem Auftauchen auf ihrer Prioritätenliste weit nach unten gerutscht.

Was ist los mit ihm? Zieht er eine Show für Nikolaj ab?

»Nein, das war Finn.« Toni kann einfach nicht damit aufhören, ihn anzustarren. »Was machst du denn hier? Dir muss doch klar gewesen sein, dass das eine Falle ist. Du hättest verschwinden sollen.«

Er versucht erfolglos, ein Grinsen zu unterdrücken. »Natürlich war mir das klar.«

»Warum dann dieses Theater?«

»Ich bin hier, um dich zu retten.«

Toni nickt, gibt vor zu verstehen. »Ah ja, sicher, jetzt da du es erwähnst … Die Fesseln haben das im ersten Moment ein wenig verschleiert.«

Tais Lächeln wird breiter. »Keine Sorge, es läuft alles nach Plan«, versichert er.

Sie hebt eine Braue. »Na, das beruhigt mich ungemein …«

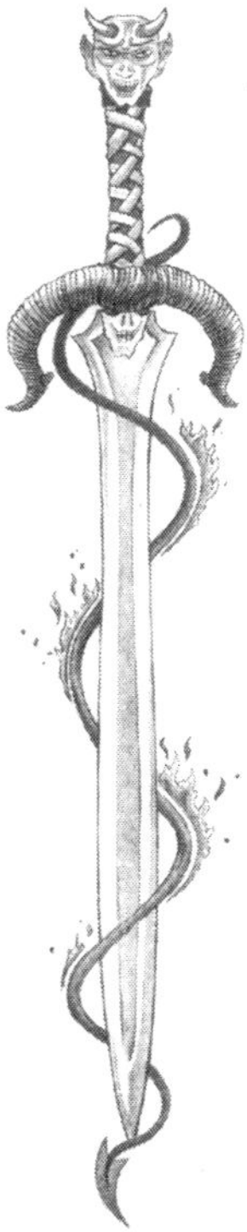

# EINE ZEIT ZU REDEN UND EINE ZEIT ZU KÄMPFEN

In der Backstube der Bäckerei ›Stern‹ herrscht reger Betrieb. Werwölfe, Vampire und sogar ein paar menschliche höllische Angestellte stehen in kleinen Grüppchen beisammen und besprechen hitzig letzte Details des Plans. Es ist eine beachtliche Truppe von Helfern zusammengekommen. Aber die knapp dreißig Leute in der Bäckerei sind trotzdem nur ein Bruchteil aller Unterweltler der Stadt. Obwohl es um ihre eigene Haut geht, sind viele nicht bereit, für die Gemeinschaft zu kämpfen. Nicht auszudenken, wie sich die Anzahl noch verringern würde, wenn die Lüge über die Absichten der Nephilim ans Licht käme.

Das ist wohl der größte Unterschied zwischen Ober- und Unterwelt. Im Unteren Reich ist sich jeder selbst der Nächste und jeder kämpft für sich allein.

Inmitten dieses Trubels lehnt Lestat an einer Arbeitsplatte, tippt unrhythmisch mit der Fußspitze auf den Fußboden und gibt immer wieder undefinierbare Laute von sich. Er ist unschlüssig, was er tun soll.

Vor nicht allzu langer Zeit hat er es noch für eine gute Idee gehalten, Babysitter für die Schwester des Jägers zu spielen. Denn die Aussicht darauf, in das Hotel einzudringen und die Nephilim zu bekämpfen, hat ihn mehr als nervös gemacht. Deshalb war er, um ganz ehrlich zu sein, sogar froh gewesen, eine Ausrede zu haben, die ihm einen Platz im Hintergrund sichert. Aber die Vorstellung, wie Toni und Tai – vielleicht bereits in diesem Moment – um ihr Leben kämpfen, entfacht ein ungeahntes Feuer in ihm. Kaum vermag er sich davon abhalten, das Palais zu stürmen und jedem, der seiner besten Freundin auch nur zu nahe kommt, eine Abreibung zu verpassen. Ein sonderbares, noch nie zuvor empfundenes Gefühl hat Besitz von ihm ergriffen und zieht erhobenen Hauptes und mit wehenden Fahnen durch sein Bewusstsein: Entschlossenheit.

Aus dem Augenwinkel heraus bemerkt er Max, der Hemd und Businesshose inzwischen gegen ein einfaches T-Shirt und Jeans getauscht hat. Das Clanoberhaupt kommt auf ihn und Vy zu und drückt dem Mädchen, das auf einem Hocker neben dem riesigen Edelstahlbackofen sitzt, einen Becher in die Hand.

Ruckartig richtet sich Lestat auf und mustert den gutaussehenden Vampir verstohlen.

»Hier«, sagt dieser, reicht ihm den zweiten Becher und irgendetwas, das in eine Serviette eingewickelt ist.

»Was ist das?«

»Irgendein Blätterteig-Kringel-Dings«, antwortet Max mit einer vagen Handbewegung.

Dass das üblicherweise so wortgewandte Oberhaupt des Vampirclans Worte wie ›Kringel‹ und ›Dings‹ überhaupt in den Mund nimmt, sie dann noch kombiniert und das Ganze mit Backwaren verbindet, verschlägt Lestat die Sprache.

»Du siehst aus, als würdest du gleich umkippen«, erklärt Max. »Ich dachte, vielleicht brauchst du Zucker.«

Gerade droht Lestat in Gedanken darüber zu versinken, ob seine Verwirrtheit von Max' Fürsorglichkeit herrührt oder ob sie an der Tatsache liegt, dass er ihn zum ersten Mal in knackigen Jeans sieht, da tritt ihm Vy auffordernd gegen das Schienbein.

Er versteht die Andeutung sofort. »Danke«, antwortet er endlich, wenn auch ein wenig zu laut.

Sollte Max sein merkwürdiges Verhalten aufgefallen sein, lässt er es sich zumindest nicht anmerken. Freundschaftlich legt er eine Hand auf Lestats Schulter. »Ich weiß, wie viel dir die Jägerin bedeutet«, sagt er mit sanfter Stimme und die Zuversicht ist in seinen fichtengrünen Augen abzulesen. »Mach dir keine Sorgen. Wir werden sie befreien.«

Wie zur Bekräftigung seiner Worte drückt Max seine Schulter. Dann wendet er sich ab und geht zurück zu Tommy, der in einer Kiste mit Feuerwerkskörpern kramt.

Als Lestat den Blick endlich von Max und seiner engen Jeans löst, bemerkt er Vys breites Grinsen.

»Du stehst auf ihn.« Ihre Mandelaugen blitzen vergnügt.

»So ein Quatsch!« Er winkt ab, kann die verräterische Röte auf seinen Wangen jedoch spüren. »Ich bin kein Ein-Mann-Typ!«

»Ja, rede dir das nur ein«, schmunzelt sie.

»Es ist kompliziert.«

»Ist es nicht. Das mit Toni und meinem Bruder ist kompliziert. Das erkennt sogar mein Opa mit grünem Star aus zwei Kilometer Entfernung. Aber das ...« Zur Verdeutlichung wedelt sie mit einer Hand zwischen Lestat und Max hin und her »... das machst du dir nur selber kompliziert.«

Er schielt zum Oberhaupt seines Clans, das in ein ernstes Gespräch mit dem Anführer des Werwolfrudels vertieft ist.

»Du hast Schiss.« Vy grinst und nickt wissend. »Du weißt, dass ich recht habe.«

Mit einem Brummen, das mit viel Fantasie ›ja‹ heißen könnte, blickt Lestat zu Boden.

»Und du musstest so alt werden, um das zu kapieren.« Triumphierend streckt Vy die Hand aus. »Und jetzt gib mir was von dem ›Kringel-Dings‹ ab.«

Widerwillig lässt er sie ein Stück von dem süßen Gebäck abbrechen, bevor er selbst hineinbeißt.

»Ich dachte immer, Vampire und Werwölfe mögen sich nicht«, nuschelt Vy kauend und wechselt damit zu Lestats Erleichterung das Thema.

»Mythos. Wir wurden alle von Luzifer verarscht. So was verbindet.«

»Hey, alle herhören!« Tommys bellende Stimme erfüllt den Raum und lässt alle Anwesenden verstummen. »Macht euch bereit. In fünf Minuten geht's los!«

»Weißt du, ich konnte andere Menschen noch nie leiden«, sinniert Toni und beobachtet die Nephilim, die letzte Soundchecks und Beleuchtungstests vornehmen. »Mal abgesehen von Lestat natürlich. Er war einfach immer wie ein hilfloser, kleiner Welpe. Als ich ihn kennengelernt habe, hieß er noch Ben. Er hatte es satt von allen Benji genannt zu werden – du weißt schon, wie dieser Mischlingshund im Fernsehen. Also hat er sich einen neuen Namen ausgesucht. Einen, den er für cooler hält. Und was kommt dabei raus? Lestat. Pfff. Wie dem auch sei … Worauf wollte ich eigentlich hinaus? Ach ja, die meisten Leute gehen mir jedenfalls ziemlich auf die Nerven.« Sie hält kurz inne, um über einen kleinen, blonden Nephilim zu lachen, der wenig elegant über eines der vielen Kabel stolpert und daraufhin direkt in Finns Armen landet. »Aber ich muss sagen, die Zeit mit dir habe ich genossen. Ich habe dich wirklich gern. Ich dachte, das solltest du wissen, bevor wir sterben.«

»Hey, Klappe halten!« Die Wache stößt Toni mit dem Fuß in die Nierengegend und tritt daraufhin einen kaum merklichen Schritt zurück, als hätte er eine giftige Schlange angestupst, die jeden Moment nach ihm schnappen könnte.

*Wollen die großen Entführer spielen, haben aber Angst vor einer gefesselten Jägerin, diese Pfeifen.*

Mit zornig zusammengezogenen Brauen schaut sie zu ihm auf.

»Ich bin dem Tode geweiht, da darf ich wohl noch ein paar letzte Gedanken ausformulieren, du Unmensch. Mach die Ohren zu, wenn du es nicht hören willst.«

Der Nephilim verdreht die Augen und wechselt einen entnervten Blick mit der zweiten Wache, die neben Tai steht, sagt aber nichts weiter dazu.

Toni hätte es ohnehin nicht geschert. Was soll ihr jetzt noch passieren?

»Ich hatte schon lange nicht mehr so viel Spaß wie mit dir«, fährt sie an Tai gewandt fort. »Du bist einer der wenigen Leute, die mir nicht total auf den Zeiger gehen. Und der Sex war erstklassig. Wirklich.«

Tai wirft ihr einen amüsierten Blick zu. »Ich bin geschmeichelt, aber du musst trotzdem nicht *alles* laut sagen, was du denkst.«

Toni seufzt ausgiebig, dann rückt sie ein Stück an ihn heran, bis die Wache sie mit einem weiteren Tritt aufhält. »Ich habe sehr wohl bemerkt, dass nicht mehr viel Sinnvolles aus meinem Mund kommt, aber ich kann ihn einfach nicht schließen. Ich habe das Gefühl, ich müsste so viel reden wie möglich – so lange ich noch kann.«

Sie wendet den Blick gewaltsam von den emsigen Nephilim, die im Raum herumwuseln, ab und mustert stattdessen Tai. »Hast du mir denn gar nichts zu sagen?«, fragt sie enttäuscht.

Grinsend zwinkert er ihr zu. »Ich werde dir gerne später meine überaus positive Meinung zu deinem Hintern in dieser Hose erklären, aber im Moment bin ich beschäftigt.«

Er schaut zur Vordertür, wieder zurück zu Toni und noch einmal zur Tür. Die stille Aufforderung, seinem Blick zu folgen.

Die große, aufwändig restaurierte Holztür ist ihr bisher nicht bewusst aufgefallen. Fasziniert betrachtet sie die Verzierungen im Holz, bis ihr ein silbernes Glänzen ins Auge sticht: Tais Schwert. Es liegt herrenlos vor einer der Säulen, die die Eingangstür flankieren.

Mit zusammengezogenen Brauen beäugt sie ihren Mitgefangenen. Hat er nicht bemerkt, dass ihr die Hände gebunden sind?

Tai nickt kaum merklich, ohne den Blick von seinem Schwert abzuwenden, und in seine Miene tritt grimmige Entschlossenheit. Er hat einen Plan. Aber wie sieht der aus? Die reine Aussicht weckt Toni jedoch bereits aus ihrer Verzweiflung. Ein Funken Hoffnung zündet in ihrem Bewusstsein und jagt neue Energie durch ihren Körper.

»Hör hin«, flüstert er so leise, dass sie nicht einmal sicher ist, ob er es überhaupt gesagt hat.

Ohne genau zu wissen, worauf sie achten soll, lauscht sie in den Raum. Sie hört die Stimmen der Nephilim, ohne die Worte zu verstehen, Stiefeltrampeln, das Klappern von Gegenständen und das Surren der Scheinwerfer. Als sie ihm schon einen fragenden Blick zuwerfen will, hört sie es endlich: ungewöhnliche Geräusche, die in dieser mürrischen, feierfaulen Stadt durch die Nacht hallen. Es klingt, als würde in einiger Entfernung ein Feuerwerk gezündet.

Toni atmet auf. Das ist ein Zeichen. Sie bekommen Verstärkung.

»Lenk sie irgendwie ab«, raunt Tai ihr zu.

Überrascht blinzelt sie ihn an. »Was soll ich? Wie denn?«

»Hier sind entschieden zu viele feindliche Ohren. Mach ein bisschen Krach. Den Rest habe ich geregelt. Du darfst ruhig auch etwas zu der Sache beitragen.«

»Krach«, wiederholt sie grübelnd, dann kommt ihr eine Idee.

»Du wirst diese Zwischenwelt nicht wieder verlassen, Hüter!«

Alek hat kaum das neblige Kirchenschiff betreten, da dringt die Stimme des Wächters an sein Ohr. Sein Vorgesetzter versperrt das Portal nach Flammach. Wie eine Statue, aufrecht und eisern, steht er da, die Hände auf das goldene Heft seines Schwertes gestützt. Die Schwertspitze scheint im nebelverhangenen Boden zu versinken.

Alek zögert keine Sekunde. Er wirft seinen Hut achtlos zu Boden, öffnet den Mantel und zieht sein Schwert, das an einem Gurt um seine Hüften hängt. Mit entschlossenem Blick marschiert er auf den Wächter zu.

Sein Vorgesetzter antwortet mit einer geschmeidigen Bewegung, welche die Haltung des Wächters in eine kriegerische Abwehr verwandelt.

Alek hält eine Schwertlänge vor ihm an und geht ebenfalls in Kampfhaltung. Die Engel taxieren sich wie die Schützen eines Duells in einem alten Westernfilm.

Er kam sicher nicht in der Absicht, einen Kampf herauszufordern, sollte es jedoch keine andere Möglichkeit geben, zurück in die Menschenwelt, zurück zu Antonia zu kommen, so nimmt er das Risiko gerne in Kauf.

Der Schmerz des Wächters umgibt ihn wie eine düstere Aura. Weshalb ist ihm das bisher nicht aufgefallen? Die Jägerin hat ihm die Liebe genommen, doch seine Art damit umzugehen ist falsch. Ein Engel handelt niemals aus Rache.

»Offenbar hast du das Reden aufgegeben«, sagt der Wächter. »Ich habe dich nie als einen Mann der Tat kennengelernt.«

»Es gibt eine Zeit zu reden und eine Zeit zu kämpfen.«

Der Wächter ist wohl derselben Meinung. Er holt aus, lässt sein Schwert herabsausen, doch Alek pariert den Angriff mühelos. Die prächtigen Klingen treffen aufeinander, mit der Wucht zweier Sturmwellen und einem markerschütternden Donnern.

»He, du«, ruft Toni einem der Nephilim zu. »Sag deinem Boss, ich will mit ihm reden.«

Ein widerwilliger Ausdruck entsteht auf dem ebenholzfarbenen Gesicht, doch er nickt und macht sich auf den Weg.

»Was wird das?«, fragt Tai und kneift die Brauen zusammen.

Sie zwinkert ihrem Mitgefangenen vielsagend zu. »Krach.«

Aus der Ferne beobachten sie, wie Nikolaj von seinem Genossen angesprochen wird und kurz darauf einen erstaunten Blick zur Bühne wirft. Langsam, beinahe vorsichtig, kommt er auf sie zu, dann stellt er sich mit vor der Brust verschränkten Armen vor die Empore und blickt erwartungsvoll zu den Jägern auf.

Toni räuspert sich und bemüht sich um eine formelle Miene. »Jedem Todgeweihten steht ein letzter Wunsch zu«, sagt sie steif. »Nur ein Unmensch würde so einen Wunsch nicht gewähren. Und du bist doch einer von den Guten, oder was?«

Nikolaj legt den Kopf schief und mustert sie abschätzend. Ihm ist förmlich anzusehen, wie die Worte ›einer von den Guten‹ einen Schalter in seinem Kopf umlegen. »Du hast also einen letzten Wunsch?«, hakt er zögerlich nach. »Wenn es darum geht, dich loszubinden ...«

»Nein, nein, nicht das. Ich bin ein begeisterter Musikfan, deshalb bestehe ich auf eine Abschiedshymne. Und zwar jetzt. In voller Lautstärke.«

Damit hat er wohl nicht gerechnet, so überrascht wie er sie anblinzelt. »Du willst Musik hören? Jetzt?«

»Ich will ein passendes Musikstück für den letzten Akt meines Lebens«, bestätigt sie und strafft die Schultern. »Ist das etwa zu viel verlangt?«

Der Nephilim beäugt sie misstrauisch und schürzt nachdenklich die Lippen. Wahrscheinlich wartet er noch immer auf die Pointe eines dummen Scherzes, aber Toni verzieht keine Miene.

»Das dürfte machbar sein, denke ich«, sagt er schulterzuckend.

»Gut.« Sie unterdrückt gewaltsam das Grinsen, das sich allmählich einen Weg zu ihren Lippen bahnt. »›Knockin' on Heaven's Door‹, und zwar die Version von Guns N' Roses. Dreht diese hübschen Boxen hier neben der Bühne kräftig auf. Denn ich will, dass mich der Himmel auch wirklich klopfen hört.«

Nikolaj scheint die Ernsthaftigkeit der Jägerin noch immer zu bezweifeln, doch schließlich nickt er. Dann wirbelt er herum und entfernt sich eilig von der Bühne. In seiner Verwunderung ist ihm anscheinend noch nicht einmal ihre paradoxe Titelauswahl aufgefallen. Ganz im Gegensatz zu Tai. Sein Gesicht ist bereits tomatenrot von der Anstrengung, sich das Lachen zu verkneifen.

Toni blickt Nikolaj schweigend hinterher. Er marschiert zielstrebig auf Finn zu, der in einer Ecke neben der Eingangstür sitzt und die Tastatur eines Notebooks drangsaliert. Nach einer kurzen Diskussion, aus der beide nicht besonders glücklich hervorzugehen scheinen, erklingt dann tatsächlich Tonis Song aus den Boxen. Und zwar in voller Lautstärke.

Sie grölt die ersten Zeilen der Rockballade schunkelnd mit.

»Wie ist der Plan?«, raunt sie Tai zwischen den Zeilen zu.

Er bewegt die Lippen, als würde auch er den Text mitsingen, redet dabei aber so leise, dass sie sich anstrengen muss, ihn zu verstehen.

»Ich hatte ein Rasiermesser im Ärmelfutter versteckt«, sagt er. »Meine Fesseln sind durchgeschnitten. Auf mein Zeichen hin, springen wir beide auf. Ich haue die Wachen um, du schneidest deine Fesseln an deiner Schwertklinge auf, schnappst dir deine Waffe und kämpfst dich zu meinem Schwert nach vorne.«

Noch immer grölend wirft sie ihm einen entschiedenen Blick zu. Okay, wenn sie schnell sind, ist das Überraschungsmoment auf ihrer Seite und die Sache kann funktionieren. Und wenn nicht, ist es immer noch besser, als still zu sterben.

»Bereit?«, fragt Tai.

Rhythmisch als Tanzbewegungen getarnt, bewegt Toni ihre Finger, Ellbogen und Handgelenke – so gut es in den Stricken eben geht – und zuckt mit den Schultern. Das Blut beginnt wieder zu zirkulieren und sofort spürt sie ein Kribbeln in den Fingerspitzen. Ihre eingeschlafenen Hände erwachen allmählich.

Ihr Herz klopft heftig gegen ihre Rippen. Aufmerksam lässt sie ihren Blick durch den Raum schweifen, prägt sich ein, wo sich die einzelnen Nephilim im Moment aufhalten. Einige von ihnen nicken inzwischen sogar rhythmisch zur Musik. In Gedanken malt sie eine rote Linie auf den Fußboden, die ihr den Weg zu Tais Schwert weist.

Noch einmal atmet sie tief durch. »Bleib dicht hinter mir.«

Nachdem das Gitarrensolo verklungen ist, nickt Tai kaum merklich. Toni schnellt sofort hoch und hechtet auf ihr Schwert zu, ohne sich nach Tai umzusehen. Als sie den Strick mit einem Ruck an der Klinge aufschneidet, hört sie einen Schlag und einen dumpfen Aufprall, der darauf schließen lässt, dass die erste Wache ausgeknockt ist.

Tonis Finger sind noch leicht taub und jede Berührung fühlt sich an, als langte sie in ein Nadelkissen, aber sie schafft es, den Schwertgriff mit beiden Händen zu umfassen und ihre Waffe aus den Brettern zu ziehen. Daraufhin springt sie von der Bühne, auf einen der Nephilim zu. Er versucht, sein Schwert aus der Scheide zu ziehen, doch Toni rammt ihn aus vollen Lauf und zieht an ihm vorbei.

Und dann begeht sie einen schweren Fehler. Es ist nur ein winziger unaufmerksamer Augenblick und doch entscheidend: Sie sieht sich nach Tai um.

Der Jäger, direkt hinter ihr, wirft ihr einen fragenden Blick zu, und als sie sich wieder umdreht, versperren ihr drei Feinde den Weg. Jäh bremst sie ab und wirbelt herum. Die Nephilim haben sich in kürzester Zeit neu formiert und die Jäger umzingelt.

Rücken an Rücken stehen sie mitten im Raum, nur wenige Meter von Tais Schwert entfernt. Toni beobachtet ihre Gegner, die langsam näher kommen; die Mienen besorgt, aber entschlossen.

»Was jetzt, du Held?«, raunt Toni über ihre Schulter. »Wo ist unsere Verstärkung?«

»Die sollten längst hier sein«, murmelt Tai.

Allmählich verklingt die Musik in den Boxen. Toni und Tai warten gespannt auf das donnernde Trampeln ihrer Retter, das laute Aufwerfen von Türen, wildes Kampfgebrüll oder irgendein anderes geräuschvolles Zeichen ihrer Verbündeten.

Und dann geschieht überraschenderweise ... gar nichts.

Ein kräftiger Hieb des Wächters zwingt Alek beinahe in die Knie. Er stemmt sich mit aller Kraft gegen das Schwert, das gefährlich nahe über seinem Kopf schwebt.

Rasche Schlagabfolgen prägen den Kampf der Engel und Außenstehende würden es wohl als eine anmutige Choreographie beschreiben.

Alek macht einen Schritt zur Seite und duckt sich unter dem Schwert des Gegners hindurch. Verzweifelt sucht er einen Weg, an dem Wächter vorbeizukommen, ohne ihn zu verletzen. Aber er ist schnell. Zu schnell. Nach jedem Streich steht er sofort wieder vor ihm wie ein unverrückbares Felsmassiv – es gibt kein Durchkommen. Im Gegenteil, der Wächter hat ihn bereits so weit zurückgedrängt, dass sich Alek allmählich gezwungen sieht, seine Strategie zu ändern – es wird Zeit, in den Frontalangriff überzugehen. Auch wenn er das vermeiden wollte.

Tief durchatmend tritt er zurück und hält einen Moment inne, um dem Wächter in die tintenschwarzen Augen zu blicken, in denen sich Wut, Hass und Frustration spiegeln. Es sind nicht die Augen eines Engels; nichts Reines ist mehr darin zu erkennen. Die Seele seines Bruders liegt unter dem Scheiterhaufen seines gebrochenen Selbst begraben.

»Wirst du nun wieder Vernunft annehmen?«, fragt der Wächter in die Stille.

»Wirst *du*?«

Zur Antwort schwingt der Wächter sein Schwert. Alek weicht

in letzter Sekunde aus, dann macht er einen Ausfallschritt nach vorne und setzt zum Stich an. Der überraschte Wächter strauchelt, wehrt ihn jedoch gekonnt ab. Alek nutzt die Überraschung seines Vorgesetzten, um ihn mit schnellen Rechts-Links-Schwüngen zurückzudrängen. Die Klingen klirren und sprühen regelrecht Funken.

Dem Wächter gelingt es, die gegnerische Waffe mit seinem Parier einzufangen und Aleks Schwert nach unten zu drücken. Der rutscht ab und stolpert zur Seite. Diesen Fehler nutzt der Wächter und stößt zu.

Die Schwertspitze bohrt sich in Aleks linke Schulter. Schmerzerfüllt schreit er auf und beweist damit, dass auch Engel – entgegen aller Legenden – Schmerzen empfinden.

Keuchend weicht er zurück. Die verletzte Schulter brennt höllisch und eine unangenehme Taubheit wandert seinen Arm entlang. Dennoch führt er sein Schwert in Kampfstellung vor seinen Körper. Kurz darauf spürt er ein altvertrautes Ziehen in seiner Schulter, was wohl bedeutet, dass er dem Oberen Reich noch nahe genug ist und die Wunde bereits verheilt.

Der Wächter holt aus, setzt zu einem neuen Hieb an. Genau in dem Moment, als sein Arm nach unten zieht, schwingt Alek seine Waffe mit aller Kraft nach oben. Gleichzeitig wirbelt er zur Seite. Absichtlich verfehlt er das Schwert; aber seine Klinge schneidet in das Handgelenk des Wächters. Alek spürt den Widerstand der Knochen und des Fleisches, die der scharfen Schneide nicht standhalten. Schwert und Hand des Wächters fallen zu Boden wie ausgediente Requisiten und werden vom Nebel verschluckt.

Der Wächter blickt mit großen Augen auf den Stumpf, aus dem tiefrotes Blut quillt und zu Boden tropft.

Nur langsam erwacht er aus seinem Schock, greift mit der linken Hand an die Stelle, an der nun etwas Bedeutendes fehlt, und sein Mund verzieht sich in einem lautlosen Schrei. Er sinkt auf die

Knie, starrt fassungslos auf die Wunde, wohl wissend, diese Verletzung wird niemals gänzlich heilen.

»Du hast mir keine Wahl gelassen«, sagt Alek.

Er steckt sein Schwert zurück in die lederne Halterung und geht gemäßigten Schrittes an seinem Vorgesetzten vorbei. Der Wächter stützt sich besiegt auf den nebligen Boden und lässt ihn ziehen.

»Das ist so typisch«, raunt Toni Tai zu. »Wenn man sich auf Unterweltler verlässt, ist man verlassen.«

Wie ein Anführer von Welt steht Nikolaj mit einem herablassenden Lächeln hinter seinen bewaffneten Soldaten. »Was habt ihr jetzt vor?«, fragt er. »Seht es endlich ein: Ihr habt verloren!«

Ein tiefes Knurren lässt Tonis Brustkorb vibrieren. Verloren hat sie erst, wenn sie tot ist!

Sie wirft Tai einen bedeutungsvollen Blick zu, den er mit einem kaum merklichen Nicken beantwortet – bereit für einen zweiten Überraschungsschlag. Sie tippt mit ihrer Fußspitze auf den Boden. Einmal, zweimal ... Man muss kein Kopfgeldjäger sein, um zu wissen, dass es bei drei losgeht.

Toni macht einen Satz. Der Nephilim, der Tais Schwert am nächsten ist, bekommt ihren Knauf zu spüren. Ein dumpfes Geräusch auf seiner Stirn. Beinahe gleichzeitig tritt sie der Frau daneben in den Magen. Sich krümmend und keuchend stolpert die Nephilim zurück.

Tai nutzt die Lücke, die Toni für ihn geschaffen hat, und bricht aus dem Friedenswächterpulk aus. Mit Schwerthieben, Faustschlägen und Fußtritten versucht sie, ihm den Rücken freizuhalten. Blitzschnell schlägt sie um sich, droht den Überblick über die wild umherschwingenden Schwerter und Fäuste zu verlieren. Vor allem, weil sie immer wieder zu Tai hinüberblickt.

Kurz vor seinem Ziel versperrt Finn ihm den Weg. Unbeirrt

läuft der Jäger weiter, lässt sich im Rennen fallen, schlittert über den Fußboden und tritt dem Hünen kräftig gegen das Schienbein. Toni grinst automatisch, als Finn – nicht sehr hünenhaft – aufjault und fluchend rückwärts humpelt. Mit einem letzten Hechtsprung hält Tai endlich sein Schwert in Händen und kämpft sich wieder zu ihr durch.

Toni atmet auf, duckt sich, schwingt ihr Schwert, wirbelt herum. Allmählich geht ihr die Puste aus und ihr geschwollenes Auge scheint immer mehr an Sehkraft einzubüßen. Sie geht unter. In diesem Augenblick ist sie sicher, dass sie nicht lebend aus diesem Kampf herauskommen wird.

Als ein glühend heißer Schmerz in ihre Seite fährt, sinkt sie auf die Knie. Sie schreit auf, dann beißt sie sich auf die Lippen. Die Spitze des Engelsschwerts ritzt heiß wie Feuer über ihre Hüfte. Mit letzter Kraft stößt sie ihrem Angreifer das Dämonenschwert in die Brust. Das knisternde Geräusch ist sogar über den Kampfeslärm deutlich zu hören. Wie ein nasser Sack fällt die seelenlose Hülle des Nephilim neben ihr zu Boden und seine leblosen, milchig blauen Augen starren sie an.

Sie will sich hochrappeln, doch als sie aufblickt, sieht sie ein Dutzend Schwerter, die auf sie gerichtet sind.

Das war's dann wohl, denkt sie noch, bis sie am Rande ihres Sichtfeldes einen Schatten erkennt, der direkt auf sie zufliegt. Es scheint, als hätte sich eine Dampfwalze in Bewegung gesetzt. Der Aufprall lässt einige der Nephilim ineinander stürzen wie Mikadostäbe. Irritiert stellt Toni fest, dass die Dampfwalze ein einzelner, sehr haariger Mann ist.

Die Friedenswächter rappeln sich wieder auf und wirken, trotz der leichten Verwirrung in den Gesichtern, sehr viel weniger chaotisch als Toni es von ihnen gewohnt ist. Jemand packt ihren Arm und zieht sie zur Seite.

Mehrere Männer bauen sich vor ihr auf. Toni erhebt schon ihr

Schwert, da erkennt sie, dass es sich um Verbündete handelt. Sie stehen schützend vor ihr und verschaffen ihr die dringend benötigte Verschnaufpause.

Tief durchatmend schaut sie sich um: Vampire und Werwölfe überall – sie sind den Jägern endlich zu Hilfe gekommen.

Den Vampir, der sie hinter die Linie der Verbündeten gezogen hat, erkennt sie sofort als das Oberhaupt des Clans wieder.

»Ihr seid verdammt spät dran«, murrt sie.

»Ihr seid ja noch am Leben«, erwidert er achselzuckend.

Toni verkneift sich einen Kommentar, stattdessen schaut sie sich panisch um. Er wird doch nicht *all* seine Vampire mitgebracht haben?

»Es geht ihm gut«, sagt das Clanoberhaupt und deutet auf eine Ecke auf der anderen Seite des Raumes.

Sie wundert sich gar nicht erst, weshalb der Vampir sofort gewusst hat, wen sie sucht. Lestat steht etwas unschlüssig neben Vy an der Kellertreppe, krampfhaft ein Messer umklammernd, und sucht die Grüppchen Kämpfender ab. Als sich ihre Blicke treffen, atmen beide erleichtert auf und lächeln sich zu.

Nachdem Toni sich vergewissert hat, dass Tai ebenfalls wohlauf ist, sucht sie den Raum nach Nikolaj ab. Sie entdeckt ihn im Kampf gegen einen kleinen, wendigen Werwolf vor der Treppe zum ersten Obergeschoss. Der Wolfsmann hält ihn mit einem langen Messer davon ab, die Stufen hinauf zu fliehen. Ohne den Anführer der Nephilim aus den Augen zu lassen, sprintet Toni los.

Ein harter Stoß wirft sie aus der Bahn. Sie wirbelt herum, um festzustellen, wer sie gerammt hat: Finn. Ein überlegenes Lächeln ziert die Lippen des Nephilim und seine dunklen Augen glänzen erwartungsvoll.

Gemächlich schreitet er in einem Halbkreis um die Jägerin herum. Sie hält ihr Schwert mit beiden Händen abwehrend vor die Brust und beobachtet ihn aufmerksam.

Urplötzlich macht er einen Satz, doch sie wehrt seinen seitlichen Schwerthieb mühelos ab. Unpassenderweise gibt das Aufeinandertreffen ihrer Schwerter ein harmonisches Klingen von sich.

Toni wirbelt herum und stößt ihm den Ellbogen in die Rippen. Er strauchelt, fängt sich aber sofort wieder. Die Feinde schleichen wie Raubkatzen umeinander, taxieren sich. Es wirkt wie ein Tanz. Bisher sind sich die Tänzer jedoch noch nicht einig, wer von ihnen führt.

Toni ist beinahe beeindruckt, dass er sich trotz des bandagierten Arms so geschmeidig und kraftvoll bewegt. »Du hast trainiert«, stellt sie fest und macht einige Schritte seitwärts.

Finn spiegelt ihre Bewegungen. Als seine Schultern zucken, erhebt sie blitzschnell ihr Schwert zur Abwehr. Er attackiert sie mit schwingenden Bewegungen, doch sie lässt sich nicht zurückdrängen. Sie stemmt sich gegen seinen Angriff, weist die Hiebe geschickt ab und lässt Finn immer näher kommen, bis er schließlich nur noch eine halbe Armlänge von ihr entfernt ist. Da verpasst sie ihm einen Tritt in die Magengrube.

Anders als erwartet weicht der Nephilim aber nicht keuchend zurück. Er packt sie unvermittelt an den Haaren und reißt ihren Kopf nach unten, wo sein Knie bereits darauf wartet, mit ihrem Gesicht Bekanntschaft zu machen. Seine Kniescheibe trifft direkt auf das geschwollene Auge und Toni entfährt ein durchdringender Schmerzensschrei.

Sie reißt sich los, drückt sich kraftvoll von ihm ab und stößt zu. Finn kann ihren Angriff jedoch abwehren. Daraufhin wirbelt sie herum und setzt zu einem erneuten Hieb an. Doch auch den blockt der Nephilim mühelos ab.

Er presst die Schneide fest gegen ihre, als würden die Kontrahenten ein Armdrücken ausfechten. Toni verengt die Augen zu zornigen Schlitzen und mustert ihn. Der Schweiß perlt dem Nephilim auf der Stirn und rote Flecken bilden sich auf seinem Gesicht.

Konzentriert kneift sie die Brauen zusammen und geht kaum merklich in die Knie, um Schwung zu holen. Blitzschnell zieht sie das Knie an und tritt mit dem Stiefelabsatz gegen seinen verletzten Arm. Finn gibt ein merkwürdiges Geräusch von sich; etwas zwischen Gurgeln und Knurren. Dann nimmt er sie ins Visier. Nie zuvor hat sie ein derart wilder und hasserfüllter Blick getroffen.

Bevor sie reagieren kann, wirft er sein Schwert auf den Boden und greift nach ihrer Kehle. Er drückt zu, hebt sie ein Stück an und schleudert sie mit voller Kraft von sich. Vor Schreck lässt sie ihre Waffe los. Scheppernd fällt das Schwert zu Boden und schlittert über den glatten Marmor.

Toni landet auf dem Hintern, rutscht zurück und ringt nach Luft. Ihr Kehlkopf fühlt sich an, als hätte ihn dieser Rabiator eingedrückt.

Ihre Waffe ist zu weit weg, um einfach danach greifen zu können. Finn hebt sein Schwert wieder auf und stürmt auf sie zu, den puren Irrsinn in den tiefschwarzen Augen.

Als Toni aufspringt und in Kampfposition geht, rauscht plötzlich ein dunkler Schatten in ihr Blickfeld. Zuerst nimmt sie nur den wehenden Mantel wahr, der direkt vor ihr zum Stehen kommt. Zu perplex, um sich bewegen zu können, beäugt sie den Rücken der Gestalt, die sich zwischen sie und den Nephilim geworfen hat.

Das seltsame Gefühl eines Déjà-vus befällt sie. Es kommt ihr allerdings so vor, als hätte sie beim letzten Mal auf der anderen Seite gestanden.

Sie schielt an dem Engel vorbei und erblickt Finns schockierte Miene. Mit geweiteten Augen und offenem Mund starrt er in das Gesicht des Engels, der sich mit erhobenem Schwert vor ihm aufgebaut hat.

Finn scheint überrascht und völlig überfordert zu sein. Vermutlich hat er die ganze Zeit über gedacht, die Nephilim handelten im Auftrag der Engel. Dass sich Alek nun schützend vor Toni stellt, muss ihn in mehr als einer Hinsicht verwirren.

Ohne den Engel aus den Augen zu lassen, stolpert er rückwärts. Dann wirbelt er herum und hetzt auf den Ausgang zu, als wäre der Teufel hinter ihm her.

Toni blickt ihm lediglich nach, ehe sie Alek mustert, der sich inzwischen zu ihr umgedreht hat. Seine Miene ist unergründlich. Sie öffnet den Mund, klappt ihn jedoch gleich wieder zu, als ein gellender Schrei ihre Aufmerksamkeit erregt.

Sie wirft den Kopf herum, sucht nach dem Verursacher des ohrenbetäubenden Kreischens. Ihr Blick huscht über die kleinen Grüppchen Kämpfender, bis sie an der Treppe fündig wird: Clarissa stürmt die Stufen hinunter, direkt auf Nikolaj und Tai zu, die sich ihre Schwerter um die Ohren schlagen. Der Werwolf, gegen den der Nephilim zuvor gekämpft hat, liegt reglos auf dem Boden. Ein Engelsschwert muss den Unterweltler erwischt und seine Seele gegrillt haben. Zurück bleibt nur die leere Hülle.

Automatisch rennt Toni los, schnappt sich ihr Schwert vom Boden und stürmt auf die Szene zu. Gerade rechtzeitig grätscht sie in das Geschehen: Nikolaj schlägt Tai das Schwert mit voller Wucht aus der Hand, doch Toni gelingt es, den Jäger wegzustoßen und Nikolajs Angriff abzuwehren.

Plötzlich erwischt sie ein Kinnhaken von ganz unerwarteter Seite: Clarissa. Toni ist so perplex, sie weicht noch nicht einmal zurück, als die Nephilim erneut ausholt.

Bevor sie allerdings weitere Schläge austeilen kann, umschlingt Tai die zierliche Blondine von hinten mit den Armen und zieht sie von Toni weg. Strampelnd und fuchtelnd wehrt sich die junge Frau, kommt aber gegen den trainierten Jäger nicht an.

»Hört endlich auf«, brüllt sie immer wieder.

Ohne sie zu beachten, stehen sich Nikolaj und Toni gegenüber. Die Schwerter erhoben, abwartend, den Gegner abwägend.

»Anscheinend habe ich dich unterschätzt«, sagt der Nephilim.

»Dito.«

»Du weißt, wie es enden muss. Jetzt heißt es du oder ich.«

Tonis Mundwinkel zucken. Langsam geht sie in die Knie. »Ich!«, antwortet sie voller Überzeugung.

Blitzschnell stürzt sie auf ihn zu und schwingt ihre Waffe. Selbst die Luft stöhnt kläglich, als sich ihr Schwert rasant durch die Atmosphäre schneidet. Nikolaj reagiert augenblicklich und hält dagegen.

Die Anstrengung steht ihm deutlich ins Gesicht geschrieben. Keuchend versucht er, Tonis Schwert wegzustoßen. Offenbar unterschätzt er ihre Stärke noch immer.

Toni wundert sich allerdings selbst über die Kraft, die sie nach all den Strapazen noch aufbringen kann. Es scheint fast, als hätte sie tief in ihrem Inneren ungeahnte Energiereserven.

Sie lässt ruckartig von ihm ab und schnellt zurück, was Nikolaj stolpern lässt. Dann wirbelt sie herum, schlägt den Schwertknauf zwischen seine Schulterblätter und zwingt ihn in die Knie. Schwer atmend blickt der Nephilim zu Toni auf, die im Kreis um ihn herumschlendert.

»Steh auf«, knurrt sie. »Im Gegensatz zu dir kämpfe ich nur auf Augenhöhe.«

Schnaubend rappelt er sich auf und fixiert sie mit stahlhartem Blick. »Rede dir nur ein, ein guter und ehrbarer Mensch zu sein. Du bist und bleibst Unterweltabschaum, Jägerin.« Ein spöttisches Lächeln formt sich auf seinen Lippen.

Toni beißt die Zähne zusammen, dann holt sie aus und verpasst ihm eine schallende Ohrfeige. Keuchend hält er sich die Wange und wirft ihr einen wütenden Blick zu.

»Ich habe so gehofft, dass ich es bin, die dir das Grinsen aus dem Gesicht wischt«, sagt sie.

Knurrend erhebt der Nephilim sein Schwert. Er macht einen Satz auf sie zu, dreht jedoch im letzten Moment ab, kreiselt blitzschnell um sie herum und verpasst ihr einen Hieb auf den Rücken.

Sie stolpert, schnappt nach Luft. Dann dreht sie sich um, doch der Nephilim wirbelt um sie herum wie ein Tornado. Eher durch Glück erwischt ihr Tritt seine Flanke. Nikolaj strauchelt, stürmt jedoch weiter auf sie zu und setzt zum Stoß an.

Leichtfüßig weicht Toni aus und blockt ihn ab.

Als Nikolaj zutritt, schafft sie es allerdings nicht, schnell genug auszuweichen; sein Fuß schlägt wie eine Kanonenkugel in ihren Bauch ein. Keuchend krümmt sie sich zusammen und torkelt von ihm weg.

Der Nephilim stürzt auf sie zu, lässt sein Schwert auf sie herabsausen. Mit letzter Kraft bäumt sich Toni gegen seine Waffe auf. Die Klingen treffen sich mit voller Wucht und einem kreischenden Klirren.

Und dann geschieht etwas Seltsames: Die Klinge des Engelsschwertes bricht. Sie zerbröselt in tausend kleine Scherben, die wie glitzernde Diamanten auf den Boden rieseln.

Bestürzt, wie erstarrt blickt Nikolaj auf das zerbrochene Schwert in seiner Hand. Und auch Toni stutzt.

Sie lässt sich aber keine Zeit, um weiter darüber nachzudenken. Wie aus Reflex stößt sie zu. Nikolajs stahlblaue Augen sind weit aufgerissen, als sich das Dämonenschwert in seine Brust bohrt. Kurz darauf überzieht eine milchige Schicht den Stahl. Alles Leben und Leuchten verschwinden schlagartig aus seiner Miene. Langsam zieht Toni das Schwert aus seinem Körper, nicht fähig, den Blick von seinen leblosen Augen zu nehmen.

Noch bevor der Nephilim auf dem Boden aufprallt, kniet Clarissa schon an seiner Seite.

Wie durch Watte hört Toni ihr Schluchzen und ihre Rufe: »Bist du jetzt zufrieden? Du hast das aus ihm gemacht!«

Sie spürt, wie sich ein Blick in ihren Rücken bohrt und endlich gelingt es ihr, sich zu bewegen. Sie blinzelt, ehe sie sich umdreht. Der Engel ist das Einzige, was sie sieht, als wäre ein Scheinwerfer auf ihn gerichtet. Was sich sonst um sie herum abspielt, scheint verschwommen, seltsam unwirklich.

Sie kann Aleks reglosen Gesichtsausdruck nicht deuten und auch seine Augen, tief und blau, verraten ihr nichts über seine Gedanken.

Toni lässt ihr Schwert zu Boden fallen, dann bewegt sie sich vorsichtig auf ihn zu, den Blick fest auf seine unergründlichen Augen gerichtet. Sie lässt dem Engel keine Zeit zu reagieren. Ohne Vorwarnung schlingt sie ihre Arme um seinen Nacken und zieht ihn in eine feste Umarmung.

Als sie den sanften Druck seiner Hände an ihrem Rücken spürt, kriecht eine Gänsehaut über ihre Arme. Ein erlösendes Gefühl durchfährt sanft und rauschend ihren Körper. Sie atmet tief ein, saugt seinen unverwechselbaren Duft in ihre Lungen.

»Tut mir leid«, flüstert sie ihm ins Ohr.

»Ich schätze, du hattest keine andere Wahl.«

Sie löst sich nur so weit von ihm, dass sie in seine Augen blicken kann, denkt jedoch nicht im Traum daran, ihn wieder freizugeben.

»Du hast ein Engelsschwert zerstört.« Aleks Stimme klingt mehr als fassungslos.

Sie betrachtet seine nachdenkliche Miene und ein Lächeln schleicht sich auf ihr Gesicht. »Ja.«

»Wie kann das sein? Wie hast du das gemacht?«

»Keine Ahnung. Ist aber ziemlich cool, oder?«

Der Engel lächelt zurück, ehe er ihr einen zarten Kuss auf die Nasenspitze drückt.

Ein leichter Knuff gegen ihre Schulter zerstört die warme Illusion, vom Rest der Welt abgeschottet zu sein, und holt Toni wieder in die Realität.

»Ich bin auch noch da«, beschwert sich Lestat lautstark.

Bedauernd löst sie sich aus Aleks warmer Umarmung und drückt stattdessen ihren Mitbewohner an sich. »Da bin ich wirklich froh«, sagt sie.

Dann macht sie ein paar Schritte rückwärts, runzelt die Stirn und blickt sich in dem großen Raum um, in dem noch vor wenigen Minuten ein riesiger Tumult geherrscht hat. Fliegende Schwerter, lautes Gebrüll und das Knacken von brechenden Knochen sind einer unheimlichen Stille gewichen. Einige Gestalten, Nephilim wie auch Unterweltler, liegen regungslos auf dem Boden. Doch lange nicht genug, um den Sieg einer Seite eindeutig zu bescheinigen.

Toni wirft Lestat einen fragenden Blick zu.

»Die meisten Nephilim sind abgehauen, als dein Freund hier aufgetaucht ist«, erklärt er und nickt Alek zu.

Tonis Blick gleitet wie ferngesteuert über die Schulter ihres Mitbewohners zu Tai.

Mit gespannter Haltung, die Augen fest auf den Engel gerichtet, steht er noch immer an der Treppe. Seine Lippen sind zu einem schmalen Strich zusammengepresst und unverfälschter Hass blitzt aus seinen Augen. Neben ihm schirmt die weinende Clarissa den leblosen Nikolaj mit ihrem Körper ab.

Toni erschauert. Es wirkt, als hätte sich der Raum in zwei Kulissen geteilt; als stände sie im Licht und habe Tai im Schatten zurückgelassen.

Sie macht einen zögerlichen Schritt auf ihn zu. »Tai ...« Eine Mischung aus Scham und Mitleid spricht aus ihrer flehenden Stimme.

Sein Name scheint für ihn der Startschuss gewesen zu sein. Schnaubend marschiert er los. »Das kann nicht dein Ernst sein! Was war ich eigentlich für dich? Der dämliche Jäger, der dich aus der Scheiße zieht? Dein Spielzeug?«

Sie hebt beschwichtigend die Hände. »Tai, bitte, ich ...«

»Hast du überhaupt eine Ahnung, was ich für dich riskiert habe?« Seine Lippen beben; die Wut scheint ungehalten aus ihm herauszubrechen. »Ich habe mich gegen *Luzifer* aufgelehnt, habe dich gesucht, mich von den Nephilim fangen lassen, habe an deiner Seite gekämpft ... Ich habe *alles* für dich getan! Und du entscheidest dich für *ihn*?« Er deutet mit seiner Schwertspitze auf den Engel. »Du hast mich benutzt. Ich war für dich nur ein Mittel zum Zweck!«

Seine Augen glitzern verräterisch. Toni wehrt sich standhaft gegen den Drang, zu ihm zu gehen, ihn tröstend in die Arme zu nehmen. Er würde sie ohnehin wegstoßen. Sie kennt den Ausdruck in seiner Miene selbst zu gut. Es ist dieselbe Mischung aus Zorn, Demütigung und Verrat, die sie selbst empfunden hat, als er an der Flammenbucht sein Schwert auf sie gerichtet hat. Ein weiteres Déjà-vu in umgekehrter Form.

»Das ist nicht wahr.« Hilflos rudert sie mit den Armen. »Ich mag dich wirklich …«

»Aber du *liebst ihn*«, vollendet er ihren Satz und kräuselt angewidert die Lippen.

Toni bringt es nicht über sich, in seine Augen zu sehen. Beschämt wendet sie ihren Blick ab. Sie hat gewusst, was der Jäger für sie empfindet. Er würde nicht glauben, wie sehr sie sich bemüht hat, seine Gefühle zu erwidern. Allerdings würde er es wohl auch nicht hören wollen, denn was zählt schon ein ›ich würde, wenn ich könnte‹? Sie hätte ehrlich in Bezug auf ihre Gefühle sein müssen. Dann käme sie sich jetzt nicht so schäbig vor.

Für Tai kommt ihr Schweigen einer Bestätigung gleich. Er lacht humorlos auf. »Er ist ein Engel! Was zur Hölle denkt ihr euch dabei?« Eine tiefe Falte entsteht zwischen seinen Brauen, als er Alek ins Visier nimmt. Drohend richtet er sein Schwert auf den Vertreter des Oberen Reiches. »Was ist das für ein Trick? Was hast du mit ihr gemacht?«

Alek strafft die Schultern und blickt warnend auf Tai herab. »Richte deine Waffe nicht auf mich, Jäger.«

»Was willst du tun?« Ein gehässiges Grinsen formt sich auf Tais Lippen. Er weist mit einer Hand durch den Raum, in dem nun nur noch höllische Angestellte aufrecht stehen. »Du hast hier nichts zu suchen, Engel! Sieh dich um: Du bist umringt von Feinden.«

Zögerlich legt der Engel eine Hand um das Heft seines Schwerts, ohne den Blick von seinem Gegner zu nehmen.

Toni stellt sich zwischen die beiden und krallt ihre Finger etwas fester als beabsichtigt in Tais Oberarm. »Hast du den Verstand verloren?«, raunt sie ihm zu. »Steck dein Schwert weg.«

Tai reißt sich von ihr los und schubst sie entschieden aus dem Weg. »Vielleicht habe ich das. Vielleicht bin ich aber auch der Einzige, der hier noch klar denken kann.«

»Tai, bitte nicht!«, mischt sich nun seine Schwester ein. Selbst Vy scheint inzwischen den bitteren Ernst der Lage erkannt zu haben.

Lestat hält sie am Ärmel fest, als sie dazu ansetzt, auf die beiden Kontrahenten zuzulaufen.

»Verschwinde dorthin, wo du hergekommen bist, und lass dich nie wieder hier blicken«, knurrt der Jäger den Engel an, ohne seine Schwester zu beachten. »Oder ich werde dich persönlich ins Nirwana befördern.« Die Kampfansage spiegelt sich klar und deutlich in seinen Augen.

Alek zieht sein Schwert. Das leise Klirren vibriert in Tonis Brust und prickelt über ihre Haut wie tausend kleine Stromschläge.

»Sei vorsichtig mit deinen Drohungen«, warnt Alek.

Toni tritt von einem Bein auf das andere, unschlüssig, wie sie sich verhalten soll. Wie sie die zwei zur Vernunft bringen soll. »Ihr seid nicht ganz dicht – alle beide. Hört auf mit dem Mist! Das ist es doch nicht wert.«

Besorgt schielt sie zu Tai hinüber. Die Ader an seinem Hals pocht bedrohlich.

»Was bildest du dir überhaupt ein?« Er umklammert seinen Schwertgriff so fest, dass seine Fingerknöchel weiß hervortreten. »Wärst du nicht gewesen, wäre Toni niemals auf meiner Liste aufgetaucht. Sie hätte den Nephilim erledigt und alles wäre seine geregelten Bahnen gegangen. *Du* bist der Grund für dieses ganze Chaos. *Deinetwegen* wurde sie gejagt, verprügelt und beinahe getötet. Und jetzt stehst du hier und willst ihre Liebe? Das ist das Letzte, was du verdient hast!«

Das Schwert des Engels sinkt zu Boden, als wäre es plötzlich eine zu schwere Last geworden. Alek runzelt die Stirn und blickt auf die marmornen Fliesen.

Glaubt er Tais Worten etwa? Toni würde ihn am liebsten schütteln. Aber ihr Herz krampft sich beim Anblick seiner gequälten Miene schmerzhaft zusammen. Sie ist wie gelähmt.

»Nein, das habe ich wirklich nicht verdient«, murmelt er.

Dass er eingelenkt hat, scheint Tais Wut nur zu verstärken. Ein dunkles Grollen dringt aus seiner Brust.

Toni mustert noch immer Aleks bekümmerte Miene, da erregt ein Glänzen ihre Aufmerksamkeit. Die Lichter der Bühnenscheinwerfer scheinen irgendetwas zu reflektieren. Wie aus Reflex wirbelt sie herum und stellt sich schützend vor den Engel.

Tais Gesicht ist plötzlich seltsam nah. Sie wundert sich über seine verwirrte Miene und beobachtet, wie er seine Augen schockiert aufreißt.

Dann erst spürt sie den Druck in ihrer rechten Brust. Zögerlich löst sie sich von Tais Anblick und schaut an sich hinab. Das Schwert. Die Klinge steckt in ihr und Blut, rot und zäh, sickert aus ihrem Körper. Und plötzlich spürt sie ihn: heißen, brennenden Schmerz.

Panisch ringt sie nach Luft, will nach dem Schwert greifen, es aus ihrem Körper ziehen, doch ihre Hände hören nicht auf die Befehle ihres Gehirns. Viel zu langsam gleitet die Klinge zurück.

Es wird dunkel. Immer dunkler; sie kann nichts dagegen tun. Es ist nicht die Art von Dunkelheit, die entsteht, wenn man eine Lampe löscht. Es kommt ihr vor wie eine endgültige, alles verzehrende Finsternis, die kein Licht der Welt jemals wieder erhellen kann. Sie hat das Gefühl zu schreien, doch es bleibt still. Und dann ist da ... nichts mehr.

# WAHRHEITEN UND ANDERE SCHWINDELEIEN

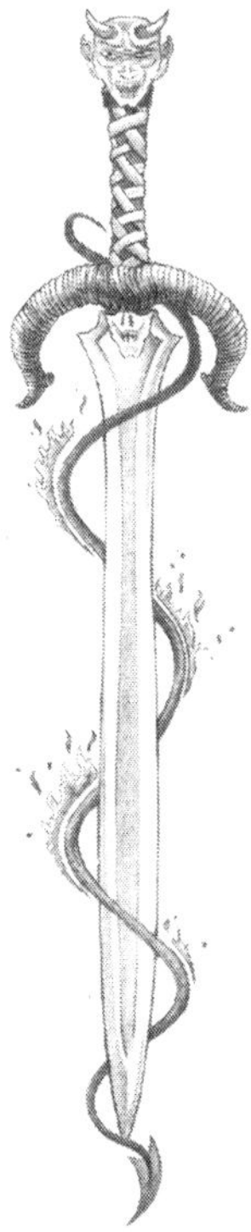

Toni hat aufgehört zu keuchen. Zögerlich, beinahe widerwillig, schließen sich die Augen in dem blassen Gesicht, dann knicken ihre Knie ein.

Der Engel fängt den schlaffen Leib der Jägerin auf. Langsam sinkt er mit ihr hinab, legt ihren Kopf in seinen Schoß, streicht mit der Hand über ihre Wange und redet leise auf sie ein. Die gewisperten Worte sind die einzigen Geräusche in der Lobby des Hotels.

Vy spürt die Gänsehaut auf ihrem ganzen Körper. Vorsichtig blickt sie sich um: Alle stehen da wie Pappfiguren; als würde niemand auch nur wagen zu atmen.

Und auch Tai steht still, mit dem Gesicht einer Statue. Blut tropft von seinem Schwert auf den Boden und hinterlässt hässliche, unförmige Flecken auf dem hellen Marmor.

Plötzlich scheint er aus seiner Schockstarre zu erwachen, schnappt nach Luft und beginnt zu atmen, als hätte er einen Marathon hinter sich. Mit weit aufgerissenen Augen begutachtet er den Schaden, den er angerichtet hat.

Das Schwert fällt ihm aus der zitternden Hand. Unnatürlich laut klingt das scheppernde Geräusch und hallt in dem großen Raum nach. Es scheint ihn wachzurütteln. Keuchend legt er sich eine Hand an die Stirn, bevor er zögernd auf die Knie sinkt.

Vy würde gern auf ihren Bruder zugehen, ihn trösten, ihm

sagen, dass alles gut wird, aber sie fühlt sich wie betäubt. Sie kann noch nicht einmal blinzeln. Fassungslos starrt sie den Mann an, den sie glaubte, so gut zu kennen. Tais Augen glänzen verräterisch.

Was ist da eben passiert? Wie konnte er derart die Kontrolle über sich verlieren?

Zögerlich streckt Tai die Hand nach Toni aus.

»Fass sie nicht an«, faucht der Engel.

Tai zuckt, dann sinkt er schlaff in sich zusammen. »Das wollte ich nicht«, murmelt er kopfschüttelnd. »Es tut mir leid. So leid.«

»Fahr zur Hölle«, zischt der Engel und verursacht damit ein kollektives Luftschnappen.

Der Verwünschung folgt eine weitere unangenehme Stille, bis Lestat endlich aus seiner Starre erwacht. Er hastet auf Toni zu, schiebt Tai resolut zur Seite und wirft sich auf die Knie. Der Vampir schüttelt die Jägerin, redet auf sie ein, sie solle sich gefälligst zusammenreißen und aufwachen.

Tai war immer Vys Held gewesen. Der große Bruder, der alles weiß und alles kann – jemand, zu dem sie aufsieht. Ihn so klein und hilflos auf dem Boden hocken zu sehen, den Kopf in den Händen und die Augen voll ungeweinter Tränen, zerreißt ihr beinahe das Herz.

»Ist die Liebe nicht wundervoll?« Die Stimme klingt wie schwarze Klauen, die über eine morsche Holztür kratzen.

Vy muss sich regelrecht zwingen, den Kopf zu drehen und in die Richtung des seltsamen Geräusches zu blicken. All ihre Sinne scheinen sich dagegen zu sträuben und ein eisiger Schauer läuft über ihren Rücken.

»Sie verleiht dem ewigen Leben eine besondere Dosis Dramatik, Tragik und einen Hauch Horror«, fährt die unangenehme Stimme fort und das hinterhältige Grinsen ist nicht zu überhören.

Vy kneift die Augen zusammen und beäugt die beiden Gestalten an der Vordertür kritisch. Sie wirken verschwommen, als könnte Vys Netzhaut die Konturen ihrer Gesichter nicht erfassen.

Fragend schaut sie zu Tai auf, der sich langsam erhebt und die Eindringlinge mit großen Augen und offenem Mund anstarrt. Und auch die Pappfiguren um sie herum blicken die seltsamen Wesen in vorsichtiger Verblüffung an.

Eine andere Stimme ergreift das Wort. Sie erinnert an einen Wolf. Einen hungrigen, sehr unzufriedenen Wolf. »Scheint, als kommen wir genau rechtzeitig zum Finale.«

Die beiden merkwürdigen Gestalten bewegen sich auf Tai zu. Sie gehen zuckend, dabei wirken sie wie die Figuren aus einem zu langsam abgeblätterten Daumenkino. Instinktiv stellt sich Vy an Tais Seite, denn sie spürt sofort, dass etwas Bedrohliches von den Typen ausgeht.

»Ich habe ein Faible für die Liebe«, sagt die knorrige Grinsestimme. Die Lippen in den verwischten Gesichtern bewegen sich nicht, aber Vy ist sich sicher, dass die Stimme dem kleineren der beiden Männer gehört. Sein blutroter Mund zieht sich von einem Ohr bis zum anderen, als würde er dauernd grinsen. »Die Menschen unternehmen herrliche Dinge, wenn sie verliebt sind. Sie kämpfen, sie meucheln, sie verkaufen ihre Seelen …«

»Sie versuchen Vertreter des Oberen Reiches zu ermorden.« Die gelben Augen des hungrigen Wolfs flackern begierig auf.

»Ja, wundervoll«, stimmt sein Kumpan verzückt zu.

Vy stupst ihren Bruder in die Seite, doch er beachtet sie nicht. Sein Gesicht ist starr und bleich, als hätte er einen Geist gesehen. Oder auch zwei.

Tai holt Luft, will anscheinend irgendetwas sagen; die Worte scheinen ihm jedoch im Hals stecken zu bleiben.

»Ihr seid nicht zufällig hier. Wer ist die Ratte?« Vy zuckt zusammen, als Lestats Stimme direkt neben ihr erklingt. Der Vampir ist lautlos neben sie getreten und wirft den Gestalten einen abfälligen Blick zu. »Seit wann beschäftigen Dämonen Informanten?«

Dämonen. Plötzlich ergibt der Auftritt einen Sinn. Vy hat noch nie ernsthaft über Dämonen nachgedacht, aber wenn, dann hätte sie sich schleimige, hässliche Wesen vorgestellt mit Hörnern auf dem Kopf, Ziegenhufen und schuppiger Haut. Doch jetzt, als sie die beiden betrachtet – die verzerrten Gesichter über den eleganten Anzügen – kommt ihr ihre Erscheinung völlig natürlich vor. Als hätte sie nie ein anderes Bild erwartet.

»Was mischt sich der Vampir ein, D'iali?« Der grinsende Dämon wendet sich seinem Gefährten zu.

»Was geht mich der Vampir an?« Als ginge ihn überhaupt nichts auch nur irgendetwas an, streicht er lustlos über das Revers seines Jacketts.

»Es ist *dein* Bezirk.« Der grinsende Dämon seufzt tief, dann baut er sich vor Lestat auf. »Deinetwegen sind wir nicht hier, Vampir.« Seine Stimme klingt mit einem Mal schneidend und Vy kann das Messer, das bedrohlich an der Kehle des Vampirs schwebt, praktisch glänzen sehen. »Und daran wird sich auch nichts ändern, sofern du dich angemessen verhältst.«

Max packt Lestat am Handgelenk, bevor er etwas erwidern kann, wirft ihm einen bedeutungsvollen Blick zu und schüttelt langsam den Kopf.

»Was macht der Engel denn da?«, fragt der kleinere Dämon unvermittelt.

Vy schielt an den Vampiren vorbei und beobachtet, wie der Engel mit Toni in den Armen aufsteht. Seine schimmernden Flügel legen sich schützend um die eingesunkene Gestalt der Jägerin. Dann wirft er den Dämonen einen eindringlichen Blick zu. »Geht mir aus dem Weg oder sterbt bei dem Versuch mich aufzuhalten!« Seine saphirblauen Augen sprühen beinahe Funken.

Gespielt theatralisch wirft der Dämon seine Arme in die Luft; die Geste wirkt durch das Dauergrinsen in seinem Gesicht jedoch nicht unbedingt glaubhaft. Vor allem weil kurz darauf ein gehässiges Lachen aus seinem Mund kommt, bei dem selbst eine Hyäne vor Neid erblassen würde. »Wir würden uns doch niemals mit einem Vertreter des Oberen Reiches anlegen«, höhnt er und knufft den anderen Typen in die Seite.

Der Dämon, den der Kleinere D'iali genannt hat, tut es dem Engel überraschenderweise gleich und hebt eine Braue.

Erhobenen Hauptes marschiert Alek an den Dämonen vorbei, wirft die Vordertür schwungvoll auf und tritt dann in die Nacht hinaus. Ein eisiger Windstoß fährt durch Vys Strickjacke und lässt sie frösteln.

Tai blickt dem Engel stoisch nach. Er hat bislang kein Wort gesagt, im Gegenteil, er steht wie angewurzelt vor den Dämonen. Am liebsten würde Vy ihren Bruder schütteln. Was auch immer die Anwesenheit der Dämonen bedeutet, es scheint eine ernste Angelegenheit zu sein. Sonst stünden wohl nicht alle wie versteinert da. Wie kann Tai da einfach so rumstehen?

»Du weißt, wo er mit ihr hingeht, Ku'rax«, knurrt der größere Dämon wölfisch.

»Wir dürfen keine Zeit verlieren.« Ku'rax nickt übertrieben.

Ein zuckender Schritt, dann steht der grinsende Dämon direkt vor Tai. Ein scharfer Brandgeruch kitzelt Vy in der Nase. Unauffällig zieht sie ihre Jacke über die untere Gesichtshälfte und atmet so flach wie möglich.

»Tai Kilian Gerber, Jäger neun-acht-sechs, du hast gegen eines der Grundgesetze des Großen Paktes verstoßen.« Der Dämon wächst sichtlich und überragt den Jäger um mindestens einen Kopf. Seine verzerrten dunklen Augen glühen in finsterer Schwärze. »Deine Strafe wird unverzüglich vollstreckt.« Ein hämischer Ausdruck entsteht auf seinem Gesicht – das glaubt Vy jedenfalls zu sehen. »Der Fürst der Unterwelt wird persönlich über die Einzelheiten entscheiden.«

Schockiert starrt sie ihren Bruder an. Er nickt. Warum in aller Welt *nickt* er?

»Nein«, sagt sie resolut und zieht damit alle Blicke auf sich.

»Was ist das?«, brummt D'iali und rümpft die Nase, als wäre es das Mädchen, das einen fauligen Geruch verbreitet.

»Ein Menschlein.« Ku'rax mustert sie neugierig.

Und urplötzlich erwacht Tai endlich zum Leben. Er zieht seine kleine Schwester am Ärmel hinter sich und hebt abwehrend eine Hand. »Sie hat nichts mit all dem zu tun!«

Der grinsende Dämon ignoriert den Einwand des Jägers. »Zeig dich, Mädchen.«

Trotzig reißt sich Vy von ihrem Bruder los und tritt mit vor der Brust verschränkten Armen neben ihn.

»Ein Kopfgeldjäger darf niemals einen Engel bedrohen«, belehrt Ku'rax sie. »Das Obere Reich ist nicht gerade erfreut zu erfahren, dass ein einfacher höllischer Angestellter versucht, einen ihrer Vertreter zu töten. Das bringt uns in Teufels Küche.« Der Dämon lacht ausgiebig über seinen Scherz.

»Er hat aber nicht ihn getötet, sondern Toni. Ich dachte, das wolltet ihr?« Sie reckt trotzig das Kinn vor und ignoriert den gequälten Blick ihres Bruders geflissentlich. Ihre Worte müssen sich für ihn anfühlen, als hätte sie ihm einen Tritt in den Magen verpasst, dabei will sie ihn nur beschützen.

»Lass das, Vy. Hör auf, mit ihnen zu diskutieren«, sagt er mit erstickter Stimme.

»Hübsch *und* gewitzt.« Ku'rax nickt. »Und so voller Geschwisterliebe. Das ist herzergreifend.«

Ob Tais Vorgesetzter tatsächlich ein Herz besitzt, dort, wo er sich die Hand an die Brust legt? Angewidert zieht Vy eine Grimasse.

»Lass mich dir etwas erklären, Mädchen. Deine Anwesenheit ... die Anwesenheit eines Menschen, der sich in Angelegenheiten des Unteren Reiches einmischt, ist ein Vergehen, für das dein Bruder bestraft werden muss.« Der grinsende Dämon wackelt seltsam mit dem Kopf, dann fügt er zögernd hinzu: »Es sei denn ...«

»Es sei denn, was?« Herausfordernd hebt sie die Brauen.

Tai macht ein Geräusch, das ein Schnauben, ein Keuchen oder ein Auflachen sein könnte. »Ich nehme die Strafe an, egal, wie sie ausfällt. Vergesst, dass sie hier war.« Er wirft seiner kleinen Schwester einen bedeutungsvollen Blick zu. »Sie wird keine Schwierigkeiten machen. Nicht wahr, Vy?«

Ku'rax interessiert sich scheinbar herzlich wenig für die Meinung seines Jägers. »Es wäre kein Vergehen, wenn du eine höllische Angestellte wärst«, meint der Dämon.

Seine Miene hat sich kein Quäntchen verändert, doch das blutrote Grinsen wirkt irgendwie breiter.

»Ich werde das auf keinen Fall zulassen!«, donnert Tai.

»Das wird ihm nicht helfen«, mischt sich nun auch Lestat ein. »Da wäre immer noch die Sache mit dem Engel.«

Vy tut es dem Dämon gleich und ignoriert die lästigen Zwischenrufe. »Was müsste ich tun, damit er verschont wird? Ich meine, komplett verschont. In allen Anklagepunkten.«

»Hmm ...« Der Dämon wirft den Kopf in den Nacken, als müsse er angestrengt darüber nachdenken.

Tai packt seine kleine Schwester grob am Arm und schüttelt sie, als wolle er sie aufwecken. »Du kannst *nichts* tun! Du kannst dabei nur verlieren! Ich bin selbst schuld an dem Schlamassel, in dem ich stecke und werde dich nicht mit reinziehen. Hör sofort auf, mit ihnen zu reden, bitte, das ist es nicht wert!«

»Alles, was meinen Bruder retten kann, ist es wert«, flüstert sie ihm zu.

»Letztendlich entscheidet Luzifer über das Schicksal des Jägers«, räumt Ku'rax ein. »Doch ich, als sein Vorgesetzter, kann ein gutes Wort für deinen Bruder einlegen, wenn wir vor den Fürsten treten. Wir werden lediglich den Mordversuch an dem Vertreter des Oberen Reiches anzeigen. Luzifer *hasst* das Obere Reich. Es gefällt ihm immer besonders, wenn einer seiner Jäger mit ihm fühlt. Die Strafe wird vielmehr ... eine Art ... Beförderung sein.«

Der Dämon wirft seinem Kumpanen einen unergründlichen Blick zu, den D'iali mit einem Nicken beantwortet.

Vy fröstelt. Ihr Magen scheint sich plötzlich im Kreis zu drehen, doch sie unterdrückt die Angst gewaltsam. Hier und jetzt geht es darum, ihren Bruder vor der Hölle zu bewahren.

»Das ergibt überhaupt keinen Sinn.« Tai legt die Hände auf ihre Schultern. »Ich flehe dich an, lass dich nicht auf den Teufel ein!«

Sie löst sich sanft von ihm und wendet sich wieder dem Dämon zu. »Was müsste ich dafür tun?«, fragt sie.

Lestat holt scharf Luft, aber auch ihn ignoriert sie. Sie ist kein Kind mehr und kann ihre eigenen Entscheidungen treffen. Und sie hat sich entschieden, ihrem Bruder zu helfen. Was auch immer es kostet.

»Ein einfacher Vertrag reicht hierfür nicht aus. Etwas Besonderes müsste es schon sein. Was meinst du, D'iali?«

Der andere Dämon nickt. »In meinem Bezirk wurde soeben eine Stelle frei.«

Seine Reibeisenstimme klingt mit einem Mal sehr viel sanfter und merkwürdig seriös. Vy mustert den Dämon aufmerksam: Der zurückhaltende D'iali erscheint ihr plötzlich vollkommen harmlos. Die gelben Augen glühen nicht mehr so kräftig wie zu Anfang und ... ist er kleiner geworden? Der hungrige Wolf wurde fast zum braven Haushund. Ein fauler Trick?

»Eine Kopfgeldjägerin, was für ein fantastischer Einfall«, lobt Ku'rax seinen Kollegen, als hätte er nicht die ganze Zeit darauf spekuliert.

»Oh, nein«, sagt Tai bestimmt. »Das tust du nicht!«

»Willst du lieber auf ewig in der Hölle schmoren?«, faucht Vy.

»Ja!«

»Er wird nicht ›schmoren‹. Darauf hast du mein Wort«, mischt sich Ku'rax ein.

»Hörst du?« Sie deutet auf den Dämon, als sei er Beweisstück A.

Wild durch die Luft fuchtelnd ringt Tai nach Worten, bis er

schließlich herausplatzt: »Das sind Dämonen. Die sind nicht unbedingt dafür bekannt, besonders vertrauenswürdig zu sein!«

»Es kränkt mich, dass du mir, deinem Vorgesetzten, so wenig Vertrauen entgegenbringst.« Ku'rax kichert, als hätte er einen Scherz gemacht.

»Versteh doch.« Vy schlägt einen sanfteren Tonfall an. »Ich werde mich für immer hassen, wenn ich jetzt nicht versuche, dir zu helfen. Ich *muss* mich für dich einsetzen. Ich bin deine Schwester!«

»Wenn du es tust, dann wirst du *mich* für immer hassen. Und ›für immer‹ ist ziemlich lange, wenn man an ein ewiges Leben gebunden ist. Du musst nicht für meine Fehler büßen. Weißt du überhaupt, was du als Kopfgeldjäger zu tun hättest?«

»Du kannst dir nicht vorstellen, wie egal mir das im Moment ist!«

»Ich kann das nicht zulassen.« Tai schüttelt energisch den Kopf.

»Das ist meine Entscheidung. Und du bist schließlich auch ein Jäger. Wie kannst du mir etwas verbieten wollen, was du selber tust?«

Er schließt seufzend die Augen.

»Alles wird gut.« Besänftigend legt sie ihrem Bruder eine Hand auf den Oberarm. »Vertrau mir. Wir kriegen dich da raus und alles wird wieder gut.«

Tai hält im Kopfschütteln inne, um bitter aufzulachen. »Na, klar«, murmelt er.

Vy atmet tief durch, dann wendet sie sich dem Dämon zu, der ihr einen Job in seinem Bezirk angeboten hat. Ihre Finger zittern, als sie in das verschwommene Gesicht mit den flackernden Augen blickt. Das Gelb um die geschlitzten Pupillen wirkt wie giftiges Feuer. D'iali wartet starr und schweigend ihre Entscheidung ab.

»Also gut«, sagt sie beherzt, »ich mach's.«

Gleißendes Licht drückt sich durch ihre Lider. Toni kneift die Augen fest zusammen, um die Helligkeit auszusperren. Ohne großen Erfolg.

Warum ist es so still? Es ist nicht die friedliche Ruhe, die normalerweise in ihrem Schlafzimmer herrscht – bei Lestats Abwesenheit, versteht sich –, es ist vielmehr das Fehlen jeglichen Lauts. Ist sie plötzlich taub geworden?

Um sicher zu gehen, atmet sie scharf ein und ist erleichtert, als sie das dazugehörige Geräusch vernimmt. Außerdem füllt ein angenehmer, vertrauter Duft ihre Lungen. Intensiver als jeder andere Geruch, den sie je wahrgenommen hat. Es riecht nach Jasmin und Zimt, nach Helligkeit und Wärme ...

Alarmiert reißt sie die Augen auf und verflucht sich gleich darauf dafür. Geblendet blinzelt sie gegen das helle Licht an, ohne irgendetwas zu erkennen.

»Du bist wach«, sagt jemand mit einer Stimme, die wie warmer Honig fließt. Alek.

Toni dreht den Kopf und erkennt zwei große blaue Augen, die auf sie herabblicken.

»Wo bin ich?«, fragt sie verwirrt und richtet sich in eine sitzende Position auf.

»Im Oberen Reich.«

Alek hockt im Schneidersitz neben ihr. Sein Mantel, den er scheinbar als Kopfkissen für sie zweckentfremdet hat, liegt zerknüllt auf dem Rasen. Sie sieht ihn zum ersten Mal ohne das Kleidungsstück und kann kaum den Blick von seinem Oberkörper abwenden. Durch das dünne weiße T-Shirt zeichnet sich jeder Muskel ab. Aber die dunklen Blutflecke, mit denen das Shirt verziert ist, wollen nicht recht zu dem himmlischen Anblick passen.

Aus alter Gewohnheit massiert sich Toni die Stirn, bis ihr auffällt, dass sie – anders als in letzter Zeit üblich – gar keine Kopfschmerzen hat. Zögernd lässt sie den Arm wieder sinken.

»Bin ich tot?«, fragt sie vorsichtig.

Ein Grinsen formt sich auf den Lippen des Engels. »Dann wärst du nicht hier.«

»Ach ja, richtig ...«

Sie schüttelt den Kopf, ehe sie sich umsieht: bunte Blumen, jede Menge Rasen und ein kleiner Wasserfall, der seltsamerweise überhaupt kein Rauschen von sich gibt.

»Warum liege ich in einem Park im Oberen Reich?«

»Engel schlafen nicht, also besitzen wir auch keine Betten. Ich dachte, das Gras wäre gemütlicher als eine Parkbank.«

»Nein, ich meine, warum bin ich *hier*?« Toni weist auf den unnatürlich hellen, beinahe weißen Himmel. »*Hier* in dieser Welt.«

»Es war die einzige Möglichkeit, dich zu retten. Das Dämonenschwert hat dein Herz zwar verfehlt, sein Gift jedoch war bereits tief in dein Innerstes vorgedrungen. Im Oberen Reich verliert es allerdings seine Wirkung.«

Ein Dämonenschwert enthält also Gift. Davon hört sie zum ersten Mal. Grübelnd legt sie den Kopf in den Nacken und blickt zum Himmel. Keine Wolke trübt die goldenen Strahlen der Sonne. Toni ist fast ein bisschen enttäuscht, dass Engel wirklich nicht auf rosafarbenen Wolken sitzen und den ganzen Tag lang Harfe spielen. Sie verdrängt den Gedanken und macht damit einer Erinnerung Platz: Tai. Allmählich dämmert ihr, was passiert ist.

»Die unheimlichen Abgründe eines verletzten männlichen Egos«, murmelt sie kopfschüttelnd.

Alek beäugt sie irritiert, sagt jedoch nichts weiter dazu.

»Tai wollte dich töten«, wiederholt sie ihren Gedanken laut, in der Hoffnung sie könne dann endlich glauben, was passiert ist. Es klingt aber immer noch völlig absurd.

»Du hast es verhindert.« Er lächelt sie warm an.

Automatisch hebt sie die Hand an ihre Brust und befühlt das Loch in ihrer Jacke. Getrocknetes Blut klebt am Leder, doch die Haut darunter ist unversehrt.

Erst jetzt fällt ihr auf, dass sie nicht den geringsten Schmerz verspürt. Vorsichtig betastet sie ihre Schläfe. Nichts. Keine

Schmerzen in der Brust und auch nicht im Gesicht, wo eigentlich ein geschwollenes Auge prangen sollte. Sie hat noch nicht einmal mehr Hunger. Fragend blickt sie zu Alek auf.

»Verletzungen heilen schnell im Oberen Reich«, erklärt er, »und Schmerzen überleben hier nicht lange.«

Beim Anblick seines Lächelns wird ihr warm ums Herz. Wortwörtlich. Am liebsten würde sie ihn an sich ziehen und ihre Finger in seinem Haar vergraben. Es glitzert im Sonnenlicht wie flüssiges Gold. Aber das Obere Reich ist wohl der denkbar schlechteste Ort, um ihren Gefühlen freien Lauf zu lassen. Oder?

Als Toni gerade eine Hand nach ihm ausstrecken will, huscht Aleks Blick über ihre Schulter. Daraufhin springt er auf und setzt sich in Bewegung. Als Toni ihm irritiert nachschaut, entdeckt sie eine Frau, die geradewegs auf ihn zuschlendert. Nein, schreitet. Nein, eher wandelt.

Sie ist der Inbegriff eines Engels. Nein, sie hat keine blonden Locken, ihr Haar ist eher karamellbraun und sie hat auch keine himmelblauen Augen, die Farbe geht eher in ein silbergrau. Außerdem trägt sie keine weiße Kleidung, wie Toni es immer von Engeln erwartet hat, sondern eine hellbraune Tunika, die ihr beim Gehen locker um die schlanken Hüften weht. Das Engelhafte an ihr ist wohl die Art, wie sie sich beinahe schwebend bewegt. Und die reine, unerschütterliche Ausgeglichenheit in ihrer Miene. Nicht zu vergessen, das strahlende Lächeln, mit dem kein Hollywoodstar mithalten könnte. Ihre ganze Ausstrahlung schreit geradezu ›Engel‹.

Und dann macht sie etwas, das Toni absolut aus dem Konzept bringt: Der weibliche Engel nimmt Alek fest in die Arme und säuselt ihm irgendetwas in einer fremden Sprache ins Ohr.

Bevor sie sich bremsen kann, springt sie auf und stellt sich mit verschränkten Armen neben die beiden. Eine Ewigkeit vergeht und eine zweite gleich hinterher, bis sich die Engelsfrau endlich von ihm löst. Allerdings hält sie ihn immer noch an den Händen fest.

Fragend wandert Tonis Blick zwischen den beiden hin und her. Die Frau lächelt ihr freundlich zu und selbst Alek hat nicht den Anstand peinlich berührt auszusehen, während sich Tonis Herz schmerzhaft zusammenkrampft.

Sie hätte nie gedacht, dass sie jemals auf eine Engelsfrau eifersüchtig sein könnte. Und dann auch noch wegen eines Engels. Aber immerhin wäre sie fast für diesen Kerl gestorben, der da gerade die Hand einer anderen hält. In diesem Augenblick wird ihr unwiderruflich bewusst, wie groß ihre Liebe zu Alek ist, und wie viel sie bereit ist, für ihn zu riskieren. Wie beispielsweise dieser Frau den Hals umzudrehen, wenn sie ihren Engel nicht bald loslässt.

Toni verengt die Augen zu schmalen Schlitzen und mustert das makellose Gesicht der Engelsfrau, die sie noch immer anlächelt als wären ihre Mundwinkel neben ihrer Nasenspitze festgetackert.

»Wer ist das?«, fragt Toni schroff.

»Es macht keinen Sinn, euch vorzustellen. Ihr könntet den Namen der jeweils anderen ohnehin nicht aussprechen.« Alek zuckt unbekümmert mit den Schultern. »Ich habe sie aus einem bestimmten Grund herbestellt. Sie ist eine Botin.«

»Ich wusste gar nicht, dass es weibliche Engel gibt.«

»Dabei weißt du doch sonst immer alles über uns.«

Sie ignoriert die Spitze geflissentlich. »Wer ist sie?«, hakt sie stattdessen noch einmal nach.

»Sie ist mein Gegenstück«, antwortet er, als sei es das Normalste auf der Welt.

»Was?«, ist das Einzige, das Toni dazu einfällt.

»Engel werden in Paaren erschaffen. Das wusstest du offensichtlich nicht?«

Sie blinzelt ihn mit großen Augen an. Wie kann er über seine Partnerin sprechen, als wäre sie eine banale Nebensächlichkeit? Hat sie sich etwa die ganze Zeit über in ihm getäuscht? Das kann sie nicht glauben!

»Nein, das wusste ich nicht.« Sie spürt ein gewaltiges Ziehen in der Brust. »Und du hast es wohl nicht für erwähnenswert gehalten?«

»Ich wüsste nicht, wieso dich das interessieren sollte.« Der Engel legt die Hände aneinander und verschränkt seine Finger. »Es ist so: Wir sind auf einer tieferen Ebene verbunden, weißt du.«

»Ja ...« Tonis Nicken wandelt sich in ein Kopfschütteln. »Nein ... Das macht es irgendwie nicht besser.«

Plötzlich macht sich Erkenntnis auf Aleks Gesicht breit und er lacht herzhaft auf. Macht er sich etwa über sie lustig?

»In eurer Welt würde man uns als Geschwister bezeichnen«, klärt er sie endlich auf.

Toni schließt für einen Moment die Augen und versucht, die Röte, die in ihre Wangen schießt, aufzuhalten. »Deine Schwester also. Gibt es im Oberen Reich irgendwelche Erdböden, in denen man versinken könnte, oder braucht ihr so etwas generell nicht?«

Lächelnd greift er nach ihrer Hand und haucht einen sanften Kuss auf ihre Fingerknöchel. »Wer hätte gedacht, dass ich einmal meine Freude an der Eifersucht haben würde.«

»Es ist ein bisschen abartig, dass du dich darüber freust«, sagt sie mit einem tadelnden Blick, kann das erleichterte Lächeln aber nicht verstecken.

»Du bist die Frau, der mein Herz gehört«, flüstert er. »Zweifle nie daran.«

Am liebsten hätte sie ihn jetzt einfach geküsst und diesen perfekten, warmen Moment zum Happy End erklärt. Doch es gibt leider noch viel zu viele nicht ganz unerhebliche Probleme, dir ihr im Kopf herumspuken und die diesen Augenblick trüben. Womit soll sie nur anfangen?

»Du sagtest, du hättest deine Schwester, die Botin, aus einem bestimmten Grund herbestellt?«, hakt sie nach.

»Ja, es gibt einen zweiten Grund, weshalb ich dich hierhergebracht habe«, räumt er ein.

Sein ernster Tonfall lässt ihr Herz stolpern. Als sie alarmiert zu ihm aufblickt, drückt er sanft ihre Finger, wohl um sie zu beruhigen. Seit wann hilft da Händchenhalten?

»Die Dämonen haben alles mit angesehen«, erzählt er. »Der Dunkle wird jedes Detail erfahren.«

Toni fühlt sich, als hätte sich jemand auf ihre Brust gesetzt. Die Last raubt ihr beinahe den Atem. Sie weiß, was das für Tai bedeutet. »Verdammte Scheiße!«

»Ich wäre dir dankbar, wenn du das Fluchen hier oben auf ein Minimum reduzieren könntest.«

»Das *war* das Minimum!«, sagt sie lauter als beabsichtigt. »Sei froh, dass du nicht in meinem Kopf steckst!«

Wenn der Engel das täte, würde er in diesem Moment eine ganze Reihe sehr interessanter und vor allem fantasievoller Schimpfwörter und Flüche kennenlernen. Über den gedanklichen Fluchmarathon hinweg hört Toni das leise Säuseln der Engelsfrau und Aleks Antwort in derselben merkwürdigen Sprache.

»Du hast den Tod eines Engels verhindert und damit deinen eigenen riskiert«, wendet er sich schließlich wieder ihr zu. »Das Obere Reich ist verpflichtet, dir im Gegenzug etwas anzubieten. Und was wäre wohl gerechter als Leben wiederum mit Leben zu vergüten?«

Toni zuckt mit den Schultern. »Dann sind wir ja jetzt quitt.«

»Das sind wir nicht. Ich habe dich nicht hierhergebracht, um dich zu heilen, sondern um über deine Belohnung zu verhandeln. Es ist lediglich ein glücklicher Zufall, eine günstige Fügung des Schicksals, wenn du so willst, dass das Dämonengift in dieser Welt seine Wirkung verliert.«

Noch nie hat sie die Augen des Engels derart listig funkeln sehen. Er sieht aus wie ein Fuchs, der einen raffinierten Plan entwickelt hat, um die Hühner des Nachbarn zu klauen.

»Teuflisch«, feixt sie. »Da steh ich drauf.«

»Ich halte mich lediglich an die Gesetze«, meint er und Toni bekommt allmählich eine Vorstellung, woher der Begriff ›engelsgleiche Unschuldsmiene‹ stammt. »An dieser Stelle tritt meine Schwester auf den Plan. Sie hat sich bereit erklärt, die Auflösung deines Vertrags mit Luzifer zu klären, ohne den Umweg über den Hohen Rat zu gehen.« Abwägend blickt er in Tonis Augen. »Wenn du das willst.«

»Na ja, der Teufel wollte mich aus dem Weg räumen, aber ...«

*Was wird dann aus uns?*, wollte sie fragen.

Was ist wohl schlimmer: ein Mensch, der sich mit einem Engel zusammentut oder eine Beziehung zwischen einem Jäger und einem Engel? Eines steht zumindest felsenfest: Sie wird nicht für den Fall eines Engels verantwortlich sein!

»Das ist nicht notwendig.« Die melodische Stimme, die ihre Gedanken unterbricht, könnte einem Opernsänger gehören.

Toni wirbelt herum. Ein großer Mann mit weißblonden Locken lächelt sie an. Kleine Falten zieren seine Augenwinkel, wodurch er trotz der jugendlichen Haut wie ein freundlicher Großvater wirkt. Die klaren eisblauen Augen mustern sie jedoch auf eine Weise, die ihr einen Schauer über den Rücken jagt.

Der Mann beginnt in diesem Singsang zu sprechen, den die Engel als ihre Sprache bezeichnen. Toni stöhnt innerlich auf. Bei diesem Gesäusel kann man schlichtweg nicht deuten, ob der Sprecher glücklich ist, kurz vor der Explosion steht oder Hunger hat. Alek antwortet fleißig, doch auch aus seiner Stimme kann sie nichts heraushören.

»Kann mir das mal jemand übersetzen?«, fragt Toni dazwischen, aber keiner der Engel beachtet sie.

Bis Alek plötzlich wie vom Donner gerührt zurückweicht. Er wirkt schockiert. Mit zusammengezogenen Brauen beäugt er Toni von oben bis unten. Unsicher schaut nun auch sie an sich hinab. Aber bis auf den Blutfleck an der zerrissenen Jacke und ein wenig Schmutz kann sie nichts Ungewöhnliches entdecken.

Fragend hebt sie die Brauen und mustert Aleks Gesicht, über das tausend Emotionen zu huschen scheinen. Sie erkennt Zweifel und Erstaunen und da ist noch etwas. Ist das ... Belustigung?

»Was ist denn?« Ungeduldig wirft sie die Arme in die Luft.

»Vielleicht solltest du dich setzen.« Alek wirkt mit einem Mal ernstlich nervös, wie er so auf seiner Unterlippe kaut.

»Fang nicht wieder mit dem Quatsch an«, schnappt sie und zielt mit dem Finger auf ihn. »Setz du dich doch!«

»Antonia Stark.« Ihr Name klingt aus dem Mund des blonden Engels wie die Androhung des Weltuntergangs. Umso eigenartiger hört es sich an, als er hinzufügt: »Es freut mich, dich endlich kennenzulernen.«

»Ja, ähm, gleichfalls, schätze ich.« Automatisch tritt sie einen Schritt zurück, verschränkt die Arme vor der Brust und stellt die Beine hüftbreit auseinander, um sich mit einem festen Stand gegen das zu wappnen, was nun auch immer kommen möge.

»Du lebst in einer Welt der Geheimnisse«, fährt er fort. »Informationen wurden dir vorenthalten. Dabei betreffen sie nur dich allein. Es ist allmählich an der Zeit, diese Irrungen aufzudecken.«

Fragend hebt sie eine Braue. Nicht nur Dämonen scheinen gerne in Rätseln zu sprechen.

»Du bist die Tochter eines Engels.« Der blonde Engel mustert sie so intensiv, dass sie beinahe das Gefühl bekommt, er könne in ihren Kopf sehen. Doch selbst wenn, sieht er nicht mehr als Spott und Hohn, denn seine Worte verfehlen die Region ihres Verstandes, die dafür zuständig ist, neue Informationen zu erfassen.

»Kommt die Pointe noch?«

»Ich verstehe, dass dir die Wahrheit fremdartig erscheinen muss, dennoch ist sie unzweifelhaft die Wahrheit.«

Toni öffnet den Mund und schließt ihn wieder. Was soll sie denn dazu sagen? Zögerlich blickt sie zu Alek hinüber. Der Engel nickt lediglich.

»Mein Vater ist kein Engel!« Ihr Blick huscht zwischen den drei Engeln hin und her. »Das ist doch völliger Schwachsinn!«

Sie ruft sich das Bild ihres Vaters ins Gedächtnis: ein recht kleiner Mann mit braunem Haar, das ihm ständig vor die Augen fällt, und der am liebsten karierte Hemden trägt, die über und über mit Farbflecken bedeckt sind, weil er nicht nur die Leinwand, sondern auch oftmals sich selbst im Eifer des Gefechts bemalt. Sein Foto könnte neben der Erläuterung über chaotische Künstler im Lexikon abgebildet sein, doch von der Eleganz eines Engels ist nichts zu sehen.

Eine Ähnlichkeit zu seiner Tochter allerdings ebenfalls nicht ...

Zweifel regen sich in ihr. Was hätten die Engel davon, sie zu belügen? Es gibt nur eine Erklärung dafür.

»Weiß mein Vater davon?«, fragt sie vorsichtig.

»Ob er weiß, dass er eine Tochter hat?« Der blonde Engel wirft Alek einen irritierten Seitenblick zu. »Natürlich! Ich kann nach ihm schicken lassen, wenn du willst.«

»Nach dem Engel? Bloß nicht!« Sie schnaubt abfällig. »Ich spreche von *meinem Vater*! Dem Mann, der mich großgezogen hat. Dem Mann, der mir Pflaster mit kleinen Dinosauriern auf meine Verletzungen geklebt hat, der mir bei den Hausaufgaben geholfen hat. Dem Mann, der mit mir gelacht und mich getröstet hat, wenn ich mir mal wieder völlig fehl am Platz vorgekommen bin – den meine ich! Weiß er, dass meine Mutter ihn mit einem Engel betrogen hat?«

Seufzend blickt der blonde Engel auf sie herab. Ist das Mitgefühl, das dort in den eisblauen Augen aufblitzt? »Vor einiger Zeit hat er erfahren, dass er keine leibliche Tochter hat.«

Die Erkenntnis trifft sie wie ein Schlag. »Deshalb die Scheidung. Diese miese, verlogene ...«

»Das ist noch nicht alles«, unterbricht Alek sie schnell.

Die Worte krallen sich unbarmherzig in ihre Brust und ihre

Knie fühlen sich allmählich an wie Wackelpudding. Warum hat sie nicht auf Alek gehört und sich hingesetzt? Jetzt bleibt ihr nichts anderes übrig als stur stehen zu bleiben, trotz der wackligen Beine.

»Du bist nicht wie die anderen.« Alek wirft ihr einen vorsichtigen Blick zu. »Deine Mutter ist kein Mensch. Sie ist eine Nephilim. Wir wissen nicht genau, zu was dich das macht.«

»Zu einem Nephilim 2.0 würde ich sagen«, witzelt Toni, weil ihr einfach nichts anderes dazu einfällt.

Sie steht hier im Oberen Reich und muss sich von einem Engel über die Lüge ihrer Mutter aufklären lassen. Eine einunddreißig Jahre aufrechterhaltene Lüge. Das fühlt sich unwirklicher an, als alles, was sie bisher erlebt hat. Und wenn man bedenkt, dass die Begegnung mit Luzifer und die Unterzeichnung eines höllischen Vertrages dazugehören, will das einiges heißen.

Vielleicht ist sie doch tot. Tot und in der Hölle …

»Es gibt nur zwei von deiner Art«, sagt der blonde Engel. »Auch dein Gegenstück lebt in deiner Stadt. Sein Name ist Finn McGrath.«

»Finn?« Toni spürt, wie sie blass wird. »*Der* Finn? Dieser kranke Irre?«

»Nun … ich bin ihm noch nicht begegnet, ich kann nur sagen, ihr seid vom gleichen Schlag.«

»Nein, das bezweifle ich – energisch!« Sie zieht eine Grimasse.

Das ist der Beweis: Sie ist definitiv in der Hölle!

Toni massiert sich die Stirn und schaut zum Himmel auf, dann dreht sie sich einmal im Kreis, unschlüssig, wie sie sich jetzt verhalten soll. Ihr ist nach schreien und davonrennen. Aber wohin? Die Informationen überfluten allmählich ihren Verstand. Sie beschließt, vorerst Staudämme zu bauen, ihre Gefühle einen Moment außen vor zu lassen und die Dinge rational zu beleuchten.

»Warum wusste ich das nicht? Müsste ich so etwas nicht spüren? Wie merkt man, dass man nicht normal ist?«

Kaum ausgesprochen wird es ihr klar: Natürlich hat sie es

gespürt – die ganze Zeit über. All die Momente, in denen sie sich völlig fehl am Platz gefühlt hat und dachte, ihr Herz schlage in einem fremdartigen Rhythmus. Und dann dieses Aufleuchten, das sie immer wieder gesehen hat; das reine Licht und diese kristallene Klarheit in ihrem Kopf ... Hat sie sich tatsächlich in der Seite geirrt?

Sie muss schockierter aussehen als vermutet, denn plötzlich steht Alek an ihrer Seite und legt ihr unauffällig eine Hand an den Rücken. Dankbar für die Stütze lehnt sie sich dagegen.

»Vielleicht hast du die Zeichen nur nicht als solche erkannt«, sagt der ältere Engel und lächelt ein freundliches Großvaterlächeln. »Du warst von jeher stärker als andere, hast Dinge gesehen, gehört und gefühlt, die andere nicht wahrnehmen konnten. Habe ich recht? Ein solches Leben kann recht einsam sein.«

Schulterzuckend richtet sie den Blick zu Boden.

»Du hast gespürt, dass etwas Helles, Leuchtendes in deinem Bewusstsein darauf wartet, von dir entschleiert zu werden. Und als du deinen Namen unter den Vertrag gesetzt hast, da begannen die Albträume, nicht wahr?«

Ruckartig hebt sie das Kinn und blickt zu ihm auf. »Na ja, ich führe kein Traumtagebuch, aber ...«

»Dein Unterbewusstsein erträgt deine Taten nicht, weil du ein Geschöpf des Oberen Reiches bist.« Seine eisblauen Augen bohren sich unangenehm in ihren Kopf. »Du hast dir selbst die Schuld für die Trennung deiner Eltern gegeben. Tief in dir hast du den wahren Grund bereits geahnt. Du hast dich selbst bestraft, indem du einen Vertrag mit dem Bösen eingegangen bist und alles, was du liebst, von dir gestoßen hast. Bis auf den einen Freund, der mit dir ging und sich nicht vertreiben ließ.«

Eine Gänsehaut breitet sich auf Tonis Armen aus. »Woher weißt du das alles?«

»Ich bin der Vorsitzende des Hohen Rates. Es ist meine Pflicht, diese Dinge zu wissen.«

Keuchend krallt sie sich an Aleks Unterarm fest. Sie hat das Gefühl, nach unten gezogen zu werden, aber sie versucht, sich weiterhin zu konzentrieren. »Hätte Luzifer das nicht merken müssen? Höllische Verträge werden schließlich mit Blut unterschrieben.«

Der Vorsitzende lacht laut auf, als amüsiere er sich über die Naivität des kleinen Menschleins. Es klingt wie der Schlussakt einer Oper.

»Luzifer hat vor allem bemerkt, dass du nichts von deiner Herkunft ahnst. Gewiss dachte er, du wärst lebendig unter seiner Herrschaft einträglicher für ihn, also ließ er dich am Leben. Er hat das Abkommen gebrochen, als er einen Nephilim unter Vertrag nahm.« Ein ernster Ausdruck entsteht in seinem Gesicht und Fältchen zieren den verkniffenen Mund. Sie lassen den Engel noch älter erscheinen. »Ich nehme an, er hat genau diese nun eingetretene Lage befürchtet, als er von deinem Kontakt mit einem Engel erfuhr. Er musste die Spuren beseitigen. Das dürfte der Grund für seinen Mordversuch an dir gewesen sein.«

»Das heißt also, wenn mir Tai sein Schwert ins Herz gestoßen hätte, wäre ich nicht in der Hölle gelandet, sondern einfach tot gewesen? Vernichtet?«

»Davon ist auszugehen«, bestätigt der Vorsitzende.

Toni schwankt. Die Staudämme in ihrem Kopf bekommen Risse und plötzlich drückt sich die ungebändigte Informationsflut gewaltsam hindurch, rauscht in ihren Ohren und schlägt von innen gegen ihre Stirn.

»Wenn ihr das alles wisst, warum tut ihr dann nichts?«, brüllt sie. »Ihr zeugt Kinder, die euch völlig egal sind. Und ihr lasst sie ohne Schutz durch die grausame Welt wandern. Ihr seht sogar noch dabei zu, wie sie zugrunde gehen. Das ist toll, wirklich sehr vorbildlich! Vielen Dank auch!«

Schnaubend wirbelt sie herum und stapft über den Rasen. Sie hat keine Ahnung, wohin sie gehen soll, aber sie kann diese ekelhaft mitfühlenden, sanft auf sie einredenden Besserwisser keine Sekunde länger ertragen. Verdammte Engel!

Eine kleine Stimme in ihrem Kopf verspottet sie: gesprochen wie ein wahrer Nephilim.

Die Eiskristalle knirschen wie zerstoßenes Glas unter Tais Schuhsohlen. Ein Geräusch, das schmerzlich in seine Glieder fährt und ihn bei jedem Schritt zusammenzucken lässt.

Er folgt dem Dämon seit Ewigkeiten durch die scheinbar endlose Höhle und kann seine Füße kaum noch anheben. Inzwischen schlurft er nur noch hinter Ku'rax her. Den kläglichen Rest seiner Energie verwendet er darauf, die Arme vor dem Körper verschränkt zu halten, um die unnatürliche Kälte abzuwehren. Sie brennt bitterkalt auf seinen Wangen. Bei jedem Atemzug spürt er die schneidende Luft, die durch seine Lungen zieht und ihm ihre eisigen Krallen wie spitze Nadeln von innen durch die Brust stößt.

Doch die Kälte ist nicht das Unheimlichste hier unten. Ein bizarrer Brandgeruch wabert durch die Höhle und wird immer intensiver, je weiter sie nach unten vordringen. Was dort in Flammen aufgeht, will sich Tai lieber nicht ausmalen; der beißende Gestank dreht ihm so schon den Magen um.

Er versucht, sich auf Ku'rax' Rücken zu konzentrieren, das dunkle Jackett, das zuckend vor ihm hergeht. Aber nach jedem Atemzug folgt sein Blick automatisch der kleinen Nebelwolke seines Atems.

Woher kommt nur dieses Licht? Obwohl sie inzwischen tief unten sein müssen, ist es hell wie in der Mittagssonne. Die Wände bestehen aus purem Eis und blenden ihn trotz der schneeweißen Nebelschwaden, die sie umgeben. Riesige Eiszapfen hängen von der Decke. Sie glitzern, als würden sie von einer unsichtbaren Sonne beschienen.

Ruckartig bleibt der Dämon stehen, dann dreht er sich zu seinem Untergebenen um. Tai zuckt bei seinem Anblick zurück. Das pockennarbige Gesicht ist hier unten nicht mehr verschwommen wie in der Menschenwelt, sondern klar zu erkennen: Der reptilartige Mund zieht sich blutrot von einem Ohr zum anderen; oder vielmehr von dem Fleck, an dem bei einem Menschen das äußere Ohr abstehen sollte. Bei dem Dämon sitzen dort jedoch nur kleine, blumenkohlartige Knorpel. Tai erinnert sich plötzlich an ein Gemälde von Pollock und glaubt, in dem Dämon die Inspiration des Künstlers entdeckt zu haben.

»Wir haben den Großen Saal erreicht«, sagt die knorrige Stimme.

Tai nickt langsam. Er kann den Blick nur schwer von Ku'rax abwenden. Vor allem von seinen Augen, die eigentlich keine sind. Es sind vielmehr schwarze Löcher, in deren Tiefen ein unheilvolles Glühen wohnt.

Der Dämon setzt sich zuckend in Bewegung und biegt um eine Ecke. Tai könnte schwören, dass dieser Weg vorher nicht da gewesen ist. Zögerlich folgt er seinem Vorgesetzten und findet sich plötzlich in einem riesigen Gebilde wieder.

Den Großen Saal als solchen zu bezeichnen, ist noch weit untertrieben. Der hintere Teil scheint kilometerweit entfernt. Kaum zu erkennen, was sich dort abspielt.

Tais Blick schweift zur Decke. Sie ist so hoch und so hell, man könnte fast glauben, der Saal hätte einen eigenen Himmel. Und auch hier bestehen die Wände aus Eis. Es ist jedoch glatt geschliffen und monströse Kerzenhalter hängen daran. Offenbar dienen die Kerzen nur zur Dekoration, denn die Helligkeit existiert weiterhin ohne plausiblen Grund.

Tai hat sich die Hölle immer düster und hässlich vorgestellt; was er jetzt erblickt, erinnert allerdings eher an das Schloss der Eiskönigin. Der prunkvolle Anblick will überhaupt nicht zu dem unheimlichen Aroma der Unterwelt passen.

Tai bleibt überwältigt stehen, bis sich Ku'rax' krallenbewehrte Hand in seinem Oberarm verhakt und ihn mit sich zieht. Er unterdrückt ein schmerzerfülltes Stöhnen.

Sein Vorgesetzter steuert zielstrebig auf die Empore in der Mitte zu. Auf dieser Erhebung steht das Einzige, was wirklich so aussieht, als sollte es auf jeden Fall in der Hölle – und nur in der Hölle – stehen: ein Thron aus Totenköpfen gefertigt und überzogen von einer dünnen Eisschicht, die noch kälter als ihre Umgebung zu sein scheint, denn ein feiner Nebel wabert um das Möbelstück. Der Sesselrücken besteht aus dicken Eiszapfen, deren glitzernde Spitzen wie ein Fächer hinter Luzifers Kopf aufragen. Der Fürst der Unterwelt sitzt aufrecht auf seinem Thron und blickt mit seinen lodernden Feueraugen und unergründlicher Miene auf Tai herab.

Tai schluckt. Er reißt sich von Ku'rax los und wischt die schweißnassen Handflächen an seiner Jeans ab, während er versucht, dem Blick des Teufels standzuhalten. Mit einem Mal spürt er die Kälte nicht mehr, im Gegenteil, er hat vielmehr das Gefühl in Flammen aufzugehen.

Er tut es Ku'rax gleich und geht auf die Knie; dankbar für den festen Untergrund, der ihn stützt. Einen Moment lang befürchtet er, das Eis könnte unter seiner glühenden Körpertemperatur schmelzen, doch es bleibt hart, kalt und gleichgültig.

»Ein Jäger hatte einen Auftrag.« Luzifers Stimme donnert wie ein Gewittersturm durch den frostigen Raum und hallt in Tais Kopf nach. »Zwei Mal hat er ihn nicht erfüllt.«

»Ich habe ihn erfüllt«, murmelt er, ohne den Blick vom Boden zu heben.

Der Teufel, der es offenbar nicht gewohnt ist, unterbrochen zu werden, legt den Kopf schief und mustert seinen Jäger mit flackernden Augen. Ein Glimmen wandert über seine linke Gesichtshälfte. »Er widerspricht uns. Aus welchem Grund widerspricht er uns?«

Vorsichtig schielt Tai zu Ku'rax, der kaum merklich den Kopf schüttelt. Das Grinsen in dem von Narben übersäten Gesicht wirkt mit einem Mal nicht mehr höhnisch. Er scheint großen Respekt vor seinem Fürsten zu haben – ganz im Gegensatz zu Tai. Er ist mit einem Mal so wütend, dass sein Herz schmerzhaft gegen seine Brust hämmert.

»Ich habe meinen Auftrag ausgeführt. Der Anführer der Nephilim ist tot. Die Jägerin ist verbannt. Und als Bonus bekommst du die Seele meiner Schwester.«

Die Mundwinkel des dunklen Fürsten ziehen sich hoch. Er scheint sich prächtig über Tais Zorn zu amüsieren. Ein lächelnder Teufel ist jedoch bekanntermaßen mit Vorsicht zu genießen.

»Der Jäger hat noch immer nicht verstanden.« Luzifer schüttelt beinahe mitfühlend den Kopf. »Er wurde hinters Licht geführt. Wie die Magd vom Stallburschen.«

Darauf fällt ihm nun wirklich nichts ein. Mit halb offenem Mund starrt er den Teufel an, der unbewegt und aufrecht in seinem Herrschersitz thront.

»Es war einmal eine Magd, die verliebte sich in den Herrn des Hauses. Doch stellte sich heraus: Es war der Stallbursche, den sie für ihren Dienstherrn hielt.«

Der Teufel ist ein überaus geschickter Geschichtenerzähler. Er benutzt nicht viele Worte und doch bewirken sie eine stechende Gänsehaut. Kein Wunder, bei einer Stimme, die wie der Schleifstein auf der Sense des Todes klingt und den lodernden Augen, bei denen man durch bloßes Hinsehen ins Schwitzen gerät.

»Die Dinge sind meist nicht, wie sie scheinen«, fügt Luzifer hinzu.

»Was soll das bedeuten?« Tais Frage bringt Ku'rax zum Kichern. Er wirft dem Dämon einen Blick zu und hebt die Brauen. Ist ihm irgendein Scherz entgangen?

»Kennt der Jäger den Unterschied zwischen den selbstgefälligen Wesen des Oberen Reiches und uns?«

Ihm würden tausend Dinge einfallen. Er ist jedoch ziemlich sicher, dass der Teufel keine Antwort auf seine Frage erwartet.

»Von aller Welt werden sie als ›gut‹ und ›rechtschaffen‹ gepriesen. Doch führen sie die Menschen gerne hinters Licht. Falsche Versprechen und leere Worte prägen sie. Auf eines kann sich der Jäger verlassen: Das Untere Reich beschönigt nicht und trägt stets die Wahrheit auf den Lippen. Die Menschen mögen unsere Methoden infrage stellen, doch können sie nicht behaupten, sie wurden nicht eingehend informiert.«

Tai nickt. Jedes noch so kleine Detail über das Untere Reich und seine Tätigkeiten steht in seinem Vertrag. Da muss er seinem Boss wohl recht geben.

»Die Jägerin hat uns alle mit der Unwahrheit in die Irre geführt. Wir sind bestürzt über diesen Verrat. Deshalb haben wir den Jäger mit ihrer Vernichtung beauftragt.« Der Teufel zieht seine Krallen über die Sessellehnen. Das Kreischen lässt Tai erzittern. »Er hat versagt. Sie befindet sich in diesem Moment in ihrer Heimat.«

»Ist sie nicht hier?« Tai zieht die Brauen zusammen und blickt den höllischen Fürsten fragend an. »Was heißt ›ihre Heimat‹? Wo zur Hölle ist Toni?«

»Eine interessante Wortwahl«, knarrt Ku'rax' Holzstimme neben ihm hämisch.

Luzifer beugt sich vor. Er blickt seinem Jäger so tief in die Augen, dass Tai das Gefühl bekommt, die lodernden Iriden brennen sich direkt in seine Seele.

»Die Jägerin ist eine Nephilim, eine Spionin – und ging mit einem Engel in das Obere Reich«, raunt er.

Die Worte fegen wie ein Wirbelsturm durch Tais Kopf. Der verpatzte Auftrag, die Treffen mit dem Engel, ihre gemeinsamen Nächte ... und plötzlich versteht er. »Ich hatte recht. Sie hat mich benutzt.«

Er ringt nach Luft. Mit beiden Händen stützt er sich auf den eiskalten Boden. Er hat das Gefühl zu fallen und nichts ist da, an dem er sich festhalten könnte, außer dem gleichgültigen, harten Eis der Hölle.

»Wir sind ebenso schockiert über diese Hinterlist.« Die Stimme des Teufels hätte fast einen mitleidsvollen Klang, wenn man das Grinsen in seinem Gesicht nicht sehen könnte. »Und so schnell wird dir dein Schwan zur Krähe.«

Tai stützt sich noch immer keuchend auf den Boden. Sein Herz fühlt sich an, als würde es verbrennen und gefrieren im selben Moment.

»Wir schulden ihm das Ende der Geschichte«, plaudert Luzifer munter weiter. »Die Magd schnitt dem Stallburschen das Herz mit einem Küchenmesser aus der Brust, verarbeitete es zu Brei und verfütterte es an die Schweine.«

Der Fürst der Unterwelt erhebt sich. Langsam steigt er die Stufen seiner Empore herab, die Feueraugen fest auf Tai gerichtet, und baut sich unangenehm nahe vor ihm auf.

»Ein jeder bekommt die Gelegenheit, Rache zu üben, es ist nur eine Frage der Zeit«, meint er fast väterlich. »Wir haben eine besondere Aufgabe für den Jäger. Sein Hass auf das Obere Reich ist beinahe so groß wie der unsere. Er und seine Dienste werden von großem Nutzen für uns sein. Dessen sind wir uns gewahr.«

Tai blickt irritiert zu seinem obersten Vorgesetzten auf. »Ich werde also hierbleiben?«

»Ku'rax wird dir deine neue Aufgabe näher bringen, Tai.«

Zum ersten Mal spricht ihn Luzifer direkt an. Und zum ersten Mal spürt er keinerlei Furcht. Er empfindet plötzlich ein seltsames Gefühl der Verbundenheit mit diesem Ort. Selbst der Geruch nach verbranntem Plastik kommt ihm vertraut und heimelig vor. Es ist, als wäre er noch nie woanders gewesen und als hätte er nichts zurückgelassen.

Luzifer nickt Ku'rax zu. Der Dämon erhebt sich und zieht Tai am Arm mit sich.

»Willkommen im Unteren Reich, Krieger«, sagt der Teufel zu dem ehemaligen Jäger.

Sein Fürst tritt zur Seite und bedeutet den beiden, ans andere Ende des Saals zu gehen. Folgsam marschiert Tai neben Ku'rax her, als plötzlich eine Erinnerung in seinen Gedanken aufblitzt: Vy, seine kleine Schwester. Irgendetwas in seinem Unterbewusstsein schreit auf, doch er kann es nicht richtig greifen. Nur verschwommen erinnert er sich an die Unterhaltung zwischen ihr und Ku'rax zurück. Warum war er noch gleich gegen ihre Aufnahme in die Gemeinschaft des Unteren Reiches?

»Du hast meiner Schwester versprochen, dich für mich einzusetzen«, erinnert sich Tai, fühlt dabei jedoch kaum etwas.

»Dass du nicht ›schmoren‹ wirst, das habe ich deiner Schwester versprochen«, antwortet der Dämon.

Stolz blickt der Teufel seiner neuesten Errungenschaft hinterher, dann besteigt er die Empore und lässt sich auf seinem Thron nieder.

Ein Mann, der rein aus Liebe handelt. Wie lange es doch her ist, seit er einen solchen Menschen zuletzt getroffen hat ... Eine kostbare, eigene Art. Der Jäger ist ein seltenes Juwel, das ihm zufällig in den Schoß gefallen ist.

Selbstsucht, Habgier – das gibt es hier unten genug. Liebe jedoch ... Aus Liebe entspringt die reinste Form des Hasses. Und dieser Hass, richtig geschürt, wird einen unbarmherzigen Krieger formen.

Der Teufel lächelt und sein Puppengesicht glüht wie heiße Kohlen im Wind.

»Für seine Rache wird er kämpfen«, raunt er.

Und dann lacht der Fürst der Unterwelt. Ein Geräusch, das eine Druckwelle erzeugt, als würden gigantische Gletscher aufeinanderprallen.

Es ist seltsam, den Wasserfall zu beobachten und kein Plätschern zu hören. Toni weiß nicht, wie lange sie schon auf dem Stein am Bach sitzt; die friedliche Ruhe in dieser Welt scheint jedes Zeitgefühl auszuschalten.

Ein leises Rascheln lässt sie aufhorchen. Sie muss sich nicht einmal umdrehen, um zu wissen, dass es Alek ist.

»Geh weg«, verlangt sie schwach.

Der Engel ignoriert ihre Forderung. Stattdessen setzt er sich neben sie, legt wortlos einen Arm um ihre Schultern und drückt sie an sich. Tröstend streichelt er ihre Schulter.

Toni seufzt; zu erschöpft, zu leer, um sich zu wehren.

Einige Zeit sitzen sie nur da und blicken auf das Wasser.

»Ich wusste es nicht«, sagt Alek schließlich.

Toni spürt seinen Blick auf sich, aber sie beobachtet weiterhin die friedliche Strömung. »Das glaube ich dir … Du hattest recht.« Seufzend schließt sie die Augen – besser sie sagt ihm jetzt gleich, was ihr auf der Seele brennt. »Du hast dir eingebildet, Gefühle für mich zu haben. In Wahrheit hast du allerdings bloß gespürt, dass uns etwas verbindet, dass ich dir ähnlich bin. Ich nagle dich nicht auf das fest, was du gesagt hast. Du hast mir nichts versprochen, also fühle dich zu nichts verpflichtet.«

Alek schweigt. So lange, bis Tonis Herz beinahe vor Aufregung explodiert. Dann endlich reagiert der Engel, legt einen Finger an ihr Kinn und dreht ihren Kopf sanft zu sich. Zögerlich öffnet sie die Lider und blickt in seine Augen. Die Strahlen der goldenen Sonne lassen sie glitzern wie das Wasser.

»Ich hatte recht und wiederum unrecht. Ich habe niemals gespürt, was du bist. Der höllische Vertrag hat deine Zugehörigkeit verschleiert – ich hätte es niemals erkennen können. Was ich spürte, waren verwirrende, menschliche Emotionen, die ich vorher nicht kannte: Liebe, Trotz, Hoffnung, Weigerung.« Ein leises Lächeln formt sich auf seinen Lippen. »Ich *wollte*, dass du auf der falschen Seite stehst. Ich *beharrte* darauf, dass du ein guter Mensch bist. Weil ich nicht glauben konnte, es nicht ertragen konnte, dass etwas derart Gewaltiges zwischen uns steht.« Er blickt ihr beschwörend ins Gesicht und in den Tiefen seiner Augen scheinen all ihre Zweifel davonzutreiben. »Ich liebe dich. Nicht, weil du mir ähnlich bist. Nein ... weil du es nicht bist. Du bist einzigartig. Du bist stark und leidenschaftlich. Und du bringst mich zum Lachen. Wenn du bei mir bist, ist die Welt nicht mehr grau.«

Das Rumpeln in Tonis Brust setzt für zwei Sekunden aus, als er nach ihrer Hand greift und einen sanften Kuss auf ihre Fingerknöchel haucht. Mit einem Mal fühlt sie sich so leicht, fast schwerelos. Mehrere Male wiederholt sie seine Worte in ihrem Kopf, damit sie keines je vergisst.

»Ich sagte dir bereits, dass du die Frau bist, der mein Herz gehört. Und das meine ich so. Wage es nicht, meine Gefühle anzuzweifeln.« Er schenkt ihr ein Lächeln, das die größten Gletscher zum Schmelzen brächte. »Ich weiß nicht viel über die Liebe. Doch ich weiß, ich will bei dir sein. Ich würde alles tun, um dich glücklich zu sehen ... wenn du mich lässt.«

Eine Hitze, einem Vulkanausbruch gleich, erfüllt Tonis Brust. Dieser perfekte Mann, ihr Engel, will wirklich mit ihr zusammensein.

»Die Frage ist«, er blickt auf ihre Hand und spielt nervös mit ihren Fingern, »ob du mich überhaupt willst.«

»Im Ernst? Das fragst du dich?« Sie lacht auf und schüttelt verwundert den Kopf. »Du bist echt merkwürdig. Und manchmal treibst du mich fast in den Wahnsinn, aber ... bei dir zu sein, fühlt sich einfach richtig an. Natürlich liebe ich dich auch! Komm schon, wie realistisch wäre es, dass ich dich nicht will?«

Zögerlich streicht der Engel mit den Fingern über ihre Wange und Toni spürt die kribbelnde Berührung bis in ihre Nasenspitze.

Alek beugt sich vor und gibt ihr einen sanften Kuss. Es ist nicht ungestüm und impulsiv wie ihr erster Kuss, es ist vielmehr ein Herantasten. So vorsichtig, als könnte sich die unfassbare Verbindung bei einer falschen Bewegung auflösen, zerplatzen wie eine Seifenblase. Das Prickeln auf ihren Lippen ist Toni bereits seltsam vertraut.

»Erinnerst du dich, wie du mich vor der Lagerhalle zum ersten Mal berührt hast?«

Er schmunzelt. »Ich habe ein ausgezeichnetes Gedächtnis.«

»Das war wie ein Stromschlag. Ich spüre immer noch kleine, kribbelnde Ausläufer davon, wenn du mich berührst. Ist es, weil ich eine ... eine von euch bin?« Sie bringt es schlichtweg nicht über sich, sich selbst als Nephilim zu bezeichnen.

»Ich denke, das liegt an mir. Jeder Mensch spürt die Berührung eines Engels und die Nephilim spüren sie noch deutlicher. Ich habe jedoch von Engeln gehört, die regelrechte Blitzschläge aussenden, in dem Moment, in dem sie ihr Herz verlieren.« Alek wirft ihr einen verlegenen Blick zu. »Ich hatte bisher allerdings angenommen, es handle sich dabei um eine eher bildhafte Darstellung.«

»Ich bin eine N...« Sie seufzt, dann versucht sie es noch einmal. Irgendwann muss sie sich schließlich an dieses Wort gewöhnen. »Eine Nephilim. Es ist vermutlich nicht besonders clever, mit jemandem zusammen zu sein, der ständig gejagt wird.«

»Ich werde auf dich achtgeben.«

Sie erinnert ihn lieber nicht daran, dass das beim letzten Mal schon nicht sehr gut geendet hat. Allerdings hat sich seine Loyalität auch verschoben und er hat mehr über sie gewacht als über Nikolaj. »Und wie geht es jetzt weiter? Bringst du mich wieder nach Hause?«

»Meine Schwester ist unterwegs um deinen Vertrag aufzulösen und der Vorsitzende berät sich mit dem Hohen Rat, wie es für das Volk der Nephilim nun weitergehen soll. Ich fürchte, du musst hierbleiben, bis sie ihre Debatte beendet haben.«

Seufzend lehnt Toni den Kopf an seine Schulter. Seit sie die Engel angebrüllt hat, war sie empört, wütend, niedergeschlagen – für kurze Zeit sogar alles auf einmal. Inzwischen ist sie aber einfach nur erschöpft.

»Ihr habt wirklich keine Betten?«, fragt sie und unterdrückt ein Gähnen.

»Nein, wie gesagt, wir schlafen nicht.«

»Niemals?«

»Niemals.«

Alek lehnt seine Wange an ihren Kopf.

»Und was ist mit den anderen Dingen, die man in einem Bett so macht?«

Sie kann sich ein Grinsen nicht verkneifen, als sich der Engel neben ihr versteift. »Die meisten Bewohner des Oberen Reiches sind enthaltsam«, nuschelt er nach kurzem Zögern.

»Ah, jetzt verstehe ich das alles. Wenn ihr ein bisschen Action wollt, müsst ihr wohl oder übel in die Menschenwelt gehen. Und ich habe mich immer über die vielen Nephilim gewundert ...«

Der Engel räuspert sich unbehaglich und Toni kann sich ein Kichern nicht verkneifen. »Wo kommen denn dann die kleinen Engel her?«

»Wir werden nicht geboren, sondern erschaffen.«

»Das klingt aber nicht sehr spaßig.«

»Na ja ...« Er atmet sichtlich erleichtert auf, als ein dezentes Hüsteln hinter ihnen ertönt.

Toni wirft einen Blick über die Schulter.

»Nichts läge mir ferner, als diese höchst unterhaltsame Konversation zu unterbrechen.« Der Vorsitzende lächelt und Toni glaubt, einen verschmitzten Ausdruck in den eisblauen Augen aufblitzen zu sehen. »Doch möchte ich euch beiden gerne etwas verkünden.«

Sie erheben sich, bevor Toni jedoch ihren Platz an Aleks Seite einnehmen kann, greift der Vorsitzende nach ihrer Hand. Anders als Aleks warme Berührung fühlen sich die Finger des blonden Engels kalt und spröde auf ihrer Haut an wie rauer Gips. Er dreht ihre Hand um und wirft einen Blick auf ihr Handgelenk.

Toni kneift die Brauen zusammen. Das Dämonenschwert hat seine Farbe verloren, genau wie die Flammen, und der Pfeilschwanz des Teufels fehlt vollständig. Die scharfen Konturen sind auf ihrer hellen Haut zu einem Wasserzeichen verblasst.

Sie schnappt nach Luft, bevor sie fragend zu dem Vorsitzenden des Hohen Rates aufblickt.

»Dein Vertrag wurde aufgelöst.« Er lässt ihre Hand los. »Du bist jetzt frei.«

Ungläubig starrt sie auf die Tätowierung, das Zeichen, das zehn Jahre lang auf ihrer Haut gebrannt hat.

»Frei.« Schnaubend schüttelt sie den Kopf. »Ich bin jetzt nicht mehr die Jägerin, sondern die Gejagte.«

»Dem kannst du entgehen«, sagt der Vorsitzende.

Sie mustert die freundlichen Augen mit den kleinen Fältchen argwöhnisch.

»Wir haben uns entschieden, das Konzept der Friedenswächter fortzuführen und die Nephilim, ohne Vorbehalt in unsere Gesellschaft aufzunehmen«, informiert er sie. »Schließe dich den Friedenswächtern an, dann stehst du unter dem Schutz des Oberen Reiches.«

»Also doch eine Jägerin – nur für die andere Seite.«

Der Vorsitzende fährt ungerührt fort: »Mit deinem Wissen über das Untere Reich bist du eine Bereicherung für die Gemeinschaft der Nephilim. Du könntest die Friedenswächter Flammachs anführen.«

Toni hebt eine Hand, um ihn am Weitersprechen zu hindern. »Die Nephilim, die in Flammach leben, können mich auf den Tod nicht ausstehen. Warum zum Teufel sollten sie mich aufnehmen? Und dann auch noch als ihre Anführerin?«

Das Lächeln verschwindet schlagartig aus dem Gesicht des Vorsitzenden.

»Sei vorsichtig mit deiner Wortwahl«, raunt ihr Alek ins Ohr.

»Sie haben keine andere Wahl.« Die Stimme klingt auf einmal genauso kalt, wie sich seine Finger anfühlen.

Toni strafft automatisch die Schultern und steckt das Klischee vom immer freundlichen und hilfsbereiten Engel in eine der hintersten Schubladen ihres Bewusstseins. In diesem Moment ist sie sich sicher, dass er sie ganz einfach mit Daumen und Zeigefinger zerquetschen könnte wie einen Käfer.

»Und du hast ebenfalls keine andere Wahl«, fügt er nicht sehr überraschend hinzu.

Mit einem ironischen Lächeln auf den Lippen nickt Toni und schluckt ihren Kommentar hinunter. Es gefiele dem Vorsitzenden wohl kaum, wenn sie das Obere und das Untere Reich auf die gleiche Stufe stellt.

»Das ist etwas Gutes«, versucht Alek, ganz der ewige Loyalist, sie zu überzeugen. »Und ich werde die ganze Zeit über bei dir sein.«

»Da fällt mir ein ...« Der Vorsitzende legt sich einen Zeigefinger ans Kinn. »Wir brauchen einen neuen Hüter für den Bezirk Flammach.«

»Was? Soll das ein Witz sein?« Toni wirft Alek einen Blick zu.

Er starrt seinen Vorgesetzten mit großen Augen an.

»Was du vor dem Rat angezeigt hast, hat Gehör gefunden bei seinen Mitgliedern«, erklärt der Vorsitzende und das Lächeln kehrt auf seine Lippen zurück. »Die Nephilim brauchen jemanden, der sie führt, einen Vertreter des Oberen Reiches, der ihnen die Werte und Vorstellungen unseres Volkes näher bringt. Diese Aufgabe möchten wir dir anvertrauen.«

Toni blickt zwischen den Engeln hin und her, dann deutet sie zögerlich mit einem Finger auf Alek. »Moment mal! Soll das heißen, *er* ist jetzt mein Boss?«

Kleine Grübchen entstehen durch das breite Lächeln auf Aleks Wangen. »Sieht ganz danach aus.«

Der Vorsitzende legt ihm eine Hand auf die Schulter und wispert etwas in seiner Heimatsprache. Dann nickt er ihr zu und lässt die beiden allein.

»Grins nicht so süffisant, Engel!«, knurrt sie Alek an.

»Wie du willst, Nephilim.«

Sie stöhnt auf. »Ich will kein Nephilim sein. Und ein Friedenswächter erst recht nicht.«

Der Engel blickt sie in einer Mischung aus Mitgefühl und Belustigung an, dann legt er seine Hände auf ihre Schultern. »Verstehst du denn nicht, was das für eine Chance ist? Du bist außer Gefahr.«

»Das glaube ich kaum. Wie nennt man das, wenn Soldaten auf ihren Anführer losgehen? Meuterei?«

Alek zuckt mit den Schultern. »Sie müssen es akzeptieren oder die Gemeinschaft verlassen.«

Seufzend sinkt Toni zurück auf den Stein. »Super. Ich werde eine Truppe von unfähigen Clowns anführen in einer Organisation, die total uncool ist und über die ich mich lustig gemacht habe, seit ich von ihr weiß.«

»Du wirst leben. Mit mir an deiner Seite.«

Sie lächelt ihren Freund glücklich an. »Okay, überredet.«

# WAS ZWISCHEN HIMMEL UND HÖLLE ÜBRIG BLIEB

Der Wind greift wie eisige Finger in Tonis Locken und bläst durch den Stoff ihres Blazers. Es ist jedoch nicht der Wind, der sie erzittern lässt; es ist das Bild, das sie vor sich sieht: Unter dem wolkenverhangenen Himmel Flammachs wirken die Grabsteine wie düstere Gestalten, die sich aus dem Erdboden erheben.

Sie scheinen ihr zuzurufen: Wo ist dein Stein? *Du* solltest hier bei uns sein.

Aber sie ist es nicht. Und der Grund dafür wird heute beerdigt. Eine Beisetzung ohne Leichnam, denn die sterblichen Überreste befinden sich nicht in dieser Welt.

Toni atmet tief durch. Die Luft riecht noch immer nach Regen. Sie will die Beerdigung auf keinen Fall verpassen, auch wenn sie nicht eingeladen ist. Deshalb wartet sie seit Stunden in der Kälte, hat sich vom Regen durchnässen und von den Grabsteinen verhöhnen lassen. Die Stoffhose klebt an ihren Schenkeln und der vollgesogene Blazer hängt schwer auf ihren Schultern.

Als sie einige Personen herankommen sieht, verkriecht sie sich hinter einer Trauerweide.

Drei Wochen lang hat Vy auf eine Nachricht ihres Bruders gewartet, dann hat sie aufgegeben. Als neue Kopfgeldjägerin Flammachs weiß sie nun wohl, wie die Dinge in der Unterwelt ablaufen. Er wird nicht zurückkommen.

Man sagt, die Menschen beerdigen ihre Liebsten, um ihnen die letzte Ehre zu erweisen. Toni hat immer geglaubt, die Menschen bräuchten lediglich einen Ort, an den sie gehen können, um dem Verstorbenen nahe zu sein. Beide Theorien erschienen ihr sinnlos – bis heute. Genau wie seine kleine Schwester möchte sie sich von Tai verabschieden. Nicht dabei zu sein, ist für sie unvorstellbar.

Mit gesenktem Kopf steht Vy vor dem Grab, während der leere Sarg in die Erde hinabgelassen wird. Das seidige Haar fällt ihr wie ein schwarzer Vorhang vors Gesicht, sodass Toni den Ausdruck darin nicht sehen kann. Im Gegensatz zu ihr trägt das Mädchen helle Kleidung. Das Schwarz der Jagd scheint ihr wohl nicht angemessen zu sein.

Sie ist allein – nur der Geistliche und die Sargträger leisten ihr Beistand. Das ist das traurige Los der Jäger. Man verlässt alte Freunde und hält sich von potenziellen Opfern fern. Es ist ein einsamer Job und nicht zum ersten Mal ist Toni dankbar für Lestats Freundschaft. Vy dagegen hat niemanden mehr.

Am liebsten würde sie auf die junge Jägerin zugehen, sie in die Arme nehmen und zusammen mit ihr trauern. Aber sie ist wohl der letzte Mensch, den Vy momentan sehen möchte.

Toni beobachtet den Priester, der bedächtig vor sich hin murmelt. Als er geendet hat, geht Vy in die Hocke und drapiert einen Strauß Lilien an Tais Grab. Sie verabschiedet sich und wischt sich dabei mehrmals übers Gesicht.

Toni beißt sich auf die Unterlippe, um die Tränen zurückzuhalten. Vy ist so klein und zierlich. Sie wirkt viel zu zart, um ihren Bruder zu begraben. Und zu unschuldig, um sich später mit einem Schwert auf die Jagd nach Vertragsbrüchigen zu machen.

Toni wartet ab, bis Vy und der Pfarrer sich zurückgezogen haben, dann geht sie auf das Grab zu. Sie lässt sich davor auf dem matschigen Boden nieder und ihre Knie sinken mit einem schmatzenden Geräusch ein.

Vy hat eine Inschrift in fein geschwungenen Lettern in das Kreuz gravieren lassen: *Tai Kilian Gerber – ein liebendes Herz vergisst niemals.*

Seufzend schließt Toni die Augen und lässt den Kopf hängen. Vy muss geahnt haben, dass Toni herkommen würde, und das ist dann wohl ihre Art zu sagen: *Dafür wirst du bezahlen.*

»Es tut mir so leid«, flüstert sie und wirft dem Kreuz einen entschuldigenden Blick zu, der bei dem seelenlosen Holz auf hartes Desinteresse stößt. »Ich wollte wirklich nicht, dass so etwas passiert ...«

Sie wischt sich die nassen Haare aus dem Gesicht, dann zieht sie eine CD aus der Innentasche ihres Blazers. Ihre Hand zittert, als sie die Disc hinter Vys Lilien schiebt.

»Ich war noch nie ein Fan von Blumen oder Kerzen«, erzählt sie leise. »Ich habe meine Gefühle immer schon mit Musik ausgedrückt und ich denke, du hast mich gut genug kennengelernt, um das zu wissen.« Lächelnd schüttelt sie den Kopf. »Es ist eigentlich ganz schön albern, sich mit einem Holzkreuz zu unterhalten, aber ich muss zugeben, es fühlt sich normaler an, als ich dachte. Und so kannst du mir wenigstens nicht dazwischen quatschen.«

Sie kann seine spielerische Antwort förmlich hören. Die Erinnerung an Tai ist so lebendig, sie würde am liebsten danach greifen, ihn aus ihrem Kopf ziehen und in die Realität zurückholen. Sie sieht den liebevollen Blick aus schokoladenbraunen Mandelaugen vor sich, das charmante Lächeln, bei dem ihr die Knie weich werden, und sie erinnert sich an das Gefühl, wenn er ihr nah war. Er hat alles für sie riskiert – und verloren.

»Glaub nicht, ich wüsste nicht zu schätzen, was du für mich getan hast! Ich bin dir wirklich dankbar. Für alles.«

Schniefend richtet sie sich auf. Der Matsch klebt an ihren Knien, zieht sie schwer nach unten. Ihr Gewissen zieht stärker an ihr.

»Ich muss los, bevor deine Schwester wiederkommt und mich

umlegt.« Sie deutet auf die CD, die sie mitgebracht hat. »Hoobastank haben diesen Song ›The Reason‹. Genau das wollte ich dir sagen.« Zum Abschied legt sie ihre Hand auf das Holzkreuz. »Ich hoffe, du bist tot. Alles andere will ich mir nicht vorstellen ...«

Sie dreht sich um, zieht ihren iPod aus der Hosentasche und spielt den Song, in dem sich eine Person bei der anderen für die Vergangenheit entschuldigt – für die Schmerzen und den Kummer – und verspricht, sich zu ändern. Nicht *für* den geliebten Menschen, sondern *wegen* ihm.

Als Toni ihr Appartement betritt, fällt ihr erster Blick wie gewöhnlich auf den Schirmständer. Dort, wo vor ein paar Wochen ihr Dämonenschwert seinen angestammten Platz hatte, steckt inzwischen ein Schwert mit goldenem Parier und Engelsemblem. Der Anblick versetzt ihr noch immer einen leichten Stich. Seit Alek ihr das Engelsschwert überreicht hat, ruht es unberührt im Schirmständer. Kleine Staubflöckchen zieren bereits den glänzenden Knauf.

»Was ist denn mit dir passiert?«, hört sie Lestat von der anderen Seite des Flurs.

Prüfend schaut sie an sich hinab. Die nasse Kleidung hängt wie ein Sack an ihr, Schuhe und Knie sind mit braunem Schlamm bedeckt und von ihren roten Locken tropft der Regen. Seufzend zuckt sie mit den Achseln.

»Wie war es denn?« Ihr Mitbewohner mustert sie vorsichtig aus seinen sanften karamellbraunen Augen.

»Hat sich genauso angefühlt, wie ich aussehe.« Toni streift die matschigen Sneakers von den Füßen und stapft an ihm vorbei ins Wohnzimmer. So nass und verdreckt wie sie ist, lässt sie sich auf die beigefarbene Couch fallen.

Lestat setzt sich in gebührenden Abstand zu ihren schlammigen Knien ans andere Ende. »Hast du mit Vy gesprochen?«, fragt er.

»Nein. Sie hat mir das letzte Mal klar und deutlich gesagt, was sie von mir hält.« Seufzend fährt sie mit einer Hand über ihre Augen. »Ich kann verstehen, dass sie mich hasst. Ich bin der Grund, weshalb Tai in der Hölle gelandet und sie zur Jägerin geworden ist.«

Der Vampir schüttelt den Kopf. »Tai hat seine eigenen Entscheidungen getroffen. Und Vy ...« Er zögert, wahrscheinlich sucht er nach den passenden Worten. »Es ist verdammt mutig, was sie getan hat, aber auch das Dümmste, was ich je gesehen habe.«

Toni stützt die Ellbogen auf ihre Knie und vergräbt den Kopf in den Händen. »Wenn ich nur daran denke, was er im Moment durchmacht ...«

Vorsichtig rutscht er an seine Mitbewohnerin heran und streicht ihr die nassen Haare aus dem Gesicht. »Das weißt du nicht.«

»Er hätte seinen Auftrag erledigen sollen, das wäre für alle einfacher gewesen.«

»Für mich nicht«, protestiert er.

Toni dreht den Kopf und lächelt ihm dankbar zu.

»Der einzige Grund, warum ich so sorgenfrei leben kann, ist, weil du immer auf mich aufpasst«, fügt er hinzu.

Das Unglück eines Menschen kann scheinbar tatsächlich das Glück eines anderen sein. Lächelnd tätschelt sie dem Vampir das Bein, das in einer feinen Anzugshose steckt.

»Warum hast du dich denn so schick gemacht?«, fragt sie und betrachtet die feine Streifenstruktur seiner lachsfarbenen Seidenkrawatte.

»Ich gehe heute in dieses neue französische Restaurant.« Seine Wangen röten sich, als er den Wohnzimmerteppich anlächelt.

»Uuuhh.« Ein anzügliches Grinsen formt sich auf Tonis Lippen. »Lass mich raten mit wem.«

»Sag das nicht so. Das macht es irgendwie schmutzig.«

»Das wievielte Date mit Max ist das? Das dritte? Beim dritten Date wird es immer schmutzig.«

Der Vampir winkt ab und steht auf. Dann rückt er das Jackett am Revers zurecht und schüttelt seine blonden Locken über die Schultern. »Also, was sagst du?«, fragt er nervös.

»Ich würde dich auf jeden Fall flachlegen.«

»Danke, das wollte ich hören«, grinst er.

»Dieser Kerl hat dich ja ganz schön weichgespült.«

Er hebt schmunzelnd eine Braue. »Das sagt gerade die Richtige.«

Stirnrunzelnd blickt sie zu ihm auf. »Warum hast du es mir nicht erzählt? Ich meine, was du für ihn empfindest?«

»Hmm«, Lestat setzt sich neben sie auf die Armlehne. »Ich habe dir immer erzählt, dass ich mich nicht für einen Beziehungsmenschen halte, aber das ist so nicht ganz richtig.« Konzentriert betrachtet er die manikürten Fingernägel in seinem Schoß. »Du kennst mich. Ich bekomme einfach nichts auf die Reihe. Aber das mit Max, das wollte ich nicht versauen.«

»Also hast du es gar nicht erst versucht. Ach, Lestat ... Und warum der Sinneswandel?«

Er schielt zu ihr hinüber und seine Mundwinkel zucken verräterisch. »Na ja ... Ich dachte, wenn sogar *du* es hinkriegst ...«

»Vielen Dank auch! Ich bin immer wieder gerne eine Inspiration.« Halb lachend, halb schmollend lehnt sich Toni in die Sofakissen zurück. »Wer hätte gedacht, dass aus uns beiden nochmal derart verliebte Trottel werden?«

»Tja, Schätzchen, was soll ich sagen, wir sind eben doch nur Menschen und das Leben ist eine lange Soap-Opera.«

»Vielleicht muss ich mir diesen Mist doch mal anschauen.«

»Du hast die Wohnung den ganzen Abend für dich«, meint er zwinkernd.

Widerwillig kräuselt sie die Lippen. »Das wäre mir sogar lieber als das, was ich vorhabe. Mein erstes Treffen mit den«, sie rollt mit den Augen und malt Gänsefüßchen in die Luft, »›Friedenswächtern‹.«

»Versuch zur Abwechslung einfach mal, freundlich zu sein, das würde die Nephilim sicher positiv überraschen.«

»Ich bin nicht unfreundlich, sondern ehrlich.« Sie erhebt sich von der Couch, auf der sich ein nasser Abdruck ihres Hinterns abzeichnet. »Außerdem wollen die genauso wenig mit mir zu tun haben wie ich mit ihnen.« Sie zuckt mit den Schultern, dann schlägt sie den Weg in ihr Zimmer ein.

»Toni, du wirst mich doch nicht rauswerfen, oder?«, sagt Lestat plötzlich.

Verwirrt kneift sie die Brauen zusammen und wirft ihm einen Blick über die Schulter zu. »Wie kommst du denn auf den Schwachsinn?«

»Jetzt, da du eine Nephilim bist, willst du da noch mit einem Vampir zusammenwohnen?«

Sie legt den Kopf schief und blickt ihn mit nachsichtiger Belustigung an. »Anscheinend war ich schon immer eine, also warum sollte ich mich ändern? Es bleibt, wie es ist: Ich bin nicht gerade das Paradebeispiel eines guten Menschen, aber für dich würde ich durch die Hölle gehen.«

Sichtlich erleichtert atmet er auf. Sie sagt ihm heute lieber noch nicht, dass er von nun an einen Anteil zur Miete beisteuern muss. Das Obere Reich zahlt lange nicht so gut wie die Unterwelt. Vermutlich muss sie sich einen zusätzlichen Job suchen.

Seit Tagen zerbricht sie sich schon den Kopf, wie sie das zehn Jahre andauernde Loch in ihrem Lebenslauf füllen soll. Abschaum-Entsorgungs-Spezialistin? Lieferantin für biologische Materie ins ferne Ausland? Sachbearbeiterin im Mahn- und Vollstreckungswesen? Es gibt einfach keine von der Gesellschaft akzeptierte Umschreibung für die Tätigkeit eines höllischen Kopfgeldjägers.

Gemächlich schlendert sie in ihr Zimmer, um sich für das Treffen mit den Friedenswächtern umzuziehen. Als sie die Tür öffnet, fällt ihr erster Blick auf das Holzregal über ihrer Matratze. Der Anblick jagt ihr zugleich einen kalten und einen heißen Schauer über den Rücken. Zwei Dinge liegen auf dem Regal und erhellen die Atmosphäre des trostlosen Raums: Aleks goldener Dolch und Tais schwarzes Halstuch. Die einzigen Andenken, die sie jemals aufbewahrt hat.

Toni braucht eine Weile, aber schließlich schafft sie es, den Schlüssel herumzudrehen und die Tür zu öffnen.

Die Friedenswächter haben sich wieder in Nikolajs altem Versteck im World's End eingerichtet. Vor einigen Tagen hat die ehemalige Jägerin den Generalschlüssel für das Gebäude und eine Nachricht in ihrem Briefkasten gefunden. Heute soll sie sich mit Clarissa und Finn treffen, den beiden Nephilim, die sie am allerwenigsten wiedersehen will. Glücklicherweise wird Alek als Puffer dabei sein.

Fast schleichend bewegt sie sich durch den Flur. Obwohl sie ihre gewohnte Kampfmontur trägt – die Lederjacke hat sie an der Brust flicken lassen – und das Engelsschwert mit ihrem alten Gurt hinter dem Rücken befestigt hat, fühlt sie sich unsicher, irgendwie angreifbar. Es ist wieder wie bei ihrem allerersten Auftrag: Die Hände zittern, Schweiß steht ihr auf der Stirn und der Magen protestiert dumpf.

Sie hat sich an die tausend Mal in ihrem Appartement vor dem Spiegel gedreht, doch das goldene Schwert, das über ihre Schulter blitzt, ist ein merkwürdiger Anblick geblieben.

Leise Stimmen dringen aus dem hinteren Teil des Gebäudes in den Flur. Vorsichtig geht sie darauf zu.

»Ich erwarte, dass ihr sie respektvoll behandelt.« Toni erkennt die samtige Stimme mit dem unbeirrbaren Klang sofort: Alek.

Sie schielt durch die offene Tür des Zimmers: Clarissa, mit ihrem blonden Haar und den himmelblauen Augen, steht wie ein trotziger Engel, die Arme vor der Brust verschränkt, vor Alek und schaut demonstrativ zu Boden. Ihr weißer Hosenanzug unterstreicht den engelsgleichen Anblick noch. Damit ist sie das komplette Gegenteil von Finn. Der bullige Nephilim scheint sich – genau wie Toni – auf alles gefasst zu machen und hat sich für die Uniform der Friedenswächter entschieden. Eine Hand hält er griffbereit am Heft seines Schwerts.

Beim Anblick des Engels stockt Toni der Atem. Sie hat sich noch immer nicht an seine Flügel gewöhnt. Seit die Tätowierung an ihrem Handgelenk nur noch einer blassen Erinnerung gleicht, kann sie sie sehen.

Eigentlich sind es gar keine Flügel. Es ist ein Schimmern, mehr Luft als Masse, das ihn umgibt; ein Glänzen im selben goldbraunen Ton wie seine Haare ihn besitzen. Es ist faszinierend und eigenartig zugleich und das Schönste, was sie je gesehen hat.

Alek hat sie bereits bemerkt und lächelt ihr aufmunternd zu.

»Hi«, begrüßt Toni die Nephilim zögerlich.

Clarissas Augen schnellen in ihre Richtung. Die Nephilim sagt nichts, könnte sie auch nicht, da sie den Mund zu einem rosafarbenen Strich zusammenpresst. Der andere Nephilim gibt ein Grunzen von sich, das alles heißen könnte, von ›Verzieh dich‹ bis ›Komm nur rein, ich wollte schon lange mal wieder jemanden erwürgen‹.

Als Toni den Raum betritt, rümpft Finn die Nase und zieht die Oberlippe hoch, als würde er eine zweibeinige Kakerlake betrachten.

»Antonia Stark, du erinnerst dich sicher an Clarissa Frost und Finn McGrath?« Alek weist auf den jeweils angesprochenen Nephilim.

Toni mustert den Engel skeptisch. Will er sie auf den Arm nehmen oder meint er das ernst? Sie beschließt, lieber nicht zu antworten.

»Sie werden dich mit den Räumlichkeiten vertraut machen und dir die Abläufe erklären«, fährt er ungerührt und sachlich fort.

Clarissa holt so scharf Luft, als hätte sie die letzten Minuten den Atem angehalten. Der rosafarbene Strich teilt sich, um einige zischende Worte freizulassen: »Ich musste Nikos Mutter mitteilen, dass ihr Sohn ermordet wurde. Kurz nach der Beerdigung ihres Mannes. Hast du eine Ahnung, wie schmerzhaft das für uns beide war?« Die Schatten ihrer Wimpern legen sich wie dunkle Wolken über die himmelblauen Augen.

»Ob du es glaubst oder nicht, ich verstehe, wie schlimm das für dich gewesen sein muss«, antwortet Toni. »Aber seien wir doch mal ehrlich: Dein Freund hat die Kontrolle verloren. Die Macht, die ihm das Obere Reich verliehen hat, ist ihm zu Kopf gestiegen.« Sie macht einen zögerlichen Schritt auf die junge Nephilim zu, hält jedoch inne, als sich Clarissas Augen noch weiter verdunkeln. »In jedem Wesen steckt ein Irrer, der begierig auf seinen großen Auftritt wartet. Mit seinem Plan auf die Kopfgeldjäger loszugehen, hat er sich selbst die Schlinge um den Hals gelegt. Hätte ich sie nicht zugezogen, hätte es ein anderer getan.«

Schnaubend wendet Clarissa den Blick von ihr ab. Tief in ihrem Inneren weiß sie bestimmt, dass Toni recht hat.

»Wir sind nicht hier zusammengekommen, um einander Vorhaltungen zu machen«, mischt sich Alek ein. »Antonia hat in ihrem Leben viele Fehler gemacht, lausige Entscheidungen getroffen und sich mit schlechter Gesellschaft umgeben ...«

»Vielen Dank für die Unterstützung, Mr. Perfect«, unterbricht sie ihren Freund. »Wie war das mit den Sünden und dem Steine werfen?«

Ein Schmunzeln formt sich auf den Lippen des Engels. »Darauf wollte ich eben hinaus. Ihr seid alle von derselben Art und habt dasselbe Ziel. Tut euch selbst einen Gefallen und vergesst die Querelen. Ihr erreicht euer Ziel nur dann, wenn ihr zusammenarbeitet.«

Die drei Nephilim wechseln argwöhnische Blicke.

»Ich werde dich aber nicht mit ›Boss‹ oder ›Kommandantin‹ oder so etwas ansprechen, das ist schon mal klar!«, verkündet Finn.

»Musst du auch nicht«, grinst Toni. »›Gebieterin‹ reicht völlig.«

Ein Knurren, das von einem ausgewachsenen Grizzlybären stammen könnte, entrinnt seiner Kehle. Toni kann sich ein Kichern nicht verkneifen.

»Pass bloß auf, Jägerin«, setzt er an, spricht die Drohung jedoch nicht zu Ende.

Clarissa atmet tief durch, dann geht sie einen Schritt auf Toni zu. Erst jetzt bemerkt sie, wie klein die Blondine ist; fast einen Kopf kleiner als sie selbst. Die Nephilim strafft die Schultern und reckt das Kinn vor, schafft es allerdings nicht, Toni direkt in die Augen zu sehen. Wie automatisch legt sie die Finger an das silberne Kreuz, das um ihren Hals hängt.

»Ich werde dir niemals verzeihen«, sagt Clarissa förmlich. »Ich werde auch niemals vergessen, was du warst. Aber du gehörst jetzt zu uns. Du wurdest vom Oberen Reich als unsere Anführerin ausgewählt und das akzeptiere ich. Ich werde deine Befehle befolgen.« Damit macht sie auf dem Absatz kehrt und marschiert aus dem Zimmer.

Toni bleibt nichts anderes übrig, als ihr sprachlos hinterher zu starren.

»Ich glaube, ich muss gleich kotzen«, Finn fährt mit einer Hand über seine kurzgeschorenen Haare und verzieht die Lippen.

»Stell dich hinten an«, murmelt Toni mit einem Seitenblick auf den Nephilim.

»Von mir wirst du so etwas niemals zu hören bekommen.« Er fixiert sie aus seinen dunklen Augen. »Dass wir beide gleich sein sollen, halte ich für ein Gerücht. Du und ich haben nicht das Geringste miteinander gemein, Jägerin.«

Ablehnend verschränkt sie die Arme vor der Brust. »Da sind wir uns ja ausnahmsweise mal einig.«

Alek tritt geräuschlos hinter sie und legt eine Hand auf ihre Schulter.

Finns Blick wandert von Toni zu dem Engel und ein sarkastisches Lächeln breitet sich auf seinem Gesicht aus. »Wir starten unten im Arbeitszimmer mit der Führung.«

Als Finn den Raum verlassen hat, dreht sich Toni seufzend zu Alek um.

»Na, das lief ja schon mal richtig super.« Ihre Stimme trieft vor Sarkasmus.

Die Augen des Engels strahlen eine unerschütterliche Zuversicht aus. Tröstend streicht er über ihre Arme. »Gib ihnen ein wenig Zeit, um sich an dich zu gewöhnen.«

Sie unterdrückt das wohlige Schnurren, das aus ihrer Kehle dringen will. »Wenn du mich so ansiehst, glaube ich dir alles«, erwidert sie zwinkernd, bevor sie sich widerstrebend von ihm löst.

»Gut zu wissen«, schmunzelt er.

Sie schlendert auf die Tür zu, bleibt dann jedoch stehen und lehnt sich an den Türrahmen. »Warum mache ich das eigentlich?«

Alek kommt auf sie zu, legt eine warme Hand an ihre Wange und gibt ihr einen sanften Kuss, bei dem sich Tonis Herzschlag rapide beschleunigt. Lächelnd lehnt er sich ihr gegenüber an den Türrahmen. »So sehr du dich auch dagegen sträubst, du bist eine Nephilim. Obwohl du auf Abwege geraten bist, weißt du instinktiv, was das Richtige ist. Du bist ein Teil dieses Weltengeflechts und leistest deinen Beitrag, um das Gleichgewicht aufrechtzuerhalten.«

»Da ist es ja wieder, dieses ominöse Gleichgewicht«, feixt sie und wedelt mit der Hand. »Ich weiß, es gibt Regeln, Gesetze oder Statuten, die dir verbieten, mit den Normalsterblichen darüber zu sprechen, aber du hast selbst gesagt: Ich bin die Tochter eines Engels und einer Nephilim. Du kannst nicht sagen, zu was mich das macht. Also verstößt du gegen gar nichts, wenn du mir endlich erklärst, was zur H ...« Sie räuspert sich »... was es damit auf sich hat.«

Der Engel wirft einen Blick in den Flur. Er will sich wohl vergewissern, dass keine neugierigen Ohren in Hörweite auf dieselbe Antwort warten. »Also gut. Die Menschenwelt wurde als Grenze zwischen dem Oberen und dem Unteren Reich geschaffen. Zu Beginn war diese Welt ein Homöostat.«

Toni hebt eine Hand. »Sprechen Sie in meiner Sprache, Herr Professor.«

»Die Menschenwelt war ein sich selbstregelndes System. Die Menschen hielten das Gute und das Böse instinktiv im Gleichgewicht. Doch je mehr Zeit verging, je moderner die Welt wurde, umso mehr Menschen verloren ihren Instinkt. Sie brauchten Führung und Beistand.«

»Und da hat sich natürlich das Obere Reich eingeschaltet, aufopferungsvoll, wie ihr so seid«, nickt Toni. »Klar, dass das Luzifer nicht gefallen hat.«

»Wir unterzeichneten ein Abkommen. So kam es, dass die Engel auf der Menschenwelt wandelten und der Dunkle seine Verträge abschließen durfte.«

»Und warum ist dieses Gleichgewicht denn nun so wichtig?«

Der Engel zögert. Er scheint die Geheimnisse seiner Welt ungern preiszugeben.

»Alek«, sie wirft ihm einen eindringlichen Blick zu, »ich muss endlich wissen, für was ich hier kämpfe. Ich muss den Sinn hinter all dem erkennen.«

Er nickt, setzt seinen Hut ab und fährt sich mit einer Hand durch die Haare. »Du kannst dir die Menschenwelt als eine Art Stacheldrahtzaun vorstellen, der das Obere und das Untere Reich voneinander trennt. Doch dieser Zaun bekommt Löcher. Die Verträge, die Luzifer abschließt, werden immer unsinniger, was die Verbannung von mehr und mehr Menschen zur Folge hat. Weißt du, was er mit diesen Menschen macht?«

Toni schüttelt den Kopf und die Härchen an ihren Unterarmen stellen sich auf.

»Der Dunkle verschont sie von den ewigen Qualen, wenn sie sich dazu bereit erklären, als Dämonen zu dienen«, fährt er fort. »Nicht viele schlagen diesen Handel aus. Das bedeutet, die meisten Menschen, die du verbannt hast, bilden nun Luzifers Armee. Seit Jahrhunderten betreibt er diese Rekrutierung. Und wenn das Gleichgewicht in der Menschenwelt kippt, weil das Böse überhandnimmt, dann wird er einen Krieg beginnen.«

»Und der Stacheldrahtzaun wird einfach überrannt«, nimmt Toni an. Sie hat es immer für ein Klischee gehalten, doch nun spürt sie am eigenen Leib, wie einem Menschen das Blut aus dem Gesicht weichen kann. »Aber was ist mit dem Abkommen?«

»Luzifer hat das Abkommen mit deinem Vertrag genauso gebrochen wie wir mit dem Einsatz der Friedenswächter. Der Pakt wurde gebrochen und alles ist wieder offen.« Alek macht einen Schritt auf sie zu und blickt ihr eindringlich in die Augen. »Dafür kämpfst du. Nicht für mich oder das Obere Reich, sondern für dich und deine eigene Welt.«

»Das hätte mir doch mal einer sagen können«, murmelt sie.

»Was hättest du dann getan?«

Ratlos zuckt sie mit den Achseln.

»Manchmal ist es besser, nicht alles zu wissen. Ein panischer Mensch ist dumm. Eine Horde panischer Menschen ist gefährlich.«

»Da ist was dran«, räumt sie ein.

»Keine Sorge«, sagt er lächelnd, legt einen Arm um ihre Schultern und zieht sie in den Flur. »So weit ist es noch lange nicht. Und du hast jetzt die Möglichkeit, dagegen vorzugehen.«

Arm in Arm schlendern sie auf die Stufen ins Untergeschoss zu.

»Eines würde mich allerdings noch immer interessieren«, sagt er, »wie hast du es geschafft, Nikolajs Schwert zu zerstören?«

Toni kann sich das Lachen nicht verkneifen. Seit Tagen sucht der Engel händeringend nach einer Lösung für dieses Phänomen. Es bringt ihn fast zur Verzweiflung, so ahnungslos zu sein. Für Toni ist es eine Erleichterung, dass ihr perfekter Engel auch einmal – ganz menschlich – ratlos ist.

»Ich weiß es wirklich nicht«, antwortet sie, gefühlt zum hundertsten Mal.

»Ich habe so etwas noch nie erlebt. Es muss eine Erklärung dafür geben.«

»Vielleicht war das Schwert ein Montagsmodell.« Sie zuckt mit den Schultern. »Ich hätte Nikolaj auch nicht gerade das beste Pferd im Stall anvertraut.«

»Wie hast du das nur gemacht?«, fragt er, mehr sich selbst noch einmal.

»Vielleicht bin ich schlicht und ergreifend stärker als du.«

»Ja, das würde dir gefallen«, erwidert er lächelnd.

Als sie die Stufen erreicht haben, hält sie ihn am Arm fest, dann legt sie die Hände in seinen Nacken und sieht ihm tief in die Augen.

»Keine Angst, mein Engel«, flüstert sie, »ich beschütze dich.«

Aleks melodisches Lachen schallt durch den Flur, bis Toni ihre Lippen auf seinen Mund legt. Eine Mischung aus Zimt und Jasmin, Wärme und Licht umhüllt sie wie eine weiche Decke und das Kribbeln ihrer Berührung breitet sich in ihrem ganzen Körper aus.

Was für ein Glück, dass ihre Liebe letztendlich die Wahrheit aufgedeckt hat. So musste sie sich nicht zwischen der guten und der bösen Seite entscheiden, sondern konnte ihre eigene Seite wählen.

# EPILOG

Es kommt eine Zeit im Leben, da jeder Mensch eine im festen Glauben getroffene Entscheidung anzweifelt. Es ist, als würdest du einen dunklen Tunnel entlanggehen, als würden deine Einsichten gegen eine unsichtbare Mauer prallen, ohne jemals in deinem Bewusstsein anzukommen, als würdest du dich in der Dunkelheit im Kreis drehen. Du hältst das alles für normal. Doch dann siehst du das Licht.

In diesem Moment wachst du auf. Dein Leben liegt neben dir, blickt dich mit großen Augen an und schüttelt resigniert den Kopf. Da weißt du, irgendetwas läuft hier verdammt schief.

Ich könnte mir Schöneres vorstellen als ein Friedenswächter zu sein. Ich meine, wie das schon klingt ... Und als wäre das noch nicht genug, bin ich sogar die Anführerin dieses wandelnden Kasperletheaters. Ich war noch nie besonders teamfähig, dazu bestand keine Veranlassung. Ich bin eine Einzelkämpferin. Seien wir doch mal ehrlich: Nur wer sich selbst um seinen Kram kümmert, kann sicher sein, dass alles so läuft, wie es soll. Und jetzt muss ich auf einmal anderen vertrauen? Leuten, die mich nicht akzeptieren, sondern nur dulden, weil mein Freund ihr Boss ist? Schwer zu sagen, ob ich mich irgendwann in dieser Rolle wohl fühlen werde. Vermutlich nicht. Denn eines weiß ich genau: Ich werde mich niemals ändern.

Eine kluge Frau hat mal gesagt: Finde heraus, wer du bist – sei dabei ganz du selbst. Ich denke, wir haben gar keine andere Wahl. Wir können unsere Ansichten ändern, aus Erfahrungen lernen, aber im tiefsten Inneren, im Kern unseres Herzens, werden wir immer derselbe Mensch sein.

Ich habe einmal alles dafür getan, um mich der bösen Seite anzuschließen, und wurde zu einer Kopfgeldjägerin des Teufels. Ich wusste, ich bin anders, aber ich habe die Zeichen falsch interpretiert. Was ich in mir für dunkel und fremdartig gehalten habe, war lediglich die Sehnsucht, etwas Bedeutendes zu tun. Unterbewusst muss ich es die ganze Zeit geahnt haben, deshalb habe ich genau diesen Vertrag abgeschlossen.

Ob ich meinen Job vermisse? Na ja, irgendwie schon. Wenn man mal darüber nachdenkt, bestand meine Aufgabe darin, böse Menschen in die Hölle zu verbannen. Wenn ich gewusst hätte, dass sie dort noch böser werden, hätte ich mich vielleicht anders entschieden … Aber sei's drum. Der Wille war da. Nicht umsonst sagt man, der Weg zur Hölle sei mit guten Vorsätzen gepflastert.

Vielleicht kann ich mich mit meinem neuen Job irgendwann genauso anfreunden – wenn ich endlich begreife, was ich zu tun habe. Im Moment besteht mein Alltag darin, irgendwelchen Papierkram zu erledigen oder besser gesagt, so zu tun, als mache ich den Papierkram. Denn eigentlich schiebe ich die Papiere und Aktenordner von einem Stapel auf den anderen, um beschäftigt auszusehen, weil ich keine Ahnung habe, was ich damit anfangen soll. Ob es allen Anführern so geht? Es würde mich nicht wundern …

Wenn ich mich gerade nicht am Papier schneide, höre ich mir Aleks Vorträge über die Wertvorstellungen des Oberen Reiches an. Dabei fühle ich mich wieder in die Schulzeit zurückversetzt: Ich tue so, als schlafe ich nicht regelmäßig ein, und der Lehrer gibt vor, mein Desinteresse nicht zu bemerken.

Vielleicht verläuft mein Leben nicht gerade bilderbuchmäßig, aber auch wenn ich die Zeit zurückdrehen könnte, ich würde nichts anders machen. Ich habe viele Fehler gemacht, Menschen verletzt, die mir viel bedeuten, war egoistisch und unfair. Vor einigen Wochen hätte ich mein Leben fast komplett versaut, aber ich bin noch hier. Stärker als jemals zuvor. Irgendetwas muss ich also richtig gemacht haben.

Ich glaube nicht, dass dies das Ende ist. Ich habe so ein Gefühl, als gäbe es noch einige Schwierigkeiten zu meistern. Doch so lange Lestat und Alek an meiner Seite sind, so lange ich weiß, wofür ich kämpfe, kann ich alles bewältigen.

Ich bin Antonia Stark, Anführerin der Friedenswächter, und ... ach, verdammt, zumindest lebe ich noch!

# Danksagung

»Des Teufels Kopfgeldjäger« ist ein ganz besonderes Projekt für mich. Es ist die zweite Geschichte, die ich überhaupt je in Romanlänge geschrieben habe und die erste, mit der ich mich ›nach draußen‹ gewagt und eine Chance bekommen habe.

Meine großartige Agentin Alisha Bionda hat damals schon das Potenzial in mir und meinen Jägern gesehen und schließlich das perfekte Zuhause für uns gefunden. Meinen herzlichsten Dank dafür!

Ein riesiges Dankeschön auch an die liebe Nadine Skonetzki und das gesamte Team rund um den Zeilengold Verlag. Ich bin so happy, dass ihr mich und meine Geschichte aufgenommen und dem Buch eine so megacoole Optik verliehen habt! An dieser Stelle geht auch ein ›special thanks‹ an Sabrina Uhlirsch für den messerscharfen Blick beim Feinschliff des Textes.

Es hat ein paar Jahre gedauert, bis die Zeit für diesen Roman gekommen war, aber meine Mädels waren immer von der Geschichte überzeugt: Michaela Kellotat, Eleonore Hänssler, Regina Fischer, Linda Schmid und Andrea Glöggler – ich danke euch für eure Begeisterung, all die ermutigenden Worte und euren Glauben an mich! Ihr seid meine Tonis, wenn ich zum Lestat mutiere ;-)

Von Herzen danke ich auch meinem Mann, vor allem für seine engelsgleiche Geduld, und meiner Familie, die stets hinter mir steht und mich bestärkt. Ohne euch ging's nicht!

Ein dickes Dankeschön auch an meine Autorenkollegen, an die wunderbaren Asheras und an die fleißigen Blogger, die mich so lieb unterstützen – allen voran mein Team: Moni (Süchtig nach Büchern), Steffi (Gedankenvielfalt), Dani (Danis Reziseite) und Janine (Komm_wir_gehen_schaukeln).

Last but not least geht ein besonders großer Dank an dich, lieber Leser! Dafür, dass du meinen teuflischen Kopfgeldjägern mit deiner Vorstellungskraft ein Zuhause in deinen Gedanken gibst.

Ich hoffe, dir hat die Geschichte gefallen – lass es mich gerne wissen.

# DIE AUTORIN

© Agentur Ashera

Sandra Binder, geboren 1985, lebt mit ihrem Mann im Herzen Oberschwabens. Noch bevor sie lesen und unzählige Bücher verschlingen konnte, kam sie mit dem Theater in Berührung und stand im Alter von fünf Jahren zum ersten Mal auf der Bühne. Die Liebe zum Theater erweckte eine tiefe Leidenschaft für Märchen und phantastische Geschichten in ihr. Und bald schon begann sie, sich ihre eigenen Welten auszudenken.

Bereits in jungen Jahren versuchte sich Sandra immer wieder an verschiedenen Erzählungen und zeichnete Comics. Aber erst im Jahr 2015 wagte sie mit einer Kurzgeschichte den ersten Schritt an die Öffentlichkeit. Heute freut sie sich darüber, in verschiedenen Genres schreiben zu dürfen.

**Eonvár**
Kat Rupin

Nichts vermag die toughe Elisa zu stoppen. Weder die Hindernisse des Alltags noch das raue Leben in der Großstadt. Plötzlich taucht ihr lange verschollener Jugendfreund Gabriel auf – und mit ihm die Chance, in einer magischen Welt voller Abenteuer zu leben. Elisa steht vor einer schweren Entscheidung. Nur wer sich vollkommen von der irdischen Welt trennt, darf in Eonvár bleiben. Doch ist das Leben als Hexe und ohne Rollstuhl wirklich das, was sie sich wünscht? Kann sie die Menschen, die sie liebt, zurücklassen? Statt eine Wahl zu treffen, beginnt Elisa ein gefährliches Doppelleben zwischen den Welten.

--------

**New Arc**
Nicole Obermeier

Ein großer Krieg
Eine Welt in Trümmern
Eine letzte Bastion

50 Jahre nach dem Krieg drohen den Bewohnern von New Arc immer noch fürchterliche Gefahren von außen. Nur eine straffe Führung und eine strenge Gesellschaftsordnung erhält sie am Leben. Als sich Caitlyn, die Tochter des Landesoberhauptes, in den Chronisten Lennart verliebt, gerät ihr Weltbild ins Wanken. Je weiter ihre Liebe wächst, desto mehr stellt sie alles, was ihre Familie geschaffen hat, in Frage. Welches dunkle Geheimnis über das Ödland versucht der Rat zu verbergen? Hat er wirklich nur das Beste für New Arc im Sinn?

**Die Tränenkönigin**
Jay Lahinch

„Und auch wenn ich der Trauer nachgeben möchte, ist es die Seele meines Bruders, die ich retten muss."

Manchmal ist der Tod nicht nur das Ende eines geliebten Herzens, sondern besiegelt zugleich dein Schicksal. Das muss Nava schmerzlich erkennen, als ihr Zwillingsbruder nach dem Tod ihrer Eltern verstummt. Eine Flucht aus Marenna scheint ihr einziger Ausweg und nur der fremde Jayden ist bereit, sie auf dieser Reise ins Ungewisse zu begleiten. Erst ein unglaubliches Angebot der Tränenkönigin gibt ihrem Weg eine Richtung. Gemeinsam machen sie sich auf die Suche nach den Tränen, die nicht nur das Schicksal ihres Bruders, sondern das einer ganzen Welt für immer verändern könnten.

„Ich liebe den Regen, denn er macht deine Tränen unsichtbar."

--------

**Hunter – Ich jage dich**
Katharina Sommer

Manchmal genügen wenige Worte, um deine Welt zum Einsturz zu bringen ... Merke dir, wenn du nach Geheimnissen suchst, findest du die düstersten häufig genau dort, wo sie dir schon immer am nächsten waren: in deiner Familie.

Oh Sweet Sixteen. Erst an ihrem sechzehnten Geburtstag erfährt Ginny, dass sie zu einer Familie von Dämonenjägern gehört. Sie hat kaum Zeit, sich mit ihrem neuen Schicksal anzufreunden, denn die Dämonen gewinnen an Macht und die Clans stehen kurz vor dem Zerfall. Jetzt gibt es kein Zurück, denn die Jagd hat begonnen und Ginny steckt mittendrin.